AF235897

Jochen Krueger

Irgendwo im Nichts

Eine Vancouver Island Geschichte

Bibliografische Information der Deutschen Nationalbibliothek:
Die Deutsche Nationalbibliothek verzeichnet diese Publikation in
der Deutschen Nationalbibliografie; detaillierte bibliografische Daten
sind im Internet über dnb.dnb.de abrufbar.

© 2021 Jochen Krueger

Herstellung und Verlag: BoD – Books on Demand, Norderstedt

ISBN: 978-3-754-32735-7

Inhalt

Wer sich ganz auf Toms Erlebnisse konzentrieren möchte, der kann bis zum Kapitel 18 die S-Kapitel weglassen. Umgekehrt kann man auch die T-Kapitel bis einschließlich 16 überspringen, wenn man die Geschichte ausschließlich aus der Perspektive der Freunde miterleben will.

1.T

Jetzt fuhr er schon so viele Kilometer auf dieser engen und kurvenreichen Schotterstraße in Richtung Gold River. Vor einer guten halben Stunde hatte er die „Stadt" verlassen, die ihre Besucher mit dem Hinweis verabschiedet, dass der Letzte doch bitte das Licht ausmachen möge.

„Warum bin ich überhaupt dahin gefahren?", fragte er sich. Eigentlich suchte er eine günstige Immobilie irgendwo auf dieser Insel, fern ab von dem Ort, den er bisher als seine Heimat bezeichnete. Günstig sind die Häuser und Wohnungen schon, aber diese Lage … Gut, nicht überall in Canada findet man eine Kneipe, in der eine junge Frau, die so gar nichts Asiatisches an sich hat, in einem grün glänzenden Kimono, Turnschuhen und Essstäbchen in den Haaren bedient. Eigentlich erinnerte ihn der Gastraum mehr an einen Saloon, in dem sich schon vor hundert Jahren die wenigen Einheimischen und Waldarbeiter betrunken haben, um die Einsamkeit wenigstens für eine kurze Zeit vergessen zu können. Der einzige Unterschied bestand in dem Flatscreen und einigen Spielautomaten. Und nicht überall gibt es einen Supermarkt mit halb leeren Tiefkühltruhen und einem Zettel, der verspricht, dass jeder Wunsch erfüllt werden könne … in ein paar Tagen …, und der von Immigranten aus dem indischen Kulturkreis betrieben wird, und in dem die Verkäuferin fast jedem erklärt, sie habe ihn schon mal irgendwo getroffen. Die Karte in dem kleinen Café, das im vorderen Teil des Supermarkts direkt links vom Eingang mit kleinen Tischen und ein paar „antiken" Stühlen aufgebaut war, erschien recht übersichtlich. Er hatte sich einen Hamburger mit Pommes und dazu einen Kaffee bestellt. Eine kleine Stärkung vor dem Ritt zurück an die Ostküste der Insel konnte sicherlich nicht schaden.

Der Hamburger samt Beilagen wurde nach einer knappen halben Stunde von einer Frau im Sari serviert. `Ganz schön international hier', dachte er. Jedenfalls machte der Burger einen guten Eindruck. Er sah nicht nach der Massenware aus, die man bei den großen Ketten über die Theke gereicht bekam. Der erste Bissen bestätigte den Eindruck. Er war froh, sich zu diesem Experiment durchgerungen zu haben, denn das Loch in seinem fülligen Magen hatte schon Dimensionen erreicht, die zu einer gewissen Geräuschentwicklung im tieffrequenten Bereich führten. Sprich: Sein Magen knurrte wie ein Bär.

Während er aß, schweiften seine Gedanken ab in eine Ära vor dem entrümpelten Zustand, in dem sich Tahsis jetzt befand. Es muss schon eine harte und gefährliche Zeit gewesen sein, als man noch mit riesigen Handsägen und Äxten die hölzernen Giganten erlegte, von denen manche zuvor mehrere hundert Jahre ungestört wachsen durften. Und man konnte froh sein, wenn der Schlafplatz, den man für einige wenige Stunden benutzen durfte, wenigstens trocken war und nicht zu sehr nach dem vorherigen Nutzer stank. Einen groben Eindruck davon, wie es damals gewesen sein muss, hatte er sich noch gestern im Museum in Campbell River verschaffen können. Heute haben die Baumriesen keine Chance mehr, wenn die Maschinen anrücken um den Wald regelrecht umzupflügen. Zurück bleiben nur Baumstümpfe, aufgewühlter Boden und enorm hohe Haufen, in denen all das Holz vor sich hin qualmt, das man industriell nicht nutzen kann. So viele Holzöfen könnten damit eine lange Zeit während der feucht-kalten Winter Wärme spenden, dürfen sie aber nicht. Das Treibholz des Waldes blieb einfach liegen.

Vor der Abfahrt hatte er seinen Bedarf an Müsliriegeln, Chips und Cola für die nächsten Tage (120 kg Lebendgewicht bedürfen einer gewissen Menge an Kalorien) gedeckt, soweit es die Auslagen des Supermarktes zuließen, hatte alles in einer Plastiktüte verstaut, die besser eine Kühltasche gewesen wäre, und deponierte sie jetzt in Reichweite vor dem Beifahrersitz. Dann startete er den Motor seines Mietwagens und setzte sich in Bewegung gen Osten.

Die kurze Episode schien sich vor einigen Wochen abgespielt zu haben. Das Ruckeln seines fahrbaren Untersatzes ging ihm auf den Senkel und hatte sein Zeitgefühl kräftig durchgeschüttelt. Schon lange war ihm kein anderes Fahrzeug mehr begegnet, nicht einmal ein Grader, der die so genannte Straße in einem Zustand hielt, dass man dieses Nest überhaupt erreichen konnte. Jetzt finge es zu allem Überfluss auch noch an zu regnen. ‚Da werde ich die Karre vor der Rückgabe wohl noch waschen lassen müssen‘, dachte er, denn von der eigentlichen Farbe würde nach diesem Trip nun wirklich nichts mehr zu erkennen sein, und es entsprach nicht seinen Vorstellungen, eine geliehene Sache mit zu deutlichen Gebrauchsspuren zurück zu geben. Dunkelheit verdrängte langsam das Tageslicht. Bis jetzt waren es insgesamt schon fast 100 Kilometer ohne einen Zentimeter Asphalt. Die Farbe des Chevrolet Equinox war eins geworden mit der matschigen grauen Fahrbahn. Die Scheibenwischer schafften nur noch ein weniger verschmiertes Feld auf der Windschutzscheibe, die nun wirklich keine klare Sicht mehr bot. ‚Wenn das so weiter geht, muss ich mir noch einen Lappen besorgen, um den Wischern helfen zu können‘, dachte er. Aber wo? Auf den nächsten Kilometern gab es weder eine Tankstelle, noch eine andere Einkaufsmöglichkeit. Es nervte ihn gewaltig, dass er neben der Aussicht durch den graubraunen Film auf der Windschutzscheibe auch noch das Klappern dieses US-amerikanischen Produkts ertragen musste. Dass sich diese Kisten in Europa nicht verkaufen lassen, ist wirklich kein Wunder. Gut – dort sind die meisten Straßen besser, als diese Verbindung zwischen Gold River und Tahsis, aber trotzdem …

Die Hälfte musste er doch eigentlich geschafft haben. Die Scheibenwischer hoppelten jetzt mit einer Mischung aus Quietschen und Rumpel über den Dreck. Das nicht zu lokalisierende Klappern hielt sich sehr konsequent. Das Geräusch des Schotters, der pausenlos gegen den Unterboden geschleudert wurde, hob seine Stimmung auch nicht besonders. Und das alles ohne Musik, denn das Radio hatte seinen Betrieb schon vor etlichen Minuten nach einer längeren Rauschperiode vollständig eingestellt. Das Letzte, was aus den Lautsprechern plärrte, war die Werbung eines Immobilienmaklers, der wortmalerisch die Vorzüge von Tahsis zu erklären versuchte. Welch eine Ironie, nachdem er sich eben selbst einen Eindruck davon verschafft hatte, warum die Häuser und Wohnungen dort so günstig zu bekommen waren. Hätte er doch bloß seinen MP3-Player aktivieren können. Aber den hatte er, genauso wie sein Smartphone, im Hotel vergessen. Es blieb ihm nur der Lärm des Autos. Zwischendurch versuchte er, seine eigene Stimme als Unterhaltungsmedium zu verwenden, aber ihm gingen schon bald die Texte aus. Pfeifen konnte er nicht. Wenn er es versuchte, klang es meist nur nach Dampfbügeleisen. Und außerdem musste er sich auf das Fahren konzentrieren, um den Weg nicht vollständig aus den jetzt doch sehr müden Augen zu verlieren.

Plötzlich tauchte ein grelles Licht auf, dem zufolge als Nächstes eine Linkskurve zu umrunden sein müsste. Die Lampen, die für die blendende Erscheinung verantwortlich waren, schienen sehr hoch montiert zu sein, also entweder ein Pickup oder ein Truck. Es zeigte sich ein Langholztruck von der Wald- und nicht von der Highway-Sorte, was bedeutete, dass es gleich eng würde, extrem eng. Er bremste ab. Mit dem, was jetzt passierte, hatte er aber nicht gerechnet: Mit einem Schlag setzte das Radio wieder ein: „Wheels" von den Foo Fighters. Fast gleichzeitig traf ein anders gearteter Schlag seinen Chevy irgendwo hinten. Das Heck driftete nach rechts, wo aber leider keine Straße mehr war, sondern nur noch eine unregelmäßige bewachsene Fläche, die steil abfiel und unmittelbar hinter einer kaum das Straßenniveau übersteigenden Buschreihe begann. Der Motor heulte auf. Die Räder hatten die Bodenhaftung verloren. Der Flug in dem sich horizontal um die eigene Achse drehenden und ganz bestimmt nicht für solche Betriebszustände gebauten Auto dauerte gefühlte Stunden. Die Orientierung hatte er völlig verloren. „Oben" war das einzig Eindeutige, was er in diesem Moment noch erkennen konnte. Grüne und braune Muster aus horizontalen Linien schossen im Scheinwerferlicht vor seinen Augen vorbei. Es schien ihm, als würde er in ein dunkles Meer abtauchen, aber gleichzeitig klang es nach den Bürsten einer Waschanlage. Wie eine Schraube schnitt sich der Wagen immer tiefer in das hölzerne Gewirr. Völlig surreal erschien ihm, dass ausgerechnet jetzt das Radio einwandfrei funktionierte. Mr. Grohl sang im besten Stereosound, den die Musikanlage liefern konnte, jedoch begleitet von Kratzen, Knarzen und extrem lautem, aber unrhythmischem Knacken und Bersten, etwas von „when the wheels come down". Seine Gedanken kreisten nur noch um die Frage, wie und wo der Wagen wohl am Ende seiner Luftfahrt zur Landung ansetzen würde. Die Rotationsgeschwindigkeit nahm ab. Dafür fühlte es sich immer mehr so an, als ob einer Aufzugskabine das Halteseil durchgeschnitten worden wäre. Die Fahrzeugfront neigte sich beängstigend. Seine Stoßgebete beschränkten sich einzig auf die Bitte, dass der Wagen sich nicht überschlagen möge. „... when the wheels touched ground ..." Sie wurden erhört: Es kam nicht zum Überschlag. Es knackte und krachte gewaltig, aber der befürchtete harte Aufschlag auf dem Waldboden blieb aus. Die Flugbahn seines Autos kreuzte ausgerechnet einer dieser Scheiterhaufen, über deren Existenz er in Tahsis vor sich hin philosophiert hatte, während er auf abgebissenen Stücken seines Hamburgers kaute. Es war allerdings sein Glück, dass dieses Kissen aus frischem Unterholz, aufgehäuften Ästen und dünnen Stämmen dem Flug des Equinox ein merklich abgefedertes Ende setzte. Das Auto bewegte sich noch, allerdings nur noch vorwärts, jetzt mit einem Winkel von etwa 60 Grad abwärts in Richtung Oberkante Erdreich. In seinem Kopf hatte die Rotation noch kein Ende gefunden, als sich das nächste Hindernis mit einem heftigen Schlag bemerkbar machte und die Landebahn drastisch verkürzte. Es war ein gigantischer Baumstumpf, der sich gegen die Front des Chevys stemmte. Volltreffer. Licht aus. Diese finale Holzberührung fiel zusammen mit den sich öffnenden Airbags, die ihm erst das letzte Bisschen Sicht, dann die Luft und schließlich das Bewusstsein nahmen. Er war verloren irgendwo im Nichts.

Das Smartphone zwitschert. Nein, es ist nicht die Melodie des Wecktons, die eigentlich um diese Zeit den Raum erfüllen und den Startschuss in den neuen Tag geben soll. Der Klingelton kommt dem Weckton heute zuvor. Es ist 6:12 Uhr, und das auch noch an einem Freitag.

„Guten Morgen. Wer stört?"

„Ich bin's, Sarah. Stör' ich wirklich?"

„Du bist gut. Hast du mal auf die Uhr gesehen?"

„Nee. Warum?"

„Mal was von Zeitverschiebung gehört?"

„Oh. Stimmt ja. Tschuldigung."

"Nicht so schlimm. ... Was ist denn los?"

„Du weißt doch, dass Tom ein kleines billiges Haus auf Vancouver Island sucht", sagt Sarah am anderen Ende der Leitung in einem Tonfall, der nichts Gutes vermuten lässt. „Er meldet sich sonst jeden Donnerstag. Hat er aber heute ... nee, war ja gestern ... nicht. Stattdessen hat vorhin so ein Hotelfuzzi aus Campbell River angerufen. Der hat so genuschelt, dass ich seinen Namen nicht verstanden habe. Und einen seltsamen Akzent hatte der auch noch. Jedenfalls fragte er mich, ob Tom vielleicht ohne Gepäck nach Hause gekommen wäre. Seit letztem Dienstag habe er seinen Schlüssel nicht mehr an der Rezeption abgeholt, und bezahlt hatte er auch nur bis vorgestern."

„Komisch ... Tom ist doch sonst so zuverlässig. Dann scheint er ja einen großen Teil der Woche fernab eines Telefons verbracht zu haben."

„Könnte sein. Aber wo?"

„Gute Frage. Die Insel ist riesig, aber ich kenne keinen Ort, von dem aus man nicht innerhalb von zwei Tagen wieder in Campbell River landet, es sei denn, man wandert. Aber ein Langstreckenläufer ist Tom doch nicht, oder hat er etwa eine neue Leidenschaft für sich entdeckt?"

„Nein. Jedenfalls habe ich nichts davon mitbekommen."

„Gut, dass er wenigstens eure Telefonnummer beim Einchecken hinterlegt hat. ... Weißt du, ob Tom noch andere Freunde auf der Insel hat, bei denen er untergekommen sein könnte?"

„Keine Ahnung. Neue Bekanntschaften hat er nie erwähnt. Die letzte Zeit erzählte er immer nur von Maklern und den enormen Preisen an der Ostküste der Insel." Nach einer Pause ergänzt Sarah noch mit einem leichten Schluchzen: „Klaus, ich mache mir große Sorgen. Sowas kenne ich von Tom nicht."

„Ich rufe gleich meine Freunde an. Die Zeit passt ja noch", schlage ich vor. „Kannst du mir bitte noch sagen, in welchem Hotel er abgestiegen ist?"

„Reserviert hatte er nicht. Er sprach nur immer von einem Quinsam Hotel. Vielleicht habe ich mich aber auch verhört", sagt sie mit unsicherer Stimme. „Sag' mir bitte sofort Bescheid, wenn du was rausbekommen hast."

„Sicher. Ich melde mich nachher. Versprochen."

„Gut. Bis dann", höre ich sie noch sagen, bevor sie auflegt.

Eins ist an der Geschichte seltsam: Das Quinsam Hotel ist vor einiger Zeit bis auf die Grundmauern abgebrannt. Außer einem geschotterten Parkplatz existiert auf dem Gelände jetzt nichts mehr. Wo sollte Tom also untergekommen sein?

Das Bad ruft nicht, es brüllt: Schnell unter der Dusche durch und Zähne putzen, dann noch meinen Kater Max versorgen, der vorhin mit heftigem Geklopfe den Auftrag zur Reinigung seiner Toilette erteilt hat. Lautstark Geschichten erzählend kommt er jetzt angeschlichen und wuselt um meine Füße herum. Der genaue Inhalt seiner Stories wird mir wohl ewig verborgen bleiben.

Als ich auf dem Weg zur Küche am Telefon vorbeikomme, denke ich erst, dass es eigentlich schon etwas spät ist, um in British Columbia anzurufen. Aber Sarahs Anliegen scheint sehr dringend zu sein. Also versuche ich es trotzdem. Nach dem fünften Tut macht es kurz „klack", und ich höre die vertraute Stimme meines Freundes, den alle nur Hunter nennen. Womit er sich diesen Namen verdient hat? Keine Ahnung. Seine Eltern hatten Deutschland nach dem zweiten Weltkrieg in Richtung Canada verlassen. Ihnen verdankt er den „typisch canadischen" Namen Johannes in seinem Pass. Gerufen haben sie ihn immer „Hans", was er nie ausstehen konnte. Vielleicht liegt darin der Grund dafür, dass er sich schon recht früh einen Spitznamen ausgesucht hat, der nach seinem Heimatland klingt und trotzdem mit H anfängt.

Nachdem wir die neuesten Neuig- und Nettigkeiten ausgetauscht haben, frage ich Hunter, ob er sich einmal nach Tom erkundigen könne. In groben Zügen erzähle ich ihm die Geschichte, auch, dass er im Quinsam Hotel absteigen wollte, das ja nun mal leider nicht mehr existiert.

„Ich schick' dir gleich ein Foto von ihm per Email", sage ich, lege auf, gehe zum Rechner und fange an, nach einem möglichst aktuellen Bild von Tom zu suchen. Es dauert, doch dann finde ich zufällig eins, das erst knapp einen Monat alt ist. Wir hatten zusammen einem großen Musikgeschäft in Köln einen Besuch abgestattet, wo ich ein paar Kabel für mein Studio kaufen wollte. Er hatte sich im Ausstellungsraum direkt in eine Fender Strat verliebt, und wollte, dass ich Sarah, die zu Hause geblieben war, weil sie den Laden nicht ausstehen konnte, ein Bild von ihm zusammen mit dem guten Stück schicke. Dieses Foto ist wohl eines der letzten, das vor seiner Abreise nach Canada aufgenommen wurde. Also schicke ich es auf seinen Weg um die halbe Welt.

Wie versprochen rufe ich Sarah an.

„Ja, hallo."

„Hier ist Klaus."

Ich berichte ihr ausführlich von meinem Gespräch mit Hunter und dem Brand im Quinsam Hotel.

„Oh nein! Was machen wir denn jetzt?"

„Kannst Du mal nachsehen, ob du die Nummer des Hotels noch in der Anrufliste finden kannst?"

„Mach ich sofort." Und schon ist das Gespräch beendet.

Ohne die Telefonnummer wird es die Suche nach der berühmten Nadel in einem Heuhaufen, der in diesem Fall aus einer Insel mit einer Fläche von 31.285 km² besteht, auf der über 700.000 Menschen wohnen, und Bären und Pumas sich in schier endlosen Wäldern tummeln.

Das Telefon klingelt.

„Ich hab' sie", tönt es aus dem winzigen Lautsprecher, nachdem ich den grünen Punkt auf dem Display mit einem Finger getroffen habe. Sarah diktiert mir eine 10-stellige Zahl.

„Prima. Ich setze mich gleich an den Computer und vergleiche Telefonnummern."

Im Flur hämmert es wieder. Sch…, ich hatte ganz vergessen, das Katzenklo zu säubern. Das mag mein lieber Kater überhaupt nicht. Genug Rennerei und Arbeit für die nächsten Minuten. Dann noch schnell in die Küche und eine Hälfte einer Tüte Nassfutter in den Napf füllen, begleitet von Max' allmorgendlichem Schauspiel. Laut schmatzend nimmt er schließlich sein Frühstück ein und schleicht danach zufrieden schnurrend von dannen.

In der virtuellen Welt des Internets bitte ich die „Yellowpages" von Campbell River um Unterstützung. Über 800 Treffer gibt es zum Suchbegriff „Hotel". Zum Glück wird auch eine Rückwärtssuche angeboten, bei der ich die Nummer eingebe. Nach wenigen Sekunden steht fest: Es gibt sie wirklich. Und zwar gehört sie zu einem Motel in der Nähe des Big Rock am South Island Highway. Ein Anruf mitten in der Nacht wäre wohl ziemlich unhöflich und sinnlos, denn die Nachtschicht wird mir kaum mit irgendwelchen Informationen weiterhelfen können und dürfen.

Ich schreibe Hunter noch schnell eine weitere Email mit den neuesten Erkenntnissen. Vielleicht findet er durch sein persönliches Netzwerk später etwas mehr heraus. Außerdem bitte ich ihn, die Räumung von Toms Zimmer hinauszuzögern, denn wer weiß, welche dezenten Hinweise er dort hinterlassen hat.

Nächster Anruf bei Sarah.

„Ja?"

„Nein."

„Blödmann. Für solche Scherze hab' ich jetzt echt keinen Kopf."

„Sorry. Ich habe das Hotel gefunden."

„Prima!" Sie scheint sich wirklich über diese Nachricht zu freuen. „Viel machen können wir aber im Moment nicht. Auf der anderen Seite der Welt ist es jetzt ungefähr Mitternacht. Jetzt müssen wir etwas Geduld haben."

„Ich weiß", klingt es enttäuscht aus Deutschland.

„Ich melde mich später wieder. Lass den Kopf nicht hängen. Wir werden Tom schon finden."

„Deinen Optimismus würde ich gerne teilen können."

Die folgenden Stunden würde ich normalerweise im Studio verbringen. Vor ein paar Jahren hatte ich ein kleines Haus in unmittelbarer Nähe des Bahnhofs von Killarney günstig erstanden. Dort verbringe ich seitdem einen Teil des Jahres mit dem Zusammenstricken kurzer Musikstückchen, die sich ganz gut als Hintergrundmusik für Filmchen, Präsentationen und so ein Zeug verkaufen lassen. Hier, in dem alten Bruchsteinhaus mit seinen zwei Zimmern, einer kleinen Küche und einem Minimum an Bad und Flur, kommen mir die besten Ideen. Vielleicht liegt es an der Umgebung, vielleicht auch an den Kneipen im Ortszentrum, in denen es an fast jedem Abend handgemachte Musik zu hören gibt. Jetzt in der Nebensaison ist die Auswahl zwar geringer, aber dafür trifft man mehr Einheimische, als im Sommer, wenn ganze Scharen von Asiaten und Osteuropäern den Ortskern überfluten.

Irgendwie schreit mein Hirn nach frischer Luft und einer Abkühlung. Also am besten erst mal raus ans Meer. Die endlose Weite, Wellen, Wind und Sand helfen mir immer wieder, meine Gedanken zu sortieren. Ich packe meine

Motorradklamotten und gehe zum Schuppen, um die über zehn Jahre alte BMW ans Tageslicht zu schieben. Eigentlich ist es das falsche Vehikel für Irland, denn die Tage ohne Regen stellen eindeutig eine Minderheit dar, aber ich habe das Gefühl, als hätte ich so mehr Platz auf diesen engen Straßen mit dem für mich immer noch herausfordernden Linksverkehr.

Langsam fahre ich durch die Stadt bis zum Kreisverkehr am Ende der Port Road und folge dann ein paar Kilometer dem Ring of Kerry. Es ist noch recht früh am Tag, wenig Verkehr, aber wenigstens schon deutlich über 10°C. Es geht durch dichte Wälder, vorbei an einsamen alten Häusern, durch kleine verträumte Ortschaften und schließlich parallel zum Wasser. Nach einer knappen Stunde erreiche ich Inch Beach. Es ist Ebbe. In weiter Ferne schwappt das Salzwasser träge auf den nassen Sand. Der Westwind hat ganz schön aufgefrischt. Dichte, tiefhängende Wolken drängen in die Bucht. So wie es aussieht, scheint es bei Glenbeigh zu regnen. Möwen drehen ihre Runden im Tiefflug über dem durchnässten Teil des jetzt bei Niedrigwasser frei liegenden Meeresgrunds. Weit draußen verbindet sich das Grau des Himmels mit dem des Wassers. Der Horizont ist kaum zu erkennen.

Während ich allein durch den Sand stapfe, drehen sich meine Gedanken um Tom? Sollte er sich viele tausend Kilometer entfernt einfach so abgesetzt haben? Kann ich mir nicht vorstellen. Von Freunden oder gar einer Freundin auf Vancouver Island hat er nie etwas erzählt. Weitere denkbare Alternativen wären Opfer eines Verbrechens oder eines Unfalls. Ziemlich übel. In beiden Fällen hätten sich die zuständigen Behörden aber bestimmt schon längst bei Sarah gemeldet, was aber nicht geschehen ist. Wenn Tom nicht so fußfaul wäre, hätte es sein können, dass er sich in den ausgedehnten Wäldern verlaufen hat. Die Orientierung geht unter dem Dach der grünen Giganten, den kreuz und quer auf dem Boden verteilten Ästen, umgestürzten Bäumen und den überall dazwischen dicht an dicht wachsenden Farnen sehr leicht verloren. Die Wildnis ist dort nicht so aufgeräumt, wie die Wirtschaftswälder in Deutschland, und Wanderwege sind meist nur mit farbigen Bändern gekennzeichnet, die nicht immer dort hängen bleiben, wo sie eigentlich hingehören.

Eine ganze Weile schlendere ich noch über den Strand, bis irgendwann der innere Wecker schrillt: Max braucht die zweite Hälfte aus der Tüte und frisches Wasser. Also, zurück zum Motorrad. Es hat hier immer noch nicht angefangen zu regnen. Zum Glück! Die Rückfahrt verläuft ohne besondere Vorkommnisse, was auf den Straßen hier eher selten gesagt werden kann.

An der Haustür erwartet mich mein Haustiger schon, vorwurfsvoll blickend, und brummelt etwas Unverständliches in seine Schnurrhaare.

„Ich weiß, ich bin spät dran, sorry."

Ein kurzer Hopser, um in die richtige Laufrichtung zu gelangen, und schon schreitet er erhobenen Hauptes und mit eben solchem Schwanz voran in Richtung Küche. An der Spüle angekommen, schütte ich den Rest des Nassfutters in seinen Blechnapf. Es folgt dasselbe Schauspiel, wie jeden Morgen und Mittag: In voller Größe stellt er sich am Unterschrank hoch, leckt die Reste des von der Grobreinigung der Gabel am linken Zeigefinger klebenden Futters mit seiner weichen rauen Zunge ab. Danach Marschformation zu seinem Futterplatz.

Zur Ablenkung und Beruhigung nehme ich mir im Studio eine der Gibsons vom Ständer, schließe sie an einen der Amps an und beginne relativ unkoordiniert auf den Saiten herum zu zupfen und zu schlagen. Heute klingt alles schief und schrill, genauso, wie es im Moment in mir aussieht. Es will mir nicht gelingen, das elende Warten auf eine Nachricht aus Canada erträglicher zu gestalten. Zu große Ungeduld. Viel zu früh sehe ich nach. Nichts, wie sollte es auch anders sein.

Aus den letzten Wochen vor Toms Aufbruch gibt es einige Emails, die ich mir nochmal vornehme. Er schrieb ziemlich viel von seinem Plan, sich einen Rückzugsort auf Vancouver Island suchen zu wollen. Warum hat sich diese fixe Idee bloß in ihm festgesetzt? Über große Rücklagen verfügt er nicht. Und wie er es geschafft hat, Sarah die Sache schmackhaft zu machen, ist mir immer noch schleierhaft. Sie hatte tatsächlich zugestimmt, dass er sich allein vor Ort auf die Suche macht. Vor jetzt schon fast drei Wochen war er in Frankfurt in eine Maschine mit Ziel Vancouver gestiegen.

Jetzt, vor dem Hintergrund seines Verschwindens, frage ich mich, ob es vielleicht doch seine Absicht gewesen sein könnte, den Kontakt nach Deutschland mit einem radikalen Schnitt zu beenden. Oder steckte er etwa wieder in einer seiner depressiven Phasen und hatte sein Untertauchen bis ins kleinste Detail vorbereitet, ohne dass es jemand gemerkt hatte? Vor einigen Jahren hatte Tom massive Probleme mit Angststörungen. Größere Menschenansammlungen hat er über eine ganze Zeit gemieden. In ein Flugzeug hätte man ihn damals nicht zu setzen brauchen. Keine fünf Minuten hätte er darin ausgehalten. Sich so ins Unbekannte hineinzuwerfen, setzt eine Willenskraft voraus, die ich ihm nie zugetraut hätte.

Ich muss Sarah unbedingt fragen, ob sie irgendwelche Reiseunterlagen finden kann. Es bleibt mir nichts anderes übrig, als sie wieder anrufen. Es dauert eine Weile, bis ich ihre müde und niedergeschlagene Stimme höre.

„Ja hallo."

Sie klingt, als wäre sie in Gedanken in einer völlig anderen Welt unterwegs.

„Wo hab' ich dich denn hergeholt?"

„Aus dem Badezimmer."

„Wie geht's Dir?"

„In meinem Kopf rotiert alles. Ich kann nicht mehr klar denken, bin heute auch nicht zur Arbeit gefahren. Das hätte keinen Sinn gemacht."

„Kann ich mir gut vorstellen. Aber jetzt was Anderes. Könnte wichtig sein. Glaubst du, du findest vielleicht irgendwo in Toms Chaos irgendwelche Buchungsunterlagen, vielleicht sogar eine Kopie der Mietwagenreservierung?"

„Weiß ich so nicht. Wofür brauchst du die?"

„Wir könnten zum Beispiel nachhören, ob das Auto abgegeben wurde, oder ob es auch den Weg nach Hause noch nicht gefunden hat."

„Ich seh' nach. Wird aber wahrscheinlich etwas dauern."

„Kein Problem. Dann bis später. Und lass bitte den Kopf nicht hängen. Wir werden ihn schon finden."

Outlook meldet sich. Eine Email mit Emilys Adresse im Header liegt im Eingang. Die Neuigkeiten darin sind nicht besonders erfreulich. Hunter hat dem Motel am South Island Highway einen Besuch abgestattet und dort mit einem aus Indien stammenden Mitarbeiter namens Mahesh gesprochen. Er hat Hunter auf den Datenschutz verwiesen, und dass er nicht irgendjemanden in das Zimmer eines Gastes hineinlassen könne, nur weil der ihm ein Foto zeige und irgendeine Geschichte erzähle. Wenigstens bestätigte er, dass es sich um Tom handelt, der seit einigen Tagen nicht wieder aufgetaucht sei, und dass er es einrichten könne, das Zimmer für die nächsten Tage erst mal so zu belassen, wie es ist. Er würde die hinterlegte Kreditkarte weiter belasten. Anschließend war Hunter noch bei einem Kumpel, einem Polizisten. Von einem Unfall mit Beteiligung eines deutschen Touristen wusste der nichts. Er habe nur von einem ortbekannten Typen erzählt, der völlig besoffen in der Nähe der Einmündung zur Willis Road vom Inland Island Highway abgekommen und im Straßengraben gelandet war. Der Fahrer sei unverletzt aus dem Wagen geklettert und hatte später noch in den Streifenwagen gekotzt. Sonst gab es in den letzten Tagen nur die üblichen Blechschäden. Von einem anderen schweren Unfall in der Nähe wusste er nichts. Bei der Feuerwehr hatte Hunter nach dieser Auskunft nicht mehr nachgefragt. Er erinnerte mich wieder daran, dass er im Laufe der Jahre schon viele Geschichten von Leuten gehört habe, die auf der Insel von Büschen, Bäumen und Seen verschluckt worden sind, einfach verschwunden, nie mehr gefunden.

Wenigstens ist jetzt sicher, dass Tom in dem besagten Hotel abgestiegen war, und dass sein Zimmer für ein paar weitere Tage unverändert bleiben würde. Also werde ich Sarah wohl mit einem weiteren Anruf belästigen müssen.

„Hier ist schon wieder Klaus. Hunter hat sich gemeldet."

„Und? Hat er etwas rausbekommen?"

„Im Hotel kommt er nicht weiter, hat aber dafür gesorgt, dass das Zimmer unangetastet bleibt. Er hat noch mit einem Polizisten gesprochen, der aber von nichts wusste."

„In Toms Papierkorb lag ein zerknüllter Ausdruck der Mietwagenbuchung. Wenn der Inhalt noch stimmt, wollte er am Flughafen in Vancouver ein Auto abholen."

„Dann kennen wir jetzt schon mal das Hotel und wissen, woher er sein Auto hat. Ist doch was."

„Was sollen wir jetzt tun?"

„Eine Vermisstenanzeige aufgeben oder selbst rüber fliegen und suchen." Zugegeben: Letzteres war nicht wirklich ernst gemeint.

„Tom würde bestimmt nicht gerne von der Polizei gesucht. Lass es uns selbst versuchen."

Also tatsächlich die komplizierteste und teuerste Variante.

„Dann brauchen wir schnellst möglich einen Flug nach Vancouver und einen Mietwagen. Treffen wir uns in Vancouver oder wo?"

„Mir wäre sehr recht, wenn ich nicht allein nach Canada fliegen müsste."

„Gut, dann Dublin oder irgendwo in Deutschland. Soll ich mich drum kümmern?"

„Wäre mir schon sehr lieb. Du kennst dich doch wesentlich besser damit aus."

Ganz Unrecht hat sie damit nicht, obwohl es auch bei meinen Buchungen schon diverse Pannen gegeben hat.

„Gilt Dein Reisepass noch? Hast du eTA?"

„Mein Reisepass ist neu, hab' ich erst im letzten Jahr geholt. Aber was ist das Andere für ein Zeug?"

„Einreiseformalitäten für Canada, keine große Sache. Du müsstest mir dafür nur ein paar Daten aus deinem Reisepass zukommen lassen."

„Ich schicke dir gleich eine Kopie", sagt sie und legt auf, ohne weitere Worte zu verlieren.

‚Dann wartet jetzt eine ganze Menge Arbeit auf mich', denke ich, und schreibe meinen beiden Canadiern, dass Sarah und ich zu Besuch kommen werden.

Keine fünf Minuten später treffen die Scans der Plastikseiten aus Sarahs Reisepass ein.

Jetzt geht sie los, diese verdammte Suche nach einem einigermaßen bezahlbaren Flug. Nach einigen vergeblichen Recherchen auf diversen Webseiten werde ich fündig, und zwar mit einem Ergebnis, das es für mich etwas umständlich macht und viel Zeit kosten wird: Von Dublin über Frankfurt nach Vancouver. Ich schicke Sarah die Flugdaten. Die Antwort lässt nicht lange auf sich warten: „BUCHEN!"

Der Rest des Tages vergeht mit der Eingabe von Daten, die die Neugier der Fluggesellschaft und der canadischen Einwanderungsbehörde befriedigen sollen. Einen Mietwagen brauchen wir auch noch. Weiter wühle ich mich durch das WorldWideWeb. Schließlich finde ich einen günstigen genau bei dem Unternehmen, das auch Tom einen Wagen zur Verfügung gestellt hatte.

Zum Abschluss des Tages bekommt Max noch etwas Trockenfutter und frisches Wasser. Kurz vor dem Einschlafen plumpst etwas auf mein Bett: Mein Kater. Mit den Vorderpfoten beginnt er, gegen meine Füße zu trampeln. Die Hinterpfoten schwirren wild durch die Luft. Nach ein paar Minuten hat der allabendliche Spuk ein Ende. Er hopst mit einem leisen Stöhnen zurück auf den Boden und kurz darauf höre ich sein Kauen im Flur. Trockenfutter fressen funktioniert nicht geräuschlos.

Für alle weiteren Reisevorbereitungen bleibt mir nur noch ein halber Tag. Der Flug geht morgen um 05:05 Uhr ab Dublin, was bedeutet, dass ich heute Abend den letzten Zug in Richtung der irischen Hauptstadt nehmen muss. Vorher muss ich aber noch meine Nachbarn Hazel und Shay als Versorgungspersonal für Max engagieren. Sie kennen ihn ganz gut. Beruht auf Gegenseitigkeit. Wenn die beiden abends manchmal vorbeikommen, flüchtet er nicht hinter das Sofa, wie bei fast allen anderen Besuchern. Hazel und Shay sind die nettesten Nachbarn, die man sich vorstellen kann. Hazel wohnt schon ihr ganzes Leben lang in Killarney, und das sind immerhin schon gut 70 Jahre. Shay hatte sie vor fast fünfzig in Cork auf der Party einer Freundin kennengelernt. Nur wenige Monate nach der ersten Begegnung heirateten sie und ließen sich in dem Haus nieder, in dem sie jetzt immer noch wohnen.

Im Schnellverfahren packe ich nur das absolut Notwendigste in meinen Koffer. Mein Laptop und eine Videokamera landen im Handgepäck, außerdem mein altes Navi, das zwar absolut nicht auf dem neuesten Stand ist, aber bei den wenigen Veränderungen auf Vancouver Island immer noch gute Dienste leistet. Mein Fernglas quetsche ich vorsichtshalber auch noch in den Rucksack. Könnte nützlich sein.

Kurz vor Mittag gehe ich rüber zu meinen Nachbarn. Bevor ich überhaupt eine Chance hatte, zu klingeln, reißt Hazel schon die Haustür auf.

„Ich hatte schon gehört, wie deine Haustür zuknallte", sagt sie mit einem verschmitzten Grinsen im Gesicht.

„Entschuldigung. Ich muss die Tür unbedingt mal aushängen und ein paar Millimeter abhobeln. Im Moment hab' ich aber ein ganz anderes Problem …"

„Komm rein. An der Haustür kann man das bestimmt nicht lösen."

Wir gehen in die Küche, wo Shay am Tisch mit der bunt gemusterten Wachstuchtischdecke sitzt, die rechte Hand am Henkel seiner Kaffeetasse, vertieft in die Tageszeitung, die vor ihm liegt. Erst, als ich direkt neben ihm stehe, scheint er mich zu wahrzunehmen.

„Guten Morgen Klaus! Du hast dich ja genauso reingeschlichen, wie es sonst nur dein Max macht."

„Wie, der besucht euch? Kein Wunder, dass ich ihn manchmal nicht finde."

„Jetzt setz' dich endlich", tönt es aus Richtung der Spüle. „Was hast du denn für ein Problem?"

„Wie, hat sich unser Deutscher etwa wieder in die Nesseln gesetzt?", fragt Shay leicht sarkastisch nach.

„Nein", entgegne ich. „Ich habe eine große Bitte."

„Was denn für eine Bitte?", hakt Hazel nach.

„Könnt ihr euch in den nächsten beiden Wochen um Max kümmern? Ich muss heute Abend in Richtung Canada aufbrechen."

Ich erzähle ihnen ohne großartige Ausschmückungen die Geschichte von Toms Verschwinden. Die Zustimmung zur Übernahme der Katerbetreuung kommt ohne zu zögern. Wir plaudern anschließend noch eine gute halbe Stunde, dann muss ich zurück zur mittäglichen Routine.

Mein pelziger Mitbewohner wartet schon an der Tür und gibt unmissverständlich die Bestellung für sein Mittagessen auf. Nach getaner Servicearbeiten versorge ich mich in dem Burgerladen in der New Street, oder „an tSráid Nua", wie es im Original heißt, aber kaum noch jemand auszusprechen weiß, wenigstens nicht außerhalb Killarneys. Die Innenausstattung verfrachtet einen in eine andere Zeit und an einen anderen Ort: Amerikanisches Restaurant in den sechziger Jahren, mit roten, dick gepolsterten Kunstledersitzbänken und den klappernden Auswahleinrichtung für passende Musik an jedem Tisch. Die Größe der hier servierten Burger würde sogar genügen, um auch dem dicksten Amerikaner ein gewisses Sättigungsgefühl zu vermitteln.

Nach der üppigen Mahlzeit ergänze ich im nahen Supermarkt noch den Katzenfuttervorrat. Es wäre mir schon sehr peinlich, wenn meine Nachbarn etwas nachkaufen müssten, damit Max nicht auf Diät käme. Obwohl, schaden würde es ihm nicht, so dick, wie er während der letzten Monate geworden ist.

Mit der Einkaufstüte in der Hand laufe ich zum Bahnhof, beschaffe am Automaten in der Eingangshalle die Fahrkarte für heute Abend. Leider gibt es keine direkte Verbindung. Nun ja, man kann nicht alles haben. Noch knapp fünf Stunden bleiben bis zum Aufbruch.

Im irischen zu Hause angekommen, checke ich die Emails. Erst hängt Outlook, dann die Internetverbindung. Nachdem endlich ein Zugang möglich ist, sehe ich eine Email von Sarah. Sie wird am Terminal 1 im Flughafen Frankfurt gleich hinter der Sicherheitskontrolle auf mich warten, schreibt sie.

Weil der Computer sowieso läuft, verschaffe ich mir noch schnell einen groben Überblick über günstige Immobilien auf Vancouver Island. Wo könnte Tom gesucht haben? Billige Häuser sind auf der Insel äußerst rar. Den südlichen Teil der Ostküste kann man in diesem Zusammenhang getrost vergessen. Viel zu teuer. Tom hat zwar eine gute Stelle, aber ohne zusätzliche Finanzspritze die Summen zu stemmen, die dort für Häuser oder Wohnungen aufgebracht werden müssen ... unmöglich. Bleiben nur der Norden um Port Hardy und einige Orte im Westen, wie zum Beispiel Tahsis und Zeballos, wobei ich inständig hoffe, dass er an Letztere keinen einzigen Gedanken verschwendet hat. Die Preise dort passen zwar zu seinem mutmaßlichen Budget, aber solche Sonderangebote fordern ihren Tribut an anderer Stelle.

Viertel nach sieben stehe ich auf dem Bahnsteig in Killarney und warte auf den Zug nach Dublin. Ziemlich kühl ist es. Keine Überraschung für Ende März. Die Lautsprecher knarzen. Eine kaum verständliche Ansage schallt über den nur spärlich bevölkerten Bahnsteig. Die paar Silben, die ich aufschnappe, lassen den Schluss zu, dass der Zug Verspätung haben wird. Kein Problem, denn in Dublin werde ich ausreichend Zeit haben, um zum Flughafen zu kommen.

Kurz vor acht plärren die Lautsprecher wieder los und verkünden die baldige Ankunft des Zuges. Wenig später beginnen weit weit weg drei winzige Lichtpunkte in der Dunkelheit zu leuchten, die stetig größer werden. Die Gleise beginnen zu singen. Vertraute Geräusche eines bremsenden Zugs nähern sich. Die letzten Wagons rumpeln mit einer so enormen Geschwindigkeit an mir vorbei, dass ich sie ohne Anstrengung zu Fuß leicht überholen könnte. Nachdem der Zug zum Stehen gekommen ist, öffnen sich die Türen. Nur wenige Fahrgäste steigen nach dem Schaffner aus. Ich suche mir einen Platz im zweiten Wagen von vorne. Eine 4-er Sitzgruppe ist noch frei. Genug Platz für mich, meinen Koffer und das Handgepäck. Ich ziehe die Jacke aus und setze mich auf den Sitz am Fenster in Fahrtrichtung. Ein schriller Pfiff, dann kommt Bewegung in den Zug. Ganz langsam gleiten Lichter der Stadt an den Fenstern vorbei. Erst als kein Haus mehr neben den Gleisen zu sehen ist, nimmt er weiter Fahrt auf. Durch die Fenster sieht man nur noch Dunkelheit und einige Büsche, auf die das Licht der Innenbeleuchtung fällt. Das monotone Rattern der Räder auf den Gleisen ermüdet zwar, aber einschlafen darf ich nicht, wenigstens nicht auf dem ersten Teilstück der Reise. In Mallow heißt es umsteigen. Ein Buch unterstützt mich bei meinem Kampf gegen die Müdigkeit.

Als ich auf Seite 38 angekommen bin, wird der Bahnhof von Mallow angekündigt. Also packe ich meine sieben Sachen und schwanke langsam in Richtung der Ausgangstür, an der ich allerdings noch ein paar Minuten warten muss, bis die Bremsen zu pfeifen beginnen, und der Zug in Schrittgeschwindigkeit über Weichen hoppelnd in den Bahnhof einfährt. Mein Anschlusszug wartet schon, doch der Bahnsteigwechsel samt Gepäck gestaltet sich schwieriger, als erwartet, denn der Aufzug zur Überführung streikt.

Im IC nach Dublin, der deutlich besser ausgelastet ist, dauert es eine Weile, bis ich einen Platz für mich und mein Zeug gefunden habe. Es ist zwar enger als zuvor, und ich werde die Fahrt rückwärts genießen dürfen, aber Hauptsache, ich muss nicht an der Tür stehen.

Ein Pfiff ertönt. Die Türen schlagen zu. Es ist 21:00 Uhr und zappenduster. Noch knapp über zwei Stunden bis zur Heuston Station im Osten Dublins. Die Doppelachsen der Drehgestelle melden jeden Schienenstoß in einem gleichbleibenden Rhythmus. Die aufkommende Langeweile treibt mich dazu, weiter in dem Buch zu lesen, in dem sich mehr und mehr ein grausliches Bild eines ehemaligen US-amerikanischen Präsidenten und seiner wirren Ideen manifestiert. Wie konnte der bloß in diese Position gewählt werden? Wie konnte er einen großen Teil des US-Volks dazu bringen, all seine Lügen zu glauben? Es kommt schließlich der Moment, an dem es mir reicht. Aufregung wird es in den nächsten Stunden und Tagen noch genug geben, da muss ich mir nicht noch diese Auswüchse eines Immobilienfritzen antun. Und so landet das Buch wieder im Rucksack. Eigentlich war es ganz schön blöd von mir, das Gewicht meines Handgepäcks durch ein solches Machwerk zu erhöhen. Jetzt steckt es drin, und ich werfe kein Buch weg.

Die Dichte der Lichter, die durch die Zugfenster zu erkennen sind, nimmt immer mehr zu. Bis zur Heuston Station kann es nicht mehr weit sein. Kurz nach einer quäkenden Ansage, beginnt der Lokführer, das Ende der Fahrt einzuleiten. Bremsen quietschen, der Waggon wackelt, wie auch schon vor dem Zwischenstopp. Beleuchtete Bahnsteigüberdachungen tauchen aus dem Dunkel der Umgebung auf, und schließlich verschluckt eine große Halle den Zug vollständig. Obwohl es jetzt schon fast Mitternacht ist, herrscht überall noch ein geschäftiges Treiben. Ich verstaue wieder alle meine Kleinigkeiten, schnappe meine Sachen und bewege mich leicht torkelnd in Richtung der Ausgangstür, während der Zug ausrollt. Sofort, nachdem er angehalten hat, öffne ich die Tür, bleibe beim zweiten Schritt in dem Zwischenraum zwischen Waggonboden und Bahnsteigkante hängen und lege mich fast auf die Nase. Ich kann mich zwar noch fangen, stolpere aber wie ein Betrunkener mit meinem Koffer im Schlepptau auf den Bahnsteig. „Herzlich willkommen in Dublin", tönt es genau in diesem Moment durch die Halle. Es ist verdammt laut unter dem mehrfach gewölbten Dach. Unterhalten kann man sich hier nicht wirklich. Muss ich auch nicht, denn noch bin ich alleine unterwegs.

So schnell wie möglich wühle ich mich durch das Gewusel im Eingangsbereich des Bahnhofs in Richtung der Bushaltestellen. Es sind jetzt zwar noch fast sieben Stunden bis zum Abflug, aber in knapp 15 Minuten fährt der letzte Airlink, der Bahnhof und Flughafen verbindet. Wenn ich den nicht kriege, bleibt nur noch ein Taxi.

Der Bus wartet direkt vor dem Kopf des Bahnhofsgebäudes, allerdings nicht unter einem Dach. Es hat angefangen leicht zu regnen, und weil das Letzte, was ich jetzt gebrauchen kann, nasse Haare und Klamotten sind, laufe ich die wenigen Meter und steige sofort ein. Nachdem ich beim Fahrer meine Fahrkarte erstanden habe, verstaue ich meine Utensilien und lasse mich auf den nächstbesten Sitz fallen. Ein paar Mal tief durchatmen, dann setzt sich der Bus auch schon in Bewegung.

Die Fahrtstrecke gleicht der einer Sightseeing-Tour ohne Ton, denn der Fahrer schweigt vor sich hin. Je näher wir der O'Connell Street kommen, desto dichter wird der Verkehr. Auch der Strom der Menschen, die zu Fuß in der fast vollständig orange eingefärbten Stadt unterwegs sind, nimmt immer weiter zu.

Der Verkehr stockt. Minute um Minute vergeht, ohne dass ein spürbarer Fortschritt spürbar wäre. Der Fahrer scheint ungeduldig zu werden, trommelt mit den Fingern unrhythmisch auf dem Lenkrad herum. Auf der anderen Seite des Liffey versucht sich ein Rettungswagen mit Blaulicht und viel Getöse einen Weg durch die Menge des stehenden Blechs zu bahnen. Viel schneller als der Bus scheint er nicht zu voran zu kommen. Schließlich biegt er in Richtung Temple Bar ab. Nach einer weiteren gefühlten Ewigkeit erreichen wir dann doch Dublins zentralen Busbahnhof. Eine Menge Mensch samt Reisemobiliar schwappt herein und breitet sich aus. Vorbei ist es mit der bisherigen relativen Ruhe. Bis zum Flughafen stehen die Münder der Neuzugänge nicht still. Es dröhnt in meinen Ohren, als ich den Bus verlasse und mich im Halbdunkel in Richtung des Check-in-Schalters in Bewegung setze. Die Anzeige über dem Counter besagt, dass ich eine gute Stunde zu früh angekommen bin. Also wieder warten. Ich suche mir einen Sitzplatz mit guter Aussicht und beobachte das nächtliche Schauspiel: Reinigungskräfte, die in Zeitlupe den Boden wischen und Mülleimer leeren, hektisch agierende Fluggäste und gelassen wirkende Uniformierte, teils schwer bewaffnet.

Die ersten Mitarbeiter der Fluggesellschaft treffen gegen 2:00 Uhr ein und machen sich an den Bildschirmarbeitsplätzen zu schaffen. Ich wühle in meinem Rucksack und hole Reisepass und Buchungsbestätigung heraus. Mittlerweile haben sich weitere Leute samt Gepäck eingefunden. Um die Vierzig werden es wohl sein. Ich stehe auf, nehme mein Gepäck und geselle mich zu der Schlage für die Economy Class. Kurz darauf bin ich meinen Koffer los. „Der geht durch bis Vancouver", erklärt mir die freundliche Airlinemitarbeiterin.

An der Sicherheitskontrolle läuft die übliche Routine ab: Schuhe ausziehen, Gürtel ab und sämtliche Taschen leeren, bevor es in die senkrecht stehende Glasröhre des Ganzkörperscanner geht. Hände hoch, Füße in die gelben Markierungen. Zwei Stäbe schwirren entlang der gewölbten Scheiben um mich herum. Unheimlich. Gott sei Dank keine weiteren Untersuchungen.

Am Gate wartet die Maschine schon auf den Ansturm der Passagiere, obwohl: Voll wird dieser Flieger nach Frankfurt nicht. Zu früh am Tag. Noch ungefähr eine halbe Stunde, dann geht es dem Sonnenaufgang entgegen.

Was ich insgeheim befürchtet hatte, trifft ein. Mein Sitznachbar scheint einer von der gesprächigen Sorte zu sein. Er stellt sich zwar nicht vor, philosophiert aber sofort ausführlich über die Politik in Deutschland, in den USA und in der ganzen Welt, über die Kirchen, den Papst, Aktienkurse, seine Familie, das Wetter und so weiter … und das alles in einem Englisch, dessen Akzent sehr deutlich verrät, dass es sich dabei nicht um seine Muttersprache handelt. Obwohl er zu Allem eine Meinung hat, scheint Fachwissen seinem Redefluss nicht unbedingt im Wege zu stehen. Die Aktivierung der Anschnallzeichen, gefolgt von der freundlichen Stimme einer Flugbegleiterin, die darauf aufmerksam macht, dass die Maschine in wenigen Minuten pünktlich landen wird, beendet abrupt seinen Monolog.

Das Geräusch der Triebwerke verändert sich. Bei mir setzt - wie üblich - ein unangenehmes Fahrstuhlgefühl ein, grade so, als ob mir den Boden unter dem Sitz weggezogen wird. Neue Geräusche deuten auf das Ausfahren des Fahrgestells hin. Jetzt befinden wir uns schon unterhalb der Wolkendecke. Die Wolkenkratzer der Frankfurter Innenstadt wachsen aus dem Dunst heraus, dem Himmel entgegen. Wir fliegen von Osten an. Mein Sitznachbar ist immer noch still und etwas blass geworden. Er brauchte wohl die verbale Überschwemmung seines Umfelds während des Flugs, um seine Angst in einen abgelegenen Teil seines Gehirns zu spülen. Schweißperlen stehen jetzt auf seiner Stirn.

Fast unmerklich setzt der Pilot die Maschine auf die Landebahn. Es folgt eine Vollbremsung. Die ersten Mobiltelefone werden angeschaltet, wie immer viel zu früh. Gurtschlösser klacken, ebenfalls viel zu früh. Unmittelbar nachdem unsere Maschine das zugewiesene Gate am Terminal 1 erreicht hat, stehen fast alle Fluggäste gleichzeitig auf und setzen sich in Bewegung, wie nach einem Startschuss. Wie immer stoppt die Karawane mehrfach auf dem Weg zum Ausgang, weil immer wieder jemand noch schnell etwas aus einem der Staufächer holen muss. Endlich komme ich mit meinem Handgepäck durch den Tunnel zu einem Treppenturm, dessen Stufen nicht nur sehr steil aussehen. Die Anstrengung des Aufstiegs zur nächsten Ebene ähnelt der einer Bergwanderung.

In dem Moment, in dem ich durch die Tür in die Halle eintrete, beginnt eine kleine blonde Frau wie wild zu winken. Es ist Sarah. Da steht sie nun also, mit einem zwiespältigen Gesichtsausdruck aus Freude und Sorge.

„Du hast das Rennen um die Anreise nach Frankfurt eindeutig gewonnen", sage ich.

„Ja, mein Zug war diesmal unerwartet pünktlich unterwegs, was man von deinem Luftbus nicht sagen kann. Hatte der Pilot etwa die Ausfahrt verpasst?" Wenigstens hat sie ihren Humor nicht vollständig verloren.

„Nein, ich nehme an, das Navi hat ihn über eine langsamere Strecke geführt. … Wie geht's dir?"

„Ach, ich habe Angst vor dem, was uns in Canada erwartet."

„Kann ich gut verstehen!"

Wir wandern in Richtung des Abfluggates für LH 492. Eine Rolle ihres schwarzen Trolleys quietscht vor sich hin.

„Was macht eigentlich Max?"

„Der beschäftigt jetzt meine Nachbarn und wird Ihnen als Gegenleistung bestimmt einige lange Geschichten vormiauen. Ich glaube, er ist noch etwas dicker geworden, seit du ihn das letzte Mal gesehen hast."

Die Ansage, dass mit dem Einsteigen begonnen werden soll, würgt unsere kurze Unterhaltung ab. Nachdem die First- und Business-Class-Passagiere hinter einer Glastür verschwunden sind, wird der Bereich, in dem sich unsere Plätze für die nächsten mehr als zehn Stunden befinden, aufgerufen. Ich hatte absichtlich Plätze ganz hinten gebucht, damit wir ohne dritten Mann oder Frau am Fenster sitzen können. Nach der Kontrolle unserer Pässe und Tickets dürfen auch wir durch die Glastür zu einer jener steilen Treppen, die ich vorhin in Gegenrichtung zu erklimmen das Vergnügen hatte. Im Flugzeug folgt das übliche Spiel. Die vor uns eingestiegenen Mitflieger versuchen ihre wieder mal viel zu großen Handgepäckstücke in den dafür viel zu kleinen Fächern über den Sitzen zu verstauen. Schritt für Schritt geht es weiter in Richtung des Hecks, bis auch wir bei unseren Plätzen ankommen.

Sarah setzt sich ans Fenster und schaut direkt nach draußen. Als auch ich mich in den Sitz fallen lasse, dreht sie kurz ihren Kopf zur Seite und schaut mich mit großen feuchten Augen an. Vor uns füllt sich der Passagierraum. Mein Nachbar vom vorherigen Flug taucht am Ende des Gangs auf und verschwindet einige Reihen weiter vorne im Mittelbereich.

„Wenn du wüsstest, was das da vorne für ein Kerl ist", beginne ich meinen Bericht von dieser Begegnung, natürlich mit einigen derben Überzeichnungen, die manchmal ein kleines Lächeln in ihr Gesicht bringen. Die Flugbegleiter*innen absolvieren ihre Prüfroutine, gefolgt von der Begrüßung durch die Chefin des Bordservices. Der Pegel der allgemeinen Sprechgeräusche sinkt kaum. Wen interessiert, was sie so gekonnt herunterleiert? Während der Film mit den Sicherheitshinweisen auf dem kleinen Monitor vor meiner Nase flimmert, fallen meine Augen in immer kürzeren Abständen zu. Schließlich übermannt mich die Müdigkeit und ich schlafe ein.

4.T

Er wachte auf und konnte sich keinen Reim auf das machen, was sich um ihn herum vor seinen Augen abspielte. Sein Schädel schien mit einer Art Blumenkohl gefüllt zu sein, trotzdem inhaltslos, leer. Sein biologisches Betriebssystem war noch nicht startklar. So sehr waren die Neuronen und Synapsen in seinem Schädel durchgeschüttelt worden, dass die Proteine und Neurotransmitter sich erst sortieren mussten, bevor sie die ihnen zugewiesene Arbeit fortsetzen konnten. Seine Augen funktionierten zwar, aber wie Kameras, die pausenlos Bilder lieferten. Anfangen konnte er mit den visuellen Informationen nichts. Seine Ohren registrierten Schwingungen, die durch die Luft schwebten, doch war er nicht in der Lage, deren Bedeutung in Worte umzuwandeln. Nutzloses Zeug. Es machte ihm Angst, Angst in einer ursprünglichen Art, so, wie man sie in unserer Zeit nur von Tieren zu kennen glaubt.

Er sah etwas Helles schlaff vor sich hängen, dahinter viel dunkel, aber nicht wirklich schwarz. Mehr verschiedenste Arten von Dunkel. Die Oberfläche dessen, was seine Augen aufnahmen, war nicht glatt – wobei er im Moment nicht in der Lage gewesen wäre, die Situation verbal zu beschreiben, weil er keine Worte kannte, die er dafür hätte verwenden können. Jedenfalls kam es ihm so vor, als würde er nach vorne kippen. Reflexartig versuchte er, sich irgendwo abzustützen, was ihm nicht gelang, weil er mit seinen Händen nichts erreichte, was dafür geeignet gewesen wäre. Er wurde von etwas gehalten, war angebunden, fixiert in dieser unangenehmen Position. Er wollte raus, hing aber fest, fühlte sich gefangen. Keine Idee, wie er sich aus dieser beklemmenden Situation befreien könnte. Flucht erschien unmöglich, obwohl er einen starken Drang dazu verspürte. Er steckte fest in diesem engen Raum. Sein Instinkt half ihm nicht weiter. Auch dieser Teil seines Gehirns arbeitete noch nicht wieder vollständig. Er wollte schreien, aber außer einigen merkwürdig klingenden Lauten verließ nichts seinen Mund. Panik breitete sich immer mehr in ihm aus.

Es dauerte eine ganze Weile, ehe er sich mehr und mehr daran erinnern konnte, was ihn umgab, was er da wahrnahm. Worte begannen in seinen Kopf zu fließen, wie eine zähe Flüssigkeit, die langsam ein Gefäß füllt. Es verging eine gute Stunde, ehe er den Ort, an dem er sich befand, als Innenraum eines Autos identifizieren konnte. Wie mit angezogener Handbremse arbeitete sich sein Gehirn immer weiter in die Realität zurück. Der Blumenkohl kam langsam unter Strom und nahm seine Arbeit wieder auf. Jetzt realisierte er, dass das labberige Helle vor seinen Augen ein Airbag war, der aus irgendeinem Grund, an den er sich nicht erinnern konnte, aufgegangen sein musste und ihm jetzt, schlaff herunterhängend, große Teile der Sicht nach draußen versperrten. Es war ziemlich still geworden. Nur das unregelmäßige Dunkel vor der Frontscheibe und ein Rauschen drangen zu ihm durch. Das Licht, das die Szenerie etwas aufhellte, schimmerte grünlich und flackerte. Er fühlte sich immer noch wie gefesselt. In diesem Moment wurde ihm klar, dass er noch angeschnallt war. Er würde diesen Riemen lösen müssen, um aus seinem Gefängnis ausbrechen zu können. Aber wie? Er fand nach einigem Gefummel auf der rechten Seite des Sitzes eine Möglichkeit, das Gurtschloss zu öffnen und fiel fast vornüber gegen die Windschutzscheibe. ‚Doch zu schwer', dachte er jetzt. Er versuchte, die Tür zu öffnen. Nach dem Ziehen eines silbernen Hebels, den seine Finger zuerst ertastet und seine Augen dann auch entdeckt hatten, gab er ihr einen vorsichtigen Schubser, und sie schwang mit viel Schwung von ihm weg. Sofort schlug ihm kalte Luft entgegen. Frische drang zu ihm vor und füllte seine Lungen.

Er musste das Auto wohl steil abwärts abgestellt haben, so sein nächster neuer Gedanke, der ihn selbst überraschte und gleichzeitig auch erschreckte. Aber wie? Und warum? Vor allem: Woher war er gekommen? Eine Straße erkannte er durch das Gewirr der Äste nicht. Auch drang an seine Ohren kein

Geräusch, das einen Hinweis auf motorisierte Fahrzeuge hätte geben können. Ob er in diesem Moment überhaupt in der Lage gewesen wäre, solche Klänge zuzuordnen, war noch eine ganz andere Frage.

Erneut stieg Panik in ihm auf und schwappte regelrecht über ihm zusammen. ‚Raus hier' schrie es in seinem Kopf unaufhörlich und immer lauter. Er wand sich, drückte sich vom Armaturenbrett ab und konnte schließlich seine Füße vor die Autotür bringen, wo sie aber keinen festen Halt fanden. Alles war schräg, rutschig und voller Löcher und Spalten. Der Untergrund schien seine Füße trotz der glatten Oberfläche festhalten zu wollen, aber nicht, um ihn vor dem Abrutschen zu bewahren, sondern vielmehr um ihn in seiner ungünstigen Lage zu fixieren. Er drehte sich auf den Bauch, schob sich weiter aus dem Auto hinaus. Dann plötzlich ein Widerstand an den Knien, aber immer noch sehr glatt. Er rutschte ein Stück abwärts, blieb an etwas Rauem hängen. Direkt unter ihm knackte es. Er konnte nun auch wieder Gerüche erkennen und stellte fest, dass die Zusammenfassung der Informationen, die seine Augen, Hände, Beine, Nase und Ohren zur Verfügung stellten, ergab, dass er sich auf einem riesigen Holzhaufen mitten in einem Gebüsch befinden musste. Über ihm ließ das Geäst der Baumkronen, die sich mit einem zarten Grün zu verzieren begannen, nur wenig Sonnenlicht hindurch. Staunend und ängstlich wie ein kleines hilfloses Kind schaute er sich um. Er hockte an einer Stelle, die noch gut zwei Meter über dem ehemaligen Waldboden lag. Ehemalig, weil die Holzfäller die Erdoberfläche regelrecht umgepflügt hatten, aber nicht systematisch, wie auf einem Acker. Die Spuren der grobstolligen Reifen der Harvester hatten sich tief eingegraben. Diese Zerstörung lag wohl einige Jahre zurück, denn auch aus den Fahrrinnen wuchsen schon kleine Bäume und Büsche. Er rutschte langsam und – soweit es ihm möglich war - kontrolliert auf Schuhsohlen, Hinterteil und Händen weiter nach unten. Immer wieder blieb er an Stellen hängen, an denen die dünnen Stämme in ihrem Chaos überkreuzt lagen. Es dauerte, aber dann war er endlich zurück auf der weichen durchnässten Erde angekommen. Er hatte keinen blassen Schimmer, wo er sein könnte. Keine freie Sicht auf den Horizont. Überall Äste und aus den Knospen heraus gewachsenes Blattwerk. Dem Stand der Sonne nach zu urteilen, die manchmal kurz durch das noch nicht ganz vollendete Blätterdach schien, war es anscheinend kurz vor deren Untergang, später Nachmittag. Lange Schatten bewegten sich über den Boden. Jetzt begann sein Körper Signale auszusenden, die auf die Einwirkung ungewohnter Kräfte hingewiesen. Schmerzen machten sich breit, besonders im Nacken und entlang der Wirbelsäule. Die Klettertour, wenn sie auch nur kurz war, hatte ihm zusätzlich deutlich zugesetzt. Die Knie wurden weich, die Sicht unscharf. Alles schwankte. Der Puls klopfte, nein, hämmerte in seinen Ohren. Er setzte sich am Rande des Holzhaufens, etwas schräg unterhalb des Autos, auf einen halbwegs trockenen Baumstamm, und sein Bewusstsein tauchte ab in die Dunkelheit.

„Möchten Sie etwas trinken", fragt eine freundliche weibliche Stimme. Eine Flugbegleiterin steht mit ihrem Rollregal neben unseren Sitzen. Ich war wohl tatsächlich eingeschlafen. Sarah grinst mich an und bestellt sich einen Weißwein.

„Ich hätte gerne eine Cola", höre ich mich sagen. Mit geschickten Bewegungen gießt die Flugbegleiterin die gewünschten Getränke in Plastikbecher und reicht sie uns. Wir bedanken uns artig.

Diese Flüge über den Atlantik und den Norden Canadas sind für mich auch nach fast 30 Überquerungen immer noch eine Herausforderung. Diese monotonen Geräusche der Triebwerke und der Lüftung für über 10 Stunden, nur unterbrochen von den Fragen der Flugbegleiter nach den Vorlieben für Essen und Trinken, gehen mir gewaltig auf die Nerven.

Sarah nippt an ihrem zweiten Weißwein, den sie zusammen mit dem Mittagessen kurz hinter Schottland bekommen hat, und schaut etwas verträumt aus dem Fenster. Ihre Augen glänzen. Sie ist vorher noch nie über dem Atlantik gewesen. Für sie ist alles, was sich auf der Flugstrecke westlich und nördlich von Irland und jetzt um die elf Kilometer unter uns befindet, komplettes Neuland.

Die Anschnallzeichen gehen an, gefolgt von einer Durchsage des Flugkapitäns, mit der er Turbulenzen ankündigt. Prompt fängt die Maschine an zu vibrieren und zu hoppeln. Wie üblich soll man die Toiletten nicht benutzen, was allerdings einigen der Mitreisenden als eine Aufforderung verstehen, dies jetzt erst recht zu tun. Zu dem sonst monotonen Geräusch der Turbinen kommt jetzt zunehmend ein unrhythmisches Klappern. Die Luftlöcher lassen den Jumbo immer wieder hüpfen und die Triebwerke kurz aufheulen. Der turbulente Spuk dauert eine knappe halbe Stunde. Dann kehrt wieder Ruhe ein, wobei man bei dem sowieso vorhandenen Schallpegel nicht wirklich von Ruhe sprechen kann. Sarah sind die Augen zugefallen.

So langsam wächst meine Ungeduld und proportional dazu nehmen die Schmerzen an der Kontaktfläche zum Sitz zu. Noch knappe zwei Stunden sind zu überstehen. Unter uns liegt jetzt eine geschlossene Wolkendecke. ‚Ob es unten regnet', frage ich mich. Die letzten 150 Kilometer im Regen fahren zu müssen, wäre das Letze, was ich jetzt noch gebrauchen könnte.

Aus dem Cockpit kommt die Ansage, dass wir in etwa 30 Minuten landen werden. Die Hinweise zum Wetter geben Hoffnung auf etwas Sonne und Temperaturen um die 15°C. Mit einem deutlich vernehmbaren „Bing" werden die Anschnallzeichen eingeschaltet.

Nachdem wir die schneebedeckten Gipfel des Küstengebirges hinter uns gelassen haben, beginnt der letzte Abschnitt des Landeanflugs auf Vancouver mir einem weit ausladenden Bogen, der uns an seinem Ende von Westen an die Landebahn führen wird. Die Wolken zerfallen, geben die Sicht auf Vancouver und die Strait of Georgia frei. Sogar die beiden Fähren, die unermüdlich zwischen dem Festland und Vancouver Island pendeln, zeigen sich im Oval des kleinen Fensters. Sie begegnen sich just in diesem Moment etwa auf halber Strecke zwischen Horseshoe Bay und Nanaimo.

„Mit einer von den beiden da unten setzen wir nachher über", sage ich zu Sarah, und strecke dabei meine rechte Hand in Richtung der beiden kurzen Striche mit Schweif unten auf dem Wasser. Fast hätte ich dabei ihre Nase erwischt, aber sie hatte ihren Kopf mit der jetzt wilden Mähne schon in die richtige Richtung gedreht.

Die Aufzugskabine mit Flügeln beginnt ihren kontrollierten gefühlten Absturz. Kurz vor dem Aufsetzen gleicht der Pilot noch eine leichte Böe aus, dann der Kontakt der mächtigen Räder des Jumbos mit der Landebahn. Scharfes lautstarkes Abbremsen und Umkehrschub. Wir sind in Canada angekommen. Es hat den Anschein, als würden wir mit unserem Flieger zunächst noch sämtliche befestigten Flächen des YVR abfahren, bevor er schließlich doch zum Stillstand kommt. Wir haben unser Gate erreicht. Endich. Eine nur in Bruchstücken verständliche Ansage ertönt, gefolgt von dem üblichen Schauspiel der fast gleichzeitig aufstehenden Passagiere. Einige greifen als erstes zu ihren Smartphones, denn versäumte Nachrichten der letzten zehn Stunden warten darauf, gelesen zu werden. Andere haben nichts Eiligeres zu tun, als sich in Richtung der Klappen über ihren Köpfen zu verbiegen, um nach ihrem Handgepäck zu wühlen, ohne Rücksicht auf Verluste. Hier, aus einer der letzten Reihen des Jumbos betrachtet, wirkt es wie eine merkwürdige moderne Choreografie.

„Herzlich Willkommen in Canada", sage ich zu Sarah, die doch sehr müde aussieht, obwohl sie während der meisten Zeit des Fluges geschlafen hat. Sie sortiert ihre langen Haare und zieht ihre Jacke an, die sie unter dem Sitz des Vordermanns fein säuberlich gefaltet abgelegt hatte.

„Wie geht es jetzt weiter?"

„Viel laufen und `rumstehen, bis wir den Mietwagen haben", fasse ich die nächsten Minuten in stark geraffter Form zusammen.

Es ist jetzt kurz vor Mittag am internationalen Flughafen von Vancouver. Durch die Glasfassade sieht man die noch schneebedeckten Berge, die nördlich der Stadt liegen.

„Da vor den Bergen geht`s nachher mitten durch die Innenstadt."

„Wie lange brauchen wir jetzt noch?", erkundigt sich Sarah wie ein ungeduldiges Kind.

„Eine knappe Stunde bis zum Fährterminal, dann ungefähr 90 Minuten Schifffahrt, und anschließend nochmal genauso lang bis nach Campbell River."

„Was schätzt Du, wann wir bei Emily und Hunter ankommen?"

„Das hängt von der Fähre ab. Wenn wir Glück haben, und es auf die um 15:45 Uhr schaffen, so um sieben."

Nach vielen Metern auf Gängen und Laufbändern, die über den Köpfen der auf ihren Abflug wartenden Passagiere des internationalen Terminals zwischen den Bäumen aus Stahl unter dem Dach hängen, müssen wir zwei Ebenen nach unten zur Einwanderung, wo uns eine riesige digitale Anzeige mit Hinweisen zum Ablauf der Einreiseformalitäten versorgt, immer wieder unterbrochen von Szenen aus British Columbia. Wir werden zu einem der neugierigen Automaten geschickt, die zum krönenden Abschluss ein Steckbrieffoto aufnehmen. Deren Ausdruck darf man zusammen mit dem Reisepass einem der uniformierten Beamten geben, die an einem Stehtisch auf die Neuankömmlinge warten.

„Wo soll's denn hingehen?"

„Zu Freunden, nach Campbell River", antworte ich, während er unsere Pässe durchblättert und einige der Angaben auf dem Automatenzettel rot einkreist.

„Wie lange kennen sie die schon?"

„Über 20 Jahre."

„Ihre Begleiterin war aber noch nicht da – oder?"

„Nein", sage ich, „aber ihr Freund. Er ist seit fast drei Wochen auf Vancouver Island. Wir treffen uns mit ihm und fliegen dann gemeinsam wieder zurück." ‚Hoffentlich', ergänze ich noch in Gedanken.

„Dann wünsche ich ihnen eine schöne Zeit", sagt unser Sachbearbeiter und gibt uns unsere Pässe und Belege zurück. Die erste Hürde ist genommen. Die nächste folgt sogleich: Die Warterei auf die Koffer. Sarah und ich eilen zum dem Gepäckband, an dem unsere beiden ankommen sollen. Es tut sich aber nichts, keine Bewegung. Nach und nach wird es enger entlang der Ausgabe. Immer mehr unserer Mitflieger haben die Formalitäten der Einwanderung überstanden. Plötzlich ein Warnton. Eine gelbe Rundumleuchte nimmt ihren Dienst auf, und wenig später plumpsen Gepäckstücke aus der Mitte des Ovals auf das Transportband. Unsere gehören natürlich nicht zu den ersten, die ausgespuckt werden. Nach schier unendlichen Minuten hektischen Treibens, während deren einige noch herrenlose Gepäckstücke immer wieder ihre Runden vollenden, tauchen auch unsere aus den Tiefen des Flughafens auf, werden um eine letzte Ecke geleitet und rutschen schließlich gegen die untere Begrenzung der sich bewegenden schrägen geschuppten Fläche. In greifbarer Nähe angekommen, pflücke ich sie vom Gepäckband, und werde überrascht von dem Gewicht von Sarahs bunt beklebtem Koffer.

„Was hast du denn alles da drin?"

„Och, nicht viel. Was man halt so braucht."

Na gut. Wenn sie es sagt. Allein, mir fehlt der Glaube. Wir beeilen uns, marschieren in Richtung des Ausgangs, vorbei an einem Zollbeamten, der uns emotionslos die bemalten Zettel abnimmt, und hinter einer Tür vorbei an einem Spalier erwartungsvoller Gesichter in der Eingangshalle des Flughafens. Hinweistafeln zeigen in Richtung der Car Rentals, die ich allerdings nach so langer Erfahrung auch ohne Hilfe finde. Durch die frische kühle Luft ziehen wir unsere Koffer über einen breiten Zebrastreifen, der sich unmittelbar hinter der Ausgangstür ausbreitet, folgen dem abfallenden sich schlängelnden Betonweg, dessen Fugen von den Rollen unserer Trolleys akustisch quittiert werden. Am Ende des Gefälles gelangen wir zum Untergeschoss des Parkhauses. Hinter einer Glaswand steht die endlose Reihe der Schalter, in deren Mitte der unseres Autovermieters nicht nur auf uns zu warten scheint. Nachdem uns die Automatiktüren den Weg frei gegeben haben, stellen wir uns ans Ende einer Warteschlange, die so kurz ist, dass sie eigentlich die Bezeichnung Schlange nicht verdient. Ich suche schon mal die notwendigen Unterlagen zusammen.

„Hast du eine Kopie von Toms Buchungsunterlagen dabei? ... und deinen Führerschein?"

„Einen Moment." Sarah beginnt in Ihrer Tasche zu wühlen, gibt mir die Ausdrucke, schaut mich dabei aber etwas geknickt an.

„Ich finde meinen Führerschein nicht. Ist das schlimm?"

„Kein Problem."

Sagt sich so einfach, stimmt aber eigentlich nicht, denn so darf ich die ganze Zeit Chauffeur spielen, wie so oft, wenn ich mit Freunden unterwegs bin.

Wir kommen an die Reihe und ich reiche dem Mietwagenverteiler die Papiere und Plastikkarten. Er fängt an zu tippen. Wenig später legt er mir die Mietvereinbarung vor und zeigt mir die Stellen, an denen meine Initialen und eine Unterschrift fällig sind. Nachdem auch das erledigt ist, erklärt er uns noch, wo wir das Auto finden. Ich bedanke mich, und dann beginnt der spannende Teil der Unterhaltung. Ich lege dem Mann auf der anderen Seite des Schalters Toms Buchungsbestätigung vor.

„Können sie mir sagen, welches Fahrzeug zu dieser Buchung gehört?"

„Warum wollen sie das wissen?"

„Wir suchen einen Freund, der sich seit einigen Tagen nirgendwo gemeldet hat. Sein Hotel haben wir ausfindig machen können, wissen aber nicht, mit welchem Auto er unterwegs ist. Es wäre für uns eine enorme Erleichterung, wenn sie uns helfen könnten."

„Eigentlich darf ich ihnen diese Informationen nicht geben …"

„Bitte", kommt es aus Sarah heraus, die ihn fast übertrieben verzweifelt ansieht.

„Na gut. Ich sehe mal nach. Es kann aber einen kleinen Moment dauern." Sarahs Blick hat gewirkt.

Er nimmt die Buchungsbestätigung, wirft einen gezielten Blick darauf, und malträtiert die Tastatur seines Computers. Manchmal neigt er den Kopf, presst mehrmals kurz die Lippen zusammen und kratzt sich am Hinterkopf. Dann wendet er sich uns wieder zu.

„Ich habe hier im System gefunden, dass er unsere Station mit einem Chevrolet Equinox in Summit White verlassen hat. Das Kennzeichen stammt hier aus British Columbia: 967 NFA. Probleme sind hier keine eingetragen. Also wird er noch damit unterwegs sein. ... aber von mir haben sie diese Informationen natürlich nicht. Wenn das rauskommt, bekomme ich Ärger."

„Vielen Dank. Sie haben uns sehr geholfen. Und ihren Namen haben wir schon vergessen", sage ich zu ihm mit einem Augenzwinkern. Er strahlt über das ganze Gesicht. Weil die Schlange hinter uns endete, hat auch niemand etwas von dieser Indiskretion erfahren.

Mit unserem Gepäck machen wir uns auf den Weg zu dem genannten Parkplatz, auf dem auch ein Chevy abgestellt ist, ein roter Blazer. Jetzt aber schnell rein mit den Koffern, Klappe zu und nichts wie hier raus. Ich starte erst den Motor und dann das eingebaute Navi, gebe unser Ziel ein. Eine kühlt klingende Frauenstimme leitet uns auf den Highway 99 in Richtung Norden. Nach einigen Ampeln und lagen Brücken fahren wir vorbei an niedrigen Geschäften, Tankstellen und Grünflächen. Hinter einem Buckel bekommt das Ganze einen deutlich städtischeren Charakter. Die Häuser rücken näher an die Straße und dichter zusammen, der Verkehr nimmt deutlich zu. Nach einer weiteren Brücke, die Granville Island und den False Creek überspannt tauchen wir in die Innenstadt Vancouvers ein.

„Die Kulisse wird seit den Olympischen Winterspielen 2010 immer beeindruckender. Viel mehr Hochhäuser", erkläre ich Sarah.

„So hatte ich mir Vancouver nicht vorgestellt. Ich dachte immer, es wäre eine ganz normale Stadt, nur, dass sie direkt am Wasser und vor hohen Bergen liegt. Aber das ... wow!" Sarah schaut durch die Windschutzscheibe und ihr Seitenfenster, und kommt aus dem Staunen nicht heraus.

Die nächsten Attraktionen auf dem Weg In Richtung des Fährterminals folgen kurz darauf: Es geht durch den Stanley

Park, mitten durch den Wald, bis zu dem Punkt, an dem die Bäume den Blick auf die Lions Gate Bridge freigeben, die grüne Hängebrücke über der Verbindung von Burrard Inlet und Vancouver Harbour.

Noch einige Kilometer und viermal abbiegen, dann stehen wir endlich neben einem der Kassenhäuschen des Fährterminals von Horseshoe Bay. Eine Mitarbeiterin von BC Ferries nimmt meine Kreditkarte, die ich ihr schon durch das offene Seitenfenster entgegengehalten habe.

„Nach Nanaimo."

„Wie viele Personen?"

„Zwei."

„Spur 3. Auf der 15:45 Uhr Fähre müssten sie noch einen Platz bekommen", sagt sie und lächelt kurz, als sie mir die Fahrkarte zusammen mit meiner Kreditkarte reicht.

Langsam lasse ich unseren roten Blazer bergab rollen, über einige Speedbumps, bis ans Ende einer langen Autoschlange.

„Es könnte eng werden."

„Hoffentlich klappt's. Wie lange bist du jetzt eigentlich schon auf den Beinen?", fragt Sarah.

„So um die vierzig Stunden werden es wahrscheinlich sein. Ich hoffe, du hast nichts dagegen, wenn ich während der Überfahrt etwas schlafe. Ich zeige Dir aber vorher noch das Schiff, und vielleicht können wir auch schnell was essen."

„Ok. Ich bin gespannt."

Lange dauert es nicht, bis Bewegung in die Blechlawine kommt. BC Ferries-Mitarbeiter in Warnwesten verteilen die Autos auf die verschiedenen Rampen. Wir haben unwahrscheinliches Glück und kommen tatsächlich noch aufs Schiff, als eines der letzten Autos auf dem oberen Fahrzeugdeck. Ein Bremsklotz wird unter eines der Hinterräder geschoben, und die nur wenige Meter hinter uns liegenden Hecklappen schließen sich.

„Jetzt haben wir quasi eine Außenkabine", scherze ich ein wenig. Sarah neigt den Kopf etwas zu Seite, verdreht die Augen und grinst mich mitleidig an.

Eine Ansage ertönt über die Bordlautsprecher, kaum zu verstehen, kurz darauf das Horn der Fähre. Die Vibrationen nehmen zu. Es kommt Bewegung ins Schiff. Kaum merklich beginnt es vorwärts zu gleiten. Der steile Hang auf der Steuerbordseite scheint nach hinten zu rutschen.

„Lass uns nach oben gehen und nachsehen, wie lange wir auf einen kleinen Imbiss warten müssten", schlage ich vor. Sarah stimmt zu, und so bahnen wir uns unseren Weg zwischen der Masse der abgestellten Autos hindurch und über steile Treppen hin zum Passagierdeck. Kaum haben wir die letzte Tür hinter uns gelassen, stehen wir auch schon in der Warteschlange vor der Essensausgabe des Bordrestaurants. Die Zwischenmahlzeit wird spontan gestrichen. Stattdessen besorgen wir im Souvenirshop etwas zum Knabbern. Leicht schwankend arbeiten wir uns nach getätigtem Einkauf zu den Sitzen im Bugbereich der Fähre vor, wo wir tatsächlich noch zwei Plätze ziemlich vorne direkt am Gang ergattern. Wir lassen uns nieder, genießen die soeben erworbenen Kalorienbomben und schauen über die weite Wasserfläche vor uns, bis mir die Augen zu fallen und der Handlungsfaden für den Moment reißt.

Ein Knacken und ein leises entferntes Knurren holten ihn zurück ins Hier und Jetzt. Es schien sich zu nähern. Noch immer hatte er keinen blassen Schimmer, wo er sich befand, aber eine innere Stimme trieb ihn, schleunigst einen sichereren Ort aufzusuchen, als den Stamm, auf dem er halb saß und halb lag. Außer dem Auto, das schräg nach unten geneigt und mit der Front gegen einen Baumstumpf gepresst ein paar Meter über ihm auf dem Totholzhaufen festsaß, erkannte er keinen Ort, der als Zuflucht hätte dienen können. Er stand auf und kletterte, so geräuschlos es für einen 120kg-Menschen ohne Kondition auf diesem Untergrund möglich war, wieder nach oben. Die Oberfläche war etwas abgetrocknet und daher griffiger, als beim Abstieg, was diese Aktion erheblich vereinfachte. Auch brach er nicht ganz so ein, wie zuvor auf dem Weg nach unten. Die Fahrertür stand noch offen. Er wickelte sich auf den Sitz, zog sie mit einiger Mühe ins Schloss und sah, dass ein Schwarzbär über den Waldboden trottete. Eine leichte Panik machte sich wieder in ihm breit, als er das mächtige Tier auf den Holzhaufen zukommen sah. Der Bär hielt inne und begann in sämtliche Richtungen zu schnüffeln. Im Hintergrund tauchte zu allem Überfluss noch ein kleineres Exemplar derselben Gattung auf. Der schwarze Pelzträger war also eine Sie in Begleitung, und daher gefährlicher, nahm er jedenfalls instinktiv an. Die große Sie bewegte sich weiter in Richtung der Stelle vorwärts, die vorhin noch anderweitig besetzt war, während das Jungtier im Hintergrund blieb und die Szene genauestens beobachtete. Auch hier schnüffelte die Bärin wieder. Plötzlich richtete sie den Blick direkt in Richtung des Autos, das für sie ein nicht hierhin gehörender Eindringling zu sein schien. Sie knurrte, stellte sich auf ihre Hinterbeine, die schwarzen Augen weiter auf das Auto fixiert. Ihre Nasenflügel bewegten sich. Er konnte hören, wie sie Luft einsog. Sie starrte ihn an. Irgendwie sah sie niedlich aus, eben wie ein überdimensionierter

Teddy, den man als Kind gerne in den Arm genommen hat. Hatte er wirklich? Eine ganze Weile verharrten alle Beteiligten in Ihren Positionen. Ein Stillleben im Wald. Das mächtige schwarze Tier senkte den Oberkörper wie in Zeitlupe. Zurück auf ihren Vordertatzen begann die Bärenmutter sich langsam in Richtung des Fremdkörpers zu bewegen. Unter ihren mächtigen Pranken brachen Äste. Sie drehte sich nach rechts weg und suchte offensichtlich nach einer anderen Möglichkeit, zu der Blechkiste zu gelangen. Sie verschwand aus seinem Blickfeld. Er schwitze wie noch nie. Sein Puls raste. ‚Jetzt bloß nicht wieder ohnmächtig werden', schoss es ihm durch den Kopf, in dessen Teilbereichen immer noch eine gähnende Leere herrschte. Dann tauchte die Bärin wieder auf, jetzt von der anderen Seite. Sie hatte konsequent den ganzen Holzhaufen umrundet, aber keinen Weg gefunden, um die Dose nach Nahrung untersuchen zu können. Die ganze Aktion brachte mehr Probleme mit sich, als sie zu erwarten schien, und so ließ sie von ihrem Vorhaben ab, schüttelte sich, drehte sich um und zog sich samt Anhang wieder ins Unterholz zurück.

‚Jetzt weiß ich wenigstens, worauf ich mich einstellen muss, wenn ich von hier wegwill', dachte er und wartete noch eine ganze Weile mit starrem Blick in die Richtung, in die die beiden Schwarzbären verschwunden waren. Dann schweifte sein Blick durch den Innenraum des gestrandeten Autos, von dem er immer noch keine Ahnung hatte, wie es hier mit ihm gelandet sein konnte. Eine große weiße Plastiktüte im Fußraum vor dem Beifahrersitz gelangte in das Sehfeld seiner Augen. Neugierig wand er sich um den Wahlschalter des Automatikgetriebes, soweit das bei seiner Körperfülle überhaupt möglich war, und schaffte es schließlich, die Tüte mit einem Finger zu angeln. Sie war deutlich schwerer, als er erwartet hatte. Nachdem er sie endlich so auf dem Armaturenbrett in einer Position hatte ablegen können, dass eine Begutachtung des Inhalts möglich wurde, fand er darin mehrere Chipstüten, einige Müsliriegel und vier

Flaschen Cola. Auch eine Quittung zog er heraus, die besagte, dass diese seltsame Mischung in einem Ort namens Tahsis, der wohl in Canada liegen musste, gekauft worden war. Was um Alles in der Welt machte er Canada, und wie kam er ausgerechnet hier hin? Sein Gehirn wollte diese Informationen einfach nicht preisgeben, so sehr er sich auch konzentrierte. Dafür meldete sich sein Magen. Er hatte, seit er aus dem Dunkel seiner Ohnmacht zum ersten Mal aufgetaucht war, noch nichts eingeworfen, und so bediente er sich aus der soeben gefundenen Tasche, um den Organen eine angemessene Beschäftigung zu bieten. Das Knurren in seinen Innereien nahm deutlich ab. Er trank noch einen Schluck aus einer der Flaschen. Er konnte nicht wissen, wie lange er noch in diesem Wald feststecken würde. Daher entschied er sich, sparsam mit seinen Vorräten umzugehen, sehr sparsam. Dass er nicht hierbleiben konnte, wurde ihm schnell klar, in welche Richtung er sich aufmachen sollte, allerdings nicht. Er hatte absolut keine Idee. Während er krampfhaft und mit einer gewissen Verzweiflung überlegte, wohin er gehen könne, wurde es immer dunkler. An einen sofortigen Aufbruch war nicht mehr zu denken. Er entschied sich daher, die Nacht in diesem Auto zu verbringen, auch wenn er bisher noch keine halbwegs angenehme Position gefunden hatte, die zu einem erholsamen Schlaf hätte beitragen können. Er schloss die Augen. Er gähnte. In seinem Kopf drehte sich alles, sobald er optisch keinen Punkt mehr fixieren konnte. In der aktuellen Position, Füße gegen den Boden gestemmt, damit er nicht vom Sitz rutschte, konnte er bestimmt nicht schlafen. Er überlegte, was er tun könne, damit er eine einigermaßen und den Umständen entsprechende Haltung fand, um etwas Energie für die nächste Zeit generieren zu können. Ein zunächst kurzer und dann ein längerer Blick in den Rückspiegel verrieten ihm, dass das Auto über eine Heckklappe verfügte, wobei deren obere linke Ecke stark eingedrückt war und die Heckscheibe nur noch als Glasmosaik im Rahmen hing. ‚Aufgehen wird die bestimmt nicht' dachte er. Die hintere rechte Tür sah noch ganz gut aus. Um dahin zu kommen, musste er aber irgendwie um das ganze Wrack klettern. Er öffnete die Fahrertür sehr bedächtig. Er wollte unbedingt vermeiden, dass sie ihm wie beim letzten Mal völlig unkontrolliert aus der Hand schlug. Nachdem die Tür am Endanschlag angelangt war, setzte er seine Füße vorsichtig nacheinander auf das abschüssige Holzgewimmel und kletterte, immer mit beiden Händen Kontakt zum Blech haltend, an der Karosserie entlang um das Heck herum. Erst jetzt registrierte er, dass die Deformation der Fahrerseite enorme Ausmaße hatte. ‚Da muss schon ein riesiger Hammer gegengeschlagen haben', waberte es durch seinen noch immer nicht voll einsatzfähigen Kopf. Schritt für Schritt, von Ast zu Ast, den Blick nach unten auf seine Füße gerichtet, kam er vorwärts in Richtung der hinteren rechten Tür, die sich tatsächlich öffnen ließ. ‚Nur die Rückenlehne der Rücksitzbank nach vorne zu klappen, wird wohl nichts bringen ... oder vielleicht doch?' Er suchte und fand den Auslöser der Entriegelungsmechanik. Das erste Stück der Rückenlehne klappte ohne sein weiteres Zutun in Richtung der Vordersitze und schloss fast mit deren Rückenseite ab. Er kletterte hinein, und versuchte denselben Trick auf der anderen Seite. Hier klemmte noch etwas, wahrscheinlich weil der Aufprall die Karosserie verdreht hatte. Mit etwas Ruckeln schaffte er es schließlich doch und prompt kam ihm noch eine Outdoorjacke entgegengeflogen, die zufällig seiner Größe entsprach, gefolgt von einem Eiskratzer mit langem Stiel und Besen, der zunächst an der Kopfstütze des Fahrersitzes hängen blieb, dann aber doch noch einen Weg bis zur Frontscheibe fand. ‚Sollte das hier etwa tatsächlich mein Auto sein', fragte er sich, wobei er sich aber mit der Beantwortung dieser Frage nicht weiter aufhielt. Es war nur ein Gedanke, der durch die Leere seines Schädels geflogen war, ohne weiter darin zu verweilen. Er zog die Tür hinter sich zu, nachdem er die neue schiefe Ebene vollständig erklommen hatte, und lag jetzt, von den Rückenlehnen und Kopfstützen der Vordersitze gehalten, zusammengekauert im Heck des Wagens.

Als er da so ruhte, versuchte er seine Erinnerungen zu sortieren, aber mehr als die Bilder der letzten Stunden und von einem völlig anderen Ort gab es da nicht. In der Zwischenzeit hatte sich das Tageslicht verabschiedet. Es war völlig dunkel geworden. Seine Gedanken zogen weiter ihre Bahnen, bis eine tiefe Müdigkeit ihn schließlich übermannte.

„Hallo Klaus", höre ich eine zunächst entfernte weibliche Stimme auf mich zukommen, bis ich schließlich einen Ellenbogen in der Seite spüre und aufschrecke.

„Da warst du aber sehr weit weg. Du hattest mitten im Satz aufgehört zu erzählen und mich ohne Unterhaltung hier sitzen lassen." Sarah lacht herzhaft, wie sie es auf der ganzen bisherigen Tour noch nicht getan hat. „Was ist das da vorne für eine Insel?"

„Ach du Schande. Das wird schon Gabriola Island sein. Wir müssen zusehen, dass wir zum Auto kommen. Gab's schon eine Durchsage?"

„Nein."

Genau in diesem Moment scheppert die Aufforderung zu den Autos zu gehen aus den Bordlautsprechern, da die Fähre in wenigen Minuten Departure Bay erreichen werde. Wir stehen auf, beeilen uns, um zu dem Treppenhaus zu gelangen, über das wir vorhin auf das Passagierdeck gekommen waren, und reihen uns in den Strom der Menschen in Richtung der Fahrzeugdecks ein. Eine kühle feuchte Luft schlägt uns entgegen, als wir die Tür zum Deck öffnen. Der Wind hat zugenommen, hat das Wasser aufgeschäumt. Unser Vehikel haben wir schnell gefunden, denn noch weiter nach hinten geht's nicht. Ein junges Pärchen dreht eine letzte Runde mit seinem Hund, bevor es in seinem weit vor uns geparkten Pickup verschwindet.

Mit dem Schließen der Türen wird es still, kein Rauschen mehr in den Ohren. Die ersten Autos rollen in Richtung der Verladerampe, scheppern über die Bleche an der Schnittstelle zwischen Fähre und Festland. Es ist Viertel nach Fünf und noch hell. Zum Glück. Die nun noch folgende Strecke komplett im Dunkeln zu fahren, ermüdet noch mehr. Endlich dürfen auch wir unser Gefährt in Bewegung setzen. Langsam rollen wir in Richtung des Schiffsbugs und haben wenig später wieder festen Boden unter den Rädern. Eine schier endlose Blechschlange bewegt sich vor uns, vermischt sich mit der aus dem unteren Deck. Auch wir sortieren uns ein, den Schildern Richtung Campbell River folgend. Drei Ampeln später, am Ende eines Steilstücks, können wir auf den Island Highway auffahren.

Sarah, ist in Gedanken wohl wieder bei Tom, jedenfalls nicht hier. Mit einem ausdruckslosen Gesicht, das sich in der Seitenscheibe spiegelt, schaut sie erst noch auf Supermärkte, Autohäuser, Tankstellen und Fastfood-Läden, die vorbei huschen, bis schließlich immer weniger Häuser, dafür aber mehr Bäume und Wiesen das Landschaftsbild prägen. Hier und da steht eine Ansammlung riesiger Werbetafeln am Straßenrand. Der Himmel verfärbt sich, von dunkelblau über rosa bis zu einem dunklen Violett, durchsetz mit schwarzen Wolken, die wie Tintenklekse über uns hängen. Das Abendrot bleibt uns über eine weite Strecke erhalten. Gesellschaft auf der Straße gibt es kaum noch. Nachdem wir die Abfahrt nach Qualicum Beach und Coombs passiert haben, wird es richtig dunkel. Ich stelle das Radio auf FM 97.3 „The Eagle". Sarah starrt jetzt, immer noch schweigend, die Fahrbahn an.

Plötzlich schreckt Sie auf, zeigt mit dem Finger nach Vorne und schreit „Pass auf!" Drei Rehe stehen auf dem Mittelstreifen, der die Richtungsfahrbahnen trennt, ein paar mehr an der Böschung rechts neben der Straße. Ich bremse ab, schalte die Warnblinkanlage an und lassen den Wagen ausrollen. Ganz langsam und vorsichtig nähern wir uns der kleinen Herde. Erst sehen uns zwei der Rehe genüsslich kauend mit großen Augen an, dann setzen sie sich in Bewegung, überqueren die zwei Spuren der Gegenrichtung. Die anderen Rehe, die bis jetzt das Gras an der Böschung mähten, stapfen nun auch auf den Asphalt. In gewisser Weise ein romantisches Bild, doch schnell nähern sich zwei Lichtpunkte im Rückspiegel, sehr schnell, vielleicht auch zu schnell. Die Rehe haben es bis unmittelbar vor unser Auto geschafft, als der Wagen aus dem Rückspiegel an uns vorbeischießt. Wie wild geworden preschen die Tiere los, nach rechts weg, wo ihnen allerdings ein Zaun den Weg versperrt. Sarah zuckte zusammen, als der Pickup an uns vorbei rauschte. Aber es ist ja nochmal gut gegangen. Wir fahren weiter. Im Rückspiegel lässt sich schemenhaft erahnen, dass die Rehe auf der Suche nach einer Lücke am Zaun entlangwandern.

„War der denn total bescheuert?" Sarah ist richtig wütend auf den Fahrer des Pickups.

„Das hätte ganz schön ins Auge gehen können. Ich mag mir nicht vorstellen, was da hätte passieren können"

„Und ich hätte es auch nicht sehen wollen", ergänzt sie noch, während wir uns von der fast Unfallstelle weiter in Richtung Norden absetzen. Noch etwa 80 Minuten bis zum Erreichen des Tagesziels.

Die Müdigkeit kommt zwar wie erwartet, aber trotzdem überraschend. Es fällt mir immer schwerer, die Augen offen und den Chevy in der Spur zu halten. Sarah ist neben mir eingeschlafen. Aus dem Radio tönt ein Tom Petty Song: „American Girl". Bei Buckley Bay halte ich es nicht mehr aus und fahre vom Highway ab. Ich brauche dringend eine Pause, sei sie auch noch so kurz, und dazu eignet sich der Parkplatz, der nur ein paar hundert Meter entfernt von der Ausfahrt hinter einigen Bäumen liegt, sehr gut. In dem Moment, als ich den Wagen vor dem Toilettenhaus parke und den Motor abstelle, wird Sarah wach.

„Sind wir da?"

„Nein, noch nicht. Ich brauche aber mal etwas kühle Luft um wieder wach zu werden", sage ich, mache die Tür auf und steige aus. Auch Sarah verlässt unseren roten SUV, dessen Farbe von dem orangenen Licht der Parkplatzbeleuchtung völlig verfremdet wird.

„Hätte ich doch bloß nicht den Führerschein zu Hause liegen lassen. Ich hätte doch auch ein Stück fahren können."

„Du bist doch auch müde, hast doch fast die ganze Zeit geschlafen."

„Stimmt auch wieder. Wie weit ist es denn noch?"

„Wenn jetzt alles gut geht, noch `ne knappe Stunde."

„Ich bin froh, wenn wir das hier endlich hinter uns haben." Sie streckt die Arme hoch in die Luft und atmet tief ein.

Noch ein paar Minuten bleiben wir in der leicht salzigen Luft, die nebenbei auch etwas nach Fisch riecht, stehen, schauen in entgegengesetzte Richtungen und schweigen. Wir sind beide ausgelaugt, geschafft von der langen Reise.

„Lass uns weiterfahren", schlage ich vor.

„Wird wohl besser sein."

Wir steigen wieder ein. Im Radio läuft Werbung. Wir beginnen unsere hoffentlich letzte Etappe durch die canadische Dunkelheit, wenigstens für heute.

Weit vor uns blinken etliche Lichter. Es sind nicht die gelben, die einen darauf vorbereiten, an der nächsten Ampel anhalten zu müssen. Diese sind bunter: Rot, blau und weiß mit einem Hauch von gelb.

„Da vorne haben sie anscheinend einen Raser angehalten", ist meine laut gedachte Vermutung.

Je näher wir kommen, desto weniger wahrscheinlich scheint es sich um eine Verkehrskontrolle zu handeln. Mindestens vier Einsatzfahrzeuge sind beteiligt, deren Lichtorgeln wild vor unseren Augen flimmern: Ein Feuerwehr-, zwei Rettungs- und ein Polizeiwagen. Es ist die Stelle, an der die Hamm Road auf den Highway trifft. Im Vorbeifahren sehen wir, dass im unwirklichen Licht der Flutlichtscheinwerfer des Feuerwehrfahrzeugs ein Wagen auf dem Dach liegt. Einige Leute in Uniform arbeiten an den Türen. Mehr kann auch Sarah nicht erkennen, weil wir nicht als Gaffer gelten wollen und zügig weiterfahren. Vielleicht erfahren wir morgen aus der Zeitung, was genau dort passiert ist.

„Eine so ereignisreiche Fahrt hatte ich hier auf der Insel bisher noch nie. Rehe am Straßenrand … ja. Einen Unfall … auch. Aber fast Zeuge eines kapitalen Wildunfalls und dann noch das hier … für heute reicht's", sage ich zu Sarah.

„Ich möchte eigentlich nur noch ins Bett", meint sie.

An der Willis Road verlassen wir den Highway, und überlassen dem Navi die Erläuterungen des Restwegs bis zur Elk River Timber Road, an deren Ende das Anwesen meiner Freunde liegt. Anwesen ist vielleicht etwas übertreiben. Zugegeben: Das Grundstück und die Garage, in der Hunter seine Werkstatt untergebracht hat, sind recht groß, ihr Haus dafür eher bescheiden. Es hat sich im Laufe der Jahre immer wieder verändert, ist stetig gewachsen, bis es seine heutige Ausdehnung erreichte.

Unter den Rädern knirscht Schotter, als wir langsam die Zufahrt zum Haus hochfahren. Und dann sehe ich auch schon Jilly im Licht der Scheinwerfer, die bellend auf uns zu sprintet. Jilly ist eine Mischlingshündin, die aussieht, wie ein Border Collie mit kurzem Fell. Sie trottet auf den letzten Metern neben unserem Wagen her, bis Emily und Hunter aus der Haustür kommen und uns zuwinken. Mit einem unglaublichen Tempo rast Jilly zu Herrchen und Frauchen, wedelt heftig mit dem Schwanz und setzt sich. Ihre Ohren stehen senkrecht und sie beäugt genauestens das unbekannte Auto, das da neben Hunters Truck zum Stehen kommt. Kurz nachdem wir die Türen geöffnet haben und auszusteigen wollen, stürmt sie bellend auf uns zu. Sarah hatte nicht damit gerechnet, dass sich Jilly so doll an ihre Beine lehnt, dann um die eigene Achse dreht, und immer wieder versucht, ihr mit ihrer feuchten Zunge quer durchs Gesicht zu schlecken.

„Hallo, hallo, ihr Deutschländer", tönt es in dem mir sehr vertrauten Ton. Wir gesellen uns zu den Beiden.

„Quetschen machen", sagt der kräftig gebaute Canadier, und nimmt erst Sarah und dann auch mich in den Arm. „Schön, dass ihr da seid. Hattet ihr eine gute Fahrt? Ihr werdet doch bestimmt müde sein." Bei Hunter bekommt man kaum Zeit für eine Antwort.

„Volles Programm auf dem Highway", sage ich und berichte von unseren diversen Erlebnissen. Sarah gähnt. Emily löst sich von Hunters Seite und umarmt uns auch noch zur Begrüßung.

„Jetzt kommt erst mal rein. Ich helf' euch noch schnell mit den Koffern."

Hunter und ich gehen zum Heck unseres Autos und laden unser Gepäck aus, das anschließend für einen Moment hinter der Haustür zwischengelagert wird.

„Wir haben Kitty aus ihrem Bett gescheucht und ihr angedroht, dass sie die nächsten Nächte mit Klaus verbringen muss. Für Sarah steht die Suite bereit", sagt unser großer Freund und führt Sarah zu dem Zimmer, das neben dem Schlafzimmer der Hauseigentümer liegt. Es ist nicht groß, hat aber genug Platz für ein Doppelbett, eine Schubladenkommode und den Koffer.

Meine Schlafgelegenheit liegt am anderen Ende des Hauses, unmittelbar an der hinteren Terrasse, die an einen von hohen Bäumen umringten Teich angrenzt. Neben dem Wasser haben unsere Gastgeber einen Grillplatz angelegt, frisch herausgeputzt für den Frühling. Als ich meinen Koffer unter das Bett schieben will, kreischt es kurz, und wie ein Blitz fegt Kitty um die Ecke und verschwindet.

Etwas später treffen wir uns alle am zentralen Tisch neben dem knisternden Holzofen wieder. Jilly bringt ihr neuestes Spielzeug, wirft es mir vor die Füße und schaut mich mit großen Augen erwartungsvoll an.

„Für die nächsten Tage bist du jetzt als Spielzeugwerfer angestellt, es sei denn, Jilly bevorzugt Sarah." Mit einem Lächeln sieht Emily Sarah an, gefolgt von Jillys Blick.

„Was möchtet ihr trinken? Wasser, Wein, Guiness?" Hunter wartet auf Bestellungen. Sarah ordert Wein, ich ein irisches Dunkles. Hunter begnügt sich mit Wasser, während Emily sich Sarah anschließt. So sitzen wir jetzt hier in Campbell River, am Ende einer anstrengenden Reise um die halbe Welt. Obwohl Sarah und ich wirklich müde sind, verweilen wir noch bis spät in die Nacht am Holztisch unter dem Deckenventilator, den Ofen hinter meinem Rücken, tauschen Neuigkeiten aus, diskutieren über Weltpolitik und das Wetter. Hunter streut gelegentlich eine brüllend komische

Anekdote aus seinem Leben ein. Es herrscht eine angenehme Stimmung, die den Anlass unserer Reise für wenige Stunden vergessen lässt. Schließlich gewinnt die Nachtschwere, und gegen 1:00 Uhr löst sich die Runde auf. Alle schwärmen in Richtung ihrer Schlafgelegenheiten aus und verschwinden.

Für mich beginnt die Nacht etwas unruhig, denn ich bekomme unerwarteten Besuch. Kitty springt auf das Fußende des Betts. Langsam tastet sie sich über die Decke in Richtung Kopfende vor. Sie unterbricht ihre Tour nach etwa der Hälfte der Strecke und lässt sich auf Höhe meines Bauchs mit kreisförmigen Bewegungen nieder. Nur wenig später steht sie wieder auf, streckt und schüttelt sich, arbeitet sich weiter vor und steht dann unmittelbar vor meiner Nase. Große Augen schauen mich im Licht des Mondes an. Ich blinzle. Sie blinzelt zurück. Mit einem kurzen Miau springt sie schließlich vom Bett. Es dauert aber keine halbe Stunde, da plumpst wieder etwas auf das Bett, dieses Mal neben meinem Ohr. Ich spüre, die Eindrücke ihrer Pfoten im Kopfkissen, und wie ihr Fell an meinen Haaren vorbei gleitet. Wieder Stille. Sie hat sich wohl einen Schlafplatz dicht an der Wand gesucht. Jetzt scheint aber endgültig Ruhe eingekehrt zu sein … hoffentlich. Ich schlafe total erledigt ein.

Lautes Gezwitscher holte ihn abrupt aus dem Schlaf. Sein Körper schien wie gelähmt. Schmerzen überall. Sein Nachtlager war wohl doch nicht so bequem, wie er es sich ausgemalt hatte, wobei er in einem schräg stehenden wirtschaftlichen Totalschaden wohl kaum erwarten konnte, einen wirklich komfortablen Platz zu finden. Ein kühler Luftzug machte sich bemerkbar. Die zerbröselte Heckscheibe schien nicht mehr ganz dicht zu sein. Ihm schoss in den Kopf, dass er keine Zahnpasta dabeihatte. Auch ein Handtuch und Toilettenpapier gehörten bestimmt nicht zur Serienausstattung dieses Autos. Ein kurzer Blick in den Innenspiegel verriet ihm, dass sein Gesicht anfing zuzuwachsen. Er hasste Vollbärte. Zum Rasieren fehlten ihm die Gerätschaften. Seine Haare glänzten fettig. ‚Ich bin in einem widerlichen Zustand' dachte er. Er wollte nicht wissen, wie es hier roch. Alle Annehmlichkeiten des Lebens fehlten, und er vermisste sie. Warum eigentlich? Wie konnte es sein, dass er sich hier an Dinge erinnerte, die nicht verfügbar waren, er aber keine Antworten auf aktuell brennende Fragen fand, wie zum Beispiel, was er eigentlich hier tat, wie er hier in dieses Auto, das in dieser Wildnis gelandet war, überhaupt hineingekommen war und vor allem: Wo war er? Er musste unbedingt in Erfahrung bringen, wer und wo er war. Vielleicht fanden sich im Handschuhfach irgendwelche Hinweise. Er kletterte aus seiner Schlafrutsche, wand sich vorsichtig um die hintere Tür, bedacht darauf, auf dem an diesem Morgen wieder rutschigen, schräg und ungeordnet liegenden Holz keinen Abgang zu machen, und öffnete die des Beifahrers. Er stieg ein, stemmte sein Füße gegen das Bodenblech und öffnete das Handschuhfach. Dort fand er unter einer Bedienungsanleitung eine dünne Mappe mit Versicherungsunterlagen, die auf eine ihm unbekannte Firma ausgestellt waren, und ein paar längs zusammengefaltete Blätter. Es war ein Mietvertrag. Als Mieter war ein gewisser Tom Bruckmann eingetragen, der das

Fahrzeug am internationalen Flughafen in Vancouver übernommen hatte. Könnte es sein, dass es sich bei diesem Tom Bruckmann um ihn handelte? Er suchte weiter, ergebnislos. Sein Magen verlangte nach Arbeit. Er griff nach der Tüte, gönnte sich einen der Müsliriegel und etwas Cola. ‚Mit diesem Vorrat komme ich bestimmt nicht sehr weit' dachte er, und versuchte weiter, die Lücken in seinem Gedächtnis zu schließen. Erst jetzt spürte er, dass er auf etwas Festem saß. Er lupfte sein Gesäß, griff an die Stelle, an der er die Ursache des Gefühls vermutete, und fischte einen Gegenstand aus der hinteren rechten Tasche, der sich als Portemonnaie entpuppte. Darin verstaut waren, neben ein paar canadischen Geldscheinen und Münzen, Kreditkarten und ein deutscher Führerschein mit einem Bild, das einer früheren rasierten Ausgabe seines Spiegelbilds zu entsprechen schien. Auf allen Plastikkarten fand er den Namen Tom Bruckmann. Also schien das tatsächlich seiner zu sein. Klar war jetzt auch, dass er aus Deutschland stammte und sich in Canada aufhielt. Aber warum? Und wo genau? Wahrscheinlich in der Nähe von Tahsis, wie der Beleg in der Plastiktüte vermuten ließ. Aber wo um alles in der Welt liegt dieses Tahsis?

Die Sonne hatte schon einen Teil ihrer Tagesstrecke am Himmel zurückgelegt, als er die Entscheidung traf, seine Blechbehausung zu verlassen. Er sammelte die Sachen aus dem Auto, die ihm nützlich erschienen, wie die Tüte mit den Lebensmitteln, den Eiskratzer, die Jacke – die anscheinend sogar ihm gehörte – und den Verbandskasten, den er unter einem der Sitze gefunden hatte. Die Jacke zog er sofort an. Die übrigen Gegenstände warf er achtlos in die Tüte. Dann Begann der Abstieg von seinem Unterschlupft zum Erdboden. Alles lief prima, aber auf den letzten Zentimetern geschah es dann doch; Er rutschte aus, glitt über die Äste hinunter und saß schließlich mit seiner hellbeigen Hose im Schlamm. ‚Na toll', dachte er. ‚Jetzt renn' ich auch noch mit einer lehmverschmierten Hose in der Gegend herum, die so aussieht, als hätte ich hinein gemacht.' Bisher hatte er noch nicht bemerkt, dass seine Hose sowieso schon ziemlich unter seinen Rutschpartien auf dem unordentlich aufgetürmten Restholz gelitten hatte. Nach den vergangenen Stunden im Auto und um den Holzhaufen herum war es ihm mittlerweile ziemlich egal, welchen optischen Eindruck er bei irgendwelchen Leuten hinterlassen könnte. Er wollte einfach nur noch hier weg. Er stand auf und stapfte los, planlos, aber bewaffnet mit Eiskratzer in der einen und der Plastiktüte in der anderen Hand. Warum er bergab ging, wusste er nicht. Einen logischen Grund gab es nicht, denn sein Unfallwagen war bestimmt nicht von unten auf seinen aktuellen Parkplatz gelangt. Darüber nachgedacht hatte er aber nicht. Es schien, als folgte er einzig den Bedürfnissen seines umfangreichen Körpers und damit der Gravitation, die ihn gnadenlos in diese Richtung zog. Er bahnte sich seinen Weg des geringsten Widerstands über den zerfurchten Untergrund und durch das noch nicht ganz dicht belaubte Unterholz. Nur wenige Schritte später traf er auf einen mehr oder weniger befestigten alten Schotterweg. Das sich ausbreitende Grün zwischen den Fahrspuren deutete darauf hin, dass er eine lange Zeit nicht mehr genutzt worden war. Nach rechts ging es bergauf, nach links weiter abwärts. Sein Gehirn befand sich noch immer in einem Dämmerzustand, in dem sich logisches Denken in einem Nebel des Ungewissen verlaufen hatte. Dass sein Auto nicht über diesem Nichts vom Himmel gefallen und auch nicht auf den Haufen gesprungen sein konnte, erschloss sich seiner derzeitigen Gedankenwelt nicht. Und so folgte er erneut seinem Bauchgefühl und der Schwerkraft und wanderte weiter bergab. Irgendwie war er fest davon überzeugt, dass die Zivilisation unten auf ihn warten würde. Aber er traf niemanden und hörte auch kein einziges technisches Geräusch, kein Fahrzeug und auch sonst nichts, dass sich im Entferntesten nach Motor angehört hätte.

Plötzlich raschelte es im Unterholz. Wie angewurzelt blieb er stehen. Ein ungutes Gefühl wuchs in ihm, dass sich leicht hätte zu einer großen Panik auswachsen können, denn er vermutete nach seinem Erlebnis vom Vortag hinter jedem Rascheln und Knistern einen Bären, wie den, der seinen Holzhaufen mit Auto untersucht hatte. Fest umklammerte er den langen Stiel des Eiskratzers, bereitete sich darauf vor, zuzuschlagen. Die Blätter eines Busches am linken Wegrand bewegten sich und wichen zur Seite. Dann stapfte ganz gemütlich ein Reh auf den Weg, verharrte in einer statuenhaften Position und sah ihn mit großen Augen an. Es war ebenso überrascht wie er. Nach einem kurzen Moment, der wirkte, als hätte jemand die Pause-Taste an einem DVD-Player gedrückt, besann sich das Reh seines Fluchtinstinkts und verschwand mit einem Satz im Buschwerk am gegenüberliegenden Wegesrand. Das Knistern und Knacken nahm ab und klang bald so, als ob sich das Wildtier nach dieser außergewöhnlichen Begegnung beruhigt und zu seinem ursprünglichen Tempo zurückgefunden hätte. Auch er, der seit kurzem wusste, dass er Tom hieß, folgte weiter seiner eigenen Fluchtrichtung, aber in einem deutlich behäbigeren Tempo. Er hatte kein Ziel und keinen Plan, und ohne fremde Hilfe würde er auch kaum einen Ort finden. Was er jedenfalls deutlich zu spüren bekam war, dass er besser auf seinen Arzt hätte hören sollen, der ihm schon vor Jahren erklärt hatte, dass er von seinem Gewicht runterkommen und Sport treiben müsse. Aber er hatte sich immer wieder Ausreden konstruiert, selbst bei den attraktivsten Angeboten.

Der Weg knickte scharf nach rechts ab. Das Gefälle nahm zu. Die nächste scharfe Kurve war schon in Sicht. Er folgte weiter seinem Gefühl, das, wie er nur wenige hundert Schritte später feststellen musste, ihn aufs Übelste betrogen hatte. Der Weg endete im Nirgendwo eines unberührten Hochwalds. Es schien so, als läge etwas versetz der Anfang eines Trampelpfads, der zwar nicht markiert war, aber dennoch benutzt aussah. Er ging dorthin, fand aber keine frischen Abdrücke von Schuhsohlen. Er musste sich jetzt möglichst schnell zwischen dem Rückzug zum Ausgangspunkt seiner Wanderung oder dem Aufbruch in ein Abenteuer mit völlig ungewissem Ausgang entscheiden. Er verweilte in Gedanken versunken am Ende der Sackgasse. Zurück zum Wrack hätte bedeutet, ungefähr drei Kilometer gegen den Berg laufen zu müssen, um dann mit viel Glück sein Auto in den Büschen wieder zu finden. Er gab schließlich seinem Bauchgefühl weiter nach und folgte dem Trampelpfad. Vielleicht war dieser Pfad in gewisser Weise sein Weg des geringsten Widerstands. Nach einer weiteren kurzen Strecke fing sein Körper an zu rebellieren. Jeder Schritt, den seine wenig trainierten Muskeln diese viel zu schwere Masse Mensch bewegen mussten, begann zu schmerzen. Auf der Suche nach etwas Schutz ließ er seinen Blick umherschweifen und entdeckte eine Art Höhleneingang unmittelbar neben einem sehr alt aussehenden hoch aufragenden Baum, nur wenige Meter vor ihm. Seine Neugier war geweckt, besonders vor dem Hintergrund der jetzt auch noch einsetzenden Müdigkeit und seiner insgesamt fehlenden Motivation. Er schlich regelrecht die letzten Meter über den weichen Waldboden zu der Stelle, die für ihn nach einem Unterschlupf für die nächsten Stunden aussah, und warf einen Blick hinein. Tief schien diese Höhle nicht zu sein. Natürlich entsprach die mögliche Liegefläche nicht seinen Ansprüchen an Sauberkeit und Komfort, aber wenigstens war es dort trocken. Er beschloss, diesen Platz als Rastplatz und Ausgangspunkt für seine weitere Expedition zu verwenden und in Beschlag zu nehmen. Er stellte die Tüte und den Eiskratzer in den hinteren noch einsehbaren Bereich und begann, Äste im näheren Umfeld zu suchen, mit denen er den Eingang gegen plötzlich auftauchende und nicht eingeladene Gäste zu schützen und seine Lagerstatt gemütlicher zu gestalten versuchte. Es dauerte eine gute halbe Stunde, ehe das Ergebnis seiner Bemühungen seiner Meinung nach ausreichend für eine Nacht verschlossen und getarnt war. Auch seine selbstgebaute Matratze machte auf ihn einen ganz passablen Eindruck. Die Sonne verschwand für diesen Tag endgültig vom Himmel. Dunkelheit legte sich über en Wald. Er holte die Aludecke aus dem

Verbandskasten, breitete sie so auf seiner improvisierten Schlafunterlage aus, dass er vor Nässe und Schmutz von unten sicher war, und immer noch ein Rest übrigblieb, mit dem er sich etwas zudecken und vor der Kälte schützen konnte. Dann suchte er sich eine Stellung, die eine gewisse Erholung versprach, schlug den Deckenrest über sich und lauschte den Geräuschen der Umgebung, die erheblich lauter erschienen, als in der vergangenen Nacht, die er in seinem zertrümmerten Auto verbracht hatte, gab seinem Verdauungsapparat noch ein paar kleine Beschäftigungseinheiten in Form von Chips und Cola und nickte wenig später ein, völlig erschlagen von den für ihn ungewohnten Anstrengungen.

Der neue Tag beginnt für mich, als Jilly ihre Nase an mein Ohr hält und kräftig ausatmet. Das Erste, was ich bewusst sehe, sind die großen Kulleraugen in Kittys pelzigem Gesicht, das falsch herum nur wenige Zentimeter über meiner Nase schwebt. Die Sonne scheint. Es wird wohl ein angenehmer Tag, zumindest, was das Wetter angeht.

„Guten Morgen, ihr drei."

Dann höre ich ein Lachen, das nur von Hunter stammen kann. Er steht in der Tür.

„Na, haben es die beiden endlich geschafft, dich zu wecken? Jilly hatte schon die ganze Zeit an unserer Schlafzimmertür gescharrt. Sie wollte unbedingt zu dir. Kitty spurtete sofort hinterher."

„Ist doch Ok. Max scheuert meist mit einer Vorderpfote über das Türblatt zum Badezimmer, wenn er was will. Das kann manchmal mitten in der Nacht sein."

Ich stehe auf und gehe erst mal in Richtung Bad. Endlich duschen und den Mief der Anreise abspülen. Emily sitzt mit einer Tasse Tee am Esstisch.

„Guten Morgen Klaus. Hast Du gut geschlafen?", fragt sie in ihrer ruhigen Art.

„Ich war ja gut bewacht. Niemand hätte mich überfallen können."

„Doch", meint Hunter. „Aber Jilly hätte den Einbrecher mit ihren Spielsachen überschüttet. Der wäre nicht mehr aus dem Haus gekommen." Ein breites Grinsen steht ihm im Gesicht.

„Ist Sarah schon wach?"

„Bisher habe ich noch nichts von ihr gehört oder gesehen", sagt Emily.

„Gut, dann gehe ich jetzt mal ins Bad. Oder muss jemand von euch …"

„Geh schon, dann stinkst du wenigstens nicht mehr so", meint Hunter augenzwinkernd anmerken zu müssen. Ich liebe seine Art Humor.

Nach getaner Grundreinigung treffe ich Emily mit Sarah am zentralen Ort des Hauses. Beide haben eine große Tasse vor sich stehen und unterhalten sich über die Ereignisse der letzten Tage.

„Guten Morgen, Sarah. Wie war die Nacht?"

„Morgen", antwortet sie gequält lächelnd. „Ich war so fertig. Ich war sofort weg und habe die ganze Nacht durchgeschlafen. Diese Stille hier bin ich nicht mehr gewohnt."

„Kein Wunder, wenn man in einer Wohnung an einer Hauptstraße in einer großen Stadt wohnt", sage ich. Sarah und Tom waren vor drei Jahren in die Dachgeschosswohnung eines Altbaus mitten in Köln gezogen.

„Aber gut, dass du endlich mal aus dem Badezimmer kommst. Ich dachte schon, du wärst in der Dusche ertrunken." Sie steht auf und geht in Richtung der Tür, aus der ich vor einer knappen Minute herausgekommen bin.

Ich hole mir eine Tasse und einen Teebeutel aus einem der Hängeschränke in der Küche, schalte den Wasserkocher ein und warte auf das Geblubber.

„Was habt ihr heute vor?", fragt Emily.

„Ich denke, wir fahren zuerst ins Hotel und versuchen in Toms Zimmer zu kommen. Vielleicht finden wir dort raus, was er in der letzten Zeit so getrieben hat. Ich bin mir nicht sicher, ob er vielleicht einen Rückfall in seine Angststörungen hatte, was dann zu irgendeiner Kurzschlussreaktion geführt haben könnte. Aber wir wollen ja nicht vom Schlimmsten ausgehen. Nehmen wir einfach mal an, er hat jemanden kennen gelernt und sich mit dieser Person eine schöne Zeit hier auf eurer Insel macht."

„Die Idee mit dem Hotel finde ich gut", bestätigt Emily den Sinn meines Vorhabens. „Ich würde an deiner Stelle einen Unfall nicht ausschließen. Du weißt doch, wie schnell jemand hier einfach so von den Büschen verschluckt wird."

„An so einen Unfall hatte ich auch schon gedacht. Aber warten wir erst mal ab, was wir da unten finden. Sarah sollten wir besser nicht sofort mit den Worst Case Szenarien belasten. Sie macht sich schon genug Gedanken."

Emily nickt verständnisvoll und gönnt sich einen Schluck aus ihrer Tasse. Kurz darauf steckt Sarah ihren Kopf mit nassen langen Haaren aus der Badezimmertür. „Habt ihr irgendwo einen Fön?"

„Aber sicher doch." Emily steht auf und holt einen aus der Kommode in Sarahs Zimmer und bringt ihn ihr. Sarah schnappt ihn sich und verschwindet wieder.

„Das nachfolgende Programm verschiebt sich um mindestens 15 Minuten", stelle ich so in den Raum. Jilly kommt rein, holt eines ihrer Spielzeuge vom Sofa und wirft es mir vor die Füße.

„Du bist dran." Emily grinst. Die Minuten, bis Sarah ihre Haare halbwegs getrocknet hat, vergehen mit der von Jilly verordneten Beschäftigungstherapie: Gummiknochen werfen, warten, ziehen, zerren und wieder werfen.

„Na endlich", sage ich, als Sarah durchgestylt an den Tisch kommt.

„Möchtest ihr etwas frühstücken?" fragt Emily. „Klaus kann Dir ja zeigen, wo alles steht. Fühlt euch wie zu Hause."

Lächelnd steht Emily auf, nimmt sich eine Zigarette und geht zur Terrassentür raus. Sarah und ich machen uns jeweils ein Heißgetränk, toasten Brot, sehen im Hänge- und Kühlschrank nach, was an Belägen zur Verfügung steht, und setzen uns wieder an den Tisch.

Nach dem ersten Bissen erkundigt sich Sarah mit halbvollem Mund: „Wie wollen wir anfangen?"

„Ich denke mit Toms Zimmer."

„Glaubst du, die lassen uns rein?"

„Och, du wirst sie sicherlich überzeugen können."

„Ich? So gut ist mein Englisch nun auch wieder nicht."

„Dafür wird's reichen. Und außerdem hast du mich ja als Backup."

„Na gut, ich werd's versuchen. Müssen wir was mitnehmen?"

„Hast du ein Bild, auf dem ihr beide seid? Ansonsten können wir immerhin mit dem Kennzeichen und Typ des Autos aufwarten. Die Angaben werden meist bei der Anmeldung abgefragt."

„Ein Foto hab' ich immer im Geldbeutel. Lass uns bitte so schnell wie möglich aufbrechen."

Wir bringen das schmutzige Geschirr und Besteck zur Spülmaschine, ziehen uns nochmal kurz in unsere Gemächer zur Vorbereitung des Aufbruchs zurück und treffen uns keine fünf Minuten später wieder am Tisch. Auch Emily ist von der Darbringung ihres Rauchopfers zurück.

„Habt ihr euren Plan für heute fertig?", möchte sie wissen.

„Erst zum Hotel und Zimmer durchsuchen … wenn sie uns lassen. Können wir heute Nachmittag vielleicht euer Telefon missbrauchen? Es könnte sein, dass wir Infos zu Leuten finden, mit denen er in den letzten Tagen in Kontakt war."

„Natürlich. Das weißt du doch. Wir wollen doch auch, dass ihr Tom so schnell wie möglich findet."

„Danke", sage ich und schaue Sarah an, die mit gepacktem Rucksack ungeduldig neben mir steht.

„Bis heute Nachmittag", verabschiede ich mich von Emily. Wir schauen noch kurz bei Hunter vorbei, der in seiner Werkstatt einen Stein in ein Kunstwerk verwandeln soll. Er sieht uns, hört kurz auf, wendet sich uns zu und fragt auch, was wir vorhaben. Wir erklären es ihm kurz.

„Viel Erfolg! Und bleibt bei dem Mann an der Rezeption hartnäckig", gibt er uns mit auf den Weg.

Wir steigen in unseren roten Wagen ein, dem nur die entsprechende Beleuchtung fehlt, um als Feuerwehrwagen durchzugehen. Verfolgt von Jilly fahren wir die Einfahrt runter. Kurz vor der Straße bleibt sie stehen und schaut uns hinterher, wie ich im Rückspiegel sehen kann.

„Sie ist wirklich gut erzogen", mein Sarah. „So einen Hund hätte ich auch gerne."

„Dafür hättet ihr doch gar keine Zeit", entgegne ich.

Wir fahren die Straße runter, biegen mehrfach ab, und stehen keine fünf Minuten später auf dem Parkplatz vor dem Motel. Die Aussicht auf die Südspitze von Quadra Island auf der anderen Seite der Discovery Passage ist wirklich nicht übel. Auf dem Weg zur Rezeption erkläre ich Sarah noch, dass sich der Name des Motels auf einen großen Stein bezieht, der am Strand auf der anderen Straßenseite liegt.

Ich halte Sarah die Tür auf. Wir gehen zur Empfangstheke, auf der das Namensschild eines Mahesh Bai neben dem Telefon steht. Er erscheint auch kurz darauf. Dunkle Haar, etwas dunklere Hautfarbe, kariertes Hemd, Cordhose und eine Strickjacke in einer Farbe, die für einen europäischen Geschmack überhaupt nicht zu der übrigen Kleidung passt. Es wird der Mann indischer Herkunft sein, mit dem Hunter letzten Freitag gesprochen hatte.

„Wie kann ich ihnen helfen?", fragt er in einem Akzent, den man vorurteilslos von ihm erwartet hätte.

„Guten Morgen", sage ich. „Wir kommen aus Deutschland mit einem Problem und einer großen Bitte zu Ihnen. Mein Freund hat letzte Woche schon mit ihnen in dieser Angelegenheit gesprochen." Ich sehe Sarah an, die den dezenten Wink versteht.

„Es geht um meinen Freund Tom Bruckmann, der hier bei ihnen ein Zimmer hat. Sie hatten mich letzten Donnerstag angerufen, und mir berichtet, dass er nicht wieder aufgetaucht sei. Wir sind jetzt extra hierhergekommen, um ihn zu suchen, und möchten sie fragen, ob sie uns in sein Zimmer lassen können, damit wir vielleicht Anhaltspunkte finden, wie und wo wir weitersuchen könnten."

„Sie wissen schon, dass das nicht geht", erwidert Mahesh.

„Warum nicht?", fragt Sarah mit einem gewissen Maß an Verärgerung in der Stimme.

„Ich kenne Sie nicht, und erzählen können sie mir viel."

„Tom und ich wohnen und leben schon einige Jahre zusammen. Und warum hätte er bei der Anmeldung meine Telefonnummer angeben sollen?", Sarah klingt genervt.

„Warten sie, ich zeige ihnen meinen Ausweis. Dann können sie sehen, dass seine mit meiner Adresse übereinstimmt."

Sie sucht in ihrem Rucksack nach dem Personalausweis, findet ihn und reicht ihn Mahesh über die Theke. Er sieht ihn sich an, ist aber immer noch nicht zu überzeugen, uns in das Zimmer zu lassen. Ich kann es nicht lassen, mische mich nun doch ein.

„Wir wissen von seinem Mietwagenunternehmen, dass er mit einen weißen Chevrolet Equinox mit der Zulassung 967 NFA unterwegs ist. Wir wissen auch, dass er ihn bis letzten Sonntag nicht zurückgegeben hat."

Sarah hat in dem Moment, als ich den Mietwagen zur Sprache bringe, den Ausdruck der Buchungsbestätigung und ein Bild von sich selbst mit Tom auf die Theke gelegt. Mahesh betrachtet beides kritisch, sieht dann doch im elektronischen Gästebuch nach und bestätigt mit einem Kopfnicken unbewusst, dass unsere Angaben richtig sind.

„Stimmt. Dieses Kennzeichen hat er angegeben. Und ich habe auch gesehen, dass der Mann, den sie suchen, letzten Dienstagvormittag mit diesem Wagen weggefahren ist. Aber ins Zimmer kann ich sie trotzdem nicht lassen." Mahesh blockt weiter ab.

„Sie wissen schon, dass wir eigentlich nur ihnen und uns die Polizei ersparen wollen. Wir können natürlich eine Vermisstenanzeige aufgeben und darauf spekulieren, dass Tom irgendwann in einem Zustand gefunden wird, den sich keiner von uns wünscht. Mit Sicherheit stünde kurz drauf für einige Zeit mindestens ein Streifenwagen auf dem Parkplatz. Ich weiß nicht, ob das dem Image ihres Motels helfen würde." Ich hoffe, er lässt sich auf das Spiel ein.

Mahesh sieht mich etwas unsicher an, dreht sich dann aber um und greift nach einem Schlüssel. „Kommen sie mit. Aber bitte kein Wort darüber zu anderen."

„Bestimmt nicht", beruhigt ihn Sarah. „Da brauchen sie sich keine Gedanken zu machen."

Wir überqueren den Parkplatz in Richtung der Zimmer, die auf zwei Ebenen verteilt liegen und alle einen eigenen Zugang von außen haben. Mahesh bestätigt uns, während wir uns Toms Tür nähern, dass das Zimmer nach Hunters Einsatz auf unbestimmte Zeit gemietet ist, und dass die Reinigungskraft nichts mehr verändert hat.

Das Zimmer liegt im Erdgeschoss. Mahesh steckt den Schlüssel ins Schloss, dreht am Knauf und öffnet die Tür.

„Ich lasse sie jetzt besser alleine", sagt er und überlässt Sarah den Schlüssel. „Bringen sie den bitte einfach zurück, wenn sie hier fertig sind." Er dreht sich um und geht zurück zur Rezeption.

Der erste Eindruck vom Zimmer, das durch die teilweise vorgezogene Gardine im Halbdunkel liegt, ist etwas merkwürdig. Das Kingsize Bett ist unberührt, wie auch die Handtücher im Bad. Die Kaffeemaschine wurde anscheinend vom Zimmerservice wieder in den Ursprungszustand versetzt. Die Beutel mit Tee, Kaffee und Zucker wurden aufgefüllt und liegen sehr ordentlich in einer Schale neben einem Wasserkocher. Alles andere wirkt chaotisch, um es vorsichtig auszudrücken. In einer Ecke liegt ein offener Koffer, aus dem ungefaltete Kleidungsstücke quellen. Im Bad wimmelt es von Döschen, Tuben und Fläschchen. ‚Was macht der mit dem ganzen Zeug?' frage ich mich.

„Mein Gott, hier hätte ich keine Servicekraft sein wollen", denke ich laut.

„Ich auch nicht", bestätigt Sarah. „Aber es passt zu Tom. So penibel, wie er Termine einhält, so chaotisch ist sein persönliches Ordnungssystem auf seinem Schreibtisch, und eigentlich in der ganzen Wohnung. Wenn ich ihm nicht ständig hinterherräumen würde, sähe es aus wie bei Messies. Und finden könnte man auch nichts."

Sarah zieht die Gardinen zurück, damit etwas mehr Licht in das Durcheinander von Papieren, Gerätschaften und Wäsche kommt. Toms Laptop steht auf dem Schreibtisch neben dem Fernseher, Display aufgeklappt, etwas verstaubt.

„Scheiße!", flucht Sarah in einer Art, die ich von ihr bisher noch nie gehört habe. „Tom hat sein Handy hier liegen gelassen."

„Eine Handyortung können wir also vergessen. Hätte wahrscheinlich eh nicht funktioniert, so schlecht wie die Netzdeckung außerhalb der Städte ist. Aber wenigstens können wir jetzt sehen, mit wem er in den letzten Tagen Kontakt hatte … wenn du weißt wie man rein kommt."

Sarah nimmt das Handy. Es ist noch eingeschaltet, bei einer verbleibenden Akkukapazität von 14%, wie das Display verrät. Glücklicherweise ist Toms Vertrauen in Sarah so groß, dass er ihr den Code gegeben hat. Sie tippt auf dem Display herum und siehe da, sie hat den Zugang zum Gesprächsverlauf. Es sind, außer ihrer Nummer mit dem Datum von vorletzter Woche Donnerstag, nur drei verschiedene Einträge vorhanden, mit denen er aber mehrfach gesprochen hat.

„Wir sollten erst das Ladegerät suchen", schlage ich vor. Sarah nickt und fängt mit Toms Koffer an, während ich mir die Schubladen und Schränke vornehme, in denen sich, wie ich sehr schnell feststelle, außer dem Inventar des Hotels nichts befindet.

„Tom hat sich hier nicht wirklich häuslich niedergelassen."

„Nein, sieht nicht so aus. Außer seiner schmutzigen Wäsche liegt alles, wenn auch etwas zerwühlt, im Koffer. Das Ladegerät hab' ich noch nicht, aber dafür seinen Reisepass. Der steckte zwischen den Socken."

„Dann hoffen wir mal, dass er wenigstens seinen Führerschein mitgenommen hat, sonst kann er niemandem glaubhaft vermitteln, wer er ist."

„Hier ist das Ladegerät, aber ohne Adapter. Hast du zufällig einen Steckdosenadapter gesehen", erkundigt sich Sarah.

„Nein, bis jetzt nicht. Ich sehe mal im Rucksack nach."

„Hat er den etwa auch vergessen?" wundert sich Sarah.

„Ja. Steht hier neben dem Sessel."

„Wie blöd ist das denn?"

„Ziemlich", sage ich. Ich mache die Reißverschlüsse auf, finde tatsächlich den Adapter, außerdem ein paar kleine Wasserflaschen, zwei angeschimmelte Zimtschnecken und eine Karte von Vancouver Island, auf der ein paar Ortschaften mit einem roten Stift eingekreist worden sind.

„Wandern gehen wollte er anscheinend nicht. Mit der Ausstattung, mit der er scheint's unterwegs ist, wäre ich nicht mal in die Stadt gefahren. Hoffen wir für ihn, dass er ein Navi im Auto hat."

„Und selbst wenn. Mit den Dingern steht er auf Kriegsfuß", erzählt Sarah.

Wir schließen das Smartphone an eine der Steckdosen an. Mit einem Beep bestätigt es die Verbindung zur Stromleitung. Sarah setzt sich an den Computer und versucht, ihn ans Laufen zu bekommen. Sie holt ein kleines Stück Papier aus ihrem Rucksack, auf dem sie die Zugangsdaten zu Toms diversen Geräten und Konten notiert hat. Während Sarah in Toms digitale Welt eindringt, sehe ich mir die Blätter an, die ungeordnet auf dem Schreibtisch und um den Fernseher herum liegen. Es sind Ausdrucke von Immobilienangeboten diverser Anbieter. Tom hatte sich wohl vorher absolut keine Gedanken darüber gemacht, wo er nach einem zu seinem Budget passenden Haus hätte suchen können. Die Sammlung der Angebote reicht von Trailern über Eigentumswohnungen bis hin zu großen Einfamilienhäusern auf riesigen Grundstücken fast überall auf der Insel.

„Hatte Tom überhaupt eine Idee, was genau er sich hier ansehen wollte?"

„Ich glaube nicht. Er entscheidet sowas meist nach Bauch und Tagesform." Sarah betrachtet sehr konzentriert das Display des Laptops.

„Hast du schon was gefunden?", frage ich sie.

„Nein, bis jetzt nichts Brauchbares. Vor letztem Dienstag hatte er Termine in Qualicum Beach, Port Alberni, Parksville und Comox. Am Mittwoch wären Port Hardy und Port Alice dran gewesen, Freitag Zeballos, Gold River und Tahsis."

„Lass mich mal sehen." Ich stelle mich hinter den Stuhl, auf dem Sarah sitzt, und betrachte die Termine.

„Da hat er aber einen kleinen Denkfehler, oder ein Routenplaner hat ihn gelinkt. Zeballos und Tahsis liegen zwar Luftlinie nicht weit auseinander, aber dazwischen liegt eine Fahrstrecke von weit über vier Stunden. Die Termine, die er hier eingetragen hat, hätte er nie im Leben geschafft. Ich frage mich sowieso, warum er sich nicht vorher mit Hunter und Emily getroffen hat, um sich deren Rat einzuholen."

„So ist er nun mal: In mancher Beziehung ein Eigenbrötler und Dickkopf. Und um Hilfe bitten geht gar nicht. Er glaubt immer, es sei eine Art persönliche Niederlage, wenn er was nicht alleine schafft."

„Ich denke nur, in dem speziellen Fall hätte er sich besser einen Rat von Leuten eingeholt, die sich hier auskennen, statt sich auf das Verkaufstalent eines Maklers zu verlassen."

„Stimmt, aber daran ändern wir jetzt nichts mehr. Meinst du, wir sollen die Telefonnummern aus der Gesprächsliste von hier aus ausprobieren?"

„Nein, besser von Hunters Festnetzanschluss. Es wird sonst viel zu teuer."

Wir durchstöbern weiter die Unterlagen. Auf dem Zettel eines Hauses in Tahsis finde ich ein dickes rotes Ausrufezeichen. Auf den Bildern sieht es ganz gut aus. Es ist nicht besonders groß, scheint in einem guten Zustand zu sein, und der Preis könnte passen. Ich zeige Sarah das Blatt.

„Könnte dir sowas gefallen?"

„Sieht doch ganz nett aus. Wo ist das?"

„In Tahsis"

„Das liegt wo?"

„Positiv gesagt: Am Ende des Tahsis Inlet, das aussieht wie ein norwegischer Fjord, der sich nach Süden öffnet und einen direkten Zugang zum Pacific hat. Weniger positiv kann man es so ausdrücken: Am Arsch der Welt, erreichbar über eine 60 Kilometer lange Schotterstraße."

„Bist du schon da gewesen?"

„Ja, und ich hätte Tom davon abgeraten, sich dort etwas anzusehen, wenn er vorher mal den Mund aufgemacht hätte. Viele gute Gründe drücken die Preise auf ein so niedriges Niveau. Es gibt dort nichts und es will kaum jemand hin. Der größte Arbeitgeber ist weg. Zwischen Ort und Wasser liegt ein halbes Trümmerfeld. Angler verlaufen sich manchmal in die Gegend. … Passt die Telefonnummer zu einer, die im Gesprächsverlauf steckt?"

Sarah nimmt sich das Smartphone, gibt wieder den Code ein und vergleicht die Nummern.

„Ja, hier. Er wurde letzten Montag von der Nummer angerufen. Ob ein Besichtigungstermin verschoben wurde und Tom die Änderung nicht eingetragen hat?"

„Rufen wir an, dann wissen wir es. Ein Auslandsgespräch wird Toms Tarif sicher hergeben, oder?"

„Wird schon", sagt Sarah und hat schon aufs Display gedrückt, um das Gespräch aufzubauen. Es klingelt.

„Hallo, mein Name ist Trina Sheppard. Was kann ich für sie tun?", klingt es freundlich aus dem Hörer.

„Hallo Frau Sheppard. Mein Name ist Sarah Hennig. Ich habe ein etwas ungewöhnliches Anliegen."

„Kein Problem. Aber nennen sie mich ruhig Trina. Worum geht's?"

„Kann es sein, dass sie letzte Woche Montag mit Tom Bruckmann über ein Haus in Tahsis gesprochen haben?"

„Ja, stimmt. Warum?"

„Ich bin Toms Freundin. Ein guter Bekannter und ich sind nach Campbell River gekommen um Tom zu suchen. Er hat sich nicht mehr gemeldet, und hier im Hotel wurde er zuletzt vergangenen Dienstag gesehen."

„Oh. Das tut mir leid" Trina klingt sehr überrascht und ihre Stimme schlägt um in eine etwas nachdenkliche Tonlage. „Ich hatte ihn angerufen, weil ich den Termin für Mittwoch leider absagen musste. Meine kleine Tochter musste zum Zahnarzt, und es ist ja nicht so einfach, einen Termin zu bekommen. Er wollte sich melden, hat er aber nicht mehr. Ich habe ihn auf Wiedervorlage für morgen."

„Was für einen Eindruck hatte er gemacht, als sie mit ihm gesprochen haben", möchte Sarah wissen.

„Eigentlich ganz normal. Er schien sich auf die Besichtigung zu freuen. Das Objekt, um das es geht, ist ja auch eine sehr günstige Gelegenheit." Trina war zurück in ihrem Verkaufsmodus.

„Ein Besichtigungstermin wird wohl leider etwas warten müssen, Trina. Aber vielen Dank für die Auskunft. Ich denke, wenn wir ihn gefunden haben, werden wir uns bei ihnen melden."

Mit einem „Viel Glück bei der Suche" endet das Gespräch.

„Und jetzt?" fragt Sarah. „Wir wissen, dass der Termin, den Tom in Tahsis gehabt hätte, abgesagt wurde. Dienstag hatte er nichts. Meinst du, es würde was bringen, wenn wir die Makler anrufen, mit denen er sich in Zeballos und Gold River treffen wollte?"

„Auf die zwei Anrufe kommt es auch nicht an."

„OK, versuchen wir unser Glück." Sarah vergleicht die Telefonnummern hinter den Terminen im Laptop mit der Gesprächsliste. Die Nummer in Zeballos erscheint mit Datum vom Freitag vor Toms Verschwinden. Sarah drückt auf den Eintrag und das Smartphone beginnt zu wählen. Es meldet sich ein Mann. Sarah unterhält sich mit ihm eine ganze Weile. Dann legt sie auf.

„Tom hat den Termin in Zeballos versäumt. Abgemeldet hatte er sich nicht. Ich versuch's noch mit Gold River."

Das Gespräch verläuft genauso wie das vorherige.

„In Gold River war er auch nicht", sagt Sarah leicht resigniert. „Was sollen wir jetzt tun? Doch zur Polizei gehen?"

„Die Liste mit dem, was wir herausgefunden haben, wird länger, wobei wir viel darüber erfahren haben, was Tom nicht getan hat. Er hat alle seine Sachen hiergelassen. Es sieht so aus, als hätte er etwas unternommen, was man als Tourist so tut. Dafür gibt es natürlich jede Menge Möglichkeiten hier auf der Insel. Was hättest du mit einem freien Tag angefangen?", frage ich Sarah.

„Ich kann es dir nicht sagen. Vielleicht wäre ich zur Tourist Information gegangen und hätte mal gehört, was in der Gegend so los ist. Oder ich hätte mir Tahsis und das Haus angesehen, ohne von einer Maklerin bequatscht zu werden."

„Dann lass uns doch bei der Tourist Information vorbeifahren."

„Es ist kein großer Umweg, und du siehst dann wenigstens ein bisschen von Campbell River."

Wir sammeln die gefundenen Unterlagen ein. Sarah steckt den Laptop und Toms Smartphone in den Rucksack. Ich zieh die Gardinen wieder vor und wir verlassen das Zimmer.

„Ich denke, wir sollten Mahesh fragen, ob wir den Schlüssel bei Gelegenheit wieder abholen können. Bezahlt ist das Zimmer ja noch", schlägt Sarah vor, während sie abschließt.

Der Wind hat weiter zugenommen. Dicke Wolken ziehen von Westen zügig über Quadra Island hinweg. Morgen könnte es Regen geben.

Sarah geht vor mir durch die Tür zur Rezeption. Aus einem Nebenraum kommt Mahesh uns entgegen.

„Haben Sie etwas Brauchbares gefunden?", fragt er sehr höflich.

„Wir wissen jetzt jedenfalls, was er nicht getan hat und wo er nicht hingefahren ist", verkündet Sarah den aktuellen Stand. „Können wir vielleicht wieder ins Zimmer, falls wir noch was nachsehen müssen?"

„Natürlich. Sie können den Schlüssel jederzeit bei mir holen. Ich kann sie als zweite Person eintragen. Macht die Sache für alle einfacher. Ich berechne auch nicht mehr."

„Keine schlechte Idee", sagt Sarah. So haben wir völlig legal einen uneingeschränkten Zugang zum Zimmer.

Mahesh ergänzt sofort das Anmeldeformular, sichtlich erleichtert, dass er für unsere Anwesenheit nun keine Ausreden mehr erfinden muss. Er scheint ein ehrlicher und gewissenhafter Mensch mit Prinzipien zu sein. Wir verabschieden uns und gehen in Richtung unseres Wagens. Über dem Hinausgehen wünscht er uns viel Glück bei allem, was wir unternehmen wollen, um Tom zu finden.

„Möchtest du den Namensgeber des Hotels sehen?", frage ich Sarah. „Von hier aus sind es keine fünf Minuten die Straße runter."

„Wir können gerne hinlaufen. Vielleicht schafft das ein wenig mehr Klarheit in meinem Kopf."

Wir überqueren den Island Highway und schlendern über den geteerten Fuß- und Radweg in Richtung Süden, vorbei an einigen Bungalows, die auf dem schmalen Streifen zwischen Straße und Wasser liegen. Neben dem Dauerlärm der vorbeifahrenden Autos kann man das Auflaufen der Wellen auf den steinigen Strand hören. Hinter einem hohen Baum, der einsam auf einer Grasfläche steht, taucht er dann auf, der Big Rock, ein gewaltiger Monolith, der im Laufe der Jahre häufig seine Farbe geändert hat, und das nicht durch die Einwirkung von Wasser, Luft und Sonne. Sprayer verzieren ihn immer wieder mit neuen Motiven. Nach einigen weiteren Schritten klettern wir über Treibholz und stehen schließlich direkt neben ihm. Sarah geht ganz dicht an ihn heran, streckt ihren rechten Arm und legt die Handfläche fast zärtlich auf die steinerne Oberfläche. In Gedanken ist sie in diesem Moment weit, sehr weit weg. Ob etwas von der mythischen Energie des Steins auf sie übergeht? Wer weiß. Plötzlich dreht sie sich um.

„Lass uns zur Tourist Information fahren. Vielleicht hilft uns ja ein Zufall weiter."

Wir beeilen uns zurück zum Auto, das noch am Motel auf uns wartet. Als wir dort ankommen, winkt uns Mahesh zu sich.

„Mir ist noch eingefallen, dass eine Servicekraft erzählt hat, dass Tom sich nach der Fahrzeit nach Tahsis erkundigt hatte. Sie konnte ihm aber nicht weiterhelfen, weil sie noch nie dort war."

„Vielen Dank Mahesh. Vielleich bringt uns dieses Puzzleteil wieder etwas weiter. Nur für den Fall, dass Ihnen noch etwas einfällt oder Tom doch wieder auftauchen sollte, könnten sie uns dann bitte informieren?", sage ich und schaue Sarah an, in deren Blick sich einige Fragezeichen hineininterpretieren lassen. Ich nehme eine meiner Visitenkarten aus dem Geldbeutel, schreibe Hunters Telefonnummer auf die Rückseite und gebe sie ihm.

„Natürlich werde ich sofort anrufen", sagt er und steckt die Karte in die Brusttasche seines Hemds.

Wir gehen wieder zum Auto, winken noch in Maheshs Richtung, der das Winken erwidert, und steigen ein. Ich starte den Motor, warte aber noch einen kleinen Moment, bevor ich die Fahrstufe einlege und vorsichtig auf das Gaspedal trete. Der Blazer setzt sich langsam in Bewegung. Ich setze den Blinker links, und dann stehen wir eine ganze Zeit in der Ausfahrt. Viel Verkehr auf der 19A. Auto an Auto wälzt sich in beide Richtungen. Endlich finden wir eine ausreichend große Lücke, um auf die Fahrbahn Richtung Innenstadt huschen zu können.

‚Tahsis, immer wieder Tahsis' geht es durch meinen Kopf.

Auf der großen Hinweistafel des Museums sehe ich, dass im Moment geöffnet ist.

„Lass uns mal kurz beim Museum anhalten", schlag ich vor.

„Warum?"

„Vielleicht bringt uns das auch wieder einen kleinen Schritt weiter. Nimm doch bitte das Bild von Tom mit rein."

Etwas versteckt hinter hohen Bäumen liegt der Parkplatz des Museums. Wir stellen unseren roten Chevy ab, steigen aus und gehen – vorbei an einem Steam Donkey und einem Fischerboot – zum Eingang. Hinter dem Windfang liegt die Halle. Raumhohe Fenstern bieten einen großartigen Blick auf die Discovery Passage und Quadra Island. Von hier aus kann man selbst bei schlechtestem Wetter das Geschehen auf dem Wasser beobachten. Im Moment tut sich dort allerdings nichts. Wir gehen weiter in Richtung der Kasse, an der eine ältere Frau mit gelockten grauen Haaren sitzt und uns freundlich entgegenlächelt.

Ich angele meine Mitgliedskarte aus dem Portemonnaie und falle dabei fast über einen Teppich, der sonst nicht hier liegt.

„Da haben Sie ja Glück gehabt", meint die Frau hinter dem Tresen, als wir bei ihr angekommen sind.

„Stimmt. Seit wann liegt der Teppich da?", frage ich sie und zeige ihr meine Mitgliedskarte.

„Den haben wir nach der letzten Wechselausstellung liegen gelassen. Der kommt aber wieder weg. Sie sind nicht der Erste, der darüber gestolpert ist."

„Dürfen wir sie was fragen?", wendet sich Sarah an die Frau und schiebt das Bild über die Holzplatte.

„Könnte es sein, dass der Mann auf dem Foto in den vergangenen Tagen hier war?"

„Lassen sie mich mal sehen." Sie nimmt das Foto in die Hand und betrachtet es genau. „Ich war nicht jeden Tag hier. Ich frag' aber meine Kollegin. Die ist nur kurz runter. Moment."

Sie geht zur Treppe, die gegenüber der Theke liegt, und verschwindet in Richtung des Untergeschosses.

Wenig später kommt sie samt Kollegin zurück. „Hallo!", begrüßt sie uns kurz. „Der Mann auf dem Bild war letzten Montag hier. Es war nicht so viel zu tun, und da haben wir uns noch über das Leben der Holzfäller unterhalten, nachdem er die Ausstellung hinter sich hatte. Das Thema schien ihn sehr zu interessieren. Was mich aber wunderte war, dass er sich auch nach Tahsis erkundigte. Eigentlich ein seltsames und irgendwie spezielles Thema, wenn man hier in Campbell River zu Besuch ist."

„Mein Freund hat sich in den Kopf gesetzt, auf Vancouver Island ein kleines Haus zu kaufen, so als eine Art Ferienwohnung."

„Da würde es mich aber bestimmt nicht nach Tahsis verschlagen. Wenn man die Abgeschiedenheit mag, kann man es natürlich dort versuchen. Billiger sind die Häuser da", erklärt die ältere Dame, die uns so freundlich begrüßt hatte.

„Fahren Sie doch mal hin und machen sich selbst ein Bild. Allein der Zustand der Straße wird sie wahrscheinlich abschrecken", ergänzt ihre Kollegin.

„Werden wir tun", stimme ich zu, ohne ihr zu sagen, dass ich die Strecke bereits kenne. Wir reden noch ein paar Minuten über die letzten Neuigkeiten aus Campbell River und die nächste Ausstellung im Foyer, dann ziehen wir uns zurück, um unsere Erkundigungen bei der Tourist Information fortzusetzen.

Wenig Betrieb auf dem riesigen Parkplatz am Tyee Plaza. Unser Auto wirkt verloren vor dem eingeschossigen mit Holz verkleideten Gebäude, in dem die Touristeninformation schon ewige Zeiten untergebracht ist. Durch eine Glastür gelangen wir zunächst in einen Flur, der das Haus in zwei fast gleiche Teile teilt. Links befindet sich der Informationsschalter, rechts der Eingang einer Galerie. Wir halten uns links und betreten den relativ kleinen Raum, der mit einigen wenigen Regalen entlang der Wände ausstaffiert ist. Kostenlose Prospekte und Karten werden dort angeboten. Mitten im Raum warten einige wenige Andenken in Vitrinen auf ihre Käufer.

„Bei Gelegenheit zeige ich dir mal die Touristeninformation im Comox Valley bei Courtenay. Da wirst du Augen machen", flüstere ich Sarah zu.

Wir stellen uns an den Schalter und warten, aber nicht lange, denn schon kommt eine Mitarbeiterin auf uns zu, vielleicht so Mitte zwanzig, mit langen dunklen Haaren.

„Herzlich willkommen in Campbell River. Wie kann ich ihnen beiden helfen?"

„Wir haben eine etwas ungewöhnliche Frage. Es geht um einen Mann, den seit letztem Dienstag niemand mehr gesehen hat. Könnten Sie sich bitte diese Bild ansehen? War er vielleicht mal hier?", fragt Sarah.

Die junge Frau betrachtet das Foto sehr genau und konzentriert. Schließlich sagt sie: „Er kommt mir bekannt vor. Ich hatte letzte Woche Montag einen Besucher, der sich ziemlich intensiv für Tahsis interessierte. Ich habe ihm ein paar Flyer und eine Karte von Vancouver Island mitgegeben, in der ich ihm noch den Weg markiert habe. Ich denke er war es. Es kommen nicht so viele Leute, die nach Tahsis fragen. Die, die hinwollen, wissen in der Regel, welchen Weg sie einschlagen müssen. Aber der Mann auf dem Foto hatte keine Ahnung, was ihn dort erwartet ... glaub' ich wenigstens."

„Ich denke, er hat sich von den günstigen Immobilienangeboten blenden lassen", stelle ich so in den Raum.

„Das kann schon sein."

„Mal ehrlich, würden sie dort wohnen wollen?", fragt Sarah.

„Ehrlich? Ganz sicher nicht. Was ist denn da schon los? Eigentlich nichts. Wenn man da etwas dringend braucht, hat man schlechte Karten. Und abends irgendwo hin gehen? Kann man vergessen. Die beiden dort existierenden Möglichkeiten hat man schnell satt. Aber das ist nur meine ganz persönliche Meinung."

„Vielen Dank! Sie haben uns sehr geholfen. Ich denke, wir kommen in den nächsten Tagen mal wieder vorbei", sage ich, um zum Abschluss zu kommen. Mir scheint es so, als würde eine Herausforderung auf uns warten, die möglichst schnell angegangen werden sollte.

„Immer gerne! Ich wünsche ihnen viel Erfolg bei der Suche! Bye!" So verabschiedet gehen wir zurück zum Auto und steigen fast synchron ein. Nachdem die Türen in ihre Schlösser gefallen sind, schlage ich Sarah vor, dass wir Emily und Hunter besser um ihren Jeep bitten, damit wir gleich noch nach Tahsis fahren können.

„Mit dem Mietwagen brauchen wir da nicht hin. Es würde uns niemand glauben, dass wir nicht durch den Wald gerast wären. Die Straße besteht nämlich wirklich nur aus Staub und Schotter."

„Meinst du, die machen das mit?", fragt Sarah, leicht zweifelnd.

„Beide wissen, worum es geht. Es wird sicherlich keine Probleme geben. Nur muss ich noch fragen, wo bei diesem Modell der Tankdeckel zu finden ist. Sonst könnte uns unterwegs der Sprit ausgehen."

Ich starte den Motor und wir fahren über die 11 Ave zur Dogwood Street. Trotz gefühlter hundert Ampeln kommen wir knapp zehn Minuten später auf den Anwesen unserer Freunde an. Jillys Begrüßung fällt ähnlich aus wie gestern. Hunter und Emily sitzen am Tisch. Beide schauen uns erwartungsvoll an.

„Es sieht so aus, als müssten wir in Tahsis weitersuchen. Überall hat sich Tom nach diesem Kaff erkundigt", fasse ich kurz zusammen.

„Wollt ihr den Jeep haben? Dem Mietwagen könnt ihr für diese Strecke vergessen. Der überlebt das nicht. Aber nachher volltanken nicht vergessen", fordert Hunter mit dem üblichen breiten Grinsen und den schmalen Augen auf.

„Wenn du mir zeigst, wo ich den Sprit `reinkippen kann, kommt der Jeep mit vollem Tank und voll Dreck zurück."

Hunter lacht laut, dann erhebt er sich von seinem Stuhl und geht mit uns zum besagten Auto, das neben der Garage abgestellt ist, gibt uns noch ein paar nützliche Hinweise und zeigt uns tatsächlich, wo sich die Einfüllöffnung für den Sprit versteckt.

Die endgültigen Vorbereitungen für den Aufbruch sind schnell abgeschlossen, und schon erklimmen wir den Geländewagen. Die Fahrt an ein Ende der Welt beginnt.

Einen solchen Wagen zu fahren ist schon etwas anders. Ziemlich schnell spürt man, dass er ein reiner Gebrauchsgegenstand ist, robust genug, um ihn im jedem Gelände bewegen zu können, aber bequem und ergonomisch geht anders. Sarah ist überrascht, wie laut es im Innenraum wird. Eine Unterhaltung ist nur möglich, solange wir langsam unterwegs sind. Noch sind wir erst ein paar Meter gefahren. Bis Tahsis sind es über 150 Kilometer, und wir werden gut drei Stunden brauchen. Der Tank ist voll, und so biegen wir am Ende der Tamarac Street direkt nach links ab und folgen den Schildern in Richtung Gold River.

„Bis Gold River geht's ja noch, aber dahinter endet praktisch die Zivilisation", bereite ich Sarah auf die folgenden Stunden vor.

„Ist es wirklich so schlimm?", fragt Sarah.

„Wenn du mir nicht glaubst, dann lass dich überraschen."

Zunächst geht es ein Stück entlang des Campbell River, dann um ein paar enge Kurven und einen steilen Berg hinauf. Hohe Bäume stehen an beiden Seiten der Straße, nur unterbrochen von Zufahrten zu Gewerbegebieten. Kurz hinter der Argonaut Road ist dann auch damit Schluss. Seen ersetzen die teilweise chaotisch aussehenden Betriebsgelände, aber der größte Teil der Strecke führt weiter durch einen Mix aus ausgedehnten Wäldern und relativ frisch gerodeten Flächen, die Trümmerfelder ähneln. Jede Menge Restholz liegt dort aufgetürmt zu riesigen Haufen. Manche qualmen. Rauchgeruch dringt in den Innenraum des Jeeps ein.

Sarah schaut aus dem Seitenfenster. Baumstämme, nichts als Baumstämme huschen vorbei. Man könnte fast meinen, hier hätte jemand versucht, einen natürlichen Strichcode aufzubauen. Was verbirgt sich wohl hinter dieser verschlüsselten Nachricht?

Klappern und Quietschen des Autos kreieren eine ganz eigene Art experimenteller Musik, ersetzen das Radio, das einzuschalten sowieso sinnlos wäre, denn den Empfang eines Senders kann man hier getrost vergessen. Ein Glück, dass es noch nicht angefangen hat zu regnen.

Unvermittelt öffnet sich der Wald und gibt den Blick frei auf ein Stück des Upper Campbell Lake, umrahmt von schneebedeckten Gipfeln. Zwischen den hohen Bäumen, deren dunkles Grün die Farbpalette der Gegend bis hinunter zum Ufer bestimmt, kann man halb versteckte Grundstückszufahrten entdecken, die zu Häusern mit Seeblick führen. Manche davon werden zum Kauf angeboten.

Ich frage mich, warum Tom so versessen darauf gewesen sein sollte, unbedingt nach Tahsis zu fahren. Es konnte doch nicht nur an den Hauspreisen liegen. Er hat sich bei allen Leuten, mit denen er auch nur ein paar Worte gewechselt hat, immer nur nach diesem Ort erkundigt. Ich kann es einfach nicht nachvollziehen.

„Woran denkst du?", fragt Sarah und sieht mich an.

„Warum Tahsis? Ich finde keine logische Erklärung für Toms Drang dorthin."

„Ist es dort wirklich so schlimm?"

„Was heißt schlimm. Es ist einsam. Es gibt dort kaum Arbeitsplätze, kaum Einkaufsmöglichkeiten, kaum ein Unterhaltungsprogramm. Für Angler ist es in gewisser Weise ein Paradies. Das Inlet endet praktisch vor der Haustür. Aber sonst ..."

Ein riesiger Lkw kommt uns auf der nicht besonders breiten Straße sehr schnell entgegen. Es ist einer der Sattelzüge mit Anhänger, die Material aus dem Bergwerk am Ende des Buttle Lake zur Schiffsverladung in Campbell River bringt. Obwohl die Straßen entlang des Buttle Lake noch enger sind, habe ich auch hier immer ein ungutes Gefühl, wenn mir ein solches Monstrum begegnet. Platz zum Ausweichen gibt es kaum.

„Wie weit ist es noch bis nach Gold River?"

„Es dauert noch. Wir müssen jetzt erst mal zu drei Viertel um den See herum. Danach schlängelt sich die Straße zwischen den Bergen an einem Flusslauf entlang."

Nachdem wir das Elk Portal mit seiner lebensgroßen Hirschskulptur rechts liegen gelassen haben, ist es noch ein weiterer Kilometer, bis wir abbiegen müssen.

„Mal was ganz anderes: Ich wollte dich schon die ganze Zeit fragen, warum Tom ausgerechnet hier auf Vancouver Island nach einer Immobilie sucht."

„Daran bist du mit Schuld, Klaus", sagt Sarah. „Du hast ihm so lange von der Insel vorgeschwärmt, dass er seit Monaten glaubt, er müsse hier unbedingt so einen Unterschlupf finden, so wie du in Killarney."

„Killarney hat auch was mit dem kreativen Umfeld zu tun, was mir bei meinen kleinen Nebenjobs hilft. Natürlich habe ich schon immer von Vancouver Island geschwärmt, aber ich habe ihm auch immer wieder versucht klar zu machen, wie schwierig es ist, hier seinen Lebensunterhalt zu erwirtschaften. Zwischen Urlaub machen, Freunde besuchen und ständig hier leben wollen ist schon ein enormer Unterschied."

„Ich weiß", meint Sarah. „Aber du kennst es doch auch: Wenn Tom besessen von einer Idee ist, und sei sie noch so abwegig, weicht er keinen Millimeter mehr von seinem Kurs ab. Ich hatte seiner Forschungsreise nur zugestimmt, weil ich gehofft hatte, dass er selbst merkt, dass Geld auch hier nicht an den Bäumen wächst."

„So ein Dickschädel. Und jetzt müssen wir ihn suchen, wie ein kleines Kind, das sich verlaufen hat."

„Jaja."

Sarah sieht wieder nach rechts aus dem Fenster. Der Ausläufer des Upper Campbell Lake bleibt uns noch einige Kilometer erhalten. Immer mehr Baumstümpfe tauchen aus dem Wasser auf. Hier wurde ein ganzer Wald von Menschenhand versenkt. Der immer flacher werdende See geht schließlich in einen Bachlauf über, der mit einer recht starken Strömung in die Richtung fließt, in die auch wir uns bewegen.

Es wird dunkler, aber nicht, weil die Sonne schon untergeht. Vielmehr sind es Wolken, die die Sonnenstrahlen bremsen und für eine fast unheimliche Dämmerung in dieser natürlichen Straßenschlucht sorgen.

„Hoffentlich bleibt es wenigstens auf der Schotterpiste zwischen Gold River und Tahsis trocken. Nass oder mit Schnee lässt sie sich noch schlechter fahren."

„Kann da tatsächlich noch Schnee liegen?", wundert sich Sarah.

„In den höheren Lagen ist das um diese Zeit durchaus noch möglich", bereite ich sie ein klein wenig auf das vor, was noch kommen kann.

Unser Asphaltband schlängelt sich immer weiter in Richtung der Westküste. Die ersten Regentropfen klatschen jetzt doch auf die Windschutzscheibe. Die Scheibenwischer des Jeeps haben schon mit diesem bisschen Nass ihre Schwierigkeiten. Auf der Straße hier ist kaum jemand unterwegs, den man stören könnte, und so tuckern wir gemächlich über die 28 in Richtung des Ortseingangs von Gold River.

Etwas mehr als eineinhalb Stunden haben wir bis zum Ortsschild gebraucht. Dahinter geht es sofort rechts ab. Wenig später überqueren wir den Namensgeber der Stadt. Einige Kilometer hinter der nächsten Abzweigung beginnt er, der Schotter, der auf dem nächsten Abschnitt unserer Anreise nach Tahsis unter das Bodenblech des Jeeps prasseln wird. Wenigstens hat es wieder aufgehört zu regnen. Die leicht schmierige Oberfläche der Straße staubt jetzt nicht so schlimm, wie ich es zuvor befürchtet hatte. Die folgenden Kilometer sind ein ständiges Auf und Ab und Rechts und Links, fast schon eine Achterbahn, nur haben wir hier das Tempo selbst in der Hand, oder besser gesagt im Fuß. Wenn es zu wild wird, kann man dagegen arbeiten, wobei Arbeit für das Fahren mit dem Auto unserer Freunde der richtige Begriff ist.

Die Fahrbahn wird enger, links Berge, rechts ein tiefer Einschnitt zu einem Bachlauf. Steil geht es bergauf. Kurve folgt auf Kurve.

„Hier darf man aber auch keinen Zentimeter zu weit nach rechts fahren", meint Sarah, die in dem Moment etwas ängstlich in den Abgrund schaut.

„Stell dir mal vor, jetzt käme uns ein Truck entgegen, so ein richtig großer."

„Will ich nicht. Ausweichen geht doch gar nicht."

„Jedenfalls nicht viel, aber irgendwie passt's immer." ‚Fast immer', denke ich noch, sage ich aber nicht, um Sarah nicht noch mehr zu beunruhigen.

Wir fahren um die nächste Kurve. Die Straße weitet sich. Die Anspannung der letzten Minuten legt sich, allerdings nur für einen kurzen Moment, denn es kommt tatsächlich einer der besagten Trucks auf uns zu, und dass mit einer für unser beider Empfinden viel zu hohen Geschwindigkeit. Meine Augen fixieren nur noch einen Punkt, der mitten auf unserer gedachten Fahrlinie liegt. Die Hände und Unterarme verkrampfen. Die Situation erinnert mich an Irland, wo die Straßen oft noch schmaler sind, und man außerdem links fahren muss. Aber dafür sind sie dort wenigstens asphaltiert. Dort kommt es im Begegnungsverkehr oft zu haarsträubenden Situationen, besonders, weil man nie weiß, was sich in den Hecken verbirgt, die die meisten irischen Straßen säumen. Wenigstens gibt es dort Begrenzungen rechts und links der Fahrbahn, und nicht nur die gefühlten Alternativen Frontalzusammenstoß oder Absturz in einen Bach, der im Moment deutlich mehr als zehn Meter unter dem Straßenniveau liegt. Sein Rauschen hört man an manchen Stellen sogar trotz geschlossener Fenster und Dauergetrommel unter dem Auto.

Wir sind schadlos an dem Truck vorbeigekommen, Muskeln und Augen entspannen sich. Das Einzige, was wir abbekommen haben, ist feuchter Staub, der jetzt auf der ganzen

Karosserie klebt, einschließlich der Frontscheibe. Die Scheibenwischer kämpfen mit dem Schmierfilm, was sie auch akustisch verdeutlichen. ‚Hoffentlich schafft es der Jeep ohne Steinschlag zurück nach Campbell River‘, schießt es mit durch den Kopf.

Es wird wieder etwas heller. Die Wolken geben dem Sonnenlicht wieder mehr Raum. Es dampft auf der nicht wirklich befestigten, sich jetzt aufheizenden und abtrocknenden Fahrbahn. Durch den aufsteigenden Dunst leuchtet ein gelbes Blitzen, zunächst klein und unscheinbar, dann aber mit gleichbleibender Frequenz, immer größer werdend. Schnell kommen wir näher. Jetzt sehen wir, dass ein Grader vor uns dir gröbsten Wellen aus der Oberfläche beseitigt und seinen Abraum wie eine Art Bordstein am rechten Rand ablädt.

„Was sonst eine Kehrmaschine ist, ist hier ein Grader", sage ich.

„Was willst du hier auch kehren?", meint Sarah mit einem leicht sarkastischen Unterton.

Der Fahrer der mächtigen Baumaschine hat uns gesehen, bremst ab, bleibt stehen. Er lässt uns vorbei, und sofort wird spürbar, wofür sein Einsatz gut ist. Die kurzen Wellen nehmen deutlich zu, und damit die Rappelgeräusche in unserem Gefährt.

Immer weiter geht es bergauf. Es scheint fast so, als würden wir doch noch in den Schnee kommen. Immer wieder tauchen Haufen dieses weißen Zeugs auf, erst klein, dann immer größer in der Fläche und höher. Schließlich wachsen die weißen Stellen zusammen, und wir kommen uns vor, als wären wir mitten im Winter in den Alpen unterwegs.

Lichter tauchen auf, diesmal weiß und hinter uns. Immer kürzer wird der Abstand, bis ich wenig später den Kühlergrill eines aufgeblasenen Pickups bildfüllend im Rückspiegel sehe. Er drängelt ziemlich. Nach der nächsten Kurve bietet eine Abzweigung, die nach rechts in den Wald führt, die

Möglichkeit, ihn vorbei zu lassen. Ich setze den Blinker und werde langsamer, halte an. Der Pickup überholt, und seine Rücklichter verschwinden kurz darauf hinter einem Buckel.

„Willst du mir hier was zeigen, oder was hast du vor?", fragt Sarah etwas ungeduldig.

„Nee, heute nicht. Ich wollte nur diesen Drängler vorbeilassen. Den hätten wir sonst noch eine ganze Weile auf der Stoßstange hängen gehabt. Und das nervt, besonders auf so einer Straße."

„Wie weit ist`s denn noch?"

„Noch eine gute Stunde."

„Geht das jetzt die ganze Zeit so weiter?"

„Ja, besser wird's nicht. Das nächste befestige Straßenstück fängt kurz vor Tahsis an."

„So langsam kann ich verstehen, warum uns alle Leute so schräg angesehen haben, wenn wir nach Tahsis gefragt haben."

„Wart's ab. Du kennst die Stadt noch nicht", sage ich und grinse Sarah an, die mit einem verständnislosen Blick darauf reagiert. Dann setze ich das gute Stück unserer Freunde wieder in Bewegung und weiter geht es mit den Begleitgeräuschen, die uns vom Tree to Sea Drive aufgezwungen werden, und dem ständigen Auf und Ab, ergänzt durch unzählige Richtungswechsel. Hinter einer Kuppe haben wir plötzlich freie Sicht in den Abgrund. Die Straße stürzt sich in die Tiefe, bevor sie wieder nach rechts zwischen den Bäumen verschwindet. Wir sind auf einem niedrigeren Niveau ohne Schnee, aber dafür mit einigen sehr einfachen Baumstammbrücken ohne Geländer, angekommen. Büsche und Bäume drängen sich dicht an die Fahrbahn, anscheinend nur darauf wartend, diese erobern zu können. Unheimlichen. Sarah und ich schweigen uns wieder an. Sie hat ihren Kopf auf eine Hand gestützt, Ellenbogen auf der Tür unterhalb des Fensters. Lange hält sie diese Position nicht aus. Zu stark sind die Vibrationen. Also starrt sie nur noch in Fahrtrichtung, durch die Schlieren auf der Scheibe, direkt ins scheinbare Nichts.

Nach ungefähr zwanzig Minuten schimmert es zwischen den Bäumen hindurch. Eine Uferlinie wird sichtbar, und kurz darauf fahren wir dicht am Wasser entlang. Auf der gegenüberliegenden Seite stehen einige Gebäude.

„Ist das Tahsis?", fragt Sarah.

„Nein. Das hier nennt sich Moutcha Bay. Die Häuser da hinten liegen an der Head Bay. Bis Tahsis wird es immer noch eine knappe halbe Stunde sein."

„Was wollte Tom bloß hier? In dieser Gegend kann man doch nicht ernsthaft nach einem Haus suchen. Warum hat er nicht auf all die Leute gehört, die in vorsichtig davon abbringen wollten?" Sarah wird sichtlich saurer, je größer die Distanz zu Gold River wird.

„Es ist die Frage, was er mit dem Hauskauf bezwecken möchte. Zur Minimierung persönlicher Kontakte ist Tahsis ein idealer Ort auf Vancouver Island."

Die Straße führt uns zurück zwischen die aufdringlichen hohen Bäume, die die Sicht zum Horizont vollständig versperren. Das wenige Licht flackert an manchen Stellen wie ein Stroboskop. Der ständige Wechsel von grellem Licht und Schatten macht mich noch wahnsinnig. Sarah hat in weiser Voraussicht ihre Sonnenbrille mitgenommen, die inzwischen ihren Weg auf die Nase gefunden hat. Durch die verspiegelten Gläser kann ich nicht mehr erkennen, wohin sie genau sieht, was ohnehin nur grob aus den Augenwinkeln möglich wäre. Man darf es sich als Fahrer auf diesem Waldweg einfach nicht erlauben, in Hollywoodmanier minutenlang zur Seite zu schauen. Ich wäre wirklich froh, wenn das Drama bald ein Ende hätte und das Ortsschild nach einer der nächsten Kurven endlich auftauchen würde.

Sarah hat angefangen, eine Melodie vor sich hin zu summen. Ich erkenne keine bekannte Melodie.

„Spielst du Radio?", frage ich sie.

„Och nö. Mir ist nur langweilig. Da kommt es manchmal vor, dass ich anfange irgendwelche Töne von mir zu geben.

Ob das dann tatsächlich eine Melodie ergibt, weiß ich nicht ... und ist mir eigentlich auch egal."

„Klang aber nicht schlecht."

„Glaubst du wirklich?"

„Ja. Sowas mal aufnehmen und ein paar Effekte drüber, damit könntest du bestimmt Geld verdienen."

„Du spinnst doch. Wer wollte denn sowas kaufen?"

„Hör dir doch das Zeug an, das im Radio läuft. Manchmal nur ein Sammelsurium von Geräuschen, Gestöhn und verbalem Unvermögen."

„Schon was Wahres dran", bestätigt Sarah.

Dann kommt sie: Die lange ersehnte finale Rechtskurve, gefolgt von dem Ortsschild mit der Aufschrift Tahsis. Endlich sieht man wieder Spuren menschlicher Zivilisation, zuerst in Form von Mauern und Ruinenresten entlang des Wassers. Kurz darauf tauchen Häuser auf, nur sehr wenige mit mehr als zwei Geschossen.

„Sollen wir an der Bar da vorne mal anhalten?", frage ich Sarah.

„Sehr gerne", sagt Sarah, deren Augen jetzt wieder etwas Leben ausstrahlen und die neue Umgebung neugierig aufsaugen.

Viel Betrieb scheint nicht zu sein, denn außer einem alten Toyota in einem unbeschreiblichen Türkis mit Blümchen auf der Motorhaube und zwei verdreckte Pickups herrscht gähnende Leere auf dem Parkplatz. Wir halten unmittelbar neben dem Eingang. ‚Jetzt nichts wie raus und erst mal strecken' denke ich. Nach getaner Gymnastik, schreiten wir in Richtung einer Pforte, die uns Zutritt zu einer Welt verschafft, die Sarah in erneutes Staunen versetzt. Dass sie nicht mit offenem Mund stehen bleibt, ist nur ihrer großen Selbstbeherrschung zu verdanken. Vor unseren Augen bewegt sich eine junge Frau mit Essstäbchen in ihren wirren roten Haaren, mit übertrieben rot geschminkten Lippen um den halb geöffneten Mund, einen Kaugummi zwischen den Zähnen zermalmend. Ein grün glänzender Kimono mit rosa Blümchen und weiße Turnschuhe, deren Sohlen von einem neongelben Rand eingefasst sind, runden das Gesamtkunstwerk ab. Etwas breiig entlässt sie im Vorbeigehen die Frage aus ihrer Sprechöffnung, ob sie uns was bringen dürfe.

„Einen Kaffee bitte", ordert Sarah. Ich bestelle mir die obligatorische Cola. ‚Ich sollte mir endliche eine Antwortalternative überlegen', denke ich auf dem Weg zu einem der massiven Holztische mit den passenden Stühlen in einem dunklen Braun so vor mich hin. Dunkles Braun scheint die einzige Farbe gewesen zu sein, die man hier beschaffen konnte, denn der ganze Raum mit sämtlichen Winkeln wurde in diesem Ton überzogen, egal ob Wand, Decke oder Boden. Die einzigen Farbkleke in dieser Monotonie liefern Spielautomaten, Fernsehschirme, einige Veranstaltungsplakate … und die junge Frau im Kimono. Wir setzen uns so, dass wir die Theke beobachten können.

Es dauert. Nachdem sich unsere Bedienung ausgiebig mit dem einzigen Gast an der Theke unterhalte hat, macht sie sich tatsächlich auf den Weg, um die von uns bestellten Getränke auszuliefern. Sarah hat in der beträchtlichen Zwischenzeit Toms Bild auf aus ihrem Rucksack herausgeholt und es deutlich sichtbar auf der Tischplatte positioniert. Mit einem ausdruckslosen Gesicht stellt die Kimonofrau die Tasse vor Sarah und das Glas vor mir ab.

„Darf's sonst noch was sein?", klingt es ziemlich gelangweilt durch ihren Kaugummi.

„Ja", sagt Sarah, „eine kurze Auskunft. Haben sie den Mann auf dem Bild dort mal hier gesehen?"

„Warum?", fragt die Bedienung. „Sollte ich?"

„Weiß ich nicht?", antwortet Sarah. „Er ist mein Freund, der seit letzter Woche Dienstag verschollen ist.".

„Damit hab' ich nichts zu tun", kommt es spontan zwischen den roten Lippen herausgeschossen.

„Hat doch auch niemand behauptet. Ich heiße übrigens Sarah", versucht Sarah die Spannung aus dem Gespräch zu nehmen.

„Ich bin June", stellt sich die bunte Servicekraft jetzt vor, „June Kelly. Warum mich meine Eltern so genannt haben, weiß ich nicht. Ich hab' nämlich im März Geburtstag."

„Woher kommst du, June?", möchte Sarah jetzt wissen.

„Aus Montana in den USA."

‚Wenn die dort alle so sind, braucht man sich nicht zu wundern, dass die da so wählen, wie sie wählen', denke ich und verkneife mir jeglichen Kommentar zur Auswahl ihres Vornamens.

„Und wie kommt es, dass du ausgerechnet hier gelandet bist."

„Das ist eine ganz blöde Geschichte. Ein Typ hatte mich hierhin mitgenommen, angeblich zum Angeln. Du musst wissen, ich bin quasi mit der Angel groß geworden. Meine Familie war da ganz fanatisch. Jedenfalls wollte mir der Kerl dann doch nur an die Wäsche, und als ich nicht mitspielte, hat er mir eine geklebt und mich hier sitzen lassen, natürlich ohne Geld. Meine Reserven waren nicht so üppig. Könnt ihr euch ja vielleicht vorstellen. Ich hab dann irgendwann hier angefangen zu jobben. Aber einen beschissenen Ruf hab' ich hier weg, das weiß ich schon."

„Schade, dass es für dich so gekommen ist. Hättest was Besseres verdient", sage ich, und grinse in mich hinein, und dass nicht, weil ich das nicht verurteilen würde, was ihr der Heini angetan hat, aber weil sie so eine ganz besondere Type ist.

„Kannst du dir das Bild bitte mal genau ansehen? Vielleicht war Tom, so heißt er, ja letzte Woche hier", hakt Sarah nach.

„Lass mich mal überlegen. So viele Gäste von außerhalb kommen hier nicht rein. Ist das so ein Dicker?"

„Kann man sagen", bestätige ich wohl etwas zu kräftig, worauf mir Sarah prompt einen bitterbösen Blick zuwirft.

„Da war letzte Woche wirklich so jemand hier. Der kam etwas später als ihr heute. Hat auch nur was getrunken und ist dann wieder weg. Kann letzten Dienstag gewesen sein."

„Hat er sich mit jemandem unterhalten?"

„Nee. Hat ausgetrunken, das Geld auf den Tisch gelegt und ist wieder raus. Lange saß der nicht hier. Ist wohl nicht so der gesprächige Typ, oder?", erkundigt sich June.

„Besonders kommunikativ ist er nicht veranlagt", meint Sarah.

„Hey, ich brauch auch noch Unterhaltung und 'n Bier", brüllt der Typ von der Theke quer durch den Saal. Sein Tonfall lässt vermuten, dass er besser zu Fuß nach Hause gehen sollte, wenn er es überhaupt noch so weit schafft.

„Ich komm' ja schon", brüllt June zurück. „Ich muss mal wieder. Ihr hört's ja. So ist der immer, wenn er ein paar getrunken hat. Ist arbeitslos, wie viele hier in Tahsis. Ich hatte da wirklich noch Glück", meint June, grinst schief und verlässt uns. Ihre Turnschuhe quietschen auf dem Holzboden. Besonders hoch hebt sie ihre Füße auch nicht. Sie pflaumt den Gast an der Theke an. Der lacht lauthals los. June schaut kurz in unsere Richtung und verdreht die Augen.

„Jetzt wissen wir, dass Tom tatsächlich hier war. Die Zeit, die June meinte, passt zu dem, was wir bisher sonst schon erfahren haben."

„Stimmt", sagt Sarah. „Weißt du wo hier ein Klo ist?"

„Ich hab' vorhin ein Schild da hinten in der Ecke gesehen."

„Warte mal einen Moment." Sarah steht auf und zieht sich in Richtung der besagten Örtlichkeit zurück.

June kommt zurück an den Tisch. „Ich habe Neil gefragt, ob er letzte Woche so einen Dicken hier gesehen hat. Er meinte, der sei in einen weißen Chevy eingestiegen, als er sein Leergut zum Supermarkt bringen wollte."

„Vielen Dank, dass du uns hilfst."

„Ist doch klar", sagt June, verzieht den knallroten Mund zu einem leicht gequält wirkenden Lächeln und quietscht zurück zur Theke.

„Hattest du eine nette Unterhaltung?", fragt Sarah, als sie wieder an den Tisch kommt.

„June hatte den Typen an der Theke nach Tom gefragt. Tom war wohl auch im Supermarkt."

„In welchem?"

„Hier gibt's nur einen."

„Echt? Was ist das bloß für ein Nest."

„Ein Ort voller Überraschungen", antworte ich, stehe auf und gehe jetzt auch zum Resteraum. Auf dem Rückweg bezahle ich an der Theke, bedanke mich nochmal bei June für ihre Unterstützung und gehe zurück zum Tisch. Sarah schaut mich irgendwie komisch an.

„Sag mal, gefällt dir sowas etwa?", wobei eine merkwürdige Betonung auf ‚sowas' liegt.

„Du spinnst doch. June wirkt wie ein Running Gag hier in dieser Umgebung, aber trotzdem in gewisser Weise auch liebenswert … eben naiv. Wollen wir mal hoffen, dass sie wieder nach Hause findet … wenn ihre Geschichte überhaupt stimmt. Komm, lass uns zum Supermarkt fahren."

Wir verlassen die Kneipe und gehen über den unbefestigten Platz vor dem Ausgang, der jedem Schritt mit einem Knirschen meldet, hin zum Auto und fahren los.

„Möchtest du erst noch schnell einen großen Teil von Tahsis sehen?" frage ich Sarah.

„Wenn's nicht so lange dauert."

„Wird's nicht, vielleicht fünf Minuten."

„Na gut."

Die wenigen kurzen Straßenabschnitte führen vorbei an kleinen Wohnhäusern, einer Schule und zwei etwas größeren Flachdachbauten, in denen Eigentumswohnungen untergebracht sind und teilweise zum Verkauf angeboten werden. Nach einem weiteren kurvenarmen Kilometer stehen wir schließlich auf dem Parkplatz des Supermarkts, einem weiß gestrichenen Holzhaus, dessen Erdgeschoss einen guten Meter über dem Gelände liegt. Wir steigen aus, gehen die Stufen hoch und stehen hinter der Tür in einer Art Windfang.

Dahinter stoßen wir auf die Kasse, hinter der eine nicht mehr ganz junge Frau indischer Herkunft steht.

„Kann ich ihnen vielleicht weiterhelfen?", fragt sie mit einem deutlichen Akzent.

„Vielen Dank. Wir würden uns gerne erst kurz umschauen", sage ich.

„Wenn sie etwas Bestimmtes suchen, sagen sie es nur. Mein Mann kann alles bis morgen Abend besorgen", bietet sie an, während wir durch eine weitere Tür in den eigentlichen Verkaufsraum gelangen. In den meisten Regalen und Tiefkühltruhen herrscht gähnende Leere. Nur einige wenige Standardprodukte sind vorrätig.

„Ein Großeinkauf wird zum Tagesausflug, oder man muss ein paar Tage auf seine Bestellung warten", erkläre ich Sarah, die sich ungläubig umschaut.

„Wollen wir schnell was essen, bevor wir zurückfahren. Das dauert ja auch wieder so lang und ich glaub' nicht, dass ich das bis zum Abendessen bei Emily durchstehe. Ich hab da vorne ein paar Tische und 'ne Speisekarte gesehen", sagt Sarah.

„Können wir gerne machen. Du kannst der Verkäuferin ja auch mal das Foto zeigen. Wenn man dem angesäuselten Neil glauben kann, müsste Tom hier gewesen sein."

Wir schlendern durch die Ausstellung der übersichtlich gefüllten Regale und fast leeren Tiefkühltruhen und setzen uns dann an einen der Tische in einer Art Wintergarten, von dem aus man den Parkplatz beobachten kann. Auf der Tischplatte, die mit einem Wachstuch bedeckt ist, steht eine kleine ehemalige Schnapsflasche mit einer Blume als Dekoration neben den üblichen Gewürzen. Die Frau im Sari kommt mit Block und Stift. Sie fragt allerdings nicht als Erstes nach unserer Bestellung, sondern äußert, dass sie glaube, mich schon mal gesehen zu haben.

„Kann sein", sage ich. „Das ist dann aber bestimmt schon 10 Jahre her. Da haben ein Freund und ich hier eine Kleinigkeit gegessen."

„Wirklich so lange?", meint sie und lächelt. „Was darf ich ihnen denn heute bringen?"

Mangels großartiger Alternativen bestellen wir Hotdogs mit Pommes und Wasser.

„Ich bringe es gleich", sagt sie und kommt kurz darauf mit Besteck, Servietten, zwei Gläsern, einer Karaffe mit stillem Wasser sowie einer Flasche Ketchup auf einem Tablett zurück. Genauso geschickt, wie sie mit diesen Dingen während des Transports umging, verteilt sie jetzt alles auf dem Tisch.

„Einen Moment noch", sagt sie und verschwindet wieder hinter der Kassentheke, wo neben einem Induktionskochfeld, auf dem ein großer Topf auf seinen Einsatz wartet, zwei Elektrogeräte stehen, die wie ältere Mikrowellen aussehen.

„Hat Tom nie vorher mit dir darüber gesprochen, wo er nach etwas Passendem suchen wollte", frage ich Sarah.

„Nein. Er hat mir zwar immer von der Natur, dem vielen Wasser und den freundlichen und hilfsbereiten Menschen auf Vancouver Island erzählt. Ich wäre aber im Leben nicht auf die Idee gekommen, dass es hier so entlegene Nester gibt. Ich glaube, ich hätte ihm einen Vogel gezeigt, wenn er mit einem Kaufvertrag für ein Haus hier in Tahsis zurückgekommen wäre."

„Du hättest aber nicht wissen können, wie es hier ist, wenn du dich nur auf seine enthusiastischen Schilderungen verlassen hättest."

„Du hast recht, Klaus", sagt Sarah leicht resigniert. „Gut, dass die Maklerin keine Zeit hatte und Tom nichts hat festmachen können."

„Wohl war. Aber wir müssen ihn ja erst finden, um zu erfahren, ob er nicht vielleicht doch ..."

„Wehe, wenn er", mault Sarah.

Unser Essen ist fertig. Mit schnellen eleganten Bewegungen platziert es die Universalkraft des Hauses auf dem Tisch.

„Ich wünsche guten Appetit", sagt sie noch und will gehen, doch Sarah hält sie zurück.

„Darf ich Ihnen ein Foto zeigen?"

„Ja, gerne. Warum?"

„Wir sind extra aus Europa gekommen, weil wir meinen Freund suchen." Sarah legt das Foto, das sie während ihrer Frage aus dem Rucksack gezaubert hat, vor der Bedienung auf den Tisch.

Sie, deren Name Prajna Mishra ist, wie es auf einem Namensschild neben der Kasse zu lesen ist, nimmt das Foto so vorsichtig in ihre Hände, als handele es sich um etwas ganz besonders Wertvolles. Dann sehe ich wie sich zwei kleine senkrechte Falten oberhalb ihrer Nase bilden, während sie es genauestens betrachtet.

„Ich denke, ich habe ihn gesehen. Er ist nicht besonders schlank, stimmt's? Letzten Dienstag war ein Mann hier, der mit einer besonderen Hingabe einen Hamburger gegessen und anschließend noch ein paar Kleinigkeiten gekauft hat. Ich glaube, es waren Chips, Müsliriegel und Cola."

„Klingt ganz nach Tom", meint Sarah.

„Er ist dann zu einem weißen SUV gegangen und fortgefahren. Kurz darauf wurde es dunkel. Muss wohl so gegen halb sieben gewesen sein. Etwas später kam Tarun, mein Mann, von seiner Einkaufstour zurück. Er müsste ihm eigentlich begegnet sein. Die Straße hat es in sich. Da sollte man nicht mitten in der Nacht unterwegs sein. Warten sie bitte einen Moment. Da kommt mein Mann."

Ein Lieferwagen mit geschlossenem Aufbau und einer Aufschrift auf den Türen, die ich auf diese Entfernung nicht entziffern kann, fährt auf den Parkplatz und steigt aus. Prajna geht zur Tür und ruft ihrem Mann zu, er möge sich doch bitte etwas beeilen. Er schaut sie leicht verwundert an, schließt die Tür seines Wagens und nähert sich schließlich dem Eingang. Seine Frau erklärt ihm anscheinend, worum es geht, aber nicht in Englisch. Er gestikuliert mit seinen Armen in der Luft herum, nickt dann aber und betritt einige Schritte hinter ihr das Gebäude. Etwas später kommen beide an unseren Tisch.

„Hallo, mein Name ist Tarun, Tarun Mishra." Er spricht, wie seine Frau, mit einem deutlich erkennbaren indischen Akzent. Auch wir verraten ihm unsere Namen.

„Meine Frau hat gesagt, dass sie einen Mann mit einem weißen Auto suchen, der letzte Woche hier gewesen sein soll. Mir ist letzten Dienstag wirklich ein weißer Chevrolet begegnet, in der Nähe von Head Bay. Ich kann mich nur an ihn erinnern, weil er so langsam unterwegs war. Mir ging sofort durch den Kopf: Das ist sicher so ein Tourist. Einheimische fahren viel schneller."

„Ist ihnen sonst noch ein Auto begegnet?", frage ich ihn.

„Nein." Seine Stirn legt sich leicht in Falten. „Was mir aber noch aufgefallen war: Da stand ein Langholztransporter in der Abzweigung zu den Upana Caves. Keine Ahnung, was der da wollte. Eigentlich fahren die mit Ladung in die Gegenrichtung. Vielleicht war es ein neuer Fahrer, der sich verfahren hatte und jetzt eine Wendemöglichkeit suchte. Sollte man um diese Zeit aber nicht mehr tun."

„Ich nehme nicht an, dass sie sich an das Kennzeichen erinnern können."

„Da haben sie Recht. Die Nummernschilder sind sowieso meist so verdreckt, dass man nichts erkennen kann."

„Vielen Dank! Jetzt wissen wir wenigstens, dass er auf dem Rückweg war", sagt Sarah, die inzwischen ihr Menü verspeist hat.

„Ich helfe doch gerne, wenn ich irgendwie kann." Er lächelt Sarah an. Der Gesichtsausdruck seiner Frau fällt mehr ins Gegenteil.

„Ich denke, wir machen uns jetzt besser auf den Weg, bevor auch wir die ganze Strecke im Dunkeln fahren müssen", sage ich über dem Aufstehen. Sarah sieht mich etwas überrascht an, erhebt sich dann aber auch.

„Das ist eine weise Entscheidung", sagt Prajna, die sofort anfängt den Tisch abzuräumen, nicht ohne Sarah einen merkwürdigen stechenden Blick zukommen zu lassen.

„Wo können wir zahlen?", frage ich.

„Warten sie, ich komme mit zur Kasse", sagt Tarun.

So pilgern wir hinter ihm her, zahlen und verabschieden uns.

Während wir den Parkplatz überqueren, schlage ich Sarah vor, Hunter anzurufen. Sie nickt zustimmend. Wir bleiben neben unserem Auto stehen. Die Luft wird mit jeder Minute kühler. Man merkt deutlich, dass der Frühling hier noch nicht angekommen ist.

Ich nehme mein Mobiltelefon – es hat tatsächlich ein Netz gefunden - und lasse es Hunters Nummer wählen. Kaum hat es geläutet, da hebt auch schon jemand ab.

„Hier ist Klaus."

„Wo steckt ihr denn?", fragt Emily besorgt.

„Noch in Tahsis. Tom war tatsächlich letzten Dienstag hier und ist erst kurz vor dem Einbruch der Dunkelheit aufgebrochen."

„Woher wisst ihr das denn?"

„Die Besitzer des Supermarkts haben es beide bestätigt. Außerdem wurde er noch von einer Bedienung in der Bar und einem – dem einzigen – Gast dort gesehen. Der hatte allerdings schon einen Gewaltigen im Tee."

„Wenn das die Bedienung mit dem Kimono war, die du erwähnt hast, dann würde ich nicht viel darauf geben. Die ist als Märchentante verschrien, wie mir Hunter mal erzählt hat."

„Wo steckt der eigentlich?"

„Der bastelt noch in seiner Werkstatt. Ich werde ihm von euren Erkenntnissen berichten, sobald er reinkommt. Ich denke, er wird sich was einfallen lassen, bis ihr zurück seid. Aber das dauert ja noch."

„OK. Dann wollen wir nicht weiter stören. Ich denke wir sind so gegen halb neun zurück."

„Gut. Aber fahrt vorsichtig. Die Straße ist nicht ganz ohne", rät mir Emily noch, bevor sie auflegt.

Sarah und ich setzen uns ins Auto.

„Dann lass uns mal die Rückreise antreten." Ich starte den Motor und werfe noch einen kurzen Blick auf die Tankanzeige. ‚Müsste bis Campbell River reichen', denke ich.

Am Ortsausgang, kurz bevor es in den Wald geht, halte ich kurz an. „Sieh dir mal das Schild da vorne an", fordere ich Sarah auf.

„Oh nein!" sagt sie und fängt an zu lachen. „Wer kommt denn auf so eine Idee?"

Man muss wissen, dass das Schild dazu auffordert, dass der Letzte, der Tahsis verlässt, das Licht ausschalten möge. Es sind ja noch ein paar Leute übrig. Also bleibt das Licht wohl noch für eine Weile an, wie das an unserem Auto, Doch wird die Welt für uns während der nächsten Stunden nur noch aus dem im Lichtkegel erkennbaren Teil bestehen.

Auf die nächste Straßenbeleuchtung treffen wir erst wieder in Gold River, nachdem uns endlich auch wieder ein fester Belag unter den Reifen zur Verfügung steht. Das nicht enden wollende Gerappel und Geschepper hat ein Ende. Die Fahrt bis hierher verlief ereignislos. Wir haben uns kaum unterhalten, was auch zu anstrengend gewesen wäre. Jedes einzelne Wort hätte man in das Ohr des anderen brüllen müssen. In der Dunkelheit, die ungefähr eine halbe Stunde nachdem wir Tahsis verlassen hatten, einsetzte, ließ die Fahrgeräusche noch aufdringlicher und unangenehmer wirken. Gegenverkehr gab es auf der ganzen Strecke nicht.

Nach wenigen Laternen hat uns die Dunkelheit zurück. Wenn wir nicht dieselbe Straße vorher in Gegenrichtung benutzt und so die begleitende Landschaft gesehen hätten, würden im Kopf wieder Trugbilder entstehen. Das Gehirn würde eine imaginäre Landschaft vorgaukeln, die einem Idealbild entspräche, das man sich für Canada wünscht.

Im Scheinwerferlicht ist jetzt deutlich mehr zu erkennen, als auf der Schotterpiste, über die wir uns bis hierhin gequält hatten.

„So ist es doch wieder angenehmer, oder?", frage ich Sarah.

„Wesentlich besser. Ich wäre wahnsinnig geworden, wenn dieser Lärm noch länger gedauert hätte. Wie ertragen die Einheimische das bloß auf Dauer?"

„Keine Ahnung. Ich glaube, die fahren einfach schneller. Dadurch fliegen sie über die meisten Schlaglöcher."

„Warum hast du das nicht so gemacht? Du bist doch hier auch fast zu Hause."

„In Tahsis war ich noch nicht so oft. Außerdem traue ich dem Untergrund nicht. Den Jeep unserer Freunde habe ich vorher auch noch nicht so weite Strecken gefahren, und außerdem bin ich müde." Ich könnte die Liste noch endlos fortführen, möchte aber nicht als totaler Jammerlappen und Weichei in Sarahs Erinnerung hängen bleiben. Manche Dinge vergisst sie nie, besonders die peinlichen.

„Ist dir am Straßenrand zwischen Tahsis und hier irgendwas aufgefallen? Ich meine, ungewöhnliche Reflexe oder abgebrochene Äste, eben was Ungewöhnliches?", interviewe ich meine Mitfahrerin.

„Nein, überhaupt nichts. Es war ja immer nur ein Wechsel von Bäumen und Büsche zu Dunkelheit ohne Pflanzen, und dann wieder Büsche. Ich frage mich immer mehr, was Tom in diese Richtung ..." Weiter kommt sie nicht, weil ich plötzlich so scharf abbremsen muss, dass die Reifen quietschen und der Jeep seine Bodenhaftung und Orientierung etwas zu verlieren scheint. Wir kommen unfallfrei zum Stehen. Vor uns steht, aufgetaucht aus dem Nichts, die Rückseite einer kolossalen Elchkuh im Frontlicht des Jeeps.

„Was ist das?", schreit Sarah. Mir hat es für einen Moment die Sprache verschlagen. Eine solche Erscheinung muss auch ich erst verarbeiten. Meine Beine zittern. Kurze Pause im Kopf. Dann nimmt die Denkmaschine wieder ihre Arbeit auf. „Eine Elchkuh von hinten", antworte ich auf Sarahs Frage.

‚Was tun?' ist die jetzt die wesentlichere Frage, die einen Abwägungsprozess in Gang setzt. Hupen ... ganz bestimmt nicht. Eine durchdrehende Elchkuh ist so ziemlich das Letzte, was man hier in dieser einsamen Gegend gebrauchen kann. Langsam vorbeifahren? Wenn die will, ist sie schneller und man trifft sich doch noch. Aufblenden? Könnte sie auch erschrecken und in Panik versetzen. Die Flucht nach hinten antreten? Könnte funktionieren, aber da will ich eigentlich nicht hin. Stehen bleiben und warten scheint also der beste Ansatz zur Lösung des Problems zu sein. Das bedeutet: Fahrlicht aus, Standlicht an, und die Suche nach dem Schalter für die Warnblinkanlage beginnt. Der nachfolgende Verkehr sollte besser gewarnt sein, bevor er hier irgendwo im Nichts auf ein solch massiges Hindernis stößt. Obwohl, welcher nachfolgende Verkehr? Die Oberfläche des Rückspiegels ist schwarz und bleibt schwarz. Es dauert etwas, dann finde ich endlich den gesuchten Schalter und kann das gelbe Blinklicht endlich aktivieren. Nachfolgender oder entgegenkommender Verkehr kündigt sich immer noch nicht an. Keine Lichtpunkte vor der Windschutzscheibe und keine noch so kleinen im Rückspiegel. Wir sind allein mit unserer lebendigen Straßensperre.

„Hoffentlich kommt nicht ausgerechnet jetzt wieder so ein Rennfahrer", sage ich zu Sarah, deren Gesichtszüge im schwachen Licht der Instrumentenbeleuchtung noch immer nicht entspannt aussehen. Sie starrt diese langen Beine und das massive Hinterteil der Elchkuh an. Die steht einfach nur wie angewurzelt mitten auf der Fahrbahn. Nach einer gefühlten Stunde, in Wahrheit werden es höchstens zehn Minuten gewesen sein, kommt Bewegung in das Tier. Der Kopf dreht sich, wie in Zeitlupe, erst in unsere Richtung, dann wieder nach vorne. Ich kann kurz eines ihrer schwarz glänzenden Augen sehen. In ihm scheinen sich Standlicht und Warnblinkanlage unseres mobilen Schutzraumes zu spiegeln. Dann glaube ich ein leichtes Zucken in den Hinterläufen zu erkennen. Und richtig, sie kommt ganz gemächlich in Gang, bleibt aber konsequent auf der Straße. Wir warten weiter ab.

Nach einigen bedächtigen Schritten biegt sie dann doch ab und verschwindet im Unterholz.

Warnblinkanlage aus, Fahrlicht an, erster Gang, Gas geben, Kupplung vorsichtig kommen lassen. Ganz langsam fahren wir an der Stelle vorbei, an der unser tierischer Bremsklotz ohne erkennbare Spuren in den Büschen verschwunden ist.

„Wir können froh sein, dass die Bremsen des Jeeps so gut funktioniert haben. Wären wir der Elchkuh in die Hinterbeine gefahren, hätte sie sich wahrscheinlich auf die Motorhaube gesetzt, was die nicht überlebt hätte."

„Ich hätte nie gedacht, dass Elche so groß sind", sagt Sarah, die sich anscheinend wieder gefangen hat.

„Jetzt weißt du's aus eigener Anschauung", erwidere ich mit einem leichten Hauch von Sarkasmus in der Stimme.

Ich beschleunige auf Reisegeschwindigkeit und lebe in der Hoffnung, dass dies das letzte tierische Ereignis für heute war. Wir fahren wieder schweigend durch die ausgedehnten Wälder, vorbei an den Seen, die in der Dunkelheit versunken sind.

Nach langen Minuten blinzeln Lichtpunkte durch die Bäume, dann ein beleuchteter Parkplatz und wieder kleine Lichter, die zeigen, dass sich Menschen in nicht geringer Zahl selbst in dieser Wildnis ihre Refugien geschaffen haben. Dann wird es wieder völlig Dunkel um uns herum. Das Einzige, was für die nächste Zeit sichtbar ist, sind die Fahrbahnmarkierungen und die im Belag eingelassenen Reflektoren, die wie kleine Tieraugen den Schein der Frontscheinwerfer zurückwerfen.

Nach etlichen weiteren Kurven erscheint dann doch wieder Licht am Ende des Dunkels. Das Gewerbegebiet und die Müllkippe an der Argonaut Road leuchten um die Wette durch die Nacht. In Anbetracht meiner doch schon beträchtlichen Müdigkeit entscheide ich mich dafür, dem Highway weiter zu folgen, statt die Abkürzung entlang der Deponie zu nehmen.

Nach einigen weiteren Kurven und einem Teilstück mit einem enormen Gefälle gelangen wir wieder auf den Straßenabschnitt, der parallel zum Campbell River verläuft und an der ersten Ampel auf die Willow Street trifft. Dort steuern wir die Tankstelle an. An der ersten Zapfsäule ist Platz. Ich steige aus, und muss doch erst mal versuchen mich daran zu erinnern, was Hunter mir zum Thema Tankdeckel erklärt hat. Relativ schnell fällt mir doch wieder ein, dass man das Nummernschild wegklappen muss. Ich gehe also ans Heck des Jeeps, und tatsächlich: Die Blechtafel lässt sich bewegen, und dahinter taucht ein nicht abschließbarer schwarzer Schraubdeckel auf. Ich gehe zurück zu Zapfsäule, hole meine Kreditkarte aus dem Geldbeutel, und los geht das Frage und Antwort Spiel, das damit endet, dass ich endlich den Tank auffüllen kann. Die Pumpe läuft und läuft und läuft. An der Zapfsäule neben uns hält ein beiger Escape. Der Fahrer steigt aus, betrachtet den Jeep und fragt: „Wie hast du den denn so dreckig bekommen. Zu schnell im Wald unterwegs gewesen?"

„Nein, zu langsam nach Tahsis und zurück gefahren", antworte ich. Mein Gegenüber fängt an zu lachen und meint: „Dann ist alles klar. Was wolltest du denn in dem Nest?"

„Wir suchen einen Freund, der anscheinend den Rückweg nicht mehr gefunden hat. Ist jetzt schon knapp eine Woche her."

„Dann will ich mal hoffen, dass ihr ihn findet. Wird nicht leicht. Kennt er sich wenigstens in der Gegend aus?"

„Kein bisschen. Er kommt aus Deutschland und wollte sich zum ersten Mal in Tahsis umschauen. Ist wohl erst kurz vor Einbruch der Dunkelheit dort losgefahren."

„Böser Fehler, wenn man die Strecke nicht kennt. Die verschluckt nämlich manchmal Autos. Also viel Glück!"

Das Gespräch endet genau in dem Moment, in dem die Zapfpistole mir mitteilt, dass der Tank voll ist. Ich hänge sie wieder an der Zapfsäule ein und ziehe den Beleg ab.

„Wer war das denn?", fragt Sarah, als ich wieder einsteige.

„Keine Ahnung. Auf jeden Fall jemand, der die Strecke nach Tahsis kennt. Wenn wir Tom das nächste Mal treffen, müssen wir im einbläuen, dass er nie wieder alleine dahin fahren darf."

Wir setzen uns in Bewegung, biegen links ab und folgen dem Inland Island Highway hinauf bis zur Willis Road. Danach sind es noch ein paar Kreuzungen, bis wir schließlich von Jilly in der Einfahrt wieder in Empfang genommen werden. Schwanzwedelnd begleitet sie uns ins Haus hinein, wo Hunter und Emily am Esstisch auf uns und unseren Bericht warten.

„Wie war's?", fragt Hunter.

„Die Fahrt war langweilig, bis auf eine Elchkuh, die im Weg stand. Fast hätten wir sie auf die Motorhaube geladen", sage ich.

„Gut, dass das nicht passiert ist. Elche hinterlassen gerne einen bleibenden Eindruck, und zwar nicht nur im Blech. Ich könnte euch da eine Geschichte erzählen." Hunter grinst.

„Immerhin haben wir jetzt die Bestätigung, dass Tom in Tahsis war und kurz vor Sonnenuntergang wieder zurück gefahren sein muss", berichtet Sarah.

„Dem Besitzer des Supermarkts ist er bei Head Bay begegnet. Also muss er irgendwo zwischen Head Bay und Campbell River auf Abwege geraten sein. Eine ziemliche Strecke. Hast du vielleicht eine Idee, wie man ihn zügig ausfindig machen könnte?", frage ich unseren Freund.

„Am besten wäre es wahrscheinlich von oben. Ich kenne da jemanden, der ein Wasserflugzeug hat und sich über jede Flugstunde freut, die er mit der Kiste absolvieren kann. Vielleicht hat er morgen Vormittag Zeit. Ich ruf ihn mal an." Hunter steht auf und nimmt das schurlose Telefon mit auf die Terrasse.

„Wollt ihr was essen? Ich hab noch einen Rest von vorhin."

„Gerne", sagt Sarah.

Emily geht zur Küche, holt zwei Teller und Besteck. Vom zweiten Gang kehrt sie mit zwei Schüsseln zurück.

„Wusstest du überhaupt, dass Froggy eine Fluglizenz hat?", erkundigt sich Emily. Alle nennen ihn Froggy, obwohl er eigentlich Pierre heißt. Er stammt aus der Provinz Quebec. Da dort Froschschenkel gegessen werden, hat man ihm einen passenden Spitznamen verpasst, über den er sich immer wieder in seiner unvergleichlichen Art ärgert.

„Nein, davon habt ihr mir bisher nichts erzählt."

„Die hat er nicht erst seit gestern. Letztes Jahr hat er von einem Bekannten ein Wasserflugzeug übernommen, das früher zur Walbeobachtung an der Westküste eingesetzt wurde. Das Teil ist in einem wirklich guten Zustand, und Froggy macht sich gut als Pilot und Fremdenführer." Ein verschmitztes Lächeln liegt auf Emilys Gesicht.

„Seid ihr schon mit ihm geflogen?"

„Ja. Er kann's", beruhigt sie uns.

Wir haben grade die Teller gefüllt und die ersten Bissen verspeist, als Hunter von der Terrasse zurückkommt.

„Er hat Zeit. Ihr sollt morgen früh um halb zehn an der Schranke der Zufahrt zum McIvor Lake sein. Er kommt hin und macht auf. Wenn ihr nichts dagegen habt, komme ich mit."

„Was sollten wir dagegen haben. Jedes Augenpaar ist wichtig, wenn wir eine weiße Stecknadel im Waldhaufen finden wollen."

„Glaubt ihr wirklich, dass Tom von der Straße abgekommen ist?" Sarah klingt sehr bedrückt.

„Es ist eine Möglichkeit", sagt Hunter, „aber es muss ja nicht so sein. Freu dich einfach auf den Flug mit unserem Froggy. Es wird so oder so ein ganz spezielles Erlebnis."

Hunter erzählt noch einige Details aus Pierres Leben, den Problemen, die er früher hatte, bevor er Alice kennenlernte, mit der er jetzt schon seit mehr als 15 Jahre verheiratet ist. Es gibt auch diverse Geschichten über seine ganz besonderen Eigenarten zu hören. So füllt sich der Rest des Abends mit Geschichten von gemeinsamen Bekannten und dem ein oder anderen Witz. Gegen 23:00 Uhr ziehen wir uns in unsere Betten zurück. Emily geht noch vor die Tür, um ihre letzte Zigarette des Tages zu rauchen. Jilly inspiziert kurz das Grundstück und verschwindet dann im Schlafzimmer unserer Freunde. Kitty liegt auf meinem Bett und lässt sich erst nach etlichen Minuten dazu überreden, ihre weiche gewohnte Ruhestätte zu verlassen.

Das Einschlafen dauert, und plötzlich beginnen Fragen in meinem Hirn nach Antworten förmlich zu schreien: ‚Wonach suchen wir morgen eigentlich? Wie sieht Toms Chevy genau aus, besonders von oben?'

Ich suche mit meiner linken Hand nach meinem Smartphone. Sie ertastet im Dunkel etwas, was sich aber bei genauerer Untersuchung als eine Fernbedienung entpuppt. Dann schließlich stößt sie doch auf die glatte Oberfläche des Displays. Ich halte es mir vor die Nase und suche im Internet nach Bildern des Autotyps. Auf der Herstellerseite gibt es nur welche von sämtlichen Seiten, aber bei Youtube werde ich fündig und sehe mir noch ein paar kurze Filme an, einige sind reine Werbung, andere Tests. Ich versuche, mir die Silhouette des Equinox, so gut wie es trotz fortgeschrittener Müdigkeit geht, einzuprägen. Während dieser nächtlichen Aktion springt Kitty doch wieder auf das Bett und macht es sich am Fußende gemütlich, nicht ohne vorher einige Runden um die eigene Achse gedreht zu haben. Wenig später ist sie eingeschlafen, schnarcht und stöhnt vor sich hin, zuckt mit den Pfoten und greift mit den Krallen nach irgendetwas, das ihr im Traum vor der Nase erscheint.

Irgendwann fallen mir schließlich auch die Augen zu, nach einem langen Tag, vielen Eindrücken und vielen Kilometern.

Ein ziemlich lautes Schnüffeln holte ihn aus dem Schlaf. Ihm, der wohl Tom hieß, wurde sehr schnell wieder bewusst, in welch misslicher Lage er sich befand. Durch die Äste, mit denen er seinen Unterschlupf versperrt hatte, hörte er diese seltsamen Geräusche, Geräusche, wie er sie bisher noch nie gehört hatte. Angst stieg in ihm auf. Er griff nach dem langen Stiel des Eiskratzers. Seine rechte Hand umfasste ihn so, als wolle sie mit ihm verwachsen. Jetzt galt es, Ruhe zu bewahren. Bären und Rehe waren ihm schon begegnet, aber was sollte das vor seinem Bau jetzt sein. Im fiel auf, dass es schon hell war, aber er konnte absolut nichts erkennen, das als Ursache dieser Laute hätte in Frage kommen können. Er lauschte so konzentriert er eben nur konnte. Es schien ihm, als würde das Geräusch leiser. Schließlich war es ganz verschwunden. Seine Hand entspannte sich. Der Eiskratzer glitt zurück an die Stelle, an der er die Nacht verbracht hatte. Es war seine dritte Nacht irgendwo in einem unbekannten Wald. Ein weiterer Tag bahnte sich an, den er in denselben Klamotten, die durch seine bisherigen Naturerfahrungen nicht mehr besonders frisch aussahen und rochen, zu verbringen gezwungen war. Es widerte ihn an. Die Sonne schickte Licht durch die Äste, die sich hoch über ihm wie ein für ihn im Moment unsichtbares Dach spannten. Einige der Strahlen schafften es sogar durch seine hölzerne Barriere bis zu ihm. Sämtliche Knochen schmerzten. Er hatte Hunger und Durst und einen elenden Geschmack im Mund. Keine Möglichkeit, sich zu waschen, nicht mal die Hände, nachdem er irgendwo in einem Busch seine Verdauungsprodukte abgesetzt hatte. Er fühlte sich erbärmlich. Die Angst, die er seit einigen Jahren los war, schlich sich wieder an, ganz langsam, griff nach ihm. Er fing an zu zittern, fühlte seinen Puls an der Halsschlagader. Er war schnell, ungewöhnlich schnell, zu schnell. Er hatte keine Ahnung, was er tun sollte, keine Idee, wohin er hätte laufen können. Wo hätte er einen Weg finden können, der ihn zurück in die Zivilisation führte? Er steckte immer noch im Nichts, ohne die geringste Ahnung wo. In seiner Panik rollte er sich zusammen. Tränen flossen aus seinen Augen und bildeten bald schmale Rinnsale auf seinen Wangen, tropften ab auf sein Nachtlager. Ein Gedanke schoss ihm in den Kopf. Würde ihn überhaupt irgendjemand vermissen? Würde ihn jemand suchen? In der Nacht hatte er einen Traum, in dem immer wieder eine kleine Frau mit langen blonden Haaren auftauchte. Es gab noch keinen Namen und nur ein unscharfes Gesicht. Aber diese Figur schien nach ihm zu rufen. Warum bloß? Wer sollte das sein? Er beschloss, sein Versteck heute nur für die unbedingt notwendigen Verrichtungen zu verlassen. Er wollte einfach nur nachdenken. Er wollte sich selbst wiederfinden, bevor er weiter sinn- und ziellos durch den Wald irrte. Er musste versuchen, seine Gedanken zu sortieren, etwas wie ein System zu finden, nach dem er vorgehen konnte. Was er ganz sicher wusste war, dass er nicht hier verenden wollte. Er wollte leben, überleben, egal wie und egal welche Mühen es ihn auch kosten sollte.

Plötzlich überkam ihn wieder eine Müdigkeit. Er nickte ein, wurde aber durch ein plötzlich vor seinen Augen auftauchendes grelles Licht geweckt. Er hatte geträumt, aber das Licht kam ihm sehr real vor, zu real, als dass es nur ein normaler Traum hätte sein können. Er versuchte krampfhaft, sich an die Zeit zu erinnern, die unmittelbar vor dem Moment lag, an dem er sich in dem Auto fand, dass er wohl gemietet haben musste. Erfolglos.

Vor seinem Unterschlupf knackte es wieder. Das Knacken wiederholte sich in einem unregelmäßigen Rhythmus. Die Abstände zwischen den einzelnen Geräuschen wurden kürzer, bis dass die Einzeltöne zu einem Rauschen verschmolzen. Es hatte angefangen zu regnen. Erst jetzt fiel ihm auf, dass es dunkler geworden war. Abend konnte es noch nicht sein. Dazu war sein bisheriger Tag viel zu kurz, glaubte er. Eine neue Panikattacke machte sich daran, ihn einzunehmen. Er schaute hektisch um sich, obwohl es praktisch nichts zu sehen gab, außer den Ästen, hinter denen er sich versteckte. Er fror und schwitzte, beides gleichzeitig. Sein Körper fing wieder an zu zittern. Sein Kopf war in einen Fluchtmodus übergegangen. Der instinktorientierte Teil seines Gehirns arbeitete heftig und überzeugend. Tom warf alle Äste, die er mühselig vor seinem Versteck aufgebaut hatte, beiseite, kroch so schnell er nur konnte heraus, vergaß alle Mitbringsel und rannte, wie er noch nie zuvor gerannt war, aber ohne Ziel, Sinn und Verstand, dafür laut schreiend zwischen den Stämmen hindurch. Hier gab es kaum Unterholz, in dem sich seine Füße hätten verfangen können. Nur wenige dünne Äste streiften an seinem Körper entlang. Seine mangelnde Kondition setze diesem Bewegungsausbruch allerdings ein schnelles Ende. Völlig außer Atem stützte er sich an einen der dicken Baumstämme. Seine Knie wollten das Gewicht seines Körpers nicht mehr tragen. Er setzte sich auf den feuchten Waldboden. Ein kalter Regen prasselte auf sein Gesicht. ‚Wie konnte ich nur so blöd sein? Jetzt sind meine Klamotten nicht nur dreckig, sondern auch noch nass', dachte er. Er schaute sich um, versuchte die Richtung zurück zu seinem Versteck zu finden, was nicht so einfach war, weil hier alle Bäume gleich aussahen, und er während seines Sprints nichts wahrgenommen hatte, was ihn hätte zurückführen können. ‚Spuren' war sein nächster Gedanke, und tatsächlich hatten seine Schuhe unter dem Einfluss seines massigen Körpers Abdrücke im weichen Boden hinterlassen. Er folgte den aufgewühlten Stellen, und so dauerte es nicht lange, bis er den Ausgangspunkt seiner kopflosen Flucht wieder fand. Es sah alles noch so aus, wie er es verlassen hatte. So schnell er konnte vergrub er sich in seinem Schutzraum und zog die Aludecke über sich. Nein, ein solcher Fehler durfte ihm nie wieder passieren.

Er döste wieder ein. Die kleine blonde Frau erschien ihm erneut, jetzt etwas schärfer, verschwand aber genauso schnell, wie sie gekommen war. Dafür tauchten Bilder eines Jungen in der Schule auf, die aber auch wieder zerplatzen, wie eine Seifenblase. Ein Name schwirrte jetzt in seinem Kopf: Sarah. Immer und immer wieder dieser Name. Es dauerte nicht lange, da verband sich das Bild der Frau mit dem Namen. Plötzlich schrie er ihn und wurde sofort aus seinem Dämmerzustand gerissen. Er fror entsetzlich mit der nassen Kleidung am Körper. Es machte aber auch keinen Sinn, sie auszuziehen. Nur die Aludecke wäre zu dünn, und trocknen würden Jacke und Hose auch nicht. Er musste es aushalten, wie lange es auch dauern würde.

Der Regen fiel weiter durch das Dach aus Baumkronen. Der Wind hatte etwas zugenommen. Die Äste rieben aneinander, knackten leise hoch oben über ihm. Baumstämme ächzten unter den sich unregelmäßig wiederholenden Bewegungsimpulsen der sich gegen sie stemmenden Luft. Ein leichter Zug erreichte sogar seine Lagerstatt. Es war ein kalter, unangenehmer Luftzug, der an seinem Gesicht vorbei strich. Seine Gedanken verloren sich, richteten sich dann wieder auf diese Sarah aus. Wer könnte sie sein? War sie nur eine Fantasie, oder gab es sie wirklich? In welcher Beziehung stand sie zu ihm? Er hatte keine Idee. Er strengte seinen Kopf weiter an, um mehr über sich herauszufinden. Der Geistesblitz, der alle Erinnerungen auf einen Schlag zurückgeholt hätte, blieb aus. Das grelle Licht beschäftigte ihn auch sehr. Was sollte es bedeuten? War es ein Symbol, oder stand es tatsächlich im Zusammenhang mit seiner Situation? Im Moment fühlte er sich völlig hohl. Die große Leere in seinem Gehirn entwickelte sich nicht so schnell zurück, wie er es sich wünschte. Immerhin war der Wortschatz seiner Gedanken wieder auf einem mehr oder weniger normalen Level angekommen. Was er sah, wurde zu Worten, und er dachte wieder in ganzen Sätzen, nicht mehr in einem ungeordneten Wust von Begriffen. Um wenigstens die Leere in seinem Magen etwas zu reduzieren, nahm er einen der Müsliriegel aus der Plastiktüte, öffnete dessen Verpackung und verspeiste ihn. Er hätte noch mindestens fünf weitere essen können, aber eine solche Stückzahl bot seine Tüte nicht mehr an.

Überhaupt gingen seine Vorräte dem Ende zu. Er müsste etwas tun, müsste sich aufraffen, seinen Unterschlupf verlassen und endlich irgendwie einen Ort finden, in dem er wenigstens seine dringendsten Bedürfnisse befriedigen könnte: Toilette, duschen und essen. Einen sofortigen Aufbruch schloss er aus, denn es konnte nicht mehr lange dauern, bis sich die Sonne für diesen Tag verabschieden würde. Ihm blieb eine Nacht, um eine Entscheidung zu treffen, in welche Richtung er sich am nächsten Morgen aufmachen sollte. Bis dahin wollte er versuchen zu schlafen. Vielleicht würden seine Träume helfen, die Teile des Gehirns zu reaktivieren, die immer noch ihre Dienste verweigerten. Es regte ihn auf, dass er keinen Zugriff auf die Ereignisse hatte, die ihn in diese missliche Lage gebracht hatten. Und wer könnte diese Sarah bloß sein? Immer wenn sie ihm durch seinen Kopf schwebte, wurde das Gefühl stärker, er würde sie schon eine sehr lange Zeit kennen. Sein Grübeln ging für ihn unmerklich in Träume über. Vor seinen inneren Augen erschien eine Szenerie mit Meer und einer Insel im Hintergrund. Er träumte von einem Zimmer, durch dessen Fenster er schaute, hinaus auf das Auto, in dem er aufgewacht war, das ihm als Schutz- und Schlafraum gedient hatte. Es stand jetzt auf einem Parkplatz in der Nähe eines Aussichtsplatzes. Einen Namen konnte er aber dem Ort nicht geben, und es gab auch niemanden, der ihm einen Hinweis hätte geben können. Dann verschwanden Meer, Insel und Auto und stattdessen blitzte das grelle Licht im Dunkel wieder auf. Anders war diesmal allerdings, dass er das Gefühl hatte, als säße er in einem Auto und müsse gleich nach links um eine Kurve herumfahren. Im Hintergrund mischten sich seltsame Geräusche unter den Lärm des Autos. Es manifestierte sich der Eindruck, dass ein Tier sein Versteck enttarnt hatte und sich unmittelbar neben ihm zu schaffen machte. Er wusste allerdings nicht so recht, ob es Traum oder Realität war. Noch nicht. Plötzlich schreckte er hoch und war schlagartig hellwach. Er hörte das gleiche Schnüffeln wie am Morgen, aber es erschien im jetzt, da ihm nur noch ein Hauch Helligkeit geblieben war, noch unheimlicher. Seine Hand suchte den Eiskratzer, fand ihn schließlich, griff zu, so fest sie konnte. Etwas kam immer näher. Die Erdhöhle war leider nicht besonders hoch. Er konnte sich zwar so drehen, dass er einen Angriff mit dem Eiskratzer abwehren könnte, aber aufstehen ging nicht. Es musste ihm gelingen, einen möglichen Angreifer, egal welcher Art, auf Distanz zu halten und zurückzudrängen, bis er es schaffen würde, aus Unterschlupf hinauszukommen. ‚Kopfkino funktioniert wieder', dacht er, denn wirre Szenarien spielten sich in seinem Hirn ab. Dann knackten Äste, und zwar einige der Äste, die er als Schutz vor der Außenwelt neben sich aufgebaut hatte. Er schien den Atem eines nicht ganz kleinen Tiers zu spüren. Das Aroma der Luft veränderte sich. Es roch streng. Das neugierige Wesen musste ganz in der Nähe sein. Weitere Äste brachen. Er meinte, ein sonores Knurren gehört zu haben. Es klang nicht nach einem Bären. Diese Erfahrung hatte er ja schon hinter sich. Nach Hund, oder besser so etwas wie einem Hund, hörte es sich auch nicht an. ‚Was könnte hier sonst noch unterwegs sein?', fragte er sich. Ein Begriff schoss ihm ins Bewusstsein: Puma. Kein beruhigender Gedanke. Er hatte keinen Plan für die Abwehr einer Großkatze. Tief aus seinem Unterbewusstsein kam die Meldung, er solle draufhauen. Also brachte er den Eiskratzer am Stiel in eine Position, die aus seiner Sicht die kräftigsten Schläge ermöglichen würde. Er hörte und spürte einen Moment lang überhaupt nichts. Dann aber brachen wieder Äste und eine Pranke mit kräftigen Krallen gelangte zwischen dem Geflecht hindurch, hätte ihn fast berührt. Er schlug mit voller Wucht auf die Oberseite der riesigen Pfote, die sofort den Rückzug antrat. Ohne Rücksicht auf seine natürliche Schutzwand wuchtete er sich laut schreiend aus der Höhle und riss sofort die Arme nach oben. Keine Ahnung, woher diese Eingebung kam? Der Puma erschrak beim Anblick von 120 Kilo Mensch in diesem heruntergekommenen Zustand derart, dass er bei seiner eiligen Flucht fast noch gegen einen Baum gerannt wäre. Tom, wie er sich nach dem Fund des Führerscheins nannte, sah erst, nachdem er sich umgedreht hatte, dass eine Menge Arbeit auf ihn zukam. Verstreut lagen die Trümmer seiner provisorischen Außenwand. Er suchte im Dunkel des Waldes nach ergänzendem Material für die Reparatur. Seinen Augen hatten sich schon etwas an den Lichtmangel gewöhnt, was seine Arbeit erheblich erleichterte. Er war lange damit beschäftigt, eine optimierte Variante seiner Schutzwand herzustellen. Im Prinzip war er stolz auf das Ergebnis seine Arbeit, hatte aber immer noch ein mulmiges Gefühl wegen seiner tierischen Nachbarschaft. Beton zwischen ihm und einem Puma hätte er bevorzugt. Prompt fragte er sich, woher diese Idee nun wieder gekommen war. Wie konnte er in dieser Situation an Beton denken? Was hatte er mit Beton zu tun? Ein neues Rätsel wartete auf eine Lösung. Er zog sich zurück, döste wieder vor sich hin. Draußen war es jetzt so dunkel, wie es eben in einer bewölkten Nacht bei Halbmond nur sein konnte. Vor Kälte fing er wieder an zu zittern, oder war es doch aus Anspannung, oder vielleicht auch aus Angst.

Er versuchte, seine Gedanken in Richtung eines Plans für die nächsten Tage zu lenken, denn er musste etwas an seiner Lage ändern, und zwar schnell. Die bescheidenen Vorräte gingen zur Neige. Er überlegte, ob er sich doch zurück zum Mietwagen quälen, oder weiter der Schwerkraft freien Lauf lassen sollte, die ihn immer weiter bergab zog. Die sicherere Variante wäre wohl der ansteigende und damit auch sehr anstrengende Weg zurück. Aber irgendwie steckte doch die Neugier eines Forschers in ihm, der in unbekannte Welten vorstoßen wollte. So malte er sich aus, wie er, gleich einem Seefahrer, der in grauer Vorzeit nach einem Schiffbruch am Strand einer unbekannten Insel angespült worden war. Nur war seine Insel grün und befand sich mitten im Wald und nicht am Meer. An einem Strand hätte er wenigstens die Wasserlinie und den Horizont zur Orientierung gehabt. Hier hatte er nichts Vergleichbares, denn um ihn herum standen nur hohe Bäume, deren Wipfel die Sicht zum Himmel und in die weitere Umgebung versperrten. Er konnte sich auf keinen Punkt fixieren, der ihm eine Richtung hätte vorgeben können. Nichts als Bäume in der Form senkrechter dunkler Säulen, die alle sehr ähnlich aussahen. Er döste wieder ein, schreckte dann aber erneut auf, als er glaubte, Verkehrslärm zu hören. So angestrengt er auch lauschte: Da war nichts außer dem Rauschen des Waldes, hin und wieder dem Ruf eines Kauzes und immer wieder das Knacken von Ästen. Er zitterte noch immer, obwohl er sich so weit wie eben möglich in die Aludecke eingewickelt hatte. Seine Kleidung war immer noch klamm von dem Panikausbruch im Regen. Irgendwann befand sein Körper schließlich doch, er müsse schlafen. So fiel er in einen Zustand, der einer Ohnmacht sehr nahe kam. Allerdings schaltete der Vorführer in seinem Kopf den Projektor wieder ein, um unsortierte Schnipsel aus Toms Vergangenheit ablaufen zu lassen. Da gab es eine Straßenbahn, die mitten zwischen zwei Fahrbahnen verlief. Er sah sie komischerweise aus einer hohen Position, wie ein Vogel. Dann tauchte wieder die blonde Frau auf, der er den Namen Sarah gegeben hatte. Plötzlich saß er in einem Flugzeug. Dann spielte er mit anderen Kindern in einem Bach, irgendwo in einem Wald, der so ganz anders aussah, als sein aktuelles Umfeld. Und wieder erschien ihm Sarah. Sie schien eine sehr wichtige Rolle in seinem Leben zu spielen, oder zumindest wünschte er es sich wohl in seiner aktuellen Gedankenwelt. Als nächstes sah er vor seinem inneren Auge eine Frau in einem glänzend grünen Kittel mit Stäbchen in den Haaren. Dann unvermittelt wieder das grelle Licht. Sofort erfasste ihn das Gefühl, den Boden unter den Füßen zu verlieren. Dann krachte es. Äste brachen ... und er wurde wach, schweißnass und mit rasendem Puls. Er kauerte immer noch in seinem Versteck. So, wie es aussah, war die Sonne noch nicht aufgegangen. Es war ruhig vor seiner Haustür. Zu regnen schien es nicht, aber der Wind bewegte immer noch die Baumkronen, rieb sie aneinander, was ein unheimliches und für ihn äußerst unangenehmes Geräusch ergab. Es erinnerte ihn an Gruselfilme. Aber warum konnte er sich jetzt an ein solches Genre erinnern?

Er döste erneut ein, und wurde erst wieder wach, als lautes Gezwitscher den Wald erfüllte. Die Sonne hatte sich am Himmel positioniert. Noch nicht sehr lange, denn er konnte sie nicht direkt sehen, doch die Helligkeit, die durch die Lücken in seinem Konstrukt ins Innere gelangte, ließ den eindeutigen Schluss zu, dass die Nacht ein Ende gefunden hatte. Er sortierte seine Knochen, streckte sich so gut er konnte, schob seine improvisierte Haustür aus dem Weg und kroch aus seinem Unterschlupf. Es war nicht so kalt, wie er dachte. Seine Klamotten schienen während seiner letzten Schlafphase etwas getrocknet zu sein. Er schaute sich um, sah keinen Störenfried, holte die Tüte und den Eiskratzer aus der Höhle und sagte zu sich selbst: „Auf zu neuen Ufern!" Er gönnte sich noch einen Schluck der dunkelbraunen Flüssigkeit, steckte ein paar Chips in seinen Mund, auf denen er so lange wie möglich herumkaute, und dann begannen seine Füße und Beine, sich in Bewegung zu setzen. Unbewusst ließen sie ihn wieder der Schwerkraft folgen, immer weiter in Richtung eines Tals, dass er nie zuvor gesehen haben wird. Er ging und ging und war überrascht, dass seine Füße nicht so schmerzten, wie er es gewohnt war, wenn er sich sonst zum Wandern auf den Weg machte. Der weiche Boden gestaltete ihm zwar den Auftritt angenehmer, führte aber gleichzeitig dazu, dass er das Gefühl hatte, schneller zu ermüden. Allerdings fehlte ihm eigentlich eine konkrete Vergleichsmöglichkeit für diese Annahme. Er wusste auch nicht, wie er auf die Idee mit dem Wandern gekommen war. Er folgte weiter seinen Füßen zwischen den Baumstämmen hindurch. Ein realistisches Zeitgefühl hatte er noch nicht wieder entwickelt.

Nach einer gefühlten Marathonstrecke bemerkte er, dass ein immer heller werdendes Licht den Raum zwischen den

Baumstämmen füllte. Neugierig, aber auch mit einer gewissen Angst vor dem, was ihn in den nächsten Minuten erwarten würde, näherte er sich dem Ursprung der ungewöhnlichen Lichterscheinung. Niedriges Buschwerk versperrte ihm noch die Sicht. Er ging darauf zu, schob dünne Äste mit seinem Eiskratzer zur Seite. Einige wehrten sich, schlugen zurück, schmerzten beim Aufprall auf der Haut. Nur wenig später schritt er aus dem hölzernen Gewirr hinaus. Vor ihm breitete sich eine grüne mit hüfthohen grünen Pflanzen bewachsene Insel mitten im Hochwald aus, vielleicht hundert Schritte im Durchmesser, umgeben von Büschen und Bäumen, ohne einen erkennbaren Ausgang. Es brachte ihn also nicht näher an sein Ziel. Die Art Pflanzen mit den großen fein gegliederten Blättern, die diesen Platz an der Sonne in Anspruch nahmen, kam ihm bekannt vor, deren Name fiel ihm aber nicht ein. Eine weitere Lücke in seinem Wortschatz, die gefüllt werden müsste. Als er so dastand und überlegte, in welcher Richtung er sein Glück versuchen sollte, erschreckte ihn ein tiefes Krächzen. Rechts von ihm stiegen zwei große Vögel aus dem Pflanzensee auf, drehten ein Runde entlang des Randes der Lichtung und verschwanden über den Gipfeln der Bäume aus seinem Sichtfeld. Sein Blick schwenkte zurück auf die Stelle, an der er die schwarzen Vögel zuerst bemerkt hatte. Was war da? Etwas, das ihm zunächst erschien wie eine Astgabel, ragte aus dem Bewuchs heraus. Er entschloss sich, einen genaueren Blick darauf zu werfen. Unsicher, Schritt für Schritt und äußerst vorsichtig schlich er sich entlang der Buschgrenze an. Dass es kein Geäst war, wurde ihm im Laufe seiner Annäherung schnell klar. Die Oberfläche passte nicht zu dem, was ihn in Form von Holz in den letzten Tagen umgeben und verfolgt hatte. Nur noch wenige Meter trennten ihn von der vermeintlichen Skulptur. Farn. Da war er wieder, der Name für die Pflanzen, auf den er vorhin nicht gekommen war. Nach dieser ungewollten Ablenkung konzentrierte er sich wieder auf sein eigentliches Ziel und erkannte er, dass da mehr sein musste, als nur das verästelte Gebilde, das den Farn überragte, denn im Anschluss war die sonst so gleichmäßig wirkende Oberfläche der Pflanzen nicht mehr existent. In der Luft lag ein Summen, als wenn ein Bienenschwarm in seiner Nähe bei der Arbeit wäre. Es gab aber keine Blüten, die hätten bestäubt werden können. Komisch. Sein Herzschlag mischte sich in die Geräusche der Lichtung. Er schob einige der vor ihm aufragenden Wedel mit dem Eiskratzer beiseite, und dann starrten ihn schwarze Augen umgeben von braunem Fell mit einem inhaltslosen Blick an. Er hatte einen toten Hirsch gefunden. Nachdem sich der erste Schreck, der ihn für einen Moment hatte erstarren lassen, gelegt hatte, folgten seine Augen der Rückenlinien des Tiers. Was er dann sah, bot seinem Fluchtinstinkt wieder genügend Nahrung, um ihn direkt durch die Büsche wieder unter das vermeintlich sichere Dach des Hochwaldes sprinten zu lassen. Der Rumpf des Hirschs existierte nur noch teilweise. Ganze Fetzen waren herausgerissen. Wo sich sonst helleres Fell über den Bauch spannte, klaffte eine riesige blutige Lücke, an einigen Stellen bedeckt von wild umherschwirrenden Fliegen. Nein, das konnten nicht diese beiden schwarzen Vögel angerichtet haben. ‚Da wird wohl ein ganz anderes Wesen die Vorarbeit geleistet haben', dachte er, während er orientierungslos weiter rannte, nur darauf bedacht, nicht zu stolpern, nicht gegen einen Baum zu prallen und nicht sein Gepäck zu verlieren, das wild um seine Beine schlug. Ihm kam das Bild des Pumas mit seinen bekrallten Pranken, der ihn am Tag zuvor besucht hatte, in Erinnerung. So hätte auch er zugerichtet werden können, mitten im Wald. Niemand hätte ihn je gefunden. Er wäre verschwunden, hätte sich in Nichts aufgelöst. Ein Gedanke, der ihn erschaudern und noch schneller rennen ließ, bis seine Füße und seine Lungen den Dienst vorübergehend quittierten. Er warf sein Gepäck vor sich auf den Waldboden und ging auf die Knie, stützte sich mit beiden Händen ab und hustete eine ganze Weile, bis ihm schwindelig wurde. ‚Ich muss sowas aushalten. Ich darf nicht immer weglaufen', rotierte es in einer Endlosschleife in seinem Kopf, wobei er mit der flachen rechten Hand immer wieder auf den Waldboden schlug, wütend auf sich selbst. Wie eine weitere persönliche Niederlage fühlte sich diese erneute panische Flucht an. Schließlich drehte er sich um und lehnte sich mit dem Rücken gegen einen der unzähligen Baustämme. Etliche Minuten dauerte seine physische und psychische Regenerationsphase, in der sich seine Atem- und Herzfrequenz wieder normalisierten. Das Trommeln in seinen Ohren legte eine Pause ein. Aufstehen und weiter, bloß weg von hier, das war das Gebot des Augenblicks. Hier einfach nur rumsitzen erschien ihm zu gefährlich. Wie leicht hätte sich dieser Hirschmörder während seiner Schwächephase an ihn heranschleichen und sein brutales Tun fortsetzen können. Nein, er wollte ihm keine Gelegenheit bieten, ihn zu überraschen, und nein, er wollte auf gar keinen Fall so enden wie dieses arme Wildtier. Also quälte er sich in die Senkrechte, sammelte seine Sachen ein und begann wieder Fuß vor Fuß zu setzen, aber nicht ohne sich immer wieder umzuschauen. Große Angst saß ihm im Nacken. Die Richtung, in die er sich bewegte, war ihm ziemlich gleichgültig. Er hatte sowieso keine Orientierung und kein konkretes Ziel, außer, dass er unbedingt zurück zu anderen Menschen und einem festen Dach über dem Kopf und einem Bad und einem Bett wollte. Kurz zusammengefasst war sein größter Wunsch einfach nur raus aus diesem Gefängnis aus dicken senkrechten Stäben.

Irgendwann fiel ihm auf, dass sich ein anderes Rauschen, als das der Baumkronen im Wind, und ein Gluckern in die ihn umgebende Geräuschkulisse hineingemogelt hatte. Es war gleichmäßiger, regelrecht monoton und wurde mit jedem Schritt lauter. Kurz darauf musste er feststellen, dass sich ihm eine Wand aus Blättern und seltsam aussehenden Gräsern in den Weg stellte. ‚Was kommt denn jetzt wieder?', fragte er sich. Eine weitere Entscheidung musste getroffen werden: Parallel zu der grünen Wand nach rechts oder links gehen, oder aber mitten hindurch, um dort vielleicht den Ursprung des neuen Rauschens zu finden. Er hatte zwar an diesem Tag schon schlechte Erfahrungen mit dem, was sich hinter solchem Grünzeug verbergen konnte, gemacht, aber da ihm keine der beiden seitlichen Alternativen einen bemerkenswerten Fortschritt zu versprechen schien, folgte er seiner ursprünglichen Richtung. Mit dem Eiskratzer in der Hand, den er mit ausladenden Schwüngen von einer zur anderen Seite pendeln ließ, schuf er sich eine schmale Schneise, in der weniger Äste kleine Striemen auf seiner Haut hinterließen. Meter für Meter arbeitete er sich vorwärts. Der Boden, der zunehmend steiniger wurde, raubte ihm zusätzliche Kraft, ließ in immer wieder stolpern und umknicken. Sein Gewicht, das er selbst für deutlich zu hoch hielt, bereitete seinen Gelenken jetzt deutlich größere Probleme, als noch zuvor auf dem Waldboden. Plötzlich gab es keine Äste mehr, die er hätte aus dem Weg räumen müssen. Das Buschwerk öffnete sich hin zu einem Bachlauf, dessen klares Wasser nur wenige Steine vor ihm an den Rand seines Betts klatschte. Die Sonne hatte sich hinter einer dünnen Dunstschicht versteckt, aber er konnte ihre Energie spüren. Er blieb stehen, sein Gesicht in die Richtung gedreht, die ihm die wärmste zu sein schien. So verharrte er eine ganze Weile, bis ihm wieder bewusst wurde, dass er einen Weg zurück zur Zivilisation suchte und er seine Wanderung nicht aus purer Lust an der wilden Natur begonnen hatte. Er ging dichter ans Wasser, das mit einer recht schnellen Strömung vor seinen Füßen unterwegs war. Irgendetwas trieb ihn dazu, sich hinzuhocken, seine Hände in das Nass einzutauchen. Er tat es und spürte Kälte, eine lebendige Kälte. Mit seinen Händen bildete er eine Art Schöpfkelle, fing eine Ladung Flüssigkeit und tauchte sein Gesicht hinein. Diese Kälte hatte nichts mit der in seinem Unterschlupf zu tun, die ihn zittern ließ. Frische würde sie besser beschreiben. Es schien ihm, als würde er seinen Tank mit Energie auffüllen. Er schöpfte neues Nass aus dem Bachbett und wurde neugierig, wie es wohl schmecken würde. Nach

den letzten Tagen, in denen Cola seine einzige Flüssigkeits-
versorgung dargestellt hatte, war dieses Wasser ein Grund
innerlich zu jubilieren. Er genoss den Moment. Am liebsten
hätte er sich ganz in den Bach gelegt, um das Wasser an jedem Millimeter der Haut vorbelfließen zu fühlen, aber irgendetwas hielt ihn davon ab, eine innere Stimme, ein Anflug
von Logik. Etwas fehlte. Womit sollte er sich eigentlich ab-
trocknen? Er stand da, mit nassen Händen und nassem Gesicht, und fühlte, wie der leichte Wind ihm die Wärme ent-
zog. Unbeweglich, regelrecht erstarrt verbrachte er einige
Minuten. Sein Gehirn befand sich in dem exakt umgekehrten
Zustand. Zahllose Überlegungen schwirrten hindurch, bis
ihm schwindelig wurde. Er musste sich setzen, sah über der
Bewegung nach unten die Plastiktüte und mit einem Schlag
fiel ihm der Verbandskasten ein, den er aus dem Auto mitgenommen hatte. Allein die Aludecke hatte ihm bisher sehr
gute Dienste geleistet. Ohne sie hätte er die kalten Nächte bestimmt nicht überstanden. Er griff nach dem Päckchen, öffnete und durchstöberte es. Er fand ein Dreiecktuch. Das war
die Lösung seines aktuellen Problems. Er riss die Verpa-
ckungsfolie auf, holte das Tuch heraus und trocknete zuerst
sein Gesicht und dann die Hände ab. Er hatte den Trieb, das
Tuch nach der Verwendung sofort wegzuwerfen, ließ es aber,
denn es würde ihm noch gute Dienste auf seinem Rückweg
in die Normalwelt leisten können … so hoffte er zumindest.

Nachdem er die leeren Flaschen mit dem kühlen Nass aufgefüllt und in der Tüte verstaut hatte, überlegte er, in welche
Richtung seine Reise weiter gehen sollte. Er musste unbedingt auf Menschen treffen, denn er fühlte sich in dieser
schier endlosen Wildnis völlig verloren und gefangen. Die
natürliche Fülle erdrückte ihn immer mehr, auch nach dem
positiven Erlebnis der vergangenen Minuten. Auf der einen
Seite gab ihm die Natur, was er am Dringendsten benötigte,
aber die andere, die bedrohliche, machte ihm Angst, große
Angst. Er wollte nicht wieder in Panikzustände geraten, wie
die, die ihn kopflos in den Regen und durch die Büsche aus

der Lichtung getrieben hatten. Er musste unbedingt rationaler vorgehen. Darin lag aber im Moment sein größtes Problem. Ihm fehlten zu viele Informationen, um seine Lage sachlich korrekt einschätzen zu können. Die Erfahrungen der letzten Tage halfen auch nicht viel weiter. Doch es war nicht nur der Mangel an Informationen, der ihn davon abhielt, logisch zu handeln, es war auch der Mangel an Fähigkeit seines Gehirns. Sein Betriebssystem lief immer noch in einer Art Notfallmodus. Er hatte das Gefühl, in einem endlosen Irrgarten aus Bäumen festzustecken. Von einem Weg gekommen musste er schnellst möglich wieder einen finden. Aber wo? In welcher Richtung? Ja, sein Körper hatte ihn bergab geführt. Ob aus Bequemlichkeit oder aus einem Instinkt heraus, erschloss sich ihm nicht mehr. An die Verbindung zweier Siedlungen hatte es ihn jedenfalls bisher nicht gebracht. Der Bach würde ihn weiter abwärts geleiten. Was würde ihn dort erwarten? Ein größerer Fluss, ein See oder sogar das Meer? Wenn er dem Bach in Richtung seiner Quelle entgegen gehen würde, müsste er doch an eine Straße gelangen, und die verbinden gewöhnlich immer zwei Orte, wie groß oder klein auch immer sie sein mögen. Die Aufwärts-Variante erschien ihm erfolgversprechender, und so nahm er sich die wenigen Habseligkeiten, die ihm geblieben, aber nach der Auffüllung der Flaschen wieder schwerer waren, stand und raffte sich auf und setze sich in Richtung des Ursprungs dieses Wasserlaufs in Bewegung, zwar langsam und träge, aber er kam stetig vorwärts, wenn auch mit kleinen Schritten. Laufen ließ der steinige Untergrund nicht zu. Jeder Schritt schien eine neue Herausforderung aus Form, Nässe und Glätte zu sein. An manchen Stellen stolperte er mehr vorwärts, als dass man es einen sicheren Gang hätte nennen können. Aber er blieb in Bewegung, unfallfrei, konsequent in der von ihm geplanten Richtung, was er schon als einen großen Erfolg verbuchte.

Er stapfte weiter, Meter um Meter, und er bemerkte dabei kaum, dass sich so langsam, wie er vorwärts gelangte, auch die Dunkelheit heranschlich und zum Überholen ansetzte.

Seine Augen gewöhnten sich zunächst noch an das immer schwächer werdende Licht, aber ihm wurde schließlich klar, dass er sich eine Unterkunft für die Nacht suchen musste. Noch eine Biegung des vor sich hin mäandrierenden Bachs wollte er abwarten, bis er den Modus seiner Bewegung umstellen wollte. Er musste sich zwingen, von reiner Fortbewegung auf Suchen umzuschalten, damit er nicht die bald folgende Dunkelheit ungeschützt vor Wetter und Tieren hätte verbringen müssen. Eine Biegung noch. Und plötzlich war sie da: Eine Brücke, die in einer nur schwer einzuschätzenden Höhe das Bachbett überspannte. Er hatte bisher keine Geräusche gehört, die darauf hingedeutet hätten, dass er sich so nah an einer Straße befand. Kein Laut eines Fahrzeugs, das diese Brücke überquerte, war durch die Büsche und Bäume zu ihm durchgedrungen. Egal. Sein Wunsch war in Erfüllung gegangen. Er hatte seinen Zugang zur Zivilisation gefunden.

Im Hier und Jetzt bestand seine nächste Aufgabe allerdings darin, sich einen Ruheplatz für die Nacht zu schaffen, was mit einem Eiskratzer, einer Schere und ein paar Sicherheitsnadel aus einem Verbandskasten als einzigen Werkzeugen eine echte Herausforderung darstellte. Er suchte daher wieder lose Äste und brach auch den ein oder anderen nur spärlich belaubten Zweig ab. Der Bach hatte auf der anderen Seite der Brücke einige Baumstämme angespült. Er schien an manchen Tagen ein reißendes Ungetüm zu sein. ‚Während der Schneeschmelze sollte man sich besser nicht hier aufhalten‘, dachte er so. Schneeschmelze, auch wieder eines der Worte, das ihn überraschte, denn er hatte spontan keine Idee, was es damit auf sich haben könnte. Wieder half ihm kein Geistesblitz auf die Sprünge. Die in den letzten Stunden stattgefundene Erweiterung seines Wortschatzes wurde ihm unheimlich. Plötzlich erschreckte ihn ein neuer Gedanke: Würde er, wenn er jemanden träfe, überhaupt in der Lage sein, sich zu verständigen. Er dachte zwar wieder mit einem ständig wachsenden Vokabular, aber war es in der richtigen Sprache für diese Gegend? Sein Hirn hatte ihm einen weiteren Schreck eingejagt. Er musste sich zwingen, sich auf seine aktuelle Aufgabe zu konzentrieren: Versteck bauen. So sammelte er weiter ein, was ihm im näheren Umkreis passend und mit seinen verbliebenen Kräften tragbar erschien, und schleppte es unter die Brücke. Das Gebilde, das er baute, sah schließlich aus wie eine Rampe, die am Bachlauf ihren Ursprung und am Widerlager der Brücke ihren Hochpunkt hatte. Die Seiten verkleidete er mit einem Astgeflecht. Bald hatte er seine ganz spezielle Laubhütte geschaffen, einschließlich Matratze. Sein Rücken sollte am nächsten Morgen noch funktionsfähig sein. Wie in den Nächten zuvor breitete er die Aludecke aus und legte sich hin. Nachdem seine Augen einen weiteren Gewöhnungsprozess hinter sich hatten, erkannte er vage, dass die Brücke aus dicken Baumstämmen bestehen musste. Er nahm sich vor, die Konstruktion bei Tageslicht unbedingt noch genauer zu betrachten. Warum interessierte er sich eigentlich für sowas? Hatte vielleicht sein Beruf etwas damit zu tun? Er hatte keine Ahnung. Noch immer lagen die meisten Teile seines bisherigen Lebens in einem ähnlichen Dunkel, wie seine Lagerstatt. Er war gespannt, ob die Träume der nun folgenden Nacht ihm wieder Szenen aus der Vergangenheit vorgaukeln würden.

Es dauerte und dauerte, bis er endlich einschlief. Mit dem krampfhaften Warten auf Schlaf erreichte er das genaue Gegenteil. Es hielt ihn wach. Nicht einmal das Rauschen des Bachs beruhigte seine Gedanken. Er wartete so angespannt auf die Traumwelt, die sich vor ihm auftun sollte, wie ein kleines Kind auf den Weihnachtsmann. Hoffentlich ging ihm das, was er während der Nacht in seinem Kopf erlebte, nicht verloren. Häufig erschienen ihm seine Träume sehr real, konnte sich aber an deren Inhalt nach dem Aufwachen beim besten Willen nicht mehr erinnern.

Ganz nebenbei bemerkte er, dass es an dem von ihm gewählten Schlafplatz mächtig zog. Die Brücke schien wie eine Düse zu wirken und der Bach riss die Luft darunter mit sich. Es war nicht wirklich unangenehm, eine frische Brise zu

spüren, viel besser als in den vorherigen Nächten in der Erdhöhle. Er konnte frei durchatmen. Aber der Schlaf wollte ihn
einfach nicht erreichen, schien wie weggeblasen. Irgendwann kapitulierte sein Körper dann doch und schaltete auf
einen Ruhemodus, der ihn von der wirklichen Außenwelt
löste und in einen Kosmos eintauchen ließ, der nur in seinem
Gehirn existierte. Erinnerungen und Ängste gelangten an die
Oberfläche. Nach einer nebligen Phase erschienen ihm, völlig
unerwartet, auch Ereignisse der letzten Tage. Wie in Zeitraf-
fer huschten Bilder vor seinem inneren Auge vorbei, einige
so schnell, dass er sie nicht einmal richtig erkennen konnte.
Es erinnerte ihn an das Intro einer amerikanischen Fernseh-
serie, woher auch immer er sie kannte. Der Unterschied war
nur, dass im Vorspann der Serie die gesamte Erdgeschichte
bebildert abgespult wurde, in seinem Traum aber nur ein
sehr geringer Teil, nämlich etwa das halbe Jahrhundert, das
er bisher hatte erleben dürfen, aber nicht in diesem heillosen
zeitlichen Durcheinander. Einige Szenen bereiteten ihm
Freude, andere Angst. Es erschienen Episoden seiner Kindheit ebenso, wie solche, die auf der Zeitachse sehr nah an seinem aktuellen Punkt lagen. Es gab Sequenzen, die sich schier
unerträglich in die Länge zogen, besonders die peinlichen.
Extrem unangenehme Momente wurden ihm in einer Art
und Weise um die Ohren geschlagen, die das Geträumte
noch schlimmer erscheinen ließ, als es ihm im realen Leben
vorgekommen war. Im Moment des imaginären Geschehens
versuchte er, einzelne Szenen, die ihm wichtig erschienen,
abzuspeichern. Ob es tatsächlich gelingen sollte, würde er
nach dem Aufwachen feststellen. Sein Schlaf war unruhig.
Gelegentlich rissen ihn seine eigenen Schreie aus dem Schlaf.
Dann war er froh, dass ihn hier unter „seiner" Brücke niemand hören und auch ganz bestimmt nicht sehen konnte.
Nach einigen Abschnitten, die ihm das größte Unwohlsein
bereiteten und fast schon Panik auslösten, wünschte er sich
allerdings, dass jemand bei ihm wäre, der ihn hätte trösten
oder wenigstens etwas beruhigen können. Eine solch

emotionale Achterbahnfahrt, wie in dieser Nacht, hatte er in seinem ganzen Leben noch nie durchmachen müssen.

Der dunkle Teil des Tages dauerte gefühlt sehr lange, länger als für diese Jahreszeit üblich, real aber nicht, denn noch bevor die Sonnen auf ging, holte ihn ein irrsinnig lautes Getöse in die Wirklichkeit seines momentanen Seins zurück. Er konnte sich keinen Reim darauf machen, was ihn da aus dem Schlaf und seiner Traumwelt gerissen hatte. Er blieb noch einen Moment liegen, versuchte seine Gedanken beim Rauschen des Bachlaufs zu sortieren, versuchte, das im Dunkel der Nacht in einem fernen Ort seines Gehirns Erlebte zurückzuholen. Doch wieder störte ein unerträglich lautes Poltern und Rumpeln seine Gedankengänge. Der Lärm begann mit einer Abfolge von fast rhythmischen Knallgeräuschen, gefolgt von einem wenige Sekunden dauernden Rattern, das sein Ende in einem Beat fand, der den Beginn wiederholte. Während einer solchen Lärmphase rieselte etwas herunter, das auch ihn traf. Der Ursprung des Ganzen lag auf der Oberseite des Gebildes, unter dem er die Nacht verbracht hatte. Von Neugier getrieben, stand er auf, begab sich aus dem Schutz seines Unterschlupfs in die freie Wildnis und arbeitete sich die Böschung hinauf, die seitlich des Brückenkopfs steil nach oben führte. Im Halbdunkel der Morgendämmerung, die sehr langsam einsetzte, war es ein nicht ganz einfaches Unterfangen. Einige Passagen des Hangs musste er sogar auf allen Vieren bewältigen. Dünne Äste stellten sich ihm in den direkten Weg. Er drückte sie ungelenk beiseite. Manche schlugen prompt zurück und trafen ihn an den Seiten seines Rumpfs, als er dicht über den Boden robbte.

Kaum waren seine Augen in der Lage, die Situation auf dem Kamm der Böschung zu erforschen, wurde ihm klar, was ihn da geweckt hatte: Ein schwerer Truck näherte sich mit seinem unverkennbaren Brummen und Heulen der Maschine, bremste ab, und löste in dem Moment, in dem die Räder auf der Brücke ankamen, diese wuchtigen und lautstarken Paukenschläge aus. Es beruhigte ihn etwas, dass er die Ursache des Getöses jetzt kannte. Es beruhigte ihn ebenfalls, dass er an einem Punkt angekommen war, der eine Verbindung zu anderen Menschen bedeutete, eine Anbindung an die Zivilisation. Seine immer noch massige Gestalt rutschte den Weg zurück, den er zuvor so mühevoll erklommen hatte. Er wusste, dass die Herausforderung des Aufstiegs erneut auf ihn warten würde, wenn er später die Straße zur Rückkehr in eine für ihn menschlicher erscheinende Umgebung nutzen wollte. Vorher wollte er sich aber diesen kleinen Genuss nicht entgehen lassen, sich endlich wieder mit fließendem Wasser waschen zu können, wenigstens sein Gesicht, seine Hände und seine Arme. Er ging vorsichtig in Richtung der Grenze zwischen Nass und Trocken an einem ruhigeren Teil des Bachlaufs, unweit seines Unterschlupfs, aber unterhalb der Brücke liegend. Er hasste es, bei Waschaktionen von Fremden beobachtet zu werden, und so blieb er an einem Punkt stehen, von dem er sicher war, dass man ihn von oben nicht sehen könne. Er zog die Jacke aus, krempelte die Ärmel hoch und beugte sich in Erwartung der, wie er meinte, wohl verdienten Erfrischung vor.

Der Schreck schoss ihm in sämtliche Glieder, als sein Blick auf der Wasseroberfläche seinem Spiegelbild begegnete. Er sah das Gesicht eines aufgeblasenen Waldschrats, verdreckt, mit wild durcheinander liegenden fettigen Haaren auf dem Kopf. Einige Strähnen klebten sogar im Gesicht, ohne dass er es gemerkt hatte. Auch den ungestylten Bartwuchs der letzten Tage zeigte ihm der Bach sehr deutlich. Zwei von dunklen Rändern umgebe Augen vervollständigten die Fratze. Wäre er einer solchen Visage in einer Stadt begegnet, er hätte die Person, zu der sie gehörte, als Penner eingestuft und einen möglichst großen Abstand eingehalten. ‚So viel zum Thema Vorurteile', dachte er. Als er nach diesem Blick auf sein aktuelles Äußeres an sich herab sah, fiel ihm auf, dass sein ganzer Körper, seine ganze Kleidung das widerspiegelte, was er vorhin von seinem im Wasser reflektierten

Gesicht vorgeführt bekommen hatte. Wenn er sich jetzt noch vorstellte, in diesem Zustand mit der Plastiktüte in der Hand am Weg entlang zu laufen ... niemand würde anhalten und ihn fragen, ob er mitgenommen werden wolle. Frust und Entsetzen über den eigenen Zustand schlugen auf seine Stimmung. Er hätte heulen können. Er, der sonst – wie ihm auch seine Träume gezeigt hatten – so sehr auf seine Erscheinung achtete, sah aus, wie ein Mensch, den er im normalen Gewimmel einer Stadt verachten würde. Als er noch alleine, ohne Aussicht auf eine Begegnung mit einem Mitmenschen durch den Wald irrte – man muss wirklich sagen „irrte“, denn er hatte absolut keine Ahnung wohin er ging, geschweige denn überhaupt gehen sollte – hatte er seiner Kleidung, seinen Haaren, seinem Gesicht keine Aufmerksamkeit geschenkt. Es war ihm gleichgültig gewesen, in welcher Form er einsam vor sich hin stapfte. Jetzt, da die Aussicht auf ein Zusammentreffen mit einem direkt aus einem zivilisierten Bereich Kommenden bestand, schämte er sich. Er wollte unbedingt wenigstens einen Teil seiner optischen Schande loswerden. Die Temperatur war ihm in diesem Moment völlig egal, und er zog sich Jacke, Hemd und Unterhemd aus, stand oben ohne an dem Bachlauf, ging auf die Knie, beugte sich vor und hielt seinen Kopf in das für eine solche Aktion eigentlich zu kalte Wasser. Im Moment des Eintauchens stach es heftig in seinem Kopf und ihm blieb die Luft weg. Er hätte schreien können, tat es aber nicht, konnte es auch nicht. Er ließ keinen Laut aus sich heraus. Nach diesem ersten Schock fuhr er sich mit den Fingern, die vor Kälte immer steifer wurden, durch die Haare, rubbelte auf der Kopfhaut herum und nahm dann allen Mut zusammen, um erneut unterzutauchen. Nach dieser Aktion fühlte sich die Luft um ihn herum regelrecht warm an. Jetzt wusch er sich noch sein Gesicht, so gründlich er es ohne Seife und Waschlappen tun konnte, rieb Arme und Oberkörper mit den Händen ab. Nach einer Weile beendete er seine Morgenwäsche, ging zu seiner Plastiktüte und holte das Dreiecktuch heraus, das er unter den Verbandstoffen gefunden hatte, und trocknete sich so gut es ging damit ab. Irgendwie fühlte er sich jetzt bereit für ein Treffen mit Bewohnern dieses für ihn immer noch fremden Stücks des Planeten.

Es dauerte etwa eine halbe Stunde, bis er seinen Unterschlupf weitgehend abgebaut und seine immer weniger werdenden Habseligkeiten eingesammelt und zur Weiterreise verstaut hatte. Die Energie und Zuversicht, die er sich im kalten Wasser des Bachs geholt hatte, war weitgehend wieder aufgebraucht. Selbstzweifel und Angst kamen zurück, besonders die Angst davor, so behandelt zu werden, wie er sich vorhin im Wasserspiegel gesehen hatte: Als Penner, als Landstreicher, als total heruntergekommener Mensch. Er zögerte, musste sich erst sammeln, all seinen Mut zusammennehmen und sich selbst motivieren, bevor er sich dann schließlich doch an die erneute Besteigung der Straßenböschung begab.

Die Prozedur verlief ähnlich, wie bei der ersten Tour. Der einzige Unterschied war, dass es jetzt hell war, soweit man von Helligkeit zwischen all diesen Bäume sprechen konnte. Die Sonnenstrahlen fanden nur einen Weg in die Schneisen, durch die sich Bach und Straße schlängelten. Er konnte jedenfalls deutlich besser erkennen, wo er seine Hände aufsetzen konnte, ohne sie zu zerstechen und zerschneiden. Auch schaffte er es, die Peitschenhiebe einiger Äste zu vermeiden, die ihn bei der Erstbesteigung unvermittelt getroffen hatten. Mit einem viel geringeren Zeit-, aber genauso großen Kraftaufwand schaffte er es bis zum Straßenrand. Er richtete sich auf, streckte seinen Körper in den Luftraum über der Fahrbahn. Was im jetzt einfiel war, dass er in den letzte Minuten - oder waren es schon Stunden – kein Fahrzeug mehr gehört hatte. Sollten die Erlebnisse vom frühen Morgen etwa nur seiner Fantasie entsprungen sein? Nein, dafür waren die Eindrücke zu real. Er bestätigte sich selbst, dass er es tatsächlich so erlebt haben musste.

Eine neue Entscheidung musste getroffen werden, obwohl: So neu war die Fragestellung nicht. Wieder ging es darum, sich entweder für die der Schwerkraft folgenden Variante zu entscheiden, oder aber doch für die deutlich anstrengendere, gegen den Berg zu laufen. Nach all den negativen Erfahrungen auf seinen bisherigen Abwärtsstrecken, raffte er sich dieses Mal auf und folgte dem Weg in die Richtung, in die er anstieg. Es interessierte ihn kaum, ob dieser Entschluss mehr Erfolg versprach. Was seinen Optimismus stärkte, war die offensichtliche Tatsache, dass der Weg befahren wurde, wenn auch nicht besonders häufig. Und so begann er, in einem gemächlichen Tempo einen Fuß vor den anderen zu setzen. Er wollte nicht rennen und damit seinen Körper zu sehr belasten, wollte vermeiden, all seine Energie auf den ersten Metern zu verbrauchen. Wohin ihn dieser Weg führen würde, wusste er nicht. Es drängte ihn aber mit aller Macht zurück zu Menschen, zu einem festen Dach über dem Kopf und einem Badezimmer.

Während er entlang der Straße wanderte, versuchte er, sich an seine Träume der letzten Nacht zu erinnern. Er glaubte zu wissen, dass er auf einer großen Insel war und eigentlich in einem Hotel dicht am Wasser wohnte. Nicht weit von dem Hotel lag zwischen Straße und Wasser ein riesiger, bunt bemalter Stein. Es war ihm mit Hilfe seiner Träume eingefallen, dass er in einer großen Stadt in Deutschland zu Hause war und dort mit der blonden Frau zusammenwohnte, der er den Namen Sarah zugeordnet hatte. Er fragte sich, ob sie ihn wohl vermissen würde, denn in der Traumwelt der vergangenen Nacht hatte er sie verlassen, um etwas in Canada zu suchen. Was, war ihm noch nicht wieder eingefallen. Nach all dem, was er in den letzten Tagen um sich herum vorgefunden und erlebt hatte, musste er zweifellos in Canada sein. Aber Canada ist riesig, und wo genau er sich aufhielt, wusste er immer noch nicht.
Schritt für Schritt gewann er an Höhe. Schritt für Schritt kam er einer Begegnung mit einem anderen Menschen näher, wenn auch nicht unbedingt räumlich, dann doch wenigstens

zeitlich. Unter seinen Schuhen, die für die Abenteuer der letzten Tage nicht gemacht waren, knirschte der Schotter. Bei jedem Auftreten fühlte er die groben Steine unter den Fußsohlen. Neben dem Geräusch des Winds in den Baumwipfeln und gelegentlichem Gezwitscher von Vögeln drang nichts in seine Ohren, schon gar kein Brummen eines Fahrzeugs. Es kam ihm unheimlich vor, denn er wusste genau, dass ihn mehrere Lastwagen am Morgen geweckt hatten. Die unbefestigte Straße, die er für sein Fortkommen nutzte, schlängelte sich zwischen Bäume und Büschen hindurch. An manchen Stellen war sie so schmal, dass es keine Ausweichmöglichkeit gegeben hätte, falls ihm ein Auto begegnet wäre, was er sich immer stärker wünschte, wovor er aber auch immer mehr Angst bekam. Er war sich unsicher, ob der Speicher seines Gehirns sich schon so weit regeneriert hatte, dass er in der Lage wäre, sich mit jemandem verständigen zu können. Er dachte zwar in Worten, wusste aber noch nicht, in welcher Sprache. ‚Wahrscheinlich ist es die falsche', dachte er.

Und wieder ging es um eine Kurve, die den Blick auf das nächste ansteigende Stück seines Weges freigab. Aber dieses Mal war es nicht nur die Straße, die sich zeigte, sondern auch ein Reh, ein lebendiges unverletztes Reh, das mitten auf ihr stand, zwar noch weit genug weg, um sich rechtzeitig aus dem Staub machen zu können, aber es blieb einfach stehen und blickte in seine Richtung, nahm er zumindest an. Die Stellung von Ohren und Nase ließ den Schluss zu, dass er Recht haben könnte. Langsam ging er weiter auf es zu. Es blieb immer noch stehen, nahezu regungslos. Bald war er so nah herangekommen, dass er die glänzenden schwarzen Augen und die Zeichnung des kurzen Fells genau erkennen konnte. Es schaute tatsächlich in seine Richtung, starrte ihn an und regte sich immer noch nicht. Kein Anzeichen einer sich abzeichnenden Flucht, obwohl eine ziemliche Anspannung in der Luft lag, die sich auch in der Anspannung seiner Muskeln mehr und mehr widerspiegelte. Jetzt waren es nur noch wenige Meter. Würde das Reh auf ihn losgehen, oder sich doch für eine Flucht in die Büsche entscheiden. Oder müsste er selbst vielleicht den Rückzug antreten und darauf warten, bis der Wachposten seinen Platz verlassen hätte? Es mit Lärm und großen Bewegungen zu vertreiben, kam ihm nicht in den Sinn. Das Pendeln seines kurzen Schwanzes wurde heftiger. Sein Gegenüber drehte langsam den Kopf zur Seite, und plötzlich sprintete es los, zuerst noch der Straße folgend, weg von ihm, dann nach links und ab ins Unterholz. Ein zwiespältiges Gefühl stieg in ihm auf, denn das Reh erinnerte ihn an ein – wenn auch sehr großes – Bambi, dass er am liebsten gestreichelt hätte. Klar war ihm aber auch, dass es ein Wildtier und kein von Disney gezähmtes Exemplar war. Schließlich war er froh, dass es nicht zu einer ultimativen Begegnung gekommen war und die Weisheit des Rehs - oder besser: dessen Fluchtinstinkt – über die romantische Fantasie eines Menschen gesiegt hatte.

Er beschleunigte seine Schritte, wusste aber nicht, wofür es überhaupt gut sein sollte. Irgendwann müsste er wieder mit dem Bau eines neuen Unterschlupfs für die Nacht anfangen, wenn sich keine andere Möglichkeit böte, um zumindest vor Wasser geschützt seine müden Knochen regenerieren zu können. Seine Füße und Knie begannen erneut zu schmerzen. Er hatte zwar in den vergangenen Tagen mit Sicherheit etwas abgenommen, aber das verbliebene Gewicht war immer noch deutlich zu hoch, selbst um sportlich nur mittelmäßige Leistungen zu vollbringen. Er wechselte die Tragehand der Tüte und stapfte weiter. Dann hörte er ein maschinelles Brummen, dessen Ursprung wohl hinter der nächsten Kurve lag. Sein Puls beschleunigte sich, die Anspannung in seinem Körper stieg immer weiter an. Jetzt kam er sich so vor, als wäre er in der Situation, in der vorhin das Reh gesteckt hatte, als er auf es zukam. Er wechselte auf die andere Fahrbahnseite. Warum? Keine Ahnung. Brummen und Heulen wurden lauter. Er schaute sich nervös um. Keine Ahnung, warum er das tat. Dann schob sich die Schnauze eines mächtigen

Trucks in sein Blickfeld, und im selben Moment sprang er von der Straße in die Büsche, die die Sicht auf eine Böschung verbargen, die sich jetzt wie ein Loch unter seinen Füßen auftat. Er sackte krachend durch das Geäst auf ein tieferes Niveau und konnte, als er wieder festen Grund unter sich spürte, noch schemenhaft die Umrisse des Lastwagens erkennen, vor dem er sich in eine vermeintliche Sicherheit zu bringen gedacht hatte. Jetzt, nachdem er seinen Absturz mit einigen weiteren Schrammen und neuen Gelenkschmerzen bezahlen musste, fragte er sich, warum er nicht einfach auf eine Mitfahrgelegenheit spekuliert, und stattdessen eine Flucht ins Ungewisse angetreten hatte. Aus heiterem Himmel hatte er die Situation vor Augen, die ihn mit dem Auto, in dem er die ersten Stunden nach Erlangung seines Bewusstseins verbracht hatte, überhaupt erst auf den Scheiterhaufen gebracht hatte. Ein Truck genau dieser Art hatte ihn am Ende einer Linkskurve von der Fahrbahn gekegelt, oder vielmehr geschlagen, wie ein Baseballspieler den Ball mit seinem Schläger. In Zeitlupe lief ein Film vor ihm ab, der jeden Moment nach dem Anprall der überhängenden Ladung an das Hecks seines Wagens wiedergab. Er war verängstig, aber in gewisser Weise auch froh, dass ein weiteres Puzzleteil seinen Platz gefunden hatte. Eine unterschwellige Panik blieb, weil er immer noch nicht wusste, wohin ihn seine weitere Reise führen sollte. Ob ein noch tieferer Abgrund, als dieser, in dem er im Moment steckte, seinem Weg ein finales Ende setzen würde? Er konnte sich noch kein Bild davon machen. Die logischen Prozesse, die in seinem Gehirn sonst abliefen, stockten noch immer, besonders, weil ihm eine große Unbekannte blieb: Sein Aufenthaltsort. Er konnte sich nie über einen mangelnden Orientierungssinn beklagen. Aber wenn er ihn einsetzte, hatte er immer einen konkreten Ausgangs- und einen genau definierten Endpunkt. Aktuell hatte seine Wanderung einen Anfang, von dem er nicht wusste, wo er lag, und ein Ziel, von dem er noch weniger Ahnung hatte. Er irrte durch die Gegend, immer in der Hoffnung, einen Menschen zu finden, der ihm wenigstens mit einer Auskunft zu einem der beiden fehlenden Elemente helfen konnte, damit diese unlösbare Gleichung nicht auf Dauer im Raum stand und sein Leben im Ungewissen stecken blieb. Worin er sich absolut sicher war: Die panische Flucht vor dem Truck war ein schwerer Fehler gewesen, der ihm weitere Stunden bis zum nächsten Brot, Bad und Bett bescherte.

Er ärgerte sich schwarz, dass er solch einen kapitalen Bock geschossen hatte … und stapfte weiter über den Schotter, der ihm immer dichter an seine Fußsohlen zu rücken schien. Die Peiniger unter seinen Schuhen ließen ihm keine Ruhe, und wenn er den Blick vom Boden löste und weiter nach vorne schaute, dann konnte er kein Ende dieser Folter erkennen. Aber all sein innerliches Lamentieren half ihm nicht weiter. Er musste sich, seine Beine und seine Füße immer weiter dazu überreden, nicht zu kapitulieren. Schon lange hatte er aufgehört, die Schritte und Richtungswechsel zu zählen, dachte kaum noch nach über das, was er da im Moment zu erleben gezwungen war. Er hätte sich am liebsten einfach irgendwo hingesetzt und laut geheult. Aber auch das hätte ihn nicht weitergebracht. Er zwang sich, auf den Füßen und in Bewegung zu bleiben.

Dann plötzlich geschah es doch. Zuerst vernahm er ein leises Motorenbrummen und etwas, das ihm wie Abrollgeräusche auf diesem elend rauen Belag erschien. Die Geräusche wurden lauter. Seine Augen konnten deren Ursprung aber nicht erkennen. Es mussten also noch wenigstens 200 Meter zwischen ihm und dem Fahrzeug liegen, denn so weit schätzte er die Entfernung zur nächsten Kurve. Die Geräusche wurden mit jedem weiteren Schritt immer lauter. Er blieb stehen und starrte mit gemischten Gefühlen in Richtung der Biegung. Dann änderte sich die Frequenz des Fahrgeräuschs, wurde tiefer und zu seiner großen Enttäuschung nahm die Lautstärke ab, ohne dass er auch nur den Schatten eines Fahrzeugs hätte erkennen können. Was ihn jetzt aber optimistischer stimmte, war, dass die Veränderung der Ton-höhe auf eine weitere Straße hindeutete, auf den der Weg, auf dem er sich schon seit Stunden entlang quälte, bald stoßen müsste.

Wenige Minuten später – er wanderte immer noch auf die Kurve zu – wiederholte sich das akustische Schauspiel, nur dauerte es etwas länger und erschien ihm deutlich lauter. Er wünschte sich so sehr, dass er noch hätte laufen können, um die lang ersehnte befahrene Straße schneller erreichen zu können. Sein Körper wollte aber nicht mehr, ließ es einfach nicht mehr zu. So bewegte er sich in seinem bisherigen Tempo auf die erhoffte Einmündung zu. Jetzt noch um diese verdammte - hoffentlich letzte - Kurve ... und die Kreuzung lag doch nicht vor ihm, nur ein weiterer Richtungswechsel. Fast hätte er in seinem Frust und einem Anfall von Wut und maßloser Enttäuschung die Plastiktüte samt ihrer wertvollen Fracht auf den Boden geworfen. Ein plötzlicher Impuls hielt ihn davon ab. Stattdessen griff er in die Tüte, holte eine der mit Wasser aus dem Bach gefüllten Flaschen heraus, und gönnte sich einen großen Schluck. Sofort fühlte er sich fri-scher, wenn auch nicht viel. Er steckte die Flasche zurück zu den anderen Utensilien und setzte sich wieder in Bewegung. Der Weg stieg weiter an, jetzt noch etwas steiler. Und erneut hörte er ein Fahrzeug. Die Geräuschkulisse war ähnlich, wie bei den beiden zuvor. Er vermutete jetzt aber sehr stark, dass die Hauptstraße, wie er sie in seinen Gedanken definierte, mehr oder weniger parallel zu seiner Schotterpiste verlief, aber einige Meter oberhalb lag. Noch 100 Meter bis zur Rechtskurve, die er bei seinem Tempo in etwas mehr als einer Minute erreichen müsste, wenn die Berechnungen stimmten, die er anstellte, um sich von dem gefühlten Elend abzulen-ken. Und sie stimmten. Als er diese Kurve geschafft hatte, fiel sein Blick auf das, was er sich sehnlichst gewünscht hatte: Die Anknüpfung an eine andere Straße. Es waren zwar immer noch etliche Schritte zu gehen, aber die Aussicht auf eine Mit-fahrgelegenheit legte eine Energie frei, die zwar nicht gewaltig war, aber immerhin ausreichte, um schneller an die Stelle der Träume seiner letzten Stunde zu gelangen.

Er hatte die Einmündung noch nicht ganz erreicht, war von der anderen Straße daher noch nicht zu sehen, als ein weiteres Auto, wahrscheinlich ein kleiner Laster, die Abzweigung passierte. Es war ihm aber egal, denn es hatte sich gezeigt, dass der Abstand der Fahrzeuge nur wenige Minuten betrug, er also wahrscheinlich nicht allzu lange auf die nächsten Straßennutzer würde warten müssen. Jetzt noch 20 Schritte, dann nur noch 10, und dann war er endlich an der direkteren Verbindung zur menschlichen Zivilisation angekommen.

So fix und fertig wie er war, hätte sich gerne in irgendeine Ecke gelegt. Es gab hier an dieser Einmündung aber keine, nur einen Baumstamm auf der anderen Fahrbahnseite, direkt neben dem Schotter. Er ging hinüber, setzte sich, stellte die Tüte mit den wenigen noch verbliebenen Müsliriegeln und den restlichen Flüssigkeiten ab. Unmittelbar nachdem er sich niedergelassen hatte, spürte er, dass die Oberfläche des Holzes doch feuchter war, als er es erwartet hatte. Eine kalte Nässe bahnte sich den Weg durch den Stoff seiner für diese Jahreszeit und diese Wanderung viel zu dünnen Hose. Auch wenn es ihm sehr schwerfiel, stand er wieder auf. Seine Knie quittierten diese Aktion mit stechenden Schmerzen. Seine Füße sendeten Signale, dass auch sie nicht bereit waren, nach einer so kurzen Pause eine erneute Anstrengung auf sich zu nehmen. Sein Körper war kurz davor, in einen allgemeinen Streikmodus überzugehen. Also kramte er die Aludecke aus dem Plastikbeutel, faltete sie in Kissenbreite auseinander und legte sie sorgfältig auf die Rinde des Stamms. Er wollte unter allen Umständen vermeiden, die dünne Metallfolie durch die Last seines Körpers zu perforieren. Er beugte langsam die Knie, verlagerte seinen Körperschwerpunkt in Zeitlupe leicht nach hinten, so dass er sich jetzt über dem Stamm befand, und plumpste schließlich doch mit einer etwas zu großen Wucht auf die Sitzfläche.

Jetzt, wo er dort saß, unmittelbar an seiner vermeintlichen Lebensader, wo er sich nicht mehr darauf konzentrieren musste, seine Füße in der richtigen Reihenfolge so zu bewegen, dass es nicht zu Verwicklungen kam, breiteten sich Gedanken über Gott und die Welt in seinem Kopf aus. Es tobte schon seit Jahren ein Kampf in ihm, bei dem es um die Frage ging, ob es nun einen Gott gibt oder nicht. Bisher hatte immer die Pro-Gott-Fraktion Oberwasser. Im Moment fragte er sich, warum Gott – wenn es ihn denn geben sollte - ihn in diese Lage gebracht hatte, und wofür es gut sein sollte, dass er jetzt hier auf diesem Stamm irgendwo im Nichts eines Landes saß, von dem er mittlerweile ausging, dass es sich um Canada handelte. Ja, er hatte festgestellt, dass er mehr zu leisten fähig war, als er jemals gedacht hatte. Er hatte in den letzten Stunden auch gemerkt, dass er immer noch zu leicht in Panik geriet. Durch die Konzentration aufs pure Überleben hatte er sie aber weitgehend zurückdrängen können. Kam er zur Ruhe, stieg sie dann doch wieder auf, machte es sich in seinem Kopf gemütlich und übernahm die Kontrolle, genau in Momenten, wie diesem. Er spürte eine Anspannung, die größer wurde. Sein Körper begann zu verkrampfen. Das Blickfeld wurde enger. Er überlegte, wie er wohl auf das nächste Auto reagieren würde, das seinen Wartebereich erreichen würde. Dieser Moment dauerte länger, als er es ausgerechnet und sich gewünscht hatte. In beiden Richtungen war eine Strecke von gut 200 Metern einsehbar, bis die Piste in den Bäumen verschwand. Er spürte neben der ihn langsam erfassenden Angst eine so enorme Müdigkeit, dass er kurz darauf nicht mehr in der Lage war, sie zu besiegen. Die Augen fielen zu und er glitt ab in einen traumlosen Schlaf.

Plötzlich schreckte er auf. Er wusste zunächst nicht, wo er war und was um ihn herum geschah. Er sah nichts, spürte aber etwas auf seiner Schulter, das seinen Körper in langsame Schwingungen versetzte und seinen Kopf schaukeln ließ. Seine Ohren meldeten eine Stimme in einer Sprache, die ihm zwar bekannt erschien, aber nicht der entsprach, in der sich seine Gedanken formten. Da das Schütteln nicht aufhörte und die Stimme in einem sonoren Ton immer wieder „Hallo" rief, entschlossen sich seine Augen, Licht in das Dunkel zu bringen. Das Bild, das sich ihm bot, war dunkler, als er erwartet hatte. Den Sonnenuntergang hatte er also tatsächlich verschlafen. Er sortierte die verschiedenen Wahrnehmungsquellen und kam zu dem Schluss, dass vor Ihm ein Bär von einem Mann in Jeans und kariertem Hemd stand, über dessen unrasiertem Gesicht sich ein breites Grinsen entwickelte, als er feststellte, dass sein Gegenüber die Lebensgeister wiedergefunden hatte.

„Mein Name ist Greg Martin. Ich hoffe, es geht dir jetzt wieder besser. Ich hatte dich im Scheinwerferlicht zusammengefaltet auf dem Baumstamm hier sitzen sehen. Kann ich dir irgendwie helfen?"

„Entschuldigung ... ich bin Tom." Stotternd entwichen ihm die ersten Worte. „Ich irre schon ein paar Tage hier durch den Wald, hatte wohl einen Autounfall und erinnere mich an kaum etwas. Wo bin ich hier eigentlich?"

„Du sitzt hier am Rand der Head Bay Road. Manche nennen die Piste auch Tree to Sea Drive. Es ist die Verbindung von Tahsis nach Gold River. Der andere Weg ist die Tlupana Road. Aber das wird dir wahrscheinlich auch nichts sagen."

Auf Tahsis war Tom in der letzten Zeit immer wieder gestoßen. Er glaubte zu wissen, dass er schon mal dort war, wahrscheinlich vor seinem Unfall. Zu Bildern eines fjordähnlichen Wassers, einer merkwürdigen Kneipe und eines aus seiner Sicht auch nicht ganz gewöhnlichen Supermarkts hatte sein Gehirn einen Zugang freigegeben. Er wunderte sich im Moment immer noch, wie es sein konnte, dass er sich mit diesem Fremden, der ungefähr in seinem Alter zu sein schien, in einer Sprache unterhalten konnte, in der er nicht dachte.

„Ich bin auf dem Weg nach Hause ... also nach Gold River", sagte Greg dann. „Kann ich dich mitnehmen? Oder willst du vielleicht nach Tahsis?"

„Eigentlich weiß ich nicht, wohin ich will oder wohin ich müsste. Bis vorhin wusste ich doch nicht mal, wo ich überhaupt bin. An ein Hotel kann ich mich erinnern, von dem aus man über das Wasser auf eine Insel und Berge sehen kann. In der Nähe des Hotels liegt ein dicker Stein, der bunt bemalt ist. Ich denke, es wäre nicht schlecht, wenn ich diesen Ort finden könnte. Vielleicht liegen da ja noch Sachen von mir `rum."

„Also ich kenne da einen Platz in Campbell River, der zu deiner Beschreibung passt. Dahin braucht man knappe zwei Stunden von Gold River aus. Der Stein wird der Big Rock sein. An der Straße gibt es auch einige Hotels. Welches genau du da meinst, kann ich dir allerdings nicht sagen."

„Ich denke, wenn ich die Straße finde, werde ich mich auch an das Hotel erinnern können. Aber wie komme ich da hin?"

„Ich hab' da `ne Idee. Komm doch erst mal mit zu mir. Ich muss zwar morgen Vormittag wieder nach Tahsis, aber eine meiner Bekannten will zum Frühstück kommen und anschließend nach Courtenay, eine Freundin besuchen und Besorgungen machen. Sie könnte dich vorher in Campbell River in der Straße absetzen, an der dein Hotel liegen müsste."

„Vielen Dank für das Angebot. Das wäre wirklich großartig. Ich weiß aber nicht, wie ich das wieder gut machen kann."

„Darüber mach dir mal keine Gedanken. Hier in Canada gehört Helfen zu den normalen Umgangsformen. Da denkt man nicht sofort an Gegenleistungen", sagte Greg und ihm kam erneut ein Grinsen ins Gesicht. „Dann steig' mal ein in das gute Stück."

„Aber ich bin doch dreckig wie sonst was" wandte Tom ein.

„Ist doch egal. Du hast ja noch nicht gesehen, was meine Hündin aus dem Beifahrersitz gemacht hat."

Tom stand auf und griff über dem Aufstehen nach seiner Tüte und dem Eiskratzer. Seine Knie waren weich. Er zitterte und hatte gleichzeitig den Eindruck, er würde ins Nichts treten, als wäre kein Boden unter seinen Füßen. Aber er schaffte es doch ohne Gregs Hilfe zu dem roten Ford Pickup, der dort mit laufendem Motor stand. Greg hielt ihm die Beifahrertür auf und gab damit den Blick in das Innere des Wagens frei. Über dem Beifahrersitz lag eine Wolldecke. An einigen Stellen quoll Schaumstoff aus dem sichtbaren Bezugstoff der Rückenlehne. Aber das war Tom völlig egal. Er war einfach nur glücklich, dass er sich endlich wieder auf einer gepolsterten Sitzgelegenheit niederlassen konnte, und dass er wieder im Trocknen war. Greg setzte sich hinters Lenkrad und fuhr los. Es war schon dunkel, und so konnte man nur die Schotterfläche und etwas Grünzeug, das entlang der Straße wuchs, im Lichtkegel der Frontscheinwerfer sehen. Greg fuhr nicht besonders langsam, aber er schien den Weg bis hin zur letzten Kurve bestens zu kennen. Tom fühlte sich sicher, zumindest deutlich sicherer als noch vor wenigen Stunden, als er zu Fuß und ohne jegliche Ortskenntnisse, ohne passende Kleidung und Verpflegung durch den Wald gelaufen war.

„Wo genau hattest du den Unfall?", fragte Greg nach einer Weile.

„Ich kann es dir nicht sagen. Mein Orientierungssinn ist nach dem Unfall und während der letzten Tage völlig flöten gegangen."

„Bist du etwa mehrere Tage hier durch den Wald geirrt?"

„Ja."

„Das ist ja der totale Wahnsinn."

„Was blieb mir denn übrig. An ein paar Stellen habe ich anscheinend falsche Entscheidungen getroffen und hab' so erst gestern Abend zuerst einen Bach, dann eine Brücke und schließlich eine Straße gefunden."

„Also kann ich davon ausgehen, dass man dich sucht."

„Wer soll mich denn suchen? Wenn ich mich recht erinnere, dann komme ich aus Deutschland. Steht auch so in Papieren, die ich im Auto gefunden hatte. Bei mir war niemand, und ich hatte auch zu kaum jemandem Kontakt hier in der

Gegend. Wenn mich niemand vermisst, wovon ich ausgehe, dann wird mich auch niemand suchen. Der Unfall ist wahrscheinlich bisher niemandem aufgefallen, und soweit ich mich erinnern kann, konnte man das Auto von der Straße aus nicht sehen. Jedenfalls konnte ich umgekehrt keine Straße erkennen. Sonst wäre ich bestimmt nicht immer tiefer in den Wald gerannt. Gut, ich traf nach ein paar Metern auf einen sehr zerfurchten Weg, der etwas unterhalb des Wagens, in dem ich aufgewacht war, vorbeiführte. Aber da gab's dann wohl direkt meine erste Fehlentscheidung, was die Richtung anging."

„Ich denke schon, dass du vermisst wirst. Aber es wäre vielleicht besser, du erholst dich erst ein paar Stunden, bevor du dich bei der Polizei meldest. Dann wirst du sehen, ob man dich schon sucht. In Gold River gibt es eine kleine Wache. Da solltest du dich morgen auf jeden Fall erkundigen, bevor du mit June nach Campbell River fährst."

„Wer ist June?"

„Sie ist eine der Bedienungen in einer Kneipe in Tahsis. Sie ist zwar etwas durchgeknallt, aber sonst ein herzensguter, vielleicht etwas zu naiver Mensch. Wirst schon sehen."

„Dann könnte es sogar sein, dass ich sie schon getroffen habe ... ein paar Stunden vor dem Crash."

„Da kann man mal sehen, wie klein die Welt ist."

Greg bot Tom ein Kaugummi an, das er dankend annahm und sofort in seinen Mund steckte. Endlich ein anderer Geschmack als Cola, deren künstliche Süße immer für Stunden nachwirkte.

Nach dieser kurzen Unterhaltung wurde es für etliche Minuten still im Fahrgastraum des Pickups. Greg konzentrierte sich mehr auf die Straße, die jetzt enger und kurvenreicher wurde. Tom schlief immer wieder ein, schreckte kurz auf, wenn sein Kopf nach vorne fiel. Es dauerte aber nie lange, bis er sich wieder von seiner aktuellen Umgebung abkoppelte und erneut einnickte.

Plötzlich bemerkte Tom eine Veränderung. Anscheinend war der Fahrbahnbelags jetzt ein anderer, denn im Pickup war es nun deutlich leiser. Das unaufhörliche Anschlagen des Schotters am Wagenboden war verschwunden und die Motorengeräusche drängten sich in den Vordergrund, übertönten jetzt die Töne, die die Reifen auf dem Asphalt erzeugten.

Ein paar Minuten später gelangten sie an eine Abzweigung, bogen nach links ab. Nach wenigen hundert Metern ging es nach rechts, danach über einen Bachlauf, und dann wieder nach rechts. Es dauerte nicht mehr lange, und das Licht von Straßenlampen unterbrach die schier endlose Dunkelheit. Für Tom war dies ein Moment, der ein Gefühl auslöste, als wenn sämtliche Feiertage einschließlich seines Geburtstags auf einen Tag gefallen wären. Er hätte heulen können vor Glück, verkniff es sich aber. Was hätte das für einen Eindruck hinterlassen. Die ersten Häuser säumten nun den Straßenrand. Nach wenigen weiteren Abzweigungen hielt Greg in einem Trailerpark an.

„Herzlich Willkommen in meiner bescheidenen Hütte."

„Du kannst dir bestimmt nicht vorstellen, wie sehr es mich freut, endlich wieder in der Zivilisation angekommen zu sein."

Greg grinste.

„Warte doch erst mal ab, wie's drinnen aussieht", warnte er.

„Mit Sicherheit deutlich besser als an den Orten, an denen ich die letzten Nächte verbracht habe!"

Der Trailer, den Greg als seine Hütte bezeichnete, stand mit der Stirnseite zur Straße, hinter einem Zaun. Am Zugangstor hing ein Schild, das vor dem Hund warnte. Greg stieg aus, ließ den Motor aber laufen. Er öffnete ein Tor im Lattenzaun, stieg wieder ein und parkte den Pickup direkt neben einer überdachten Terrasse, die entlang der Längsseite des großen Wohnwagens angebaut war und drei Stufen höher lag, als das Gelände, auf dem er stand.

Greg stieg wieder aus.

„Dann komm mal mit", sagte er zu Tom, der in diesem Moment so müde war, dass er nicht hätte sagen können, ob er es mit seinen immer noch deutlich über 100 Kilo ohne fremde Hilfe aus dem Wagen schaffen würde. Er raffte sich dann aber auf und wollte seine Beine in Richtung der Tür schwenken, die Greg allerdings mit einem so übertriebenen Schwung geöffnet hatte, dass sie wieder zurückschlug. Tom war glücklicherweise zu langsam für schnelle Bewegungen. Die Tür verfehlte ihn. Die Aktion endete daher ohne Schrammen oder Quetschungen. Nachdem die Ausgangssituation jetzt geklärt war, setzte sich Tom, träge wie er war, in Bewegung, schnappte sich seine Sachen, schloss die Tür hinter sich und folgte Greg, der sich immer wieder kurz umdrehte, um Tom mit großer Gestik und Mimik auf seine Hündin und deren Besonderheiten hinzuweisen, zur Haustür. Jetzt konnte er das Bellen und Winseln des Tiers hören. Es klang nicht so, als ob es ein Riese wäre. Greg stecke den Schlüssel ins Schloss, drehte sich noch einmal um, grinste Tom an und sagte noch: „Pass auf, dass sie dich nicht umwirft." Dann ging die Tür auf, das Licht an, und ein Jack Russel Mix spurtete auf Tom zu, sprang hoch und versuchte sofort, seine Zunge in seinem Gesicht zu platzieren. Durch Toms erhabenen Bauch schaffte sie es allerdings nicht zum Ziel seiner Begierde.

„Mich begrüßt sie immer erst nach den Gästen", beschwerte sich Greg und gab der Kleinen einen Klaps auf ihr Hinterteil, was sie aber nicht zu bemerken schien, da sie sich nun auf Toms Schuhe zu konzentrieren begann. Zusätzlich zu seiner Müdigkeit litt Tom nun an einer weiteren Gehbehinderung. Miss Jack Russel, die manchmal auf den Namen Crazy hörte, fand es toll, wieder einen neuen Geschmack in ihr Maul zu bekommen. Sie biss nämlich jetzt, wenn auch mit einer gewissen Vorsicht, in den linken Schuh des Gasts. Tom blieb stehen. Er hatte noch keinen Plan, wie er mit diesem Mädchen umgehen sollte. Wäre er weiter gegangen, hätte er die kleine Hündin über den etwas abgenutzt aussehenden Teppichboden schleifen müssen, was er aber nicht wollte. Dann hörte er, wie Greg an der Küchenzeile eine Tüte aufriss, und sofort stürmte Crazy in Richtung des bekannten Geräuschs. Kurz darauf registrierte Tom ein recht lautstarkes Knacken und Schmatzen. Crazy war für die nächsten Minuten beschäftigt.

„Such dir doch ein Plätzchen und mach es dir gemütlich", tönte es aus der Küchenecke. Tom sah sich im Wohnbereich des Trailers um und entschied sich schließlich für einen hochlehnigen Sessel, der so ausgerichtet war, dass er Greg und Crazy im Auge behalten konnte. Nach seinen Erlebnissen im canadischen Wald war er allem Lebendigen gegenüber etwas misstrauisch geworden. Er wollte sehen können, was auf ihn zukam.

„Möchtest du was trinken? Vielleicht ein kaltes Bier?", schob Greg noch nach.

„Wenn es dir nichts ausmacht, wäre mir was Warmes bedeutend lieber, egal ob Kaffee oder Tee. Ich muss erst noch auftauen."

„Kein Problem."

Kurz darauf begann es zu rauschen und zu zischen. ‚Keine billige Maschine produziert solche Arbeitsgeräusche', dachte Tom. Dann kam Greg mit einer großen bunten Tasse, aus der es kräftig dampfte, um die Ecke. Der Duft, der sich langsam im Raum ausbreitete und in Toms Nase gelangte, erzeugte Glücksgefühle und weckte neue Lebensgeister. Er fühlte sich wieder wie ein Mensch, allerdings wie ein sehr schmutziger Mensch. Nachdem er mehrmals an seinem Heißgetränk genippt hatte und sich eine wohlige Wärme in ihm ausbreitete, fragte er Greg schließlich, ob er das Bad benutzen dürfe.

„Natürlich. Es ist zwar klein, aber alles Notwendige steckt drin. Handtücher liegen in dem schmalen Schrank neben dem Waschbecken. Da ist auch noch anderes Zeug drin. Also wenn du was brauchst, bedien' dich einfach."

Tom verschwand im Bad, das sich für einen Menschen mit seinen Abmessungen wirklich als etwas klein entpuppte. Aber er arrangierte sich mit der Größe und war überrascht, welch penible Ordnung und Sauberkeit hier herrschte, ganz im Gegensatz zum Wohnraum, was wahrscheinlich daran lag, dass Crazy hier nicht hereindurfte. Unter dem warmen Wasserstrahl der Dusche hätte er noch Stunden verbringen können, aber wie aus dem Nichts schossen Begriffe wie Heizkostenabrechnung und Klimaerwärmung durch seinen Kopf, und er stellte das Wasser ab, nahm sich das Handtuch, das er zuvor aus dem Schrank genommen und zurechtgelegt hatte, und rubbelte sich ab. Dann wurde ihm schmerzlich bewusst, dass er wohl oder übel seine verdreckten Klamotten wieder anziehen musste. Trotzdem fühlte er sich jetzt wieder sauberer und hatte nicht mehr den Eindruck, dass er noch stinken würde, wie ein muffiges Saunatuch.

Er verließ das Bad und traf sofort wieder auf Crazy, die vor der Tür auf ihn gewartet hatte, Zunge herausgestreckt, laut hechelnd. Ihr Schwanz klopfte in einem Viertelkreis den Teppichboden. Tom bückte sich, um sie zu streicheln. Aber mit einer blitzartigen Bewegung hopste die Kleine zurück bis zum Sofa, drehte sich um und versuchte mit Blicken, nickenden Kopfbewegungen und kurzen „Wuffs" Tom zum Spielen zu animieren. Es freute Tom natürlich, dass Crazy ihn zu akzeptierten schien, obwohl er sie erst vor wenigen Minuten kennengelernt hatte, aber trotz Dusche und Koffein war er noch nicht wieder in Hochform. Greg hatte das sofort erkannt, pfiff Crazy zurück und bot Tom einen frischen Kaffee an, den er dankend annahm.

„Setzt dich doch wieder", forderte Greg seinen Gast auf. Tom ließ sich wieder in den Sessel fallen, in dem er vorhin schon gesessen hatte. Greg nahm auf dem Sofa Platz. Sofort sprang Crazy hoch, legte sich neben ihn und platzierte ihren Kopf auf Gregs Oberschenkel. Greg hatte zwei weiße Papierstäbchen, die nach schlecht gedrehten Zigaretten aussagen, in der einen Hand und eine Bierflasche in der anderen.

„Möchtest du auch was rauchen?", fragte Greg und hielt Tom die selbst Gedrehten hin.

„Nein danke. Ich bin chronischer Nichtraucher."

Greg lachte, steckte sich dann eine der Zigaretten in den Mund und zündete sie mit einem Feuerzeug an, das er vom Tisch genommen hatte, der mitten im Raum stand, und auf dem einige Tageszeitungen und Magazine unter einem antik aussehenden Aschenbecher lagen. Der Geruch, der sich unmittelbar nach dem Entzünden des Räucherstäbchens ausbreitete, hatte nichts mit dem einer normalen Zigarette zu tun. Tom konnte das Aroma keinem ihm bekannten Stoff zuordnen. Anscheinend zeichnete die Suche nach einem passenden Kraut ein großes Fragezeichen in sein Gesicht.

„Es scheint so, als würdest du dich fragen, was das hier für ein Zeug ist." Greg wedelte dabei das glühende Stäbchen durch die Luft. „Das ist das, was seit ein paar Jahren hier legal ist."

„Also Marihuana."

„Genau", bestätigte Greg Toms Vermutung. „Keine Angst, wenn man das raucht, rastet man nicht aus."

Genüsslich blies er den Qualm in Richtung der Trailerdecke. So ganz angenehm fand Tom die Situation nicht, aber die Freude darüber, dass er wieder ein menschliches Gegenüber hatte, mit dem er sich unterhalten konnte, überwog.

„Ich bin ein elend schlechter Gastgeber. Du musst doch wahnsinnigen Hunger haben. Sollen wir uns Pizza bestellen? Wir haben hier einen ganz guten Lieferservice."

„Pizza wäre nicht übel."

„Was hättest du denn gerne drauf?"

„Spielt keine Rolle, nur bitte keinen Fisch."

„Ok. Dann bestell' ich mal was. Moment."

Greg stand auf und ging in Richtung eines Raums, der im hinteren Teil des Trailers lag, und den Tom noch nicht gesehen hatte. Er hörte, wie Greg telefonierte, um für das Abendessen zu sorgen, das Toms erste warme Mahlzeit seit seinem Aufbruch in Tahsis werden sollte.

„Dann lass' dich mal überraschen", sagte Greg, während er sich auf das Sofa fallen ließ, seinen Joint wieder zwischen die Lippen klemmte und neu anzündete.

„Wovon hast du eigentlich die letzten Tage gelebt?", fragte er Tom.

„Von Müsliriegeln, Chips und Cola. Die bescheidenen Reste stecken noch in der Plastiktüte."

„Ach du Schande. Dann musst du ja jetzt ein wahnsinniges Loch in deinem Magen haben."

Die nächste seltsam riechende Qualmwolke waberte durch die Unterkunft.

„Was machst du sonst so, wenn du nicht grade durch den canadischen Wald irrst?"

„Das wüsste ich auch gerne. Nach den merkwürdigen Begriffen, die so nach und nach in meinem Kopf wieder auftauchen, wird es was mit Bau zu tun haben."

„Dann scheint der Unfall Einiges aus deinem Hirn heraus geschüttelt zu haben", meinte Greg und wirkte für einen Moment ungewöhnlich nachdenklich.

„Ich glaube, die Airbags haben's `rausgeknallt."

Jetzt lachte er wieder herzhaft.

„Die nächsten Tage werden sicherlich noch einige Überraschungen für dich bereithalten", meinte er mit fast geschlossenen Lippen, damit der Glimmstängel nicht `runterfiel.

„Ich glaub' auch. Ich bin gespannt, was mir alles wieder einfällt, wenn ich mein Hotel gefunden habe und wieder in meinem Zimmer stehe."

„Irgendwann musst du aber wirklich die Polizei über den Unfall informieren. Du warst doch sicherlich mit einem Mietwagen unterwegs. Die fordern in so einem Fall doch immer einen Wisch mit Stempel und Unterschrift."

„Mein Problem bei der ganzen Sache ist, dass ich nicht sagen kann, wo und wann genau das Ganze passiert ist. Ich müsste außerdem erst den Wagen wieder finden ..."

„... oder finden lassen. Was war das denn für eine Karre?"

„Ich meine, es wäre ein weißer Chevy SUV gewesen, relativ neu. Ich war ganz schön blöd. Den Mietvertrag habe ich im Auto gelassen."

„So blöd ist das gar nicht. Wenn jemand den Wagen zufällig findet, ist wenigstens klar, wer den so seltsam geparkt hat." Greg lachte sich wieder fast kaputt. „Aber zur Polizei solltest du trotzdem gehen. Vielleicht wurden die Trümmer auch schon entdeckt. Da hinten an der Ecke ist 'ne Wache. Die Leute da sind immer sehr freundlich, sind alle von hier." Während Greg das sagte, wedelte er mit dem Qualmding in eine Richtung, die Tom nicht zuordnen konnte.

In diesem Moment klopfte es an der Tür. Crazy bellte sofort wie verrückt, sprang vom Sofa und raste in Richtung des rhythmischen Lärms. Greg erhob sich etwas ungelenker als noch vorhin vom Sofa und torkelte zur Tür. Anscheinend hatte der Joint schon eine gewisse Wirkung erzielt. Auch in Toms Kopf wurde es langsam neblig. Ihm kamen Ideen, die er nun so gar nicht zuordnen konnte, die ihm aber trotzdem irgendwie sehr real vorkamen, zu real.

Nachdem Greg mit dem Pizzaboten ein paar Worte gewechselt und bezahlt hatte, stellte er zwei flache Kartons nebeneinander auf dem Tisch ab. Er öffnete die Deckel. Zwei große in Stücke geschnittene Pizzas kamen zum Vorschein, mit dickem Boden, dicht belegt mit allem, was die Karte so hergab, darüber eine Schicht Käse. Gleichzeitig mit dem Öffnen der Packungen verbreitete sich ein neues Aroma im Haus, dass Tom sehr appetitanregend erschien.

„Dann greif mal zu, mein lieber Gast", sagte Greg, der erst noch Richtung Küche abbog, um Servietten zu holen, so dachte Tom. Zurück kam er aber mit einer weiteren Flasche Bier und einer Rolle Küchenkrepp.

„Falls du dir die Hände einsaust oder sabberst", meinte er auf Tom bezogen.

„Danke. Aber wer soll denn das alles essen?", fragte Tom.

„Du, mit meiner bescheidenen Hilfe. Bei dir im Bauch muss doch nach den letzten Tagen jede Menge Platz sein. Höchste Zeit für ein Refill."

„Ich hab` keine Ahnung, ob mein Magen noch irgendwas außer Müsliriegeln verträgt. Aber meine Augen wollen schon in die Pizza springen."

„Dann nichts wie los."

Als Tom nach dem ersten Stück griff, merkte er sofort, dass Crazy schon vor seinen Füßen saß und mit dem Betteln begonnen hatte.

„Gib der bloß nichts. Die verträgt keinen Käse", warnte Greg seinen Gast.

„Gut zu wissen. Ich möchte ja nicht für ein vollgekotztes Sofa verantwortlich gemacht werden". Tom grinste in Gregs Richtung. Dann biss er in das erste Achtel der warmen Pizza und eine regelrechte Geschmacksexplosion fand in seinem Mund statt. Nie hätte er sich vorstellen können, dass ein Stück belegten Teigs für ihn einen solchen Genuss darstellen konnte. Aber es war so. Nach den Entbehrungen während der Zeit nach dem Unfall war diese erste warme Mahlzeit besser, als irgendein Sternemenü. Schweigend aßen die beiden Männer Stück um Stück, bis auch der letzte Krümel aus den Kartons verschwunden war.

Zwischendurch winselte Crazy und bellte immer wieder kurz, stand auf, drehte sich im Kreis, wanderte zwischen Tom und Greg hin und her, neigte ihren Kopf. Aber alles nützte nichts. Keine ihrer Charmeoffensiven wurde belohnt. Sie bekam auch nicht den kleinsten Happen ab. Enttäuscht drehte sie schließlich ab und holte sich ein paar Gramm Trockenfutter aus ihrem Napf, die sie laut knackend fraß.

Greg hatte sich jetzt auch den Joint angezündet, den er vorhin Tom angeboten hatte. Der Gras-Geruch überdeckte schließlich den der Pizza und des Kaffees. Die Gespräche wurden immer absonderlicher. Zusammenhanglose Sätze waberten durch den Raum. In Toms Kopf, der solche Gerüche und Inhaltsstoffe nicht gewohnt war, setzte sich der

Gedanke fest, er habe zusammen mit einem Kollegen in Deutschland eine Straftat begangen. Was es sein sollte … er hatte absolut keine Idee. Trotzdem entstand in seinem Hirn ein Wirbelwind, in dessen Zentrum die Verfolgung durch die Polizei stand. Seine Hirnströme verfingen sich in einer völlig eingenebelten Landschaft, die ihm so unbekannt vorkam, dass er sie nicht seinem bisherigen Leben zuordnen konnte, zumindest nicht dem Teil, an den er sich bis jetzt wieder erinnern konnte. Die verbliebenen funktionsfähigen Synapsen hatten sich wohl verbogen, zusammengeknäuelt, verknotet. Alles Wahrgenommene war in Bewegung, nicht schnell, wie mit leicht angezogener Handbremse. Alles floss träge in sämtliche Richtungen auseinander, wie frisch angerührter Kleister, der auf dem Boden verschüttet wurde. Realität und Irrsinn standen sich in diesen Minuten – oder waren es Stunden - sehr nahe, vermischten sich zu einer Suppe, deren Folgen er wohl am nächsten Tag würde auslöffeln müssen.

Irgendwann, wann genau konnte niemand am nächsten Tag mehr sagen, gingen die Lichter aus, sowohl rein physikalisch im Trailer, als auch in den Köpfen der beiden.

Die Nacht war für alle ähnlich lang oder kurz. Geweckt hat mich Kitty, die versuchte, mit Ihren Vorderpfoten meine Nase zu fangen, glücklicherweise ohne ihre Krallen zu benutzen. Unter dem Kopfkissen spüre ich etwas Hartes. Ich muss wohl mit dem Smartphone in der Hand eingeschlafen sein.

So gegen 7:00 Uhr sitzen alle am Frühstückstisch, einschließlich Jilly, die zur allgemeinen Erheiterung immer wieder in ihrer unvergleichlichen Art alle zum Spielen animieren möchte.

Der ernste Teil der morgendlichen Diskussion geht natürlich um das, was am heutigen Tag noch so alles geschehen könnte oder müsste. Irgendwann verdichtet sich das hin und her der Worte und Sätze in Richtung der Frage, ob, bevor man sich mit Pierre an der Zufahrt zum McIvor Lake treffen wird, noch erst beim Motel nachfragt werden sollte, ob es irgendwelche Neuigkeiten gibt.

„Auf jeden Fall sollten wir so gegen halb neun losfahren", gibt Hunter schließlich den „Marschbefehl" aus. „Wir fahren besser mit dem Jeep. Die Zufahrt zu Pierres Haus ist nur eine Schotterstraße. Entschuldigt bitte, dass wir hier über diese Art des Straßenbaus die Touristen von einigen Attraktionen fernzuhalten versuchen."

Hunter und ich sehen uns grinsend an, während sich wieder eine gewisse Verwunderung und Hilflosigkeit in Sarahs Gesicht breit machen.

„Ach, so sind die Jungen nun mal", sagt Emily an Sarah gerichtet. „Immer wieder diese Insiderwitze, die du nicht verstehen kannst. Wenn du erst mal öfter hier gewesen bist, und die Leute so nach und nach kennen lernst, von denen hier geredet wird, wirst du solche Spitzen verstehen."

Auch in Emilys Gesicht zeichnen sich Züge ab, die auf ein bald ausbrechendes Lachen hindeuten.

„Wer möchte Frühstück?", fragt Hunter in die Runde. „Es gibt Rührei mit Speck und noch so ein bisschen Kram drumrum."

Alle heben die Hände.

„Dann entschuldigt mich bitte. Ich werde mich dann dem Herd zuwenden."

Hunter verbeugt sich, geht in Richtung der Kochinsel und beginnt mit seiner Kochvorführung. Es klappert, scheppert und zischt und der Geruch von Hunters Kreation breitet sich im ganzen Raum aus.

„Kann man Pierres Flugkünsten trauen?" Sarah wirkt unsicher, aber Emily versucht sie sofort zu beruhigen.

„Er mag zwar etwas verrückt wirken und auch sein, aber bei allem, was er tut, ist er sehr vorsichtig, oft zu vorsichtig. Er überprüft und hinterfragt einfach Alles. Wenn er eine Schraube angezogen hat, löst er sie anschließend wieder, um zu prüfen, ob sie wirklich fest war. Dann geht das ganze Spiel von vorne los. Sein Fluglehrer wird damals bestimmt fast wahnsinnig geworden sein. Ich weiß auch nicht, wie Alice das aushält. Die Beiden sind jetzt schon 15 Jahre verheiratet, also wird sie wohl einen Weg gefunden haben, mit seinen Macken umzugehen."

„Kennt Sarah schon die Geschichte mit seiner CD?", tönt es aus der Küche, gefolgt von Hunters unverwechselbarem Kichern.

Nein, Sarah kennt sie noch nicht.

„Pierre macht auch Musik. Immer wieder zeigt er stolz seine neuesten Errungenschaften in Sachen Studiotechnik. Seit Jahren erzählt er, er wolle eine CD aufnehmen und damit ganz groß rauskommen. Mehr, als den Refrain des ersten Lieds hat er aber noch nicht geschafft", erkläre ich Sarah und versuche so, ihr einen kleinen Einblick in Pierres Welt der Wünsche und unvollendeten Projekte zu verschaffen.

„Und in eben diesem Refrain stecken in jeder Zeile sachliche Fehler. Wenn er mit dem Ding hier auf den Markt geht, macht er sich vollkommen lächerlich", ergänzt Hunter.

„Vielleicht will er ja in geheimer Mission den Weltmarkt erobern. Dann fallen die Böcke doch nicht auf", meint Emily noch.

Und schon verteilt Hunter die Teller mit dem herrlich duftenden Frühstück.

„Hoffentlich überschreiten wir nach diesem Festmahl die maximale Zuladung von Pierres alter Maschine nicht", sage ich. Zugegeben, es steckt eine gewisse Ironie darin. Emily und Hunter verstehen es, Sarah aber nicht, wie man in ihrem Gesicht ablesen kann.

„Mit dem Ding wurden früher Touristen bei Tofino über den Pacific geflogen. Die werden mehr auf den Rippen gehabt haben, als ihr zwei Striche in der Landschaft", merkt Hunter an, der jetzt mit dem letzten Gedeck von der Kochstelle zum Tisch kommt und sich zu uns setzt.

„Bei dem Vergleich mit Strichen sehe ich mich aber mehr als dicke Linie", sage ich.

„Dann ist Hunter aber mindestens eine Doppellinie." Emily stellt die Tasse wieder ab und fängt laut an zu lachen.

Die anschließende Periode der Stille lässt die Vermutung zu, dass es der Frühstücksgesellschaft schmeckt. Außer dem Klappern des Bestecks auf den Tellern und leisen Kaugeräuschen hört man nur das Schnarchen von Jilly, die auf dem Sofa eingeschlafen ist.

Nach der Zeit des Genusses geht es zurück zur konkreten Tagesplanung.

„Vielleicht sollten wir wirklich erst bei Mahesh nachhören, ob es Neuigkeiten gibt", versuche ich, an die zuvor geführte Diskussion anzuknüpfen.

„Ich glaube, der hätte sich gemeldet", wirft Sarah ein.

„Ich denke auch, dass er angerufen hätte, falls Tom aufgetaucht wäre", pflichtet Emily ihr bei.

„Und wenn er es im Tagesgeschäft oder durch einen dusseligen Zufall ganz einfach vergessen hat? Vielleicht hatte er in dem Moment auch keinen Dienst", hake ich nach.

„Dann lasst uns besser schnellst möglich aufbrechen", sagt Hunter und stützt sich mit seinen kräftigen Armen während des Aufstehens auf der Tischplatte ab.

Wir räumen noch gemeinsam das Schlachtfeld ab und kramen anschließend die Sachen zusammen, die wir für den Tag und die Suche vermutlich brauchen werden.

„So, dann wollen wir mal", sagt Hunter, gibt Emily noch einen Kuss auf die Wange und Jilly einen Klaps auf ihr Hinterteil, bevor er in Richtung des Jeeps davoneilt.

„Wenn es nicht so ein ernster Anlass wäre, würde ich euch viel Spaß wünschen. Pierre kann so ein witziger Typ sein", sagt Emily. Sie und Jilly begleiten uns noch nach draußen.

Hunter öffnet die Beifahrertür und klappt den Sitz nach vorne, damit Sarah hinten einsteigen kann. Sie erklimmt behände die Rückbank. Ich bringe den Beifahrersitz wieder in seine Ursprungsposition, lege das Fernglas in den Fußraum und steige auch ein, während sich Hunter schon hinters Steuer geklemmt und den Motor angelassen hat. Der Jeep vibriert und gibt einen sonoren Sound von sich. Bevor wir losfahren imitiert unser Fahrer noch die Ansagen, die man sonst immer im Flugzeug zu hören bekommt und endet mit den Worten: „Und den Gurt erst wieder lösen, nachdem wir den Frosch überfahren haben."

Während wir noch eine Runde lachen, setzt sich der Wagen in Bewegung und rollt langsam die Einfahrt hinunter.

An der Willis Road fahren wir auf den Highway, folgen der Straße bis in die Stadt, wo Hunter erst noch die Tankstelle ansteuert. Mit sauren Bonbons und Minisalamis kommt er zurück.

„Wir sind doch eine freundliche Airline. Ohne Bordservice läuft gar nichts."

Weiter geht's in Richtung Gold River bis zum Beginn einer Schotterstraße, die unmittelbar nach der Abzweigung vom Wald verschluckt wird. Wir folgen ihr. An manchen Stellen schimmert die Wasseroberfläche des McIvor Lake durch die Bäume. Nach knapp zwei Kilometern erreichen wir die nächste Abzweigung, hinter der uns sofort eine Schranke an der Weiterfahrt hindert. Neben ihr, an einer niedrigen Säule, steht breitbeinig eine merkwürdige Gestalt: Ein Mann im Fliegeroverall, mit kurzen dunklen Haaren und einer verspiegelten Sonnenbrille auf der Nase. ‚Die Person kommt mir sehr bekannt vor', denke ich noch, als Hunter auch schon sagt: „Da ist ja unser Froggy."

Hunter kurbelt die Seitenscheibe runter. Die Gesichtszüge der beiden Männer verändern sich deutlich. Ein breites Grinsen ersetzt nun die vorher eher ausdruckslosen Gesichtszüge des Möchtegern-Jetpiloten.

„Hallo, liebe Fluggäste", begrüßt uns Pierre mit seinem leicht französischen Akzent. „Hattet ihr eine angenehme Fahrt?"

„Ja, doch", sage ich. „Der Fahrer erscheint mir äußerst erfahren und ortskundig zu sein."

„Ach, da ist ja auch der Deutsche wieder. Herzlich willkommen. Ich glaube, hier warst du noch nicht – oder?"

„Nein, da hast du vollkommen recht. Ich kenne bisher nur eure bescheidene Hütte unten in der Stadt."

„Ach die … die haben wir verkauft. Die Nachbarn waren auf Dauer doch zu lärmempfindlich." Pierres Augen leuchten fröhlich, und da ist es wieder: Sein verschmitztes Lächeln.

Ich steige aus, gehe zu ihm hin, um ihm endlich die Hand schütteln zu können. Er umarmt mich sofort und lässt mich für einen aus meiner Sicht viel zu langen Moment nicht mehr los. Dann betrachtet er mich von Kopf bis Fuß und fragt: „Wie geht es unserem Santa Klaus?" Hunter beginnt bei der Erwähnung dieses Namens lauthals zu lachen. Sarah sieht so aus, als bestünde ein gewisser Aufklärungsbedarf.

„Der scheint nie irgendwelche Fehler zu machen und ist einfach zu gut für diese Welt", erklärt Hunter.

„Wer jetzt?", fragt Sarah.

„Na, dein Reiseleiter. Hier im Freundeskreis ist er jedenfalls so verschrien, weil er sich eigentlich immer viel zu sehr unter Kontrolle hat."

„Was erzählst du ihr da für einen Unsinn?" versuche ich in Erfahrung zu bringen.

„Warst du irgendwann mal so richtig besoffen oder bekifft oder hast was mit einer Frau angefangen, wenn du hier warst?"

„Soweit ich mich erinnern kann … nein", wobei ich das „Nein" bewusst etwas in die Länge ziehe.

„Na siehst du."

Pierre legt seinen Arm auf meine Schultern, und wir gehen zur Beifahrerseite des Jeeps. Ich klettere zu Sarah auf die schmale Rückbank. Pierre klappt den Sitz wieder zurück und macht es sich vorne gemütlich.

„Da liegt ja ein tolles Fernglas. Wenn wir damit nichts finden, weiß ich es auch nicht", sagt er.

Hunter sieht ihn an und fragt: „Und die Schranke machst du jetzt telepathisch auf?"

„Oh Scheiße! Ich wusste doch, dass ich was vergessen hatte."

Er springt zurück auf dem Schotter, rennt zur Säule neben der Schranke und gibt einen Code ein. Der horizontale Balken wandert in die Senkrechte, während Pierre zurück zum Auto sprintet. Kaum sitzt er wieder – die Tür ist noch nicht ganz zu – da setzt Hunter den Jeep mit leicht durchdrehenden Rädern in Bewegung. Das Ganze erinnert stark an eine Szene aus einer alten amerikanischen Kriegskomödie. Wir folgen weiter dem Weg, der sich unweit des Sees durch den Wald windet.

„Hier links", sagt Pierre. Diesmal versperrt uns ein undurchsichtiges Holztor den Weg. Unser Franco-Canadier steigt wieder aus und räumt das Hindernis beiseite. Fast wäre er auf dem losen Boden noch ausgerutscht und von dem Tor über den Boden geschleift worden.

„Eigentlich müsste er die Tücken seines eigenen Grund und Bodens kennen", murmelt Hunter in seinen Bart.

„Ein bisschen Slapstick gehört bei ihm doch immer dazu", ergänze ich von hinten.

„Das ist wohl wahr."

„Ist der immer so?", meldet sich auch Sarah zu Wort. Sie war bis jetzt sehr still, besonders für ihre Verhältnisse. Der eigentliche Ernst der Situation, in der wir uns befinden, ist ihr wahrscheinlich am Deutlichsten bewusst.

„Pierre trifft eigentlich jeden Fettnapf … und ich meine dabei wirklich jeden und mit Wucht", erläutert Hunter.

Wir rollen langsam auf das Grundstück in Richtung eines riesigen Schuppens. Das Wohnhaus, das der Halle gegenüber liegt, wirkt dagegen bescheiden, besitzt aber trotzdem für canadische Verhältnisse eine enorme Größe und wurde wohl aus Mauerwerk statt dem üblichen Holz gebaut, obwohl dieser Schein häufig trügt. Aber hier wohl nicht.

Wie mir erst jetzt auffällt, beginnt der McIvor Lake fast unmittelbar hinter dem Wohnhaus. Welch eine exklusive Lage! Wir steigen aus, was bedeutet, dass, ich aber erst mal den Sitz nach vorne klappen muss, um dann irgendwie mit den Fingerspitzen der rechten Hand den Hebel zum Öffnen der Beifahrertür ziehen zu können. Die Tür fliegt auf, und ich wäre mitgeflogen, wenn mir der Öffner nicht aus den Fingern gerutscht wäre. Ich hatte einfach nicht mehr daran gedacht, dass wir auf einer abschüssigen Zufahrt stehen. Nun gut … Ich winde mich vom hinteren rechten Sitzplatz des Jeeps hinaus und stehe dann doch einigermaßen sicher auf dem unbefestigten Weg, der zwischen Wohnhaus und Schuppen in Richtung eines Stegs führt. Ich helfe Sarah aus dem Auto und sehe aus dem Augenwinkel, dass Pierre und Hunter leicht amüsiert unsere Verrenkungen beobachten.

„Statt zu helfen, steht ihr nur dumm `rum", rufe ich den Beiden zu, versuche es aber mit einer Betonung, die eine gewisse Ironie rüberbringen soll, was sie wohl auch verstehen, denn sie lachen sofort los.

Ein Pfiff ertönt. Er muss wohl Pierres Mund entwichen sein, denn seine Lippen sind noch zu einer kleinen kreisrunden Öffnung geformt, als ich mich aus einem Reflex zu ihm umdrehe und ihn ansehe. Die Reaktion kommt sofort, in

Form eines tiefen Bellens und eines braunen massiven Etwas, in Fachkreisen als Mastiff Bulldog bekannt. Die Masse Hund stürmt auf uns zu, vorbei an Pierre und Hunter, geradewegs in Sarahs und meine Richtung. Wieder zeichnet sich ein Grinsen auf den Gesichtern der beiden Canadier ab. Im Gegensatz dazu verliert Sarahs jegliche Farbe. Weiß wie eine Marmorsäule steht sie da, wagt nicht, sich zu bewegen. Ich weiß ja, dass canadische Hunde eigentlich nie aggressiv sind, aber wenn ein noch so freundlich gestimmter Mastiff auf einen knapp achtzig Kilo schweren Menschen trifft, wird es schwierig, sich auf den Beinen zu halten. Ich mag in diesem kurzen Moment nicht daran denken, was passieren würde, wenn er meint, er müsse – höflich, wie er sein mag - zuerst Sarah begrüßen. Ohne erkennbaren Grund stemmt die Masse Hund unmittelbar vor uns die Pfoten in den Schotter, hinterlässt eine Bremsspur, streckt die Zunge ʼraus, hechelt, sabbert, kommt vorsichtig näher, lehnt sich schließlich mit einem deutlich spürbaren Druck an mein linkes Bein und schaut mich mit seinen großen schwarzen Augen an.

„Er will doch nur spielen und etwas gestreichelt werden", ruft Pierre.

Seinen Wunsch kann ich ihm erfüllen, und so streiche ich mit meiner Hand über das kurze Fell auf seiner knochigen Stirn.

„Den wirst du jetzt nicht mehr los", meint Hunter ganz beiläufig. Und er behält Recht. Der Mastiff weicht keinen Meter mehr von meiner Seite, auch nicht, nachdem Sarah und ich Hunter und den Hausherren erreicht haben.

„Wie heißt der Kerl eigentlich ... und wie kommst du denn an so ein Anwesen?", frage ich Pierre.

„Frage 1: Reilly. Frage 2: Geerbt."

„Soso. So eine Erbschaft könnte ich auch noch gebrauchen."

„Glaub' dem bloß nichts", mischt sich Hunter ein.

„Der Verkauf deiner CD wird das doch nicht eingespielt haben."

Pierre läuft etwas rötlich an.

„Die ist immer noch nicht fertig. Ich stecke irgendwie fest."

„Soll ich dir vielleicht helfen?", frage ich.

„Ich denke du darfst nur drei Monate hierbleiben, und der Rückflug ist doch schon gebucht", mahnt Hunter mit einem übertriebenen Augenzwinkern.

„Na dann eben nicht. Aber ich würde den aktuellen Stand gerne mal hören."

„Können wir nachher", meint Pierre. „Lasst uns erst mal den dienstlichen Teil erledigen."

Wir gehen nebeneinander in Richtung des Anlegers. Reilly bleibt einige Meter vor der Holzbrücke stehen und schaut uns mit einem traurigen Blick hinterher. Und da schwimmt er: Pierres Hochdecker.

„Ich hab' vorhin schon einen Check gemacht und aufgetankt. Wir können also sofort los. Klaus und Sarah setzten sich besser nach hinten, Sarah hinter Hunter ... nur wegen der Balance." Er schaut in Richtung Hunter und schiebt noch eine Bemerkung nach: „Und nicht wundern, wenn wir trotzdem etwas zur rechten Seite kippen werden. Ich versuch's auszugleichen."

Jetzt bekommt Hunters Gesicht etwas mehr Farbe.

Über den Steg und die wackeligen Schwimmkörper des Flugzeugs klettern wir auf die hintere Sitzbank. Sarah, die doch etwas kleiner ist und es dadurch einfacher hat, sich auf dem ihr zugewiesenen Platz niederzulassen, wird gleich Hunters breite Schultern vor sich sehen. Ich zwänge mich hinter den Sitz des Piloten. Nachdem auch Hunter seine Kletter- und Kriechkünste bewiesen hat, löst Pierre die Taue, gibt dem Flieger einen leichten Schubs und huscht auf seinen Platz hinter dem Steuerknüppel.

„Die Schwimmwesten liegen ganz hinten, und bitte setzt die Kopfhörer auf. Es wird gleich etwas lauter als in einem Auto. Und anschnallen nicht vergessen."

Nacheinander klicken die Gurte in ihre Schlösser. Das Flugzeug pendelt etwas während es über das ruhige Wasser nach hinten gleitet. Recht behände betätigt Pierre einige Schalter und schließlich startet der Motor, der jetzt im Leerlauf noch mit einer humanen Lautstärke vor sich hin blubbert.

„Möchte jemand eine Salami?", fragt Hunter, in einer seiner Jackentaschen wühlend.

„Ich nicht, danke", höre ich Sarah sagen, die halb abwesend aus dem Fenster schaut.

„Danke. Ich im Moment auch nicht", sage ich.

„Ich möchte auch keine", meint Pierre leicht pikiert.

„Dich hatte ich auch nicht gefragt. Du bist ja beschäftigt und gehörst zum Personal. Jedenfalls wird der nächste Bordservice erst nach einer entscheidenden Entdeckung sein. Wir suchen doch einen weißen Equinox, richtig?"

„Ja, genau. Ich hoffe, er liegt nicht ausgerechnet auf seiner weißen Seite", sage ich. Sarah dreht ihren Kopf in meine Richtung und sieht mich entgeistert an.

„Ich meine doch nur, dass man das Dach eines weißen Autos besser von oben sieht, als wenn es drauf liegt."

Sie schüttelt den Kopf und dreht sich weg, betrachtet wieder die im Sonnenlicht glitzernde Oberfläche des Sees.

Die Entfernung zu Steg und Ufer wächst. Die Geschwindigkeit nimmt zu, und die Lautstärke in der Kabine schwillt deutlich an.

„Die Startbahn ist hier gleich um die Ecke", hören wir unseren Piloten über Kopfhörer sagen.

„Willst du über oder unter der Hochspannung durch?" Hunter scheint die Gegend genau zu kennen.

„Mit deinem Gewicht an Bord ist mir der Versuch über den Hochspannungsleitungen zu riskant."

Jetzt sehe ich, was Hunter meint: am Ende des Wasserarms, den wir gleich zur Beschleunigung vor dem Abheben nutzen werden, verlaufen die besagten Stromkabel.

Im Innern der Maschine wird es jetzt richtig laut. Vollgas. Alles vibriert, und dann nimmt sie Fahrt auf. Das Stück Seil, das an der diagonalen Strebe unter der Tragfläche befestigt ist und eben noch träge senkrecht nach unten hing, begibt sich im Fahrtwind immer weiter in die Waagerechte. Wasser spritzt hoch. Erst hoppelt es, dann lösen sich die Schwimmkörper von der Wasseroberfläche und es wird wenigstens von unten ruhiger. Nachdem wir im Tiefflug, knapp über dem Wasser, die Hochspannungsleitungen unterquert haben, zieht Pierre die Maschine hoch und dreht direkt nach links ab. Den Lower Campbell Lake kann man nur durch die linken Seitenscheiben sehen. Rechts über uns liegt der unendliche Himmel.

Als die Maschine wieder horizontal in der Luft liegt, ertönt eine Ansage des Piloten. „Ich werde mich etwas rechts von der Straße halten und nicht besonders hoch und so langsam wie möglich fliegen", plärrt es aus den Muscheln der Kopfhörer. Damit hat die Suche begonnen.

Die beiden unteren Hälften der Türen haben Glasausschnitte, was die Beobachtung des Geländes unter uns erheblich vereinfacht. Ich halte das Fernglas an die Brille und stelle es scharf. Die Straße und einen Streifen rechts und links davon kann ich im runden Bild des Feldstechers erkennen. Noch gibt es keine Fahrbahn zu sehen, die dem Gold River Highway entsprechen könnte, nur Waldwege. Plötzlich spüre ich einen Stoß in meiner rechten Seite. Ich setze das Fernglas ab und drehe den Kopf in Sarahs Richtung. Sie zeigt mit dem rechten Zeigefinger durch die Scheibe und sagt mit einem Strahlen in den Augen einfach nur „Da". In der angezeigten Richtung fliegt ein Seeadler auf gleicher Höhe, nicht allzu weit von uns entfernt. Welch ein beeindruckender Anblick. Prompt kommt die Ermahnung von vorne: „Das hier ist keine Sightseeing-Tour. Wir suchen schließlich eine Stecknadel im Heuhaufen."

Ich wende mich sofort wieder der Beobachtung des Geländes zu, das unter uns hindurch zieht. Jetzt erkenne ich den

Highway, doch nur schemenhaft, denn noch windet er sich zwischen Bäumen hindurch, die kaum einen Blick auf die Fahrbahn zulassen. Es wird ein schwieriges Unterfangen werden, den gesuchten weißen Punkt tatsächlich zu entdecken. Pierre und Hunter unterhalten sich über Häuser, Heizungen, Haustiere und Bekannte, während ich versuche, mich auf die wechselnden grünen Texturen und das Asphaltband unter uns zu konzentrieren. Gelegentlich durchquert ein Fahrzeug das Blickfeld. Solche Szenen erinnern mich an die Spielzeugautos in meiner Kindheit, die ich damals gerne und oft über die Muster eines Teppichs geschoben habe, meine Straßen.

‚Jetzt weiß ich wenigstens, wie groß so ein Auto aus dieser Höhe von oben aussieht', denke ich. Bisher hatte ich keine wirkliche Vorstellung davon, wie das Gesuchte in der Landschaft in Erscheinung treten könnte. Ich hatte zwar eine grobe Idee, die sich aber mehr auf den Inhalt von Satellitenbildern und deren Unschärfe beim Heranzoomen stützte.

Wir fliegen an der östlichen Uferlinie des Upper Campbell Lake entlang. Immer wieder tauchen kleine Häuser zwischen den Bäumen auf, hier und da ein paar rostige Autowracks, die aber nichts mit dem zu tun haben können, was wir suchen. Zu alt und zu marode sehen sie aus, als dass sie die Reste eines recht neuen Mietwagens sein könnten. ‚Warum gehe ich eigentlich immer davon aus, dass ich ein demoliertes Auto suche', frage ich mich. ‚Es könnte doch auch sein, dass Tom den Wagen schön ordentlich auf einem Parkplatz abgestellt und im Auto geschlafen hat, um früh am Morgen eine Wanderung zu unternehmen'. Den letzten Gedanken verwerfe ich aber sofort, denn Tom ist kein Mensch, der lange Spaziergänge in einem solchen Gelände liebt.

Es vergeht Minute um Minute, in denen wir beim Lärm des Motors mehr oder weniger ruhig durch die Luft über dem Strathcona Park schaukeln. Pierre ist merklich bemüht, ruckartige Bewegungen zu vermeiden, während ich durch mein Fernglas auf einen überwiegend grünen kreisförmigen

Ausschnitt Canadas starre. Gelingt aber nicht immer. Leichte Turbulenzen hier an der Schnittstelle von Bergen und Wasser kann er bei diesem Tempo kaum ausbügeln. Die Straße schlängelt sich weiter zwischen Bäumen unweit des Ufers an den Füßen der Berge entlang. Viel Verkehr gibt es nicht, und so kann ich die einzelnen Autos doch ziemlich genau betrachten und mit den Bildern abgleichen, die ich mir gestern Abend eingeprägt hatte, bevor der Schlaf mich überwältigt hatte. Wirklich neu ist kaum einer der Pkws, Pickups und Lieferwagen, die unter uns hindurch huschen.

Ich setze für einen kurzen Moment das Fernglas ab und schaue in die Runde. Sarah sitzt wie eine Puppe neben mir, bewegungslos, den Blick durch das Seitenfenster in die Ferne gerichtet. Ich möchte nicht wissen, welche Gedanken und Ängste in diesem Moment in ihrem Kopf kreisen. Pierre beobachtet die Instrumente und die Gegend vor sich. Hunter schaut schräg nach unten aus dem unteren Fenster der Tür. Gesprochen wird nichts. Die einzig wahrnehmbaren Geräusche liefern Motor und Wind.

Ich bringe das Fernglas wieder in Arbeitsposition, suche und finde die Straße. Immerhin überfliegen wir schon die Strathcona Park Lodge. Es liegen noch keine Kanus und Segelboote im Wasser am Steg der vorgelagerten kleinen Insel. Nur einige wenige Leute bewegen sich auf dem Gelände. Es scheinen Mitarbeiter und Handwerker zu sein, die die Lodge auf die bald beginnende Saison vorbereiten. Auf dem Parkplatz stehen nur wenige Autos, aber kein weißer Equinox.

Die Straße schwenkt nun etwas ab vom See. Ein relativ breiter Waldstreifen liegt zwischen Wasser und Asphalt. Ob ein Auto zwischen den Bäumen liegt, ist von hier oben nicht zu erkennen. Ich wage es auch zu bezweifeln, denn es gibt kaum einen Grund, in diesem Bereich von der Fahrbahn abzukommen. Außerdem wäre ein Unfallwagen am Straßenrand sicherlich jemandem aufgefallen, denn schließlich pendeln hier auch Trucks mit Ladung von der Myra Falls Operation der Boliden-Westmin Resources Ltd.

Ein paar Kilometer weiter dreht Pierre nach rechts ab in Richtung Westen. Die Gebäude der Park Headquarters erscheinen im runden Sichtfeld des Fernglases. Kurz darauf geht es erneut nach rechts, jetzt in Richtung Norden. Nun hält Pierre die Maschine in einem etwas größeren Abstand zur Uferlinie. Die Straße verläuft dicht am See, aber deutlich über dem Wasserspiegel. Auch auf diesem Abschnitt finde ich nicht den kleinsten Hinweis auf das verschollene Auto unseres Freundes.

Tom schreckte aus dem Schlaf hoch. Er glaubte einen Knall gehört zu haben und stellte nach dem Öffnen der Augen fest, dass er immer noch im Wohnbereich des Wohnwagens saß. In seinem Kopf herrschte ein Chaos, das er sich in keiner Weise erklären konnte.

„Na, auch mal wach geworden", hörte er eine männliche Stimme sagen, die er erst nach einem etwas ausgedehnteren Moment Greg Martin zuordnen konnte, dem Mann, der ihn am Tag zuvor an der Straße nach Gold River aufgelesen und später bei sich aufgenommen hatte.

„Du solltest dich jetzt vielleicht besser etwas frisch machen. Wir bekommen so in 'ner Stunde Damenbesuch. June hat vorhin Bescheid gesagt, dass sie in Tahsis losgefahren ist."

Tom stand auf. Erst jetzt merkte er, dass er die ganze vergangene Nacht in dem Sessel verbracht haben musste, auf dem er sich gestern niedergelassen hatte. Zunächst fiel es ihm schwer, sich auf den Füßen zu halten und sich zu orientieren. Dann erinnerte er sich schließlich an die Aufteilung des Trailers. Er sah Greg an der Kochzeile stehen, beschäftigt mit den Vorbereitungen für das Frühstück.

„Möchtest du einen Kaffee, bevor du dich in den warmen Regen stellst?"

„Regnet's?"

„Quatsch. Ich meine die Dusche. Ich glaube, du hast einen Schuss Koffein bitter nötig."

„Danke, aber der Besuch der Sanitärabteilung hat erst mal Vorrang."

Gregs lautes Lachen füllte den Raum, während Tom sich in das kleine Bad zurückzog. Unter der Dusche liefen Müdigkeit und Nebel im Kopf direkt mit in den Abfluss. Er begann, sich wieder wie ein normaler Mensch zu fühlen. Die Ursache des Wirrwarrs in seinem Schädel beschäftigte ihn aber immer noch, als er sich seine wenig sauberen Klamotten wieder anzog, was ihm recht peinlich war.

Kaum heraus aus dem Bad, schlug ihm der Geruch wieder entgegen, der ihm vom gestrigen Abend in Erinnerung geblieben war. Greg hatte in der Zwischenzeit den kleinen Tisch im Wohnbereich so gut es ging eingedeckt, mit etwas zwischen den Lippen, das an eine selbst gedrehte Zigarette erinnerte, aber so ganz anders roch. Dann machte es Klick in Toms Kopf: ‚Gras‘. Endlich hatte er den Grund für den Nebel und die absonderlichen Gedanken, die ihn vor dem Einschlafen verfolgt hatten, wieder gefunden. Durch die erneute Inhalation des Rauchs schlichen sich auch eben jene abstrusen Gedanken wieder in seine lädierte Denkzentrale.

„Nicht untergegangen?", fragte Greg leicht unverständlich, mit dem Joint zwischen den Zähnen. Die Frage klang fast, als sei sie von der Puppe eines Bauchredners gestellt worden.

„Alles gut, abgesehen davon, dass meine Klamotten nach Wald und dem Schweiß der letzten Tage stinken. Es wird höchste Zeit, dass ich da rauskomme."

„Ich bin schlimmeres gewohnt", meinte Greg. „Ich habe einige Jahre in Holzfällercamps hier in der Umgebung verbracht. Du glaubst nicht, wie es in diesen Hütten duftete. Möchtest du jetzt einen Kaffee?"

Greg schien sehr stolz auf seine Kaffeemaschine und seine Künste in deren Bedienung zu sein, so oft wie er nachfragte.

„Gerne", sagte Tom, dem jetzt wirklich der Sinn nach einem warmen Getränk stand, das ihn gleichzeitig etwas mehr in Schwung brachte. Die letzten Tage in der Wildnis hatten ihm doch merklich zugesetzt, mehr, als er sich selbst zugestand. Es zischte und nebelte und kurz darauf hielt er eine Tasse mit dem Gewünschten in der Hand. Er ging in den Wohnbereich und ließ sich in dem Sessel nieder, in dem er wohl die letzte Nacht verbracht hatte.

„Der Sessel ist wohl deine neue Heimat", schallte es aus der Kochecke.

„Noch nicht. Aber es ist schon interessant, dass man seinen Wohnflächenbedarf auf ein Sitzmöbel und ein Bad reduzieren kann."

„Was hast du eigentlich für einen Job, dass du so ein Zeug redest?"

„Wenn ich mich daran erinnern könnte, würde ich es dir sagen."

„Ich bin gespannt, wann dir das wieder einfällt."

Auf dem Schreibtisch stand eine alte billig aussehende Uhr, die laut im Sekundentakt vor sich hin tickte. Die verschnörkelten Metallzeiger zeigten kurz vor halb zehn an. Draußen war es schon lange hell, der Himmel bedeckt, aber wenigstens regnete es nicht. Tom war sehr gespannt, wie sich der Tag weiter entwickeln würde, ob er die nächste Nacht tatsächlich wieder in seinem Hotelbett würde verbringen dürfen, oder ob noch weitere Umwege auf ihn warteten.

Während er noch in seinen Gedanken vertieft war und Greg das Frühstück weiter vorzubereiten schien, hielt ein Auto vor dem Trailer. Er hörte, wie das Motorengeräusch verstummte, eine Tür knallte und sich leichtfüßige Schritte näherten. Kurz darauf klopfte es. Crazy begann wie wild zu bellen und an der Tür zu kratzen, geradeso, als wollte sie sich hindurch scharren, was sie natürlich nicht schaffte.

„Kannst du mal aufmachen?", bat Greg aus der Küche.

„Na klar."

Tom quälte sich aus seiner Ruheposition in die Senkrechte, ging die wenigen Schritte bis zur Tür und öffnete sie. Zum Vorschein kam eine zierliche junge Frau mit roten Haaren, die sie mit einem bunten Haarband zusammengebunden hatte, in Jeanslatzhose, T-Shirt und grauer Sweat-Kapuzenjacke. Kaum war keine Barriere mehr zwischen ihr und dem Gast, hatte sie ihn auch schon umarmt.

„Hi, ich bin June." Ihre Augen leuchteten und ein nettes Lächeln zierte ihr Gesicht.

„Ich nehme an, du bist unsere Frühstücksgesellschaft aus Tahsis. Ich heiße übrigens Tom. Komm doch rein."

Greg hatte sich unbemerkt angeschlichen, Crazy an seiner Seite. Tom wich zurück, und prompt bekam auch der Hausherr seine Umarmung ab.

„Wo hast du den denn aufgelesen? Ich glaube, ich hab' ihn sogar schon mal irgendwo gesehen."

„Der saß auf einem Baumstamm, nicht weit weg von den Upana Caves."

„Du lädst wohl auch alles auf, was irgendwo rumliegt oder sitzt." Sie dreht sich zu Tom, schaut ihm direkt in die Augen und fragt: „Sag mal, kann es sein, dass du vor kurzem in Tahsis warst? … letzte Woche oder so?"

„Schon möglich. Ich habe auch irgendwie den Eindruck, als hätten wir uns tatsächlich vor ein paar Tagen getroffen. Ich glaube, ich hatte in `ner Kneipe was getrunken und war anschließend noch woanders essen, bevor ich irgendwohin losgefahren bin."

„Wollt ihr das jetzt hier an der Tür ausdiskutieren, oder setzen wir uns erst mal gemütlich hin?", fragte Greg in die kleine Runde.

„Gut, dann erst mal setzen und einen Kaffee", sagte June, die sich erst jetzt zu Crazy heruntergebeugt hatte, um auch sie richtig zu begrüßen. Crazy schien June zu kennen und vollführte einen regelrechten Tanz auf ihren Hinterpfoten um Junes Beine herum, die mehr in Richtung der Sitzgruppe stolperte, als dass sie ging, bis sie sich schließlich auf dem Sofa niederlassen konnte. Crazy sprang ihr auf den Schoß, wollte unbedingt weiter gestreichelt werden, und führte dabei eine zirkusreife Vorstellung auf.

Tom konnte sich dunkel an die Bedienung in der Kneipe erinnern, die aber praktisch nichts gemein hatte mit der jungen Frau, die vorhin angekommen war. In seiner Erinnerung war die Servicekraft übertrieben bunt gekleidet, zu stark geschminkt und etwas muffig im Umgang mit den Gästen. Die June, die auf dem Sofa mit Crazy herumtollte, passte nicht zu diesem Bild. Lediglich die Haarfarbe stimmte. Er wollte auch nicht nachhaken, um Genaueres herauszufinden. Es erschien ihm unpassend und zu aufdringlich.

Aus der Küche kamen erneut die Dampfmaschinengeräusche, allerdings jetzt in dreifacher Ausfertigung. Greg brachte so nach und nach die gefüllten Tassen an den Tisch, auf dem schon verschiedene Teller, ein Körbchen mit Toast, Erdnussbutter, Wurst und diverse Marmeladen angerichtet waren. Es schien, als hätte er alles Essbare aus seinen Schränken geholt, um es auf dem Tisch zu präsentieren. Tom saß wieder in dem Sessel und wollte seinen Toast mit etwas Streichfähigem auf der Oberseite verzieren, doch wo war geeignetes Werkzeug. Genau in diesem Moment schlug sich Greg die flache Hand vor die Stirn, stand auf, sagte „was bin ich doch für ein Idiot", ging zum Küchenschrank und holte Besteck.

„Du hast anscheinend nicht oft Besuch?", fragte Tom.

„Nein, danke der Nachfrage. Und wenn June da ist, vergesse ich sowieso immer die Hälfte."

„Wenn das mal reicht", murmelte June vor sich hin.

Irgendwann etliche Minuten, Toasts und Kaffees später meinte June: „Gestern tauchte in der Kneipe ein Pärchen auf, das aus Deutschland rübergekommen ist. Die suchten jemanden. Sie relativ klein mit blonden Haaren und er auch nicht besonders groß, 'ne kleine runde Brille und dunkle Haare. Die haben mir ein Bild von jemandem gezeigt. Könnte es sein, dass die dich suchen, Tom? Die Frau hieß, glaub' ich, Sarah. Er hatte einen leicht irischen Akzent, wenn er Englisch sprach. Nach Irland würde ich auch mal gerne. Von dort stammte einer meiner Opas."

Tom fühlte, wie eine gewisse Hitze in ihm aufstieg. Hätte er vor einem Spiegel gesessen, dann wäre ihm die Farbe aufgefallen, die sich in seinem Gesicht breit machte.

„Wenn mich mein Hirn nicht wieder völlig linkt, dann ist Sarah meine Freundin. Der Typ könnte Klaus gewesen sein, der jedes Jahr ein paar Monate in seinem Haus in Irland verbringt."

„Also sucht dich doch jemand", merkte Greg an.

„Hast du eine Idee, wo die beiden jetzt sein könnten?", wollte Tom wissen.

„Leider nicht. Aber zumindest machte dein Klaus den Eindruck, als würde er sich in der Gegend etwas auskennen. Hat er Freunde auf Vancouver Island?"

„Ja ... soweit ich mich erinnern kann."

„Warum spielt das Erinnern können in jedem Satz, den du loslässt, eine so große Rolle?", wollte June wissen.

„Ich habe meinen Mietwagen irgendwo zwischen hier und Tahsis sehr ungünstig im Wald abgestellt. Danach wusste ich absolut nichts mehr. So nach und nach kommen die Erinnerungen zurück, aber es gibt immer noch riesige Lücken."

„Ach du Schande. Dann wollen wir mal hoffen, dass ein glücklicher Zufall dich wieder zu deinen Leuten bringt." June schien wirklich besorgt zu sein, wandte sich dann aber wieder dem gedeckten Tisch zu.

Kau- und Klappergeräusche mischten sich vermehrt in die Unterhaltung, bei der es immer wieder um Menschen und Ereignisse ging, von denen Tom nie zuvor etwas gehört hatte und auch nie mehr erfahren würde. Das Einzige, was er zwischendurch aufschnappte, und womit er tatsächlich etwas anfangen konnte, war immer wieder dieses Tahsis. Was war das bloß für ein Ort, dass er für so viel Gesprächsstoff sorgen konnte? In seiner bescheidenen Erinnerung verband er den Ortsnamen mit einer Leere, unterbrochen durch Häuser, aber trotzdem Nichts. Während June und Greg ihre Neuigkeiten austauschten, wünschte sich Tom das morgendliche Gezwitscher der Vögel und das Rauschen der Bäume der canadischen Wälder zurück, seine akustische Begleitung während der letzten Tage.

Irgendwann, mitten im Satz und völlig aus dem Zusammenhang meinte Greg: „Ich denke, ihr macht euch jetzt besser auf die Suche nach Toms Unterkunft. Vielleicht liegen dort noch ein paar Puzzleteile, die seinem Hirn auf die Sprünge helfen."

„Willst uns wohl schnellst möglich loswerden", scherzte June, während sie aufstand. Tom erhob sich daraufhin ebenfalls, leicht ungelenk, aber vollkommen gesättigt, ganz im Gegensatz zu den Morgen zuvor.

„Auf gar keinen Fall. Das weißt du doch." Greg sah June leicht verklärt an.

Jedenfalls schien der gemütliche Teil des gemeinsamen Frühstücks definitiv beendet zu sein.

„Kann ich noch beim Aufräumen helfen, bevor wir losfahren?", bot June ihre Unterstützung bei der Beseitigung des Trümmerfeldes an, das sich auf dem Tisch während der vergangenen Stunde entwickelt hatte.

„Nein. Es wird besser sein, ihr macht euch schleunigst auf den Weg. Kannst ja auf dem Rückweg wieder reinschauen." Greg hoffte wohl sehr, dass sie seine Einladung annehmen würde.

„Kann ich machen, aber ich weiß noch nicht, wann genau ich zurückfahre."

„Ab heute Nachmittag bin ich wieder hier ... so gegen vier."

„So früh wird's eh nicht. Vielleicht bleibe ich auch ein paar Tage bei meiner Freundin. Ich hab' Urlaub. Ich komm' einfach auf dem Rückweg vorbei und klopf' an."

Alle drei schwebten fast unbewusst zur Haustür.

„OK. Vergiss deine Tüte nicht, Tom", mahnte Greg in die Aufbruchstimmung hinein.

„Danke, dass du mich daran erinnerst." Tom schnappte sich seinen Plastikbeutel mit dem merkwürdigen Inhalt, den er gestern Abend ganz in Gedanken neben der Tür hatte fallen lassen.

„Und vielen Dank nochmal, dass du mich gestern aufgelesen, hier bei dir aufgenommen und versorgt hast."

„Ist doch selbstverständlich!" Das freundliche Lächeln war in Gregs Gesicht zurückgekehrt. June hatte schon den

Autoschlüssel in der Hand, ging zu ihrem Wagen und öffnete die Fahrertür. Abgeschlossen hatte sie nicht.

„Nun mach schon", drängelte sie, bevor sie einstieg und ihre Tür mit Wucht zuknallte.

Tom folgte umgehend ihrer Aufforderung und bewegte sich, Tüte in der Hand, schneller als zuletzt, zur Beifahrertür und stieg ein. In seinem Kopf lösten die neuesten Informationen eine gewisse Unordnung aus, die erst einmal sortiert werden musste.

„Bitte anschnallen und Türe schließen", kam das Kommando von der Fahrzeugführerin.

Tom sah sie an, als hätte er sie nie zuvor gesehen. Zumindest schien es June so vorzukommen. Sie schüttelte den Kopf und grinste ihn an.

„Du bist wohl noch nicht so ganz aus dem Wald zurück, oder?"

„Wenn es nur der Wald wäre. Mein Kopf steckt immer noch in einer Reset-Schleife. Mein Lebenslauf gleicht einem Flickenteppich. Kannst du dir vorstellen, wie das ist, wenn du dir kaum eine Frage zu Ereignissen deines bisherigen Lebens beantworten kannst und nicht mal weißt, wer du eigentlich bist?"

„Das muss ein echt komisches Gefühl sein. Mir hatte mal jemand KO-Tropfen in einen Drink gemischt. Die Stunden, in denen die wirkten, fehlen mir immer noch. Aber da geht es eben nur um Stunden, und mich schüttelt's immer noch, wenn ich daran denke."

June hatte in der Zwischenzeit den Wagen aus der Einfahrt zurück auf die Straße gebracht und fuhr in Richtung Ortsausgang Gold River.

„Dann wollen wir sehen, ob sich tatsächlich einige deiner Lücken in Campbell River schließen lassen", meinte sie noch, bevor sie die Häuser des Städtchens hinter sich ließen, natürlich ohne bei der Polizeistation angehalten zu haben.

Wir Luftfahrer hoppeln zwischen den Bergen vor uns hin. Der permanente Blick durch die Okulare des Fernglases verstärkt die Bewegungen der Maschine zusätzlich. ‚Zum Glück ist mir noch nicht speiübel geworden.' Ich mache mir selbst Mut, führe mir immer wieder vor Augen, wie wichtig unsere Mission ist. Toms Leben scheint für uns, die wir hier in der Kabine sitzen, daran zu hängen. Vielleicht überschätzen wir aber auch einfach nur die Wichtigkeit unseres Tuns. Zweifel an der Notwendigkeit gibt es allerdings nicht.

Der westliche Ausläufer des Upper Campbell Lake endet. Die glitzernde Oberfläche verändert ihre Struktur. Die Fließgeschwindigkeit des Wassers nimmt zu, genauso wie die Luftbewegung um uns herum. Man spürt deutlich, dass das Tal enger wird, und die Luft, die uns merklich widerwilliger trägt, immer schneller strömt und verwirbelt. Pierre gibt sich nach wie vor größte Mühe, die Flugbahn so einzuhalten, dass der Blick auf die Straße und die angrenzenden Wiesen, Wälder und Rodungsflächen möglich bleibt. Ich hatte wirklich nicht gedacht, dass sich seine Flugkünste mit einem solch trägen und windempfindlichen Wasserflugzeug auf einem so hohen Niveau befinden.

Die Drum Lakes kommen ins Blickfeld. Kein Auto weit und breit, das nicht der vorgesehenen Asphaltfahrbahn folgt. Die einsehbaren Teile der Restareas sind wie leergefegt. Keine Saison. Es ist deutlich zu spüren, dass die Touristen noch fehlen. Was ich noch spüre ist, dass Sarah mir in diesem Moment ihren Ellenbogen in die Seite rammt, wahrscheinlich unabsichtlich und unterstützt von einem kleinen Luftloch. Ich nehme das Fernglas von den Augen und drehe meinen Kopf in ihre Richtung. Ihr Gesicht ist blass. Wahrscheinlich macht ihr der ungewohnte Flug in so einer kleinen Maschine mehr zu schaffen, als sie sich selbst gedacht hat.

Den Lärm des Motors übertönend schreit sie: „Geht das gut. Kommen wir so überhaupt über die Berge."

„Keine Angst. Ist nicht nötig. Die Straßen, die wir absuchen müssen, liegen alle in Tälern, in der Nähe von Flüssen und Bächen."

Hunter hat wohl etwas mitbekommen und dreht sich um.

„Toll, was? So bekommt ihr die Insel mal aus einer völlig anderen Perspektive zu sehen."

Er zeigt mit seiner rechten Hand nach links.

„Da hinten sind die Berge über 2.000 Meter hoch."

„Du Blödmann. Nimm sofort den Arm da weg. Ich muss doch sehen, wo ich hinfliege", giftet Pierre Hunter an.

„Du kennst dich doch hier bestimmt auch blind aus", rufe ich Pierre zu.

„Schon ... aber erzähl das mal den Instrumenten. Die reden nicht mit mir. Ich muss immer wieder nachsehen, was sie mir mit ihren winkenden Zeigern und Lämpchen mitteilen wollen. Wenn ich das nicht tue, sind wir schneller unten, als dir lieb sein wird."

Hunter hat den Arm vor Pierres Nase weggenommen und lacht vor sich hin. Auch auf Sarahs Gesicht zeichnet sich auch der Hauch eines Lächelns ab. Ich wende mich wieder der Beobachtung der Landschaft unter uns zu. Was mir dort als Erstes auffällt, ist ein türkisfarbenes Auto mit Blümchen auf der Motorhaube. Irgendwo habe ich das mal gesehen. Aber wo? Lange kann es nicht her sein, denn wir sind ja vorgestern erst angekommen. In dem Auto erkenne ich zwei Leute. Die Arme am Lenkrad scheinen einer jungen Frau zu gehören. Der Mensch auf dem Beifahrersitz, ich denke ein Mann, wirkt wesentlich umfangreicher. Schnell verschwindet das Auto aus der Beobachtungsfläche, aber nicht aus meinem Kopf, während weiter der kreisrunde Ausschnitt Vancouver Islands vor meinen Augen vorbeizieht.

Knappe zehn Minuten und tausende von Bäumen später erläutert unser Flugkapitän über den Bordfunk: „Rechtskurve voraus."

Wir haben den Ortsrand von Gold River erreicht, ohne auch nur die geringste Spur des weißen Chevrolet Equinox gefunden zu haben.

Wie angedroht zieht Pierre seinen trägen Wasserflieger in einer filmreifen Neigung nach rechts.

„Und wieder links."

Ich sehe den Upana River, der sich durch das enge Tal schlängelt, begleitet von der Head Bay Road, deren Waschbrettoberfläche wir gestern noch erleben durften. Von hier oben sieht die Situation noch dramatischer aus, als wenn man hinter dem Steuer eines Wagens sitzt, permanent konzentriert darauf, nicht von dem schmalen Schotterstreifen abzukommen, der dicht am Hang angelegt ist, und darauf zu hoffen, dass kein Gegenverkehr um die nächste Ecke kommt. Immer wieder verschwindet die Fahrbahn unter den Wipfeln der Bäume. An einigen Stellen kann man erahnen, wie steil die Böschung zum Wasserlauf abfällt. Auch auf diesem Abschnitt ist kein Auto neben der Straße zu sehen. Wo steckt der Equinox bloß?

Pierre wirkt nicht mehr so entspannt wie zuvor. Die Topografie und die daraus resultierenden Wirbel lassen den Steuerknüppel in der Hand unseres Piloten permanent vibrieren. Man könnte meinen, ein Laubbläser jage uns vor sich her. Das Schütteln und Rumpeln im Innern der Maschine hat während der letzten Minuten deutlich zugenommen. Ich werfe einen kurzen Blick auf Sarah, die sich bemüht, ruhig auszusehen, aber die Angst scheint ihr nicht nur im Nacken zu sitzen. Sarahs innere Anspannung und Unruhe verstärken sich, je länger wir in der Luft sind.

„Da unten sind die Upana Caves", brüllt Hunter in die Kabine, obwohl auch er eigentlich ein Headset hat. Ich sehe zwar die Straße, aber nicht die Höhlen. Dann tauchen zuerst ein Wasserfall und danach die Abzweigung, die in Richtung der Höhlen führt, vor den Linsen meines Fernglases auf. Am Straßenrand steht zwar ein Auto, aber das ist grau und nicht weiß, und außerdem kleiner als der SUV, den wir suchen.

Weiter folgen wir dem Weg in Richtung Tahsis, fliegen über Bäume, deren Blätter noch nicht wesentlich aus dem Knospenstadium des langsam erwachenden Frühlings herausgewachsen sind, auf einer Flugbahn, die sehr deutlich unter den Gipfeln der die Straße begleitenden Berge liegt. Irgendwie ist es schon unheimlich, wenn Pierre den Flieger in Richtung der nächsten noch nicht einsehbaren Kurve steuert und es so aussieht, als würden wir im nächsten Moment an einem der Steilhänge zerschellen. Aber er findet mit seinem träge reagierenden Wasserflugzeug immer rechtzeitig die passende Lücke. Welch eine Erleichterung.

Plötzlich fällt mir wieder ein, wo ich den türkisenen Wagen mit den Blümchen auf der Motorhaube gesehen hatte: Gestern in Tahsis auf dem Parkplatz vor der Kneipe. Irgendwie würde er zu der Bedienung im Kimono passen. Wie hieß sie doch gleich? Ach ja, June aus Montana.

Ich starre weiter durch mein Fernglas auf die Fahrbahn, die sich unter uns dreidimensional windet, fast wie eine leicht auseinandergezogene Achterbahn. Sie verläuft wirklich in sämtliche Richtungen, und steuert doch irgendwie einem Ziel zu, von dem wir alle wissen, dass es am Ende eines Inlets liegt. Meine Konzentration gilt wieder uneingeschränkt dem kreisrunden Ausschnitt Canadas, der aus Büschen, Bäumen und Schotter besteht.

„Da unten könnte was sein", höre ich plötzlich im Kopfhörer. Pierre zeigt auf einen mit Büschen und niedrigen Bäumen bewachsenen Teil links von der Straße, den ich im Moment noch nicht einsehen kann. Dann erkenne ich eine Rechtskurve und gleich dahinter etwas Weißes, das sich von dem Braun des Geästs und dem leichten Frühlingsgrün absetzt. Pierre drückt das Steuer leicht nach vorne. Wir kommen immer näher an den Punkt, der nicht der natürlichen Umgebung entspricht. Es sieht so aus, als stünde dort tatsächlich ein weißes Auto mit deutlicher Neigung nach vorne auf einem Haufen aus Ästen aller Größen und herausgerissenen Baumstümpfen. Die Stelle liegt nur wenige Meter von der Straße entfernt, aber anscheinend deutlich tiefer.

„Da hängt wirklich ein weißes Auto. Könnte ein weißer Equinox sein", rufe ich. „Kannst du eine Schleife fliegen, damit ich mir das nochmal genauer ansehen kann?"

„Gerne, aber nicht sofort. Hier ist zu wenig Platz. Mein Vogel hat einen zu großen Wendekreis und einen Looping schaffe ich bei dem Tempo und mit dieser Beladung auch nicht."

Wem dieser Seitenhieb gilt, lieg auf der Hand. In Hunters Gesicht steigt ein Farbton auf, der deutlich zeigt, dass ihm diese Bemerkung nicht besonders gefällt.

„Ich werde über Head Bay eine Runde drehen und dann so langsam und so tief wie möglich nochmal über die Stelle fliegen."

„Ein Glück, dass der Frühling erst anfängt und noch kein geschlossenes Blätterdach die Sicht völlig versperrt", brülle ich in Richtung Sarah.

Nach wenigen Minuten taucht die Moutcha Bay unter uns auf und kurz darauf auch Head Bay. Der Flieger neigt sich nach links. Ich sehe endlich mal was anderes als Bäume: Viel Wasser. Nach etwas mehr als 180 Grad liegt die Maschine wieder horizontal in der Luft und wir fliegen zurück in die Richtung, aus der wir gekommen sind. ‚Hoffentlich findet Pierre die richtige Stelle wieder', denke ich noch so, als unser Pilot auch schon Gas wegnimmt. Mit der abnehmenden Drehzahl wird es in der Kabine deutlich leiser, aber die Stabilität leidet. Das Geschaukel nimmt kräftig zu.

„Sorry", quäkt Pierre über sein Headset in die Ohrmuscheln unserer Kopfhörer, „aber bei einem so niedrigen Tempo bockt der Hochdecker etwas mehr und wird anfälliger für Seitenwind."

„Kein Problem", sage ich. Sarahs Gesichtsausdruck deutet auf eine konträre Meinung hin. Sie bleibt aber still. Wahrscheinlich denkt sie nur an Tom, was mit ihm in den letzten

Tagen geschehen sein könnte und wo er jetzt in diesem Moment wohl steckt.

Ich schaue wieder mit dem Fernglas durch den unteren Ausschnitt der Tür. Zu erkennen ist erst eine schmalere Straße, die stark ausgewaschen ist, direkt daneben ein Bachlauf, dann wieder für eine ganze Weile immergrüne Bäume. Die Spannung steigt.

„Da vorne ist er wieder", brüllt Hunter, der wohl wieder vergessen hat, dass er ein Mikrofon vor seinen Lippen hängen hat. Seine Nachricht kommt dementsprechend sehr laut und ziemlich verzerrt in den Ohren aller Mitflieger an. Mit einem anhaltenden Pfeifen quittieren meine Ohren seinen Hinweis.

Ich konzentriere mich noch stärker auf das kreisförmige Blickfeld vor meinen Augen, und dann taucht tatsächlich ein weißes Auto auf, dass den Bildern eines Chevrolet Equinox entspricht, die ich im Internet am Abend zuvor gefunden hatte. Wir überfliegen ihn von vorne nach hinten. Der Fahrerairbag und noch irgendwelche weiteren Luftsäcke hängen schlaff herunter. Am Heck ist ein ziemlicher Schaden zu erkennen. Man könnte meinen, ein Rammbock wäre eingeschlagen und hätte ihn von der Fahrbahn katapultiert. Eine Person ist auf die Schnelle nicht zu finden. Ziemlich sicher bin ich mir, dass niemand hinter dem Lenkrad sitzt oder an der Fronscheibe klebt, die das Manöver hin zu diesem Punkt unbeschadet überstanden hat. Also scheinen es die Insassen irgendwie aus dem Wagen heraus geschafft zu haben. Bei diesem Parkplatz bestimmt kein einfaches Unterfangen.

„Da hat scheint's jemand ziemlich Glück im Unglück gehabt. Ist niemand drin zu erkennen. Es ist aber jedenfalls ein weißer Equinox. Das Nummernschild habe ich so schnell nicht entziffern können."

Die Information scheint eine gewisse Erleichterung in der Runde zu verursachen.

„Ich flieg jetzt aber nicht noch mal drüber weg. Die nächste Wendemöglichkeit wäre mit dieser Kiste erst wieder bei Gold River. Ich würde vorschlagen, dass wir dort landen. Ich funk mal einen Freund an."

Pierre gibt wieder mehr Gas, zieht die Maschine höher. Das doch recht unangenehme Schwanken nimmt wieder ab. Der Flug wird ruhiger, aber dafür wieder lauter.

Kurz darauf beginnt er für mich Unverständliches in sein Mikro zu nuscheln, immer wieder unterbrochen von kurzen Pausen. Anscheinend hat er seinen Freund erreicht.

Wir fliegen wieder an den Upana Caves vorbei, folgen weiter der Straße in Richtung Gold River. Die Frage steht im Raum, ob wir tatsächlich Toms Mietwagen gefunden haben, oder ob zufällig ein anderer weißer Equinox in den Büschen gelandet sein könnte. Die Anspannung bleibt enorm, will einfach noch nicht geringer werden.

„Wir landen in Gold River", verkündet Pierre schließlich. „Laurent holt uns dort ab. Er hat einen Siebensitzer, also passen wir alle rein."

„Super", höre ich Sarah sagen. Es ist so ziemlich das erste, was sie überhaupt laut und deutlich in die Runde sagt, seitdem wir hier auf der Rückbank des Wasserflugzeugs kauern. Danach herrscht wieder Stille, wenigstens verbal, denn die Motorengeräusche füllen die Kabine vollständig aus.

Die ersten Häuser von Gold River wachsen aus dem Wald. Pierre fliegt einen weitläufigen Bogen nach rechts und schon sind wir direkt über dem Ort, wahrscheinlich unerlaubt tief. Es dauert nur einen Moment, bis wir die Ansiedlung hinter uns gelassen haben. Ich schaue, jetzt ohne Fernglas, auf die Wälder, die seit langer Zeit den Boden auf den Hängen der Berge halten. Welche Geschichten werden sie verbergen?

Pierre drosselt den Motor. Wir verlieren deutlich an Höhe, nähern uns unserem Landplatz. Kurz bevor er zu einer weiteren Rechtskurve ansetzt, sehe ich den Meeresarm, Mattchlee Bay. Wir folgen in sehr geringer Höhe dem Muchalat Inlet Richtung Westen. Ein Boot gleitet unter uns über das gekräuselte Wasser. Auf Höhe von Victoria Island steuert Pierre den Flieger in einer scharfen Kehre zurück in Richtung des Anlegers neben dem Gelände, auf dem früher die meisten Bewohner von Gold River arbeiteten. Dort war einst eine riesige Verladestation für Baumstämme, die heute in deutlich geringerer Dimension wieder in Betrieb ist und Flöße zusammenstellt, daneben ein ebenso großes Sägewerk. Die wirtschaftlichen Wirren der letzten Jahre hatten zu einem tiefen Einschnitt geführt.

„In wenigen Sekunden setzen wir zur Landung an. Bitte das Rauchen einstellen und die Rückenlehnen senkrecht stellen", knarzt es aus den Kopfhörern. ‚Wenn man die Rückenlehnen wenigsten schon vorher hätte aus dieser Schlafwagenposition senkrechter stellen können', denke ich noch so, als die ersten Wasserspritzer an die Scheiben klatschen, gefolgt von regelrechter Gischt und einem drastisch spürbaren Abbremsen des Flugzeugs. Man merkt deutlich, dass wir uns hier nicht auf einem See befinden, sondern auf Ausläufer eines Ozeans. Die Wellen, wenn sie auch nicht besonders hoch sind, stemmen sich gegen die Schwimmer und lassen das Flugzeug, das sich nur noch langsam vorwärtsbewegt, in alle Richtungen schaukeln. Wesentlich angenehmer ist aber jetzt die deutlich geringere Lautstärke in der Kabine. Alle haben die Kopfhörer abgenommen.

„Eine Landung hier ist schon was anderes als auf dem McIvor Lake", meint Hunter, der sich zu Sarah und mir herumgedreht hat, während Pierre sich darauf konzentriert, einen passenden Anlegeplatz zu finden.

„Das kann man wohl sagen", sagt Sarah, die sich offensichtlich wieder wohler fühlt, nachdem die Luftfahrt ein vorläufiges Ende gefunden hat.

„Hoffentlich wird niemand auf dem kurzen Stück Seekrank", stelle ich so in den kleinen Raum.

„Wehe mir kotzt einer in die Maschine", tönt es darauf vom linken Vordersitz.

Wir tuckern wie ein langsames Motorboot zu einem der Stege, die in den Fjord ragen und auf dem ein großer stämmiger Mann mit angegrauten Haaren im Arbeitsoverall steht. Er scheint auf uns zu warten. Pierre winkt ihm zu.

„Das ist Laurent."

„Noch so ein Frosch", witzelt Hunter. Prompt trifft ihn ein bitterböser Blick.

Der Mann, den Pierre uns als Laurent vorgestellt hat, fängt unseren Flieger ein und legt ihn an die Leine. Pierre stürzt sich von seinem Sitz und springt zu seinem Kumpel auf den Steg. Wie wir zur Holzkonstruktion gelangen sollen, die zum festen Boden führt, ist ihm in der Freude, seinen Freund und Sprachgenossen zu treffen, wahrscheinlich irgendwie aus dem Kopf gerieselt und ins salzige Nass geplatscht. Jedenfalls umarmen sich die beiden erst einmal und beginnen eine lebhafte Diskussion, begleitet von durch die Luft wirbelnden Händen und Armen. Blicke in unsere Richtung und Gelächter lassen vermuten, dass sie sich über uns lustig machen, kleine Gemeinheiten austauschen. Die Rache der Frösche.

Da wir mit dem linken Schwimmkörper am Steg liegen, wickelt sich Hunter als Erster mit den Füßen voran über den Pilotensitz in Richtung Tür und gleitet schließlich – wobei gleiten den etwas ungelenken Vorgang sehr schmeichelhaft beschreibt – hinunter auf die Konstruktion, die uns auf dem Wasser hält. Diese Gewichtsverlagerung quittiert das Flugzeug, unterstützt von dem leichten Seegang, mit einem ziemlichen Geschaukel. Als Hunter sich auf den Steg schwingt, verstärken sich die seitliche Kippbewegungen nochmal deutlich. Nachdem sich das Pendeln etwas beruhigt hat, versuche ich irgendwie Pierres Sitz nach vorne zu klappen, finde aber erst keinen passenden Hebel. Sarah sieht mich ungeduldig und vorwurfsvoll an. Sie würde am liebsten sofort wieder möglichst festen Boden unter den Füßen haben. Schließlich ertasten meine Finger ein Stück Metall, mit dem sich der Sitz entriegeln lässt. Er gleitet vor und hinterlässt eine ausreichend große Lücke, um von der Rückbank - mit einigen Verrenkungen - aus der Kabine zu gelangen. Jetzt stehe ich da, auf dem Schwimmer und versuche Sarah bei Ihren

Bemühungen, das Flugzeug zu verlassen, so gut wie es geht zu unterstützen, ohne selbst auszurutschen und in das kalte Wasser des Inlets zu fallen.

Laurent, Pierre und Hunter scheinen in ein Gespräch vertieft zu sein, worüber, lässt sich weder hören noch sonst irgendwie erahnen. Pierres Hände fliegen durch die Luft. Hunter zeigt in eine undefinierbare Richtung. Nachdem Sarah und ich endlich auch die Planken des Stegs erreich haben, drehen sie sich um und schauen uns mit einer Mischung aus Mitleid und Schadenfreude an. Pierre löst sich von den beiden anderen und kommt auf uns zu, geht an uns vorbei, gerade so, als wären wir nicht da.

„Ich muss doch noch abschließen", scheint er zu sich selbst zu sagen. Er stellt sich auf den linken Schwimmer seines Luftgefährts, was es wieder mit einem ziemlichen Schaukeln quittiert, beugt sich in den Innenraum und hat kurz darauf einen Schlüsselbund in der Hand. Er schließt noch schnell ab und springt zurück auf den Steg, wobei er dann doch fast ausgerutscht und in die Bay geplumpst wäre.

„Geh bloß nicht noch schwimmen", ruft Hunter und fängt lauthals an zu lachen.

„Hatte ich nicht vor. Die Brühe ist mit einfach zu kalt", kommt es von Pierre zurück.

„Tschuldigung. Ich habe leider vergessen, den Durchlauferhitzer rechtzeitig einzuschalten. Die Klimaerwärmung allein reicht einfach noch nicht", meint der andere Teilfranzose.

„Wenn das Wasser allein dadurch warm genug wäre, stünden wir wahrscheinlich jetzt nicht hier, sondern am Ortsrand von Gold River", werfe ich ein.

„Das ist wohl wahr. Ich bin übrigens Laurent."

Er streckt Sarah und mir seine kräftige Hand hin und nimmt Sarah, für sie völlig unerwartet, in den Arm.

„Freut mich, dich kennenzulernen", sagt Sarah.

„So, dann wollen wir mal sehen, wie wir auf dem Landweg zu dem Wrack kommen. Meine Frau ist leider mit dem großen Wagen unterwegs. Es wird also etwas eng."

Wir gehen vom Steg hinauf zu einem asphaltierten Platz, auf dem einige Kisten stehen, und folgen dann Laurent zu den Parkplätzen, wo er zielsicher auf einen rostigen Dodge Pickup mit Doppelkabine und Zwillingsbereifung auf der Hinterachse zu geht. ‚Wenn er den schon klein nennt, will ich nicht wissen, wie groß das andere Auto ist', denke ich so.

„Wo steckt Pierre?", frage ich. Wir haben ihn anscheinend unterwegs verloren.

„Der ist zur Tankstelle. Wenn ihr heute noch mit dem Flieger zurückwollt, muss nachgetankt werden, und das wollte er noch schnell organisieren. Unterwegs anhalten geht ja nicht, und außerdem dauert das Auftanken eines Flugzeugs etwas länger, auch wenn es ein kleines ist", erklärt Laurent.

Kurz darauf kommt Pierre aus einem kleinen Häuschen, das dicht am Pier steht, und rennt auf uns zu, in einer Art, die stark an einen Kampfflieger auf dem Weg zum Einsatz erinnert. Als er endlich angekommen ist, erklimmen wir die Sitzplätze. Hunter gesellt sich zu Laurent nach vorne. Sarah, Pierre und ich teilen uns die Rückbank, was aber kein Problem ist, da der Laster ziemlich breit ausgefallen ist. Laurent startet den Motor. Ein Geblubber setzt ein, das auf einen sehr hubraumstarken Motor schließen lässt. Besser nicht darüber nachdenken, wie viele Eimer Sprit diese Maschine verbrennt, um uns zu der Stelle zu bringen, an der wir den weißen Chevy gesichtet hatten. Laurent setzt den Wagen rückwärts aus der Parklücke. Dann geht es die Straße hoch in Richtung Gold River. Immer wieder dreht er sich um und unterhält sich mit Pierre in Französisch. Den Weg zu Stadt scheint er blind zu kennen, denn obwohl er sehr oft über die Schulter nach hinten schaut, verlässt er nie die befestigte Fahrbahn. Ein echtes Phänomen.

Und wieder geht es zwischen Bäumen hindurch und an einem Flusslauf entlang, zu dem eine sehr steile Böschung abfällt. Wir kommen an einem Wasserfall vorbei, dessen Gischt die Straße wässert und Laurent kurz den Scheibenwischer anschalten lässt. Weiter führt die Straße durch eine Landschaft, bei der man kaum davon ausgeht, jemals wieder in der Zivilisation anzukommen. Aber ohne diese gäbe es die Straße nicht. Bald taucht rechts neben der Fahrbahn, verdeckt von wenigen Baumreihen, ein Gewerbegebiet auf. Wir überqueren eine Brücke und schon sind wir im Zentrum von Gold River. Fast am Ortsausgang angekommen, steuert Laurent den Truck ohne Vorwarnung nach rechts von der Fahrbahn und hält am Straßenrand vor einem Gebäude, in dem Feuerwehr und Polizei untergebracht sind.

„Ich würde vorschlagen, wir fragen erst mal nach, ob die Polizei schon einen Unfall hinter den Upana Caves aufgenommen hat. Falls ja, können wir uns das Gerappel sparen."

Die ganze Mannschaft steigt aus und geht über die Ausfahrt der Feuerwehrfahrzeuge zu dem Eingang, über dem die Hausnummer angebracht ist. Die Tore des Feuerwehrtrakts stehen offen, aber niemand ist zu sehen. Also gehen wir durch die Glastür, Laurent voraus und wir als sein Gefolge. Direkt hinter der Tür sitzt eine uniformierte Frau hinter der Empfangstheke, so etwa Mitte dreißig, dunkle schulterlange Haare und eine Hautfarbe, die an die First Nations erinnert, die unweit von hier in einer eigenen Siedlung leben.

„Unser Franzose mit Anhang. Kann ich euch irgendwie helfen?", fragt sie in einem sehr vertraut wirkenden Tonfall. Jennifer Haggarty steht auf dem Namensschild an ihrem Uniformhemd. Irgendwie werde ich das Gefühl nicht los, dass sich die Beiden gut kennen, vielleicht auch zu gut. Aber wir sind ja hier quasi auf dem Dorf.

„Hi Jennifer! Ich fahre ein paar Freunde spazieren."

„Du als Fremdenführer? Das glaub ich jetzt nicht." Man merkt ihr an, dass es ihr sehr schwerfällt, sich das Lachen zu verkneifen.

„Die kennen sich auch ohne mich hier aus, brauchen aber einen fahrbaren Untersatz, weil sie ihren Flieger unten am

Inlet geparkt haben. Du weißt ja, dass ich meine Autos nicht verleihe."

„Du glaubst doch nicht ernsthaft, dass irgendjemand die wirklich fahren will. Wann hatte ich nochmal deinen Pickup stillgelegt?"

„Letzte Woche. Aber ich hab' alles repariert."

„Na gut. Dann will ich's für heute mal glauben. Ich will deine Fahrgäste ja nicht total verunsichern."

„Sag mal: Hast du in den letzten Tagen was von einem Unfall in der Nähe der Upana Caves gehört?", fragt Laurent sie direkt.

„Nein. Sollte ich?"

„Dann brauchen wir bei der Feuerwehr auch nicht nachzufragen?"

„Ich denke nicht. Aber was ist denn los?"

„Meine Freunde vermissen jemanden. Er heißt Tom Bruckmann und ist letzte Woche irgendwo zwischen Tahsis und Campbell River verschütt' gegangen. Vom Flugzeug aus haben sie hinter der Zufahrt zu den Höhlen ein Auto neben der Straße gesehen. Könnte seins sein. Wenn ihr nichts wisst, fahren wir hin und sehen nach."

„Soll ich hinter euch herfahren? Wenn tatsächlich was sein sollte, muss ich eh hin."

„Lass mal. Wir schauen uns das an und geben dir nachher Bescheid."

„Soll mir recht sein. Ich bin sowieso im Moment alleine hier. Aber geht bitte kein Risiko ein, und meldet euch sofort, wenn ihr etwas gefunden habt, was für uns relevant sein könnte."

„Natürlich. Kannst dich auf uns verlassen. Bis später."

„Vielen Dank", sagt Sarah noch überm Hinausgehen.

„Merde, dann müssen wir uns ja doch die ganze Strecke durchschütteln lassen", mault Pierre.

„Wenn wir was Konkretes über Tom finden, würde es sich doch wenigstens lohnen", findet Hunter.

„Steigt ein. Ich will ja nicht drängeln, aber eigentlich müsste ich heute noch ein paar Minuten arbeiten."

Also verteilen wir uns wieder auf den Sitzflächen des Lasters, den Laurent umgehend in Bewegung setzt. Und wieder fahren wir in Richtung Tahsis. Laurent scheint keine Rücksicht auf seinen Pickup nehmen zu wollen, denn er tritt das Gaspedal ordentlich durch. Wir fliegen mehr über den Schotter, was die Tiefe der Schlaglöcher deutlich relativiert. Den Lärm der Steine, die unaufhörlich unter den Fahrzeugboden knallen, kann man mit „unerträglich" nur stark verniedlichend beschreiben. Aber wenigstens nähern wir uns sehr zügig der Stelle, an der wir das weiße Auto vermuten. Ob man es überhaupt von der Straße aus sehen kann, wage ich allerdings zu bezweifeln.

„Warum fliegt das Wasserflugzeug so tief? Hier kann es doch nirgendwo landen." Tom wunderte sich sehr über den Flieger, der ihnen da soeben dicht über den Baumwipfeln entgegengekommen war.

„Vielleicht suchen die ja was."

Junes Bemerkung machte Tom nachdenklich.

„Du hattest doch gesagt, dass sich ein Pärchen gestern in der Kneipe nach mir erkundigt hatte."

„Schon. Aber denkst du, die kommen so schnell an ein Flugzeug, mit dem sie die ganze Strecke von Campbell River bis Tahsis absuchen können?"

„Eher nicht. Es sei denn, Klaus kennt jemanden, der jemanden kennt, der sich privat so einen Flieger gönnt. Ich kann es dir nicht sagen. Diese blöden Löcher in meinem Schädel."

„Ist schon Scheiße, wenn der Kopf nicht so ganz mitspielt. Aber das wird wieder. Ganz sicher!", versuchte June Tom zu trösten.

Während der nächsten Minuten herrschte Schweigen im Auto. Tom war wieder in seine Gedanken abgetaucht, und fischte im Trüben nach dem, was sein bisheriges Leben ausgemacht hatte. June konzentrierte sich auf die Straße. Sie erreichten die Ausläufer des Upper Campbell Lake, der sie für die nächste Zeit zu ihrer Linken begleiten würde. Einige Stellen der Landschaft kamen Tom bekannt vor, aber verknüpfen konnte er diese Schnipsel mit keinem Ereignis und keiner Zeit. Es nervte ihn gewaltig, dass sein Erinnerungsvermögen ihn immer noch so sehr im Stich ließ.

„Was ist Klaus eigentlich für ein Typ", fragte June plötzlich wie aus dem Nichts.

„Der ist ganz nett. Manchmal viel zu ehrlich und zu genau. Er pendelt oft zwischen Deutschland und Irland, jedenfalls solange ich ihn kenne", sprudelte es aus Tom heraus. Dass sein Mundwerk jetzt ausgerechnet diese Informationen ausspuckte, wunderte ihn. Wie lange kannte er ihn überhaupt? Keine Ahnung, zumindest nicht in diesem Moment.

„Warum fragst du?", schob er nach.

„Einfach so." June sah ihn kurz mit leicht glasigen Augen an.

„Willst du jetzt etwa auch noch wissen, ob er vielleicht eine Freundin hat?"

„Wenn du schon so fragst …"

„Nein." Wie konnte er das mit einer solchen Bestimmtheit behaupten, wenn er sich sonst an kaum etwas erinnern konnte?

„Er reist alleine durch die Weltgeschichte, hat hier und da Freunde, aber von einer Frau oder Freundin weiß ich nichts."

„Tja dann …"

Wieder hüllte sich die Fahrgastzelle des alten Toyota mit den Blümchen auf der Motorhaube für eine ganze Zeit und etliche Kurven in eine verbale Stille.

Die Verbindung von Buttle Lake und Upper Campbell Lake hatten sie passiert, waren dann nach links abgebogen, am Holz-Hirsch, der immer noch auf dem Parkplatz mit Infotafeln zum Strathcona Park thronte, vorbeigekommen, und folgten weiter der einzigen asphaltierten Straße in Richtung Campbell River, die sich, wie so viele Straßen in dieser Gegend, zwischen hohen Bäumen hindurch und manchmal an steil aufsteigenden Felswänden entlang schlängelte.

„Hierher soll ich schon gefahren sein?", fragte sich Tom, allerdings laut.

June schaute ihn verdutzt an. „Wie willst du denn sonst mit einem Auto nach Tahsis gekommen sein? Vielleicht mit dem Schiff von Tofino aus? An so eine Aktion würdest du dich ganz bestimmt erinnern. Nein, es gibt nur diese eine Straße."

Links tauchten Häuser auf. Diese Stelle kam Tom wieder bekannt vor. Unmittelbar danach wurden sie aber wieder vom anonymen Wald verschluckt, der sie erst nach etlichen

Kilometern wieder kurz an das Sonnenlicht übergab, um dabei den beiden einen grandiosen Ausblick über den See auf die noch leicht schneebedeckten Gipfel der Berge zu schenken.

„Eigentlich ist es hier richtig toll." Tom bestaunte das Panorama, das sich vor seinen Augen auftat. Kurz darauf schwenkte die Straße leider wieder weg vom Wasser, hinein in die nächste von Bäumen und Büschen eingefasste Schlucht, die jede Aussicht versperrte.

„Was machst du eigentlich so den ganzen Tag, wenn du nicht im Kimono mit Tablett durch die Kneipe rennst? ... und warum ausgerechnet im Kimono?"

„Mit dem japanischen Zeug ist so `ne Spinnerei von meinem Chef. Ich mag das nicht. Hast du sicher gemerkt ... wie viele der Gäste auch, die mich alle nicht besonders ernst nehmen. Ich komme mir da immer total bescheuert vor und kann es meistens nicht verbergen. Die Arbeit in der Kneipe füllt den größten Teil meines Tages aus. Irgendwie muss ich ja mein Geld zusammmen bekommen. Viele Möglichkeiten gibt es in Tahsis nicht, besonders nicht für jemanden wie mich, eine Gestrandete aus den USA, also eine Gastarbeiterin. Wenn ich da abends fertig bin, fühle ich mich regelrecht erschossen. Meist hänge ich anschließend vorm Fernseher, und wenn ich wieder einigermaßen bei Sinnen bin, klimper' ich auf der Gitarre rum. Kommt aber auch oft vor, dass ich einfach einpenne und die Flimmerkiste am nächsten Morgen noch läuft."

„Du spielst Gitarre?"

„Ja. Ich hab' auch mal in `ner Band gespielt. Hat sich aber zerschlagen, als die Anderen anderswo einen Job bekommen haben und weggezogen sind. Ich könnte dir sogar was vorspielen, wenn du's hören möchtest?"

„Klar, gerne." Das gerne war etwas geheuchelt, denn Tom ahnte Schreckliches.

„Warte. Irgendwo hab' ich sie doch."

June begann ohne hinzuschauen mit der linken Hand in der Türablage zu wühlen, bis sie schließlich eine CD ohne Hülle herauszog und stolz in die Luft hielt.

„Hier ist sie."

Dann steckte sie den mit Fingerabdrücken übersäten Datenträger in den Schlitz des CD-Players, den irgendjemand nicht so ganz professionell in das Armaturenbrett geschraubt hatte. Und schon ging es los, laut, rauschend, aber nicht so, wie Tom es erwartet hatte. Es klang wie eine Mischung aus Green Day, Tote Hosen und Foo Fighters, kombiniert mit etwas Mystischem à la Pink Floyd, außergewöhnlich, aber mit einem gewissen Charme. Bei den ersten lauten Tönen zuckte Tom zusammen, dann aber wunderte er sich über seine positiven Gefühle, was die Musik betraf, der er im Moment ausgesetzt war.

Kommunikation fand nicht mehr statt, während die Musik aus den Lautsprechern dröhnte. June trommelte mit den Fingerspitzen auf dem Lenkrad herum und wippte im Rhythmus mit dem Kopf. ‚Sie ist schon eine lustige Nudel', dachte Tom. Nachdem der letzte Akkord aus den Lautsprechern entwichen war, fragte June: „Machst du auch Musik?"

„Nein, ich nicht, aber Klaus. In seinem Haus in Irland hat der ein richtiges Studio … und jede Menge Gitarren."

„Echt jetzt?"

„Ja."

„Der wird mir immer sympathischer, dein Klaus", sagte sie, grinste, und bekam etwas mehr Farbe im Gesicht.

„Wir können uns ja mit Sarah und Klaus treffen, wenn wir herausbekommen haben, wo sie abgeblieben sind", schlug Tom vor.

„Gerne. Aber erst finden wir dein Hotel, und dann sehen wir weiter."

Der Wald hatte sich zurückgezogen, zwangsweise, denn die Passage, die sie jetzt durchquerten, war vor kurzem gerodet worden. Hohe Holzhaufen und zerfurchtes Gelände zeugten vom Einsatz schwerer Maschinen. Das Abholzen war eine Industrie, ohne Platz für Sentimentalität und Sinn für die Schönheit der Natur, von der es trotz allem noch viel auf der Insel zu sehen und erleben gab, wie Tom in den letzten Tagen selbst hatte erfahren müssen.

„Soll ich dir Seeadler zeigen?", fragte June wie aus dem Nichts, kurz nachdem sie eine Art Gewerbegebiet erreicht hatten.

„Wie kommst du denn jetzt darauf?"

„Ich kenne da eine Stelle, wo eigentlich immer welche sind. Dann müssten wir nur gleich rechts abbiegen. Ist auch kein Umweg."

„In einem Gewerbegebiet?"

„Klar."

„Dann lass mal sehen."

Wenige hundert Meter weiter setze June den Blinker und bog in die abschüssige Argonaut Road ein. Links türmte sich hinter einigen Blechhallen ein Müllgebirge auf. June ließ ihren alten Wagen nur noch ganz langsam rollen.

„Da oben sind welche", sagte sie und zeigte dabei auf den Gipfel eines oben abgeschnittenen Hügels. Und tatsächlich saßen dort die Wappentiere der USA, aufgereiht wie an einer Schnur.

„Was treiben die denn da?"

„Müll klauen. ... Früher gab's hier auch Bären. Früher ... jetzt klinge ich schon wie eine alte Frau." Sie lachte.

„Alte Frau? Junges Ding passt eher", erwiderte Tom.

Junes Gesicht wechselte nach dieser Bemerkung wieder leicht die Farbe.

Unmittelbar hinter einem schon bepflanzten Hang der Müllkippe, dessen Fuß nur durch einen Zaun und einen schmalen Weg von der Straße getrennt begann, verlief die Argonaut Road wieder im Schatten hoher Bäume. Tom fiel auf, dass sich bunte Plastikfolien in den Ästen der Bäume auf der rechten Straßenseite verfangen hatten.

„Wer ist denn hier für die Dekoration der Landschaft verantwortlich?"

„Die Adler, wer sonst. Die brüten im Wald und ziehen die Jungen mit Müll auf. Ist zwar Scheiße, aber auch Adler handeln irgendwie effizient. Warum mühsam Fische fangen, wenn sie hier genügend Fressbares einfach so auflesen können, ohne nasse Füße zu bekommen."

„Auch eine Art Evolution", meinte Tom.

Sie hatten in der Zwischenzeit einen Canyon hinter sich gelassen, auf den ein Wohngebiet folgte, das ganz offensichtlich nicht zu den vornehmsten von Campbell River gehörte. Einfache eingeschossige Holzhäuser mit kleinen ramponierten Wiesenflächen davor waren links der Straße entstanden. Vieles, was in den Einfahrten lag, wirkte auf Tom wie Sperrmüll, der auf seine Abholung wartete, und einige der geparkten Autos erinnerten ihn an einen Schrottplatz, und nicht an sichere fahrbare Untersätze auf ihren Stellplätzen.

Wenige hundert Meter weiter stießen sie in einem ungewöhnlichen Winkel auf die Campbell River Road. June bog nach rechts ab, und weiter ging's auf dem Island Highway, der schon kurz nach der Einmündung zu einer Kreuzung führte, an der Schilder die Richtungen nach Courteney, Nanaimo, Victoria, Port Hardy und einigen anderen Orten anzeigten.

„Willkommen zurück in der Zivilisation! Eigentlich würde ich hier nach rechts fahren. Aber wir suchen jetzt erst mal dein Hotel."

„Danke, dass du mir so hilfst. Ohne dich wäre ich nie bis hierhin gekommen. Und welch ein Glück, dass Greg mich gesehen und mitgenommen hatte."

„Das ist einer der Unterschiede zu den USA. Hier hilft man. Dort hätten die höchstens angehalten und gefragt, wie es dir geht. Oberflächlich wie die meisten normalerweise sind, hätten die sich nicht mal für die Antwort interessiert. Also: Ich fahre jetzt einfach die Hauptstraße durch, bis wir zum Big Rock kommen. Halte du bitte die Augen auf und sag mir sofort, wenn dir was bekannt vorkommt. OK?"

„Klar. Mach' ich."

Und so konzentrierte sich Tom auf das, was an seinen Augen vorbei huschte. Er sah Kaufhäuser mit riesigen gut gefüllten Parkplätzen, Fastfood Restaurants, Autowerkstätten und das Terminal für die Fähre, die regelmäßig Scharen von Autos nach Quadra Island übersetzt. Als sie nur wenige Meter hinter der nächsten Rechtskurve auf die Shoppers Row trafen, sagte Tom: „Hier müssen wir links abbiegen – richtig? Ich bin mir sicher, dass ich hier schon gewesen bin. Ist schon verrückt: Es kann erst ein paar Tage her sein und ich rede, als läge mein letzter Besuch Jahrzehnte zurück. Mein Hotel ist jedenfalls noch ein gutes Stück weg. Zu Fuß war es für mich viel zu weit."

June steuerte ihr Blümchenauto auf die Linksabbiegespur, ließ an der Ampel noch ein paar Fußgänger durch und folgte dann der Hauptstraße Richtung Süden.

„Siehst du: So langsam kommt's zurück. Ich wäre jetzt aber sowieso nach links gefahren. Anders kommen wir nicht zum Big Rock. Noch knapp fünf Kilometer, dann sind wir da. Zu Fuß zieht sich's ganz schön. Würde fast 'ne Stunde dauern."

Der Verkehr war übersichtlich. Nur wenige Leute waren auf den Gehwegen zu Fuß unterwegs, hauptsächlich Einheimische, so wie es aussah. Verwaist waren hier die meisten Parkplätze. Einige Krähen nutzten die Gelegenheit zum Aufräumen. Besonders eine Mülltonne vor einem Imbiss hatte es ihnen angetan. Vor einem Second Hand Shop auf der linken Seite hatte sich eine Traube asiatisch aussehender Menschen gebildet. Es gab sie also doch, selbst in dieser noch unfreundlichen Jahreszeit: Touristen. June zeigte in deren Richtung und meinte ziemlich sarkastisch: „Denen da kannst du jeden Unsinn andrehen, wenigstens wenn es Chinesen sind. Japaner überlegen schon mehr, aber Chinesen ... Wenn die da alle rein gehen, wird's ein Feiertag für den Ladenbesitzer."

Die Straße stieg an und schwenkte weg vom Wasser. Geschäfte gab es hier keine mehr, dafür aber Hotels und ein Museum. Ein schicker Bau, wie Tom fand. Etwas später, hinter einer Linkskurve, fiel die Straße wieder ab und verlief dann nur noch wenige Meter über dem Meeresspiegel. Das Wetter hatte sich gebessert. Ein paar Wolken zogen langsam vor einem kräftig blauen Hintergrund in Richtung des Küstengebirges im Osten. Der leichte Wind schaffte es kaum, die Äste der Bäume zu bewegen, die sporadisch entlang des Island Highway im Laufe vieler Jahre gewachsen waren. Ein Fuß- und Radweg verlief parallel zur Fahrbahn, verschwenkte hier und da, um nach wenigen Meter wieder zu seinem alten Abstand zur Straße zurückzukehren.

„Manchmal gehe ich hier Inlineskaten, bevor ich nach Tahsis zurückfahre. Die Dinger habe ich immer im Kofferraum liegen. Man weiß ja nie."

„Für mich wäre das nichts", sagte Tom.

„Ist schon klar. Müsstest ja auch erst mal Schuhe finden, die dein Gewicht aushalten würden. Die Rollen wären ja schon flach, wenn du dich bloß drauf stellst. Umfallen ginge nicht."

Kurze peinliche Pause.

„Entschuldigung." June fing aber sofort wieder an zu lachen.

„Auch wenn es hier so schön ist, solltest du aber trotzdem besser nach rechts schauen. Auf der linken Seite findest du kein Hotel mehr bis Willow Point."

„Hast ja Recht." Tom drehte seinen Kopf wieder nach rechts, doch Junes Bemerkung hatte ihn schon etwas getroffen.

Am Rotary Beach Park verschwand das Meer wieder hinter Bäumen und eine Häuserreihe zwängte sich zwischen Straße und Wasser.

„Da", brüllte Tom plötzlich. „Da hinten!"

Er zeigte auf eine Einfahrt, die rechts vor ihnen lag.

„Das muss das Hotel sein."

„OK." June setzte sofort den Blinker, bremste scharf ab und bog in die Einfahrt ein, die etwas verdeckt hinter einer Tankstelle und vor einem Holzschild, auf dem der Name des

Motels zu lesen war, lag. Einen Parkplatz für ihren Toyota fand sie unmittelbar vor der Rezeption. Beide stiegen aus, und Tom voraus betraten sie den Raum, in dem die Empfangstheke stand, dahinter ein Mitarbeiter am Computer, der augenscheinlich aus Indien stammte. Ohne aufzuschauen fragte er, wie er helfen könne.

„Kann es sein, dass ich hier ein Zimmer habe?", fragte Tom.

Erst jetzt hob der Mann den Kopf, und als er sah, wen er da vor sich hatte, sagte er mit seinem speziellen Akzent: „Da bin ich aber beruhigt, dass sie den Weg zurückgefunden haben, Mr. Bruckmann. Man sucht sie schon."

„Wie? Tatsächlich?"

„Hab' ich doch gesagt." June schubste ihren Mitfahrer leicht von hinten, woraufhin er zusammenzuckte und sich kurz zu ihr umdrehte.

Tom war erneut überrascht. Erst Junes Bemerkung in Gregs Trailer und jetzt hier wieder. Da machte sich jemand offensichtlich gewaltige Sorgen und scheute keine Mühen, um ihn zu finden.

„Ja, ein Mann und eine Frau aus Deutschland haben nach ihnen gefragt. Die Frau hatte ich vorher unter der Nummer angerufen, die sie mir beim Einchecken gegeben hatten. Ich musste doch wissen, was mit dem Zimmer geschehen sollte, weil sie doch nicht zurückgekommen waren. Ein paar Tage später stand sie mit einem Mann hier vor mir. Ich hatte mir erlaubt, sie in ihr Zimmer zu lassen. Ich hoffe, sie verzeihen mir."

„Kein Problem. Ist schon OK."

„Und wer war das jetzt?" Neugierig, wie sie war, trat June jetzt aus ihrem Versteck hinter Toms breitem Rücken heraus und stellte sich neben ihn. Sie schien sich über die Nachricht weitaus mehr zu freuen, als Tom, der irgendwie noch nicht so ganz im Hier und Jetzt angekommen war.

„Oh, da ist ja noch jemand. Auch ihnen herzlich willkommen! Warten sie. Ich habe irgendwo eine Visitenkarte von dem Mann liegen. Soweit ich mich erinnern kann, hatte er auch eine Telefonnummer von Freunden, die hier in der Stadt wohnen, auf die Rückseite geschrieben."

Der Mann an der Rezeption, das Namenschild auf dem Tresen lautete auf Mahesh Bai, wühlte in seinen Unterlagen und hielt kurz darauf ein Kärtchen zwischen seinen Fingern.

„Der Vorname ist Klaus und von dem Nachnamen weiß ich nicht, wie er genau ausgesprochen wird. Soll ich die Nummer anrufen, oder möchten Sie es selbst tun?"

Als June den Namen Klaus hörte, bekam sie wieder deutlich mehr Farbe ins Gesicht und schaute verlegen auf den Boden. Tom freute sich gewaltig über einen vertrauten Namen, aber mehr innerlich, denn äußerlich war er im Moment noch nicht dazu im Stande.

„Bitte sagen sie doch kurz Bescheid, dass ich wieder hier bin. Ich bin mir nicht sicher, ob ich im Moment Englisch am Telefon verstehen könnte. Aber könnten sie mir bitte den Schlüssel für mein Zimmer geben. Ich muss dringend unter die Dusche und endlich raus aus diesen verdreckten stinkigen Klamotten."

„Natürlich. Sofort." Mahesh drehte sich um und nahm einen Schlüssel vom Schlüsselbrett. „Soll ich nicht doch erst anrufen? Ich bin selbst gespannt auf die Reaktion am anderen Ende der Leitung. So eine gute Nachricht durfte ich noch nie überbringen."

„Na gut", meinte Tom.

Mahesh wählte die Nummer. Alle konnten hören, dass das Telefon am anderen Ende jetzt klingelte. Dann ein „Klack" und eine Frauenstimme sagte: „Hallo, hier ist Emily Schultz."

„Und hier ist Mahesh Bai vom Motel beim Big Rock. Ich wollte ihnen sagen, dass Herr Bruckmann soeben mit Begleitung eingetroffen ist."

Ein kurzes Schweigen am anderen Ende.

„Das gibt's doch nicht. Ich muss sofort versuchen, meinen Mann und unsere Freunde zu erreichen. Sie sind heute

Morgen aufgebrochen, um Tom zu suchen. Bestellen sie ihm doch einen ganz herzlichen Gruß. Und vielen Dank für Ihren Anruf!" Schon hatte sie aufgelegt.

„Sie haben ja sicherlich mitgehört, so laut und aufgeregt wie Mrs Schultz war."

„Nicht zu überhören", meinte June, deren Gesichtsfarbe sich immer noch leicht an der ihrer Haare orientierte.

Mit einer eleganten Handbewegung reichte Mahesh jetzt den gewünschten Zimmerschlüssel über die Theke, den Tom ihm ohne zu zögern regelrecht aus der Hand riss.

„Vielen Dank für Alles", sagte Tom, drehte sich zu June um, die er jetzt umarmte und, wie es schien, nicht mehr loslassen wollte. Der Brocken von einem Mann, der einen Unfall und mehrere Tage in der Wildnis überstanden hatte, weinte an ihrer Schulter wie ein kleines Kind. Die Spannung der letzten Zeit löste sich ausgerechnet hier an der Rezeption des Motels.

Wir passieren das Hinweisschild zu den Upana Caves. Weit kann es also nicht mehr bis zu der Stelle sein, an der wir den weißen Wagen vom Flugzeug aus entdeckt hatten. Die Anspannung wächst, je näher wir der Stelle kommen. Für einige hundert Meter führt der unbefestigte Highway schnurgerade durch beiderseits gerodete Flächen, und das mit sehr starkem Gefälle. Laurent fährt zwar immer noch recht zügig, aber rast nicht mehr so laut scheppernd über den Schotter. Man hört wieder einzelne Steine statt des Trommelfeuers. Die nächste Kurve führt nach rechts. In Verlängerung der Straße sind im Laufe der Jahre nach dem letzten Kahlschlag Büsche gewachsen, die aber kaum das Niveau der Fahrbahn überragen. Langsam öffnen sich die Knospen der Blätter. Je nach Blickwinkel vereinen sie sich zu einem dichten grünen Gewusel, das keine tiefen Einblicke zulässt.

Fünf Minuten und etliche Kurven später gelangen wir an die Stelle, an der wir einen weißen Wagen aus dem Flugzeug zu sehen geglaubt hatten. Unser rostiges Gefährt rollt aus. Laurent fährt rechts ran und stellt den Motor ab.

„Dann wollen wir mal unser Glück versuchen", sagt Hunter überm Aussteigen, untermalt von einem Stöhnen und dem Quietschen der Beifahrertür.

Auf der anderen Fahrbahnseite angekommen, sieht man außer Ästen mit feinem blättrigem Anhang so gut wie nichts, nur, dass eine Böschung direkt am Rand der Fahrbahn steil abfällt, sehr steil, wie im Hochgebirge. Ratlosigkeit macht sich breit.

„Es wird wohl besser sein, wir verteilen uns und suchen erst mal von hier oben nach abgeknickten Ästen oder sowas", sage ich in Richtung des allgegenwärtigen Grünzeugs, als ob ich die Büsche zum Mitmachen animieren könnte, was sie natürlich nicht tun. Wie denn auch? Mein Vorschlag wird aber von den übrigen Anwesenden für akzeptabel befunden, und so suchen wir, jeder für sich in einem Abschnitt von einigen

Metern nach kleinen Hinweisen, ob und wo vielleicht ein Auto in dieses Dickicht eingetaucht sein könnte.

Für Minuten ist nur das Säuseln des Winds zu hören, manchmal kurz unterbrochen durch das Krächzen eines Vogels. Nichts außer Astwerk sehe ich, und muss mich immer wieder dazu zwingen, die Böschungskante nicht zu vergessen. Ohne Grund würde ich hier die Straße nicht verlassen wollen. In einem Film würde die Szene von dramatischer Musik untermalt, die es aber hier nicht gibt und auch nicht braucht, um die Spannung aufrecht zu erhalten.

„Da ist was", ruft Pierre plötzlich und zeigt auf eine Stelle, abseits der Fahrbahn. Er steht kurz vor dem Scheitelpunkt der Kurve. Alle rennen hin und schauen in die Richtung, die uns der Zeigefinger seiner rechten Hand weist. Erst entdecke ich nichts Außergewöhnliches, außer dem grün-braunen unregelmäßigen Muster des Buschwerks. Doch dann fällt mir auch auf, dass sich nur wenige Meter vor uns einige helle Punkte vom üblichen Muster abheben, Stellen, an denen dünne abgebrochene Äste ihr Inneres freigeben und einige der kleinen Blätter vertrocknet sind. Mein Blick wendet sich ab, wandert zum Boden. Hinter der Aufkantung, die der immer im Einsatz befindliche Grader bei seiner Arbeit hinterlassen hat, sehe ich etwas glitzern. Ich bücke mich, hebe einige Kleinigkeiten auf: Ein kleines Stück eines Rücklichts und winzig kleine Glasscherben. Meine Augen forschen weiter und finden kurze leicht verwischte Reifenspuren, die sich in den Boden zwischen Schotter und Böschung eingegraben haben. Hunter ist, wie üblich, vorgeprescht und schon halb die Böschung hinuntergefallen, als er auch schon ruft: „Hier vorne muss der Holzhaufen sein, den wir aus dem Flugzeug gesehen haben."

Pierre, Laurent und ich rutschen mehr oder weniger auf allen Vieren die Böschung abwärts, Hunters Rufen folgend. Sarah bleibt zweifelnd am Straßenrand stehen.

„Da steht das weiße Auto", schallt es nun in einer ziemlich aufgeregten Stimmfarbe durch das Unterholz.

„Kannst du das Kennzeichen sehen?"

„Warte." Er stolpert um den gewaltigen Haufen aus Restholz, stützt sich immer wieder kurz mit den Händen ab. Holz knackt, begleitet von leisen Flüchen.

„967 NFA", ruft er schließlich und bestätigt noch, dass es ein weißer Chevrolet Equinox ist. Der Jäger hat ihn gefunden.

Jetzt erreichen auch Pierre und ich den Ort, an dem der SUV mit der Schnauze schräg nach unten vor einem Baumstumpf steht, wie von der Spitze eines Scheiterhaufens gerutscht. Laurent klettert inzwischen zurück zur Straße, will wahrscheinlich Sarah von dem Fund berichten. Ich kann nur erahnen, wie er ihr dabei hilft, ohne auszurutschen die abschüssige Böschung zu bewältigen. Schließlich kommen die beiden auch unterhalb des Unfallwagens an. Sarah wird weiß wie eine Wand, als sie die Szene betrachtet.

„Scheint niemand drin zu sein", merkt Hunter an und macht sich auf den Weg zum Wrack. Er bricht immer wieder ein, bleibt hängen, flucht. Schließlich erreicht er die Fahrertür.

„Keiner da."

Ich klettere nun auch hoch. Die kurze Strecke ist schlimmer als mache Bergwanderung, die ich bisher unternommen habe. Der Untergrund gibt ständig nach, bricht weg, hält die Füße fest. Ich schaffe es dann aber doch, neben Hunter zum Stehen zu kommen. Hunter öffnet die Tür. Die Airbags hängen schlaff runter. Kein Blut zu sehen. Tom scheint sich also äußerlich nicht großartig verletzt zu haben. Das Handschuhfach steht offen. Drin liegen einige Blätter, vielleicht der Mietvertrag? Jedenfalls ähneln sie denen, die Sarah und ich in Vancouver von unserer Autovermietung bekommen hatten. Komisch ist, dass die Rücksitze umgelegt wurden, obwohl nur Leere den Stauraum füllt. Wofür hatte Tom die komplette Ladefläche gebraucht?

„Was meinst du? Soll ich von hier aus rein und nachsehen oder besser hinten `rum und von der anderen Seite dran?"

„Besser hinten `rum", schlägt Hunter vor. „Man weiß ja nie, ob das Auto nicht doch noch anfängt in irgendeine Richtung zu rutschen."

Am fürchterlich ramponierten Heck vorbei geht die Klettertour weiter.

„Hast du das schon gesehen?", frage ich Hunter.

„Nein, was denn?"

„Das Heck sieht aus, als hätte jemand mit einer riesigen Keule zugeschlagen."

Hunter arbeitet sich auch hoch und betrachtet den deutlichen Eindruck, der nicht von dem Flug von der Straße stammen kann. Die Büsche, in die der Wagen eingetaucht ist, können nur die Schrammen im Lack verursacht haben, nicht aber diese massive und sehr tiefe Delle und die zersplitterten Scheiben.

Die beiden Franzosen stehen mit Sarah am Fuß des Holzhaufens, schauen zu uns hoch. Pierre hat Sarah in den Arm genommen. Von hier oben sieht es so aus, als würde sie weinen.

‚Muss ein beschissenes Gefühl sein, die Trümmer eines Autos zu sehen, das ihr Freund hier so abgestellt hat, und immer noch nicht zu wissen, wo er steckt und was mit ihm los ist.'

„Sieh mal hier." Hunter hält mir ein Stück Baumrinde vor die Nase. „Die steckte hier oben in einem Riss. Es könnte sein, dass Tom von einem Langholztransporter von der Straße gekegelt worden ist. Er hat jedenfalls unwahrscheinliches Glück gehabt, dass die Karre hier auf dem Holzhaufen gelandet ist und sich nicht überschlagen hat."

„Kann man wohl sagen. Aber wo steckt er jetzt?"

„Keine Ahnung. Vielleicht hat er es ja zur Straße geschafft und ist mitgenommen worden."

„Glaub' ich ehrlich gesagt nicht. Er hätte dann doch längst wieder im Hotel sein müssen."

„Wenn er wüsste, welches es ist und wo."

Dieser Gedanke war mir bis jetzt noch nicht gekommen. Was, wenn er wirklich die Orientierung verloren hatte und sich hier im Wald total verlaufen haben sollte?

Wir setzen unsere Bergtour fort und gelangen zur Beifahrertür. Ich ziehe am Griff, der mir aber sofort aus der Hand rutscht. Die Tür schlägt mit einem mächtigen Schwung auf und bleibt in der letzten Raste hängen. Ich beuge mich in den Innenraum, greife ins Handschuhfach und ziehe die Papiere heraus. Wieder in der Senkrechten werfen Hunter und ich einen genaueren Blick auf die Unterlagen. Kein Zweifel: Toms Mietvertrag.

„Es ist Toms Auto", rufe ich unseren Mitstreitern zu.

„Und wo ist Tom?", kommt es von Sarah zurück.

„Keine Ahnung. Jedenfalls nicht hier." Es klingt blöd und spendet wenig Trost, aber mehr kann ich im Moment dazu wirklich nicht sagen. Keiner von uns kann es. Ich stecke den Mietvertrag in die Innentasche meiner Jacke und nehme zusammen mit Hunter den Abstieg in Angriff. Mein guter Freund nimmt einen ziemlich direkten Weg nach unten, mit deutlicher Unterstützung der Schwerkraft. Ich knalle erst die Beifahrertür wieder zu, kämpfe mich um das Heck des SUV herum zurück zur Fahrertür und schließe diese auch. Danach geht es auch für mich zurück in Richtung des Waldbodens.

Hunter ist schon dabei, Sarah zu erklären, dass es Tom nicht so schlimm erwischt haben kann, weil es im Auto keine Spuren gibt, die darauf hindeuten, dass er sich offene Wunden zugezogen hätte. Es scheint Sarah zumindest ein ganz kleines Bisschen zu beruhigen. Die entscheidende Frage aber bleibt: Wo ist Tom?

Im Kreis stehend fangen wir an, darüber zu diskutieren, wie wir weiter vorgehen sollen. Wie soll man jemanden suchen, der mitten in einem unbekannten Wald ausgesetzt wurde?

„Macht es überhaupt Sinn, in diesem Gelände ohne professionelle Hilfe zu suchen? Gibt es hier in der Gegend vielleicht sowas wie einen Suchhund?" Ich versuche damit nur, irgendeine Idee zu produzieren, damit wir nicht schweigend in der Gegend stehen und mehr und mehr Zeit verlieren. Immerhin ist es schon fast drei Uhr nachmittags und lange wird es um diese Jahreszeit nicht mehr hell bleiben, zumindest nicht hell genug, um die Suche auf den schier endlosen Wald ausdehnen zu können.

„Ich glaube Jennifer hat tatsächlich einen Hund, der für sowas ausgebildet ist", sagt Laurent.

„Du meinst die Polizistin?", fragt Sarah.

„Ja, genau die."

„Ich will ja nicht als Spaßbremse herhalten, aber wir dürfen nicht vergessen, dass wir noch zurückfliegen müssen. Das geht nur bei Tageslicht. Auf dem See gibt's keine gekennzeichnete Landebahn. Ich muss schon noch was sehen können, besonders die Hochspannungsleitung."

Pierre hat damit den wunden Punkt für unsere weitere Unternehmung voll getroffen: Heute fehlt einfach die Zeit.

„Wie lange schätzt du, dass es noch hell bleibt", frage ich ihn.

„Ich denke so knapp 3 Stunden. Wir haben etwa 30 Minuten Flugzeit, müssen aber auch noch zurück zum Flieger. Und durchchecken muss ich ihn auch noch, bevor ich euch an Bord lassen kann."

„Also könnten wir hier höchstens noch etwas länger als eine Stunde suchen und müssten dann morgen – vielleicht mit Hund – weiter machen."

„Ich denke, das wäre die sinnvollste Lösung", meint Hunter.

„Wonach können wir dann denn hier jetzt noch suchen?", fragt Sarah schließlich.

„Vielleicht nach Spuren. Vielleicht haben wir Glück, und wir finden in diesem Gematsche ein paar Schuhabdrücke, die uns wenigstens in die richtige Richtung lenken", schlägt Hunter vor.

„Dann wollen wir mal hoffen, dass sich Toms Schuhe tiefer eingegraben haben als unsere. Wir haben um den Haufen `rum doch Einiges zertrampelt, besonders hier unterhalb des Autos", stelle ich fest.

„Dann lasst uns ausschwärmen." Laurent übernimmt für einen kurzen Moment das Kommando. Wir folgen sofort seiner Aufforderung und entfernen uns langsam sternförmig von dem Totholzhaufen, den Waldarbeiter vor etlichen Jahren aufgetürmt haben.

„Hier war wohl ein Bär", ruft Hunter. „Der hat Tom aber wahrscheinlich nicht erreicht. Sonst hätten wir auch deutliche Spuren am Auto gefunden. Hier unten sieht's nicht so aus, als hätte er sich mit jemandem herumgeprügelt."

„Hier hinten sind Spuren, die zu Toms Schuhgröße passen könnten."

Sarah steht ungefähr zwanzig Meter vom Fuß des künstlichen Hügels weg und zeigt auf den Boden. Wir versammeln uns alle bei ihr und starren die relativ strukturlosen Abdrücke des Schuhprofils an, die talwärts zeigen, wie eine Gruppe Pfadfinder während ihrer ersten Unternehmungen.

„Nach Wanderschuhen sieht das aber nicht aus", fällt Hunter sofort auf. „Ist der ernsthaft mit Sommerschühchen in den Wald gerannt?"

„Wärst Du denn mit Wanderschuhen zu einer Hausbesichtigung gegangen?", frage ich ihn.

„Kommt drauf an. In Tahsis bestimmt."

Zu dumm, dass der Boden ausgerechnet direkt hinter den wenigen schuhförmigen Vertiefungen im Waldboden wieder fester wird, und sich die Spuren so viel zu schnell verlieren.

Während wir wieder mehr oder weniger ratlos im Kreis stehen, die Blicke auf den Boden geheftet, ertönt plötzlich die Sirene eines Einsatzfahrzeugs. Dem Klang nach zu urteilen scheint es sich aber nicht zu bewegen. Alle drehen wir unsere Köpfe in Richtung der Straße, die allerdings von hier aus nicht zu erkennen ist. Dann hören wir eine Frauenstimme über den Lautsprecher rufen: „Laurent … wo steckt ihr?"

„Das ist doch Jennifer, mit der wir vorhin in der Polizei-station gesprochen haben", sagt Pierre. „Was will die denn hier?"

„Wir sind hier unten", brüllt unser Fahrer.

Keine besonders präzise Ortsangabe, wie er offensichtlich selbst gemerkt hat, denn sofort ergänzt er: „Warte, wir kommen hoch."

Es beginnt die Klettertour zurück zur Straße. Die Böschung hinunter zu rutschen war kein Problem, verglichen mit der Bewältigung des steilen Hangs in entgegen der Schwerkraft auf diesem schmierigen Untergrund. Wir hangeln uns an Büschen entlang, deren Äste als Aufstiegshilfe herhalten müssen, sich aber unter den Lasten deutlich biegen. Jeder Stein, der etwas Halt bietet, ist willkommen und wird gerne genutzt. Immer wieder rutscht jemand aus, meist gefolgt von einem kurzen Fluch oder Schrei. Ein Klettertour an einem ähnlich geneigten Fels wäre einfacher, aber leider überwiegt hier der Matsch.

Es hat etwas gedauert, aber dann stehen wir endlich alle auf der Straße neben dem Streifenwagen, in dem Jennifer auf uns gewartet hat. Es muss ein seltsamer Anblick sein: Fünf Erwachsene, die mit verschmierten Hosen und teilweise nach Luft ringend neben einem Polizeiwagen auf der Straße zwischen Tahsis und Gold River versuchen, wieder in einen Normalzustand zu kommen. Die Polizistin steigt aus. So in voller Montur ist sie schon eine beeindruckende Person, wenn auch nicht besonders groß und eher zierlich. Zunächst schaut sie uns allen nacheinander direkt in die Augen, und nach einer gefühlten Ewigkeit sagt sie: „Ich habe einen Anruf aus Campbell River erhalten, von einer gewissen Emily Schultz."

Eine Pause. Unsere Blicke sind auf Jennifer fixiert. Angespanntes Warten.

„Was ist denn passiert?", hakt Hunter nach, ungeduldig und nicht ahnen könnend, was jetzt kommt.

„Ich soll euch ausrichten, dass ein Mahesh Bai sich bei ihr gemeldet hat."

Eine weitere Pause, während der wir uns mit Fragezeichen in den Gesichtern ansehen. Jennifer nutzt die Gelegenheit, sieht jeden Einzelnen von uns erneut genau an, gerade so, als wolle sie erst unsere Gedanken lesen, sich dann eine Taktik zurechtlegen, bevor sie ihre abschließende Nachricht verkündet. Es dauert einen endlos lang erscheinenden Moment, bis sie endlich ihre Ansprache in einem übertrieben theatralisch klingenden Ton fortsetzt.

„Ich will euch nicht länger auf die Folter spannen. Wir sind hier ja nicht bei einer Castingshow. Tom Bruckmann ist an der Rezeption seines Hotels aufgetaucht."

Lange Stille, hier irgendwo im Nichts, dann ein kollektiver Aufschrei, Jubel, wie nach dem Gewinn eines entscheidenden Fußballspiels, der dann plötzlich umschwenkt in eine gewisse Melancholie. Sarah liegt in meinen Armen und kann nicht aufhören zu weinen und zu schluchzen. Die Anspannung der letzten Tage löst sich in diesem einen Moment. Ich bin froh, dass sie nicht noch vollkommen zusammenbricht. Unsere Begleiter kommen auf sie zu, nehmen sie nacheinander in ihre Arme. Auch Jennifer drückt sie ganz fest an sich, streicht ihr zärtlich über ihre blonden Haare und flüstert ihr etwas ins Ohr. Jetzt mischt sich ein Lächeln unter Sarahs Tränen und auch ihre Stimmung kehrt sich um in Freude, große Freude. Tom hat es geschafft, raus aus dem Wrack, raus aus dem Wald, zurück zum Hotel. Eigentlich müssten jetzt Sektkorken knallen, aber wir haben keinen da.

Jennifer bremst die Euphorie ein Wenig.

„Es nützt nichts. Ich muss wohl oder übel ein paar Daten zum Unfall aufnehmen. Ich mach's aber so kurz wie möglich."

Sie holt ein Klemmbrett aus dem Innenraum ihres Polizeiwagens und gesellt sich kurz darauf wieder zu uns.

„Wer war denn jetzt der Fahrer?"

Ich hole den Mietvertrag aus meiner Jacke und gebe ihn Jennifer. Sarah versorgt sie mit den notwendigen persönlichen Angaben zu Tom. Jennifer notiert sich schnell alle

Details, die für sie wichtig sind und gibt mir den Mietvertrag zurück.

„Ich habe den Wagen ja noch nicht gesehen. Was schätzt ihr, was passiert ist?", fragt Jennifer.

Warum haben wir keine Fotos gemacht? Ganz schön blöd, aber wir waren wohl von Jennifers Ansage viel zu überrascht. Also berichtet Hunter, wunderbar ausgeschmückt mit Nebensächlichkeiten, von der Kletterpartie ums Auto herum, dem ramponierten Heck, den Holzsplittern, die er gefunden hatte und von seiner Vermutung, was den Abflug ausgelöst haben könnte.

„Das ist doch schon was." Jennifer macht sich weiter Notizen.

„Mir fällt da wieder ein, dass der Besitzer des Supermarkts in Tahsis so eine Bemerkung gemacht hatte, als wir dort nach Tom fragten. Lass' mich kurz überlegen ..."

„Der hatte erzählt, dass er am Dienstag zurück nach Tahsis gefahren war und ihm ein weißer Equinox bei Head Bay begegnet war. Vorher hatte er sich noch über einen Langholztransporter gewundert, der in der Einmündung bei den Upana Caves gestanden hatte", fällt mir Sarah ins Wort.

„Dann könnte Tom wirklich von so einem Truck abgeräumt worden sein. Aber eigentlich hätte seine Ladung hinten nicht so weit überhängen dürfen, dass sie in einer Kurve auf die Gegenfahrbahn kommt", wirft Hunter noch ein.

„Jedenfalls haben wir doch schon ein paar gute Ansätze für eine Erklärung des Vorfalls, ich kann euch aber keine Hoffnung machen, dass man den Truck finden wird. Dafür gibt's zu viele hier in der Gegend. Morgen früh informiert ihr am besten direkt die Autovermietung. Ich nehme an, dass ihr bis dahin auch mit Tom gesprochen habt. Ich kümmere mich um das Auto, die erforderlichen Untersuchungen und die Bergung. Ich melde mich, sobald sich was tut." Für eine Weile betrachtet Jennifer die Büsche und Bäume, die Toms Wagen verschluckt haben, und meint schließlich: „Mal sehen, wie wir den da rauskriegen."

Die Polizistin legt das Klemmbrett mit den Notizen zurück in den Streifenwagen und fischt anschließend ein buntes Markierungsband aus dem Kofferraum, mit dem Sie geschickt eine Schleife an einen der zahllosen Äste bindet.

„Dann haben meine Kollegen morgen endlich mal was Sinnvolles zu tun. Die werden sich bedanken", sagt sie grinsend. „Ich werde nachher noch im Supermarkt in Tahsis anrufen. Vielleicht erinnert sich der Inhaber doch noch an weitere Details. Wisst ihr noch, wie der heißt?"

„Der hatte so einen indischen Namen. Ich glaub' es war Tarun Mishra", sage ich.

„Danke. Die Telefonnummer werde ich schon finden. Viele Supermärkte gibt es da ja nicht. Das war's von meiner Seite für den Moment. An wen kann ich mich wenden, wenn ich noch was wissen muss?"

„Am besten an mich." Hunter gibt Jennifer seine Telefonnummer, die sie direkt in ihr Smartphone eintippt.

„Kommt gut nach Hause, und du, Laurent, ras nicht so. Du siehst ja, wo das hinführen kann", sagt sie noch, setzt sich in den Streifenwagen, wendet und fährt zurück nach Gold River.

Auch wir erklimmen wieder unsere Sitzpositionen in Laurents rostigem Truck und machen uns auf den Rückweg.

„Soll ich noch bleiben?", fragt June den noch immer völlig aufgelöst wirkenden Tom.

„Wenn's dir nichts ausmacht. Es wäre echt toll, wenn du wenigstens so lange hierbleiben könntest, bis die anderen kommen. Ich möchte im Moment nicht so gerne alleine sein."

„Kein Problem. Ich habe keine festen Termine. Darf ich mal kurz telefonieren?"

„Natürlich. Das Telefon steht da hinten auf dem Nachttisch."

June geht zum Telefon und wählt eine Nummer. Als die Verbindung steht, sagt sie nur: „Hi, ich bin's, June. Ich komme später. Die Geschichte, die ich dir dann erzählen kann, wirst du nicht glauben."

Nach einer Pause, die nur unterbrochen wird von einigen „Hms", „OKs" und „sag bloß'" sagt sie noch: „Ich melde mich, wenn ich losfahre. Bye". Dann legt sie auf.

„Das war meine Freundin aus Comox", ruft sie Tom zu, der sich in der Zwischenzeit in Richtung Bad abgesetzt hat. Sie ist nicht sicher, ob er ihre kurze Erklärung durch das Rauschen der Dusche überhaupt hat hören können. Ist auch egal.

Gelangweilt schlendert June durch das Zimmer. Hier und da verschiebt sie mit einem Finger der linken Hand ganz vorsichtig ein paar Unterlagen, die auf dem Tisch neben einem Laptop und einem Smartphone liegen. Dabei fällt ihr ein Foto auf, das eine kleine blonde Frau an Toms Seite zeigt. ‚Das wird wohl seine Sarah sein', denkt sie. Dann bleibt sie stehen, zieht die Gardinen einen Spalt auf und schaut für einige Minuten auf den Parkplatz, ganz in Gedanken versunken. Ein Wetterumschwung kündigt sich mit dicken Wolken an, die nach Osten in Richtung des Festlands ziehen. Wie gerne würde sie auch eines Tages in diese Richtung fliegen. Sie träumt schon seit Jahren davon, endlich das Land zu besuchen, aus dem ihre Vorfahren stammen. Ihr Großvater hatte ihr so viel von der Landschaft, den kleinen Städtchen und den Leuten dort erzählt, dass sie es kaum erwarten kann, es selbst zu sehen und zu erleben. Er hatte sie mit einem irischen Virus infiziert, der nur durch einen Besuch geheilt werden kann. Leider hatte sie es bisher nie geschafft, das nötige Geld für ein Ticket zusammen zu bekommen. Immer war etwas dazwischengekommen, was ihre Rücklagen aufgefressen hatte. ‚Irgendwann muss es klappen', sagt sie sich immer wieder. Lieber heute als morgen würde sie Tahsis verlassen. Vielleicht kann ihr dieser Klaus dabei helfen, ihren Traum Wirklichkeit werden zu lassen.

Sie hört, dass die Dusche verstummt ist. Erst poltert es im Bad, dann dröhnt der Fön. Es dauert noch einige Minuten, bis Tom wieder im Zimmer auftaucht.

„Jetzt fühle ich mich wenigstens wieder wie ein Mensch", meint er. Frisch rasiert, mit nicht mehr verklebten Haaren, sauberem Hemd und frischer Hose kann June sich nun besser vorstellen, warum Sarah mit ihm zusammen ist.

„Und jetzt?", fragt sie.

„Komisch, aber ich bin eigentlich nicht müde. Wollen wir was essen gehen?"

„Können wir gerne tun. Aber dann sollten wir dem Mann an der Rezeption sagen, wo wir hin wollen. Nicht, dass nachher deine Leute kommen, und du schon wieder verschwunden bist." June grinst.

„Da hast du wohl Recht. Man kann ja nie wissen."

„Wo willst du denn eigentlich hin?"

„Keine Ahnung. In meinem Kopf schwirrt der Name Moxie's `rum."

„Dafür bin ich aber nicht gut genug angezogen", meint June und schaut an sich herunter. „Wie wär's mit dem White Tower. Da wäre mein Aufzug egal. Nebenbei gibt's da sehr gute Pizza."

„OK, dann lass uns dahin gehen. Du musst aber fahren. Mein Auto steht ja noch irgendwo im Wald."

Sie verlassen Toms Zimmer, gehen zur Rezeption und geben Mahesh Bai den Zimmerschlüssel zusammen mit dem

Hinweis, dass sie ins White Tower fahren, nur für den Fall, dass jemand nach ihnen fragen sollte.

„Tut mir leid, aber das White Tower macht aber erst in knapp einer Stunde auf", erklärt Mahesh.

„Dann lassen wir uns eben Zeit", meint Tom lässig überm Hinausgehen.

Die beiden schlendern zu dem geblümten Auto.

„Sollen wir vielleicht erst noch ans Wasser?", fragt June.

„Ich bin eigentlich in den letzten Tagen mehr als genug gelaufen."

„Ich hab' nicht von laufen gesprochen. Lass uns einfach kurz zur Spit Road fahren. Da gibt's einen Park mit Bänken, direkt am Parkplatz, nur ein paar Schritte weg vom Wasser. Die sind so massiv, die werden sogar dich aushalten."

Tom verzieht das Gesicht. June lacht.

„Na gut, dann zeig' mir mal die Grünanlage."

Sie steigen ein und fahren los in Richtung Innenstadt. Hinter Canadian Tire biegt June rechts ab. Im Verlauf der nächsten Linkskurve zeigte June nach rechts.

„Sieh mal da: Da ist ein Friedhof der First Nations. Ich kenne jemanden, der hat schon Grabsteine gemacht, die hier stehen."

Tom riskiert einen schnellen Blick im Vorbeifahren auf das Gelände hinter einem Maschendrahtzaun. Verschiedene Skulpturen ragen aus einer spärlich bewachsenen Wiese. Auf manchen Grabstellen liegt Blumenschmuck. ‚Irgendwie ein komischer Ort für einen Friedhof, zwischen Straßen und einem Parkplatz mitten in einem Gewerbegebiet', denkt Tom.

Sie folgen dem Asphaltband weiter bis fast ans Ende der Tye Spit.

„Endstation. Alles aussteigen", fordert June ihren Mitfahrer auf.

Sofort nach dem Öffnen der Türen bläst ihnen der Wind kräftig um die Ohren. Die Luft riecht leicht nach Salz und auch irgendwie nach Fisch. Ein Schlepper quält sich mit zwei angehängten Lastkähnen auf dem Wasser der Discovery

Passage in Richtung der Seymour Narrows. Das tiefe Bollern der kräftigen Maschine ist selbst hier am Ufer noch deutlich zu hören, sogar zu spüren. Ganz langsam zieht das Gespann vor der Kulisse von Quadra Island vorbei. Weiter südlich biegt die Fähre in die Quathiaski Cove ein. Die Hintergrundmusik liefern Möwen, die kreischend über dem steinigen Strand kreisen. Tom atmet tief ein und genießt sichtlich den Wind, der über sein Gesicht streicht. June, die dicht neben ihm steht, bemerkt, wie er aufblüht, während sie mit einigen ihrer vom Winde verwehten Haaren zu kämpfen hat und friert. Schweigend gehen sie zu einer der Bänke und setzen sich. Schweigend verweilen sie einige Minuten dort, die Blicke parallel über die Hügel der vorgelagerten Insel in Richtung des Himmels gerichtet, an dem immer mehr dicke Wolken dem Festland entgegenfliegen.

Tom sinniert über die nächsten Stunden und Tage, über das, was als Ergebnis seiner Gedankenspiele auf ihn zukommen wird. Immer noch diese Erinnerungslücken. Er ist sich ziemlich sicher, dass er heute noch Sarah und ein paar Freunde treffen wird, kann sich aber nicht vorstellen, wie er reagieren wird, ob mit Panik oder Freude. Er hat Angst davor, Namen nicht den richtigen Leuten zuordnen zu können, wenn ihm überhaupt welche einfallen. Er hofft, dass es nicht zu peinlich wird. Aber bis dahin ist noch etwas Zeit, und so lässt er seine Gedanken in diesem Moment los und mit dem Wind fliegen. Wer weiß, wann es soweit sein wird.

Plötzlich steht Tom auf.

„Jetzt wird's aber Zeit. Ich hab' Hunger."

Ohne June anzuschauen marschiert er los in Richtung ihres Toyotas. June verzieht etwas das Gesicht, schüttelt kurz den Kopf, steht dann auch auf und folgt ihm. ‚Was ist denn in den gefahren?', fragt sie sich. Toms sprunghafte Stimmungswechsel und ebensolche Entscheidungen überraschen sie immer noch. Gut, besonders lang kennt sie ihn noch nicht, und außerdem führt sie sich vor Augen, was er in den vergangenen Tagen erlebt haben muss. Aber es interessierte sie schon, ob er sich im Normalzustand auch so verhält, ob er Sarah, die anscheinend seine Freundin ist, auch so überfährt.

Am Wagen angekommen schließt sie auf, schön altmodisch mit Schlüssel. Beide steigen ein. Ohne den Wind im Gesicht und das Rauschen fühlt sich die Welt wieder völlig anders an, deutlich leiser und wärmer. Die Kälte der letzten Minuten steckt noch in June, lässt sie leicht zittern während sie den Schlüssel im Zündschloss dreht und der Motor startet. Sie fahren die Spit Road zurück zum Highway und fädeln sich in den Verkehr Richtung Campbellton ein. Nur ein kurzes Stück hinter der Lücke, die das abgebrannte Quinsam Hotel hinterlassen hat, erreicht die kleine Schicksalsgemeinschaft den Parkplatz an der Seite des White Tower. Auf dem Weg zur Eingangstür des Restaurants marschiert Tom energisch voraus. Die Aussicht auf eine warme Mahlzeit scheint seine Bewegungen zu beschleunigen. June kommt sich etwas blöd vor, wie sie so hinter ihm herrennen muss. Er, der große Herrscher, dem das kleine Mädchen zu folgen hat. Eigentlich sind sie noch etwas zu früh, doch glücklicherweise hat das Restaurant schon geöffnet. Bevor sie eintreten, bleiben sie noch an der Schwelle stehen und studieren die Speisekarte, die an der Wand neben der Tür hängt, ein umfangreiches Druckwerk mit den verschiedensten Vorschlägen für alle möglichen Geschmacks- und Preisklassen, wobei Pizza und griechische Spezialitäten überwiegen. Wieder ohne jegliche Vorwarnung, ohne Rücksicht auf Verluste, reißt Tom die Tür auf und schreitet in die Dämmerung des Gastraums. Eine kleine älter wirkende Frau mit schwarzen, leicht gewellten langen Haaren, die hinter der hell ausgeleuchteten Theke beschäftigt ist, blickt auf und heftet ihre Augen an die frühen Besucher.

„Wie kann ich ihnen helfen?"

„Einen Tisch für zwei Personen, möglichst im Nichtraucherbereich", wünscht sich Tom.

„Kommen sie bitte hier entlang."

Die Frau weist auf einen Bereich neben der Eingangstür, nimmt zwei Speisekarten von einem Stapel am Ende der Theke und führt Tom und June zu einem Tisch am Fenster. Nachdem die beiden Gäste Platz genommen haben, reicht sie ihnen die Karten.

„Ich lasse sie einen Moment alleine, damit sie in Ruhe auswählen können. Darf es schon was zu trinken sein?"

„Für mich ein stilles Wasser", bittet June.

„Ich nehme eine große Cola."

Mit einem Lächeln und einem Nicken wird der erste Teil der Bestellung notiert, und die Bedienung zieht sich zurück. Tom und June begeben sich auf die Suche nach passendenden Gerichten, jeder für sich, für den Moment keine Kommunikation.

Die Fahrt zurück zum Flugzeug zieht sich schier endlos, obwohl ich ziemlich genau weiß, wie lange es noch dauern wird. Aber dieses permanente Scheppern des Schotters unter dem Bodenblechs in Verbindung mit dem Gefühl, auf einer Rüttelplatte zu sitzen, gibt mir den Rest. Ich bin fertig, körperlich und mental, aber offensichtlich nicht nur ich. Der Zustand der Piste scheint Laurent nach wie vor nicht im Geringsten zu beeindrucken. Er unterhält sich die ganze Zeit mit Pierre, einschließlich einer Gestik, die sehr an Gebärdensprache erinnert. Hin und wieder hält er sogar das Lenkrad fest und schaut nach vorne.

Kurz vor Gold River findet das Schütteln und Rappeln mit dem Beginn der Asphaltdecke schließlich das ersehnte Ende. Daran hat sich seit gestern nichts geändert. Geändert hat sich auch nichts daran, dass Pierre und Laurent sich unbeeindruckt weiter unterhalten, immer noch in Französisch. Mit meinen spärlichen Sprachkenntnissen finde ich wenigstens heraus, dass es um Motoren zu gehen scheint. Genaues kann ich mir nicht zusammenreimen. Die häufige Verwendung des bekannten englischen F-Worts strukturiert die Sätze relativ gleichmäßig, gibt ihnen einen Rhythmus, der entfernt an Rap erinnert.

Hunter und Sarah waren während der ganzen Fahrt verdächtig ruhig. Hunter nickte immer wieder kurz ein, und wenn sein Kinn kurz auf seine Brust fiel, wachte er ruckartig auf und gab einen meist unpassenden Kommentar ab, was, je nach Abstand zum eigentlichen Inhalt des Gesprächs, entweder zu Gelächter oder Kopfschütteln führte.

Am Parkplatz angekommen, ist es unverkennbar, dass der Wind deutlich zugenommen hat. Er pfeift recht kräftig vom Ozean kommend in das Inlet, wobei die Enge des natürlichen Einschnitts ihren Beitrag dazu leistet. Das Wasser hat eine deutlich unruhigere Oberfläche. als zu dem Zeitpunkt, an dem wir angekommen waren.

„Können wir so überhaupt fliegen?", frage ich Pierre.

„Aber sicher doch. Vor dem Start und ein paar Sekunden nach dem Abheben wird's etwas mehr schaukeln. Aber es wird wohl niemand Seekrank, hoffe ich zumindest, und ein größeres Risiko als vorhin ist es sowieso nicht. Da bin ich nämlich auf dem Weg hierhin immer knapp am Strömungsabriss geflogen ... einfach zu langsam."

„Er muss nur richtig Gas geben. Hat den Vorteil, dass ihr dann auch schneller wieder zu Hause seid. Aber die alte Kiste mit ihren Bremsklötzen an den Füßen kennt die Bedeutung von schnell sowieso nicht", frotzelt Laurent, der nicht in den Genuss der gleich folgenden Luftfahrt kommen wird.

„Wartet doch bitte hier. Ich muss noch zur Kasse und dann die Kiste noch kurz durchsehen."

„Soll ich mit?", fragt Sarah. „Ich kann doch den Sprit bezahlen."

„Lass mal stecken", bremst Pierre sie. „Erst mal brauche ich Flugstunden, und außerdem hab' ich doch geerbt." In seinem Gesicht breitet sich kurz ein verschmitztes Grinsen aus und seine Augen funkeln.

„Fall bloß nicht ins Wasser, wenn du da unten rumturnst. Es ist bestimmt noch nicht wärmer als vorhin", warnt Hunter seinen Freund. Ganz ernst gemeint scheint sein Rat allerdings nicht zu sein.

Pierre dreht überm Gehen seinen Kopf in Hunters Richtung, macht mit der rechten Hand eine Wischbewegung vor seinem Gesicht ... und rennt während dessen fast gegen einen Laternenmast. Die Ausweichbewegung würde wieder in einen alten Film passen, allerdings mit einem wesentlichen Unterschied: Damals hätte der Hauptdarsteller den Pfahl getroffen.

„Jetzt könnte ihr doch etwas beruhigter nach vorne blicken", meint Laurent. „Die Sache scheint doch ein gutes Ende zu haben."

„Erst mal abwarten. Ich glaube es erst, wenn Tom vor mir steht", bremst Sarah seinen Optimismus.

„Was soll denn jetzt noch Schlimmes kommen? Gut, vielleicht hat Tom ein paar Schrammen. Aber wenn er den Weg bis Campbell River geschafft hat, dann scheint er doch einigermaßen sicher auf den Beinen zu sein. Wie er aussieht, ist noch eine andere Frage. Seinen Hunger konnte er im Wald sicher nicht stillen."

Hunter stimmt per Kopfnicken zu.

Ehe die Diskussion fortgeführt werden kann, gesellt sich Pierre wieder zu uns.

„Die Maschine ist zum Einstieg bereit. Ihr auch?"

„Na klar. Bring uns nach Hause", fordert Hunter ihn auf.

Und so gehen wir über den Steg zu dem jetzt noch mehr schaukelnden Wasserflugzeug. Zuerst hilft Pierre Sarah auf die Rückbank. Danach darf sich Hunter wieder auf den rechten Vordersitz quetschen. Nun stehe ich auch auf dem immer mehr schwankenden Schwimmkörper, ein blödes Gefühl. Ich hoffe doch sehr, dass mein nächster Schritt in der Kabine landet und nicht im Wasser. Es gelingt, also dass mit der Kabine. Pierre schwingt sich hinter seinen Steuerknüppel und schließt die Tür. Die Gurtschlösser klicken. Laurent löst die Leine und drückt den Flieger vom Steg weg. Unmittelbar danach startet der Propeller seine Rotationsbewegung, und wir hoppeln über die Wellen, die immer wieder leichte Schläge in die Magengegend verursachen, an den Beginn unserer imaginären Startbahn.

„Dann wollen wir die Kiste mal in die Luft bringen. Hoffentlich wird's niemandem übel. Und nicht vergessen: Wer kotzt macht auch sauber."

Pierre gibt Vollgas. Träge beschleunigt das Flugzeug. Wasser spritzt hoch. Die Schläge kommen in immer kürzeren Abständen und werden härter. Dann plötzlich Ruhe von unten. Der Vogel ist in der Luft und gewinnt schnell an Höhe. Über der kleinen Insel, die wir schon bei der Landung gesehen haben, dreht Pierre den Flieger scharf nach rechts. Nach einem halben Kreissegment bringt er die Maschine wieder in die Horizontale, und wir fliegen, etwas mehr als erwartet gestört vom stärker gewordenen Wind, in Richtung Gold River. Pierre nimmt kaum Gas weg, und so verläuft die Luftfahrt deutlich schneller, als in der entgegengesetzten Richtung, als wir noch auf der Suche waren. Der Straßenverlauf interessiert ihn nicht mehr. Der direkte Kurs ist jetzt der einzig richtige für unseren Mann am Steuer. Schon nach wenigen Minuten tauchen die westlichen Ausläufer des Upper Campbell Lake vor dem Propeller auf. Pierre folgt weiter einer Ideallinie zum McIvor Lake. Durch die Scheiben der Maschine reicht der Blick über einige kleinere Seen, über Quadra Island bis hin zu den Coast Mountains, deren schneebedeckte Gipfel zu glühen beginnen. Je näher wir unserem Landepunkt kommen, desto bunter erscheint die Landschaft. Ich drehe mich um. Wie ein riesiger orangefarbener Ball senkt sich die Sonne über den Bergen. ‚Kein Wunder, dass Pierre es so eilig hat. Er braucht den letzten Rest Tageslicht für eine sichere Landung', denke ich.

Es folgt eine etwas zackige Wende, die sehr an Filmszenen erinnert, in denen Kampfpiloten mit ihren Jets haarsträubende Flugmanöver absolvieren. Jetzt drosselt Pierre die Propellerdrehzahl und drückt die Nase des Fliegers in Richtung der Wasseroberfläche. Es geht steil abwärts. Eine weitere Korrektur der Flugbahn. Ich kann die Hochspannungsleitung sehen, die über dem Wasser gespannt ist. Die Maschine wird noch langsamer, schaukelt dabei wieder deutlich mehr. Der Countdown für das Aufsetzen läuft. Keine Landebahn muss getroffen werde, nur der richtige Anflugwinkel, denn sonst wird aus dem Wasserflugzeug schnell ein U-Boot. Aber Pierre hat alles im Griff. Es holpert zwar etwas, als die Schwimmer Kontakt zur auch hier nicht ganz glatten Wasseroberfläche aufnehmen, aber was will man anderes erwarten. Wasser spritzt wieder für einen Moment hoch, trifft auf die Seitenscheiben, dann lässt Pierre das geflügelte Boot in Richtung seines Stegs gleiten. Noch einige wenige

Kurskorrekturen, hin und wieder ein kurzes Aufheulen des Motors, und wir sind am Anleger angekommen. Hunter beginnt zu klatschen. Sarah und ich schließen uns an. Pierre bedankt sich mit einer Geste, die an einen Sportler erinnert, der soeben einen wichtigen Wettbewerb gewonnen hat. Er ist ein richtig guter Pilot, womit ich, ehrlich gesagt, nicht gerechnet hatte.

Nachdem Pierre ausgestiegen ist und das Flugzeug am Steg fixiert hat, folgt die gleiche Prozedur wie in Gold River: Erst Hunter, dann ich, gefolgt von Sarah, die von Pierre auf recht charmante Art und Weise unterstützt wird.

„Hast du eigentlich dein Fernglas?", fragt Hunter.

„Nein. Gut, dass du mich daran erinnerst."

Pierre steht noch auf dem Schwimmkörper, wollte schon die Tür schließen, als er Hunters Frage hörte. So beugt er sich erst noch in die Kabine und fischt mit ziemlich viel Schwung das optische Suchgerät heraus.

„Da hast du dein Ding", sagt er und reicht es mir.

„Vielen Dank. Dann können wir uns ja jetzt auf die nächste Suche begeben."

„Oh nein", ruft Hunter, schlägt dramatisch, wie ein schlechter Schauspieler, die Hände vor sein Gesicht, senkt dabei den Kopf und schüttelt ihn.

„Ich habe erst mal genug von Suchaktionen", schiebt er nach.

Wir gehen über den Steg in Richtung der Zufahrt, an der sich Reilly schon aufgebaut hat. Kaum setzen wir unsere Füße auf den wirklich festen Grund des pierreschen Anwesens, kommt er sabbernd auf uns zu. Sein Herrchen beugt sich zu ihm herunter und krault ihn kräftig hinter den Ohren, was dem Hund sehr gut zu gefallen scheint. Danach holt er sich auch von allen übrigen Streicheleinheiten ab, wobei Sarah allerdings immer noch etwas verängstigt wirkt.

„Ihr wollt doch sicher sofort in die Stadt."

„Ich denke schon. Wird wohl das Beste sein", meint Hunter.

Es folgt eine kurze Abschiedsszene mit vielen Umarmungen, ein paar Tränen von Sarah und weiteren Streicheleinheiten für Reilly. Sarah bedankt sich nochmal für Pierres tatkräftige Unterstützung, dann setzen wir uns in den Jeep und verlassen das Grundstück, nicht ohne Pierre zuzuwinken, der uns in seinem Fliegeroverall so lange hinterher sieht, bis die hohen Bäume, die die Fahrbahn säumen, die Sicht endgültig versperren.

„Was für ein Tag", fasst Hunter kurz und knapp die Erlebnisse der vergangenen Stunden zusammen. Die Dämmerung hatte eingesetzt, kurz nachdem wir aus dem Flugzeug gestiegen waren. Ohne Licht würde man den Weg zwischen den Bäumen hindurch nicht mehr finden. Die Schranke, an der Pierre uns vorhin in Empfang genommen hatte, öffnet sich bei der Ausfahrt automatisch. ‚Welch ein Luxus in der Wildnis', denke ich. Von Sarah hört man keinen Ton. Es kommt mir fast so vor, als hätten wir sie bei Pierre vergessen. Haben wir aber nicht. Im rechten Außenspiegel sehe ich ihr verheultes Gesicht.

„Ist alles etwas viel für dich, oder?"

„Ja, aber ich muss jetzt unbedingt zu Tom. Ich muss sehen, ob er die ganze Sache wirklich gut überstanden hat und will unbedingt wissen, was er in den letzten Tagen durchgemacht hat."

„Wir fahren direkt zu seinem Motel", verspricht Hunter, der ursprünglich vorhatte, erst noch Emily abzuholen.

Sehr zügig lenkt er den Wagen um die Kurven des geschotterten Wegs bis zum Highway, biegt nach links ab und interessiert sich hier auf dem durch die tiefste Wildnis führenden Asphaltband für keinerlei Geschwindigkeitsbegrenzung. Er will Sarahs Wunsch erfüllen, sie so schnell es eben geht zu Tom bringen. Die einzelnen Stämme der Bäume neben der von den Frontscheinwerfern ausgeleuchteten Straße verwischen zu einer Wand, die Reflektoren in der Mitte der Fahrbahn zu einem leuchtenden Band. Erst an der Abzweigung zum Elk Falls Provincial Park, vor der scharfen

Rechtskurve geht Hunter etwas vom Gas, aber wirklich nur etwas. Nachdem wir sie umrundet haben, stürzen wir in die Tiefe. Die Aussicht auf Quadra Island direkt unter der Dachkante ist selbst im Halbdunkel toll, aber das Gefühl, in einer Achterbahn auf der immer schneller werdenden Fahrt abwärts zu sitzen, bleibt … bis zur nächsten Kurve.

Und wieder verschwenkt die Fahrbahn, aber dann sind wir zurück in der Zivilisation. Endlich. Die ersten Häuser mischen sich unter die Büsche und Bäume.

„Ich fahre unten durch die Stadt. Alles andere ist ein Umweg und dauert länger", erklärt Hunter.

„Ist schon gut", kommt es von der Rückbank des Jeeps.

Auf dem Parkplatz am White Tower Restaurant scheint es mir so, als stünde dort der türkisfarbene Toyota, den ich gestern in Tahsis und heute aus dem Flugzeug gesehen hatte. Komisch, dass wir immer wieder auf ihn treffen. Wir folgen weiter dem Island Highway durch Campbell River. Die Ampeln haben ein Einsehen und zeigen alle ihr leuchtendes Grün, bis auf die an der Kreuzung mit der Shoppers Row. Wie fast immer werden wir hier zum Warten gezwungen, bevor wir nach links abbiegen dürfen.

Nur wenige Minuten später lenkt Hunter den Jeep auf den Motelparkplatz und sucht sich eine Abstellmöglichkeit in der Nähe des Vacancy-Schilds. Wir steigen aus, eilen von Sorge und Neugier getrieben zur Rezeption. Mahesh sitzt hinter der Empfangstheke und kramt in irgendwelchen Unterlagen. Als er uns bemerkt, zuckt er kurz zusammen.

„Hallo! So schnell hatte ich nicht mit ihnen gerechnet", sagt er.

Nachdem wir die üblichen Begrüßungsformeln, gefolgt von etwas Small Talk hinter uns gebracht haben, frage ich ihn, ob Tom in seinem Zimmer ist.

„Tut mir leid. Er hat mich gebeten ihnen auszurichten, dass er in der Stadt ist, etwas essen. Wenn ich mich recht entsinne, wollte er ins White Tower. Ich hatte ihm noch gesagt, dass die erst um vier aufmachen. Er wird aber bestimmt gleich wieder zurück sein, so müde, wie er wirkte."

Sarah ist sichtlich enttäuscht, dass Tom nicht auf sie gewartet hatte, aber woher sollte er auch wissen, dass er genau jetzt Besuch bekommen würde.

„Ich sage ihnen wohl noch besser, dass er in Begleitung einer jungen Frau ankam."

Wie eine Bombe schlägt diese Neuigkeit ein. Sarahs Gesicht wechselt schlagartig die Farbe, und es ist ihr sehr deutlich anzusehen, dass sie kurz vor der Explosion steht. Die Anspannung ihrer Gesichtsmuskeln und der Ausdruck ihrer Augen verraten, dass sie innerlich kocht. Die Müdigkeit ist blanker Wut gewichen. Ich weiß ja, dass sie sehr eifersüchtig sein kann. Dass sie aber nach dieser Suche mit dem glücklichen Ausgang so reagiert, damit hätte ich auf keinen Fall gerechnet.

Ein Auto fährt auf dem Parkplatz vor und hält in der Nähe von Toms Zimmer.

‚Wieder dieser Toyota', denke ich noch.

Im Licht der Parkplatzbeleuchtung sehe ich, wie ein kräftig gebauter Mann auf der Beifahrerseite aussteigt. Seine Kleidung sieht etwas zu groß, aber nicht besonders mitgenommen aus. Gut, wenn es denn Tom sein sollte, dann hat er sich vor dem Besuch im Restaurant bestimmt erst frisch gemacht. Gefahren wurde der Wagen von einer Frau mit rötlichen Haaren. Da sie im Moment noch mit dem Rücken zu uns steht, wohl um die Fahrertür abzuschließen, kann ich mir noch kein Bild von ihr machen. Dann dreht auch sie sich um, und beide kommen auf uns zu. Sie haben uns anscheinend noch nicht registriert, denn es scheint mehr so, als wollten sie nur zum Empfang gehen, um den Zimmerschlüssel zu holen. Das Gesicht der Frau kommt mir irgendwie bekannt vor, aber in welchem Zusammenhang? Jedenfalls vermittelt die Szene nicht den Eindruck, als wären die beiden Neuankömmlinge ein Paar. Anscheinend hat die Frau jetzt etwas durch die Fenster des Empfangs gesehen, was sie ihre Schritte beschleunigen lässt. Den Mann, der, je näher er kommt, sich tatsächlich mehr und mehr als Tom entpuppt, lässt sie immer weiter hinter sich. Ohne auf ihn zu warten reißt sie die Tür auf. Das Strahlen in ihrem Gesicht erweckt den Eindruck, als hätte sie genau in diesem Moment nach langer Zeit ihre besten Freunde getroffen.

„Hi! Ihr wartet doch sicher auf Tom. Der kommt da hinten." Ohne auf eine Antwort zu warten, geht sie auf Sarah zu, die immer noch kurz davor ist, durch die Decke zu gehen, und nimmt sie in ihre Arme.

„Ich bin so froh, dass ihr da seid und er endlich wieder bei seinen Freunden ist."

Ungläubig sieht Sarah mich an. Ich kann nur mit den Schultern zucken.

Jetzt kommt auch der Mann durch die Tür. Ja, es ist wirklich Tom. Sein Gesicht ist zwar leicht eingefallen und seine Klamotten schlabbern um ihn herum, aber es ist ohne jeden Zweifel Tom. Auch er strahlt und geht sofort zu Sarah, um sie fest an sich zu drücken. Die wehrt aber zunächst ab, was ihn völlig unvermittelt trifft.

„Was ist denn los?", fragt er ziemlich perplex. „June müsstet ihr doch kennen. Sie ist die Bedienung, die ihr in der Kneipe in Tahsis nach mir gefragt hattet."

„Was? Du bist das mit dem türkisen Toyota und den Blümchen auf der Motorhaube? Du bist die, die in der Kneipe mit dem Kimono und den Essstäbchen in den Haaren rumläuft?", frage ich sie, total überrascht.

„Ja. Und? Schlimm?", meint sie etwas schnippisch. So, wie sie dasteht, erinnert sie in keiner Weise an diese durchgeknallte Bedienung, mit der wir es in Tahsis zu tun hatten. Wie voreilig man doch einen Menschen in die falsche Schublade einsortieren kann.

„Ein Freund von ihr hatte mich an der Straße aufgelesen und mit zu sich nach Gold River genommen. Sie hat mich dann hier zum Hotel gefahren. Ich bin ihr so dankbar", sagt Tom.

„Da bin ich aber beruhigt, dass du dir nicht doch eine andere angelacht hast." Sarah wirkt jetzt wie ausgewechselt. Die Wut ist von einem Moment zum andern verpufft. Jetzt nimmt sie endlich ihren Tom in den Arm und scheint ihn nicht mehr loslassen zu wollen. Mahesh betrachtet die Szene von seinem Platz hinter der Theke leicht amüsiert, so, als würde er einer Daily Soap zusehen.

Nachdem sich schließlich alle in den Armen gelegen haben und etliche Tränen vergossen wurden, schlägt Hunter vor, zu ihnen nach Hause zu fahren, um die Rückkehr des verlorenen Sohnes zu begießen. Alle stimmen zu, obwohl wir alle eigentlich völlig überwältigt und übermüdet sind.

„Darf ich auch mit?", fragt June etwas schüchtern.

„Blöde Frage. Natürlich! Du bist doch eine der wichtigsten Personen bei all dem Trubel", sagt Hunter.

June scheint sich sichtlich zu freuen. In ihrem Gesicht kann man lesen, wie in einer Zeitung, stets die aktuellsten Neuigkeiten. Wir verabschieden uns von Mahesh, verlassen die kleine Empfangshalle und verteilen uns auf die beiden Autos.

„Fahr einfach hinter mir her. Ich behalte dich im Auge", ruft Hunter June zu, die nickt und lächelt, als wolle sie nie mehr damit aufhören.

Tom und Sarah steigen in Junes alten Japaner ein, Hunter und ich nehmen den Jeep.

„Dann ist's ja nochmal gut gegangen. Sarah schien ganz schön sauer auf Tom zu sein, als sie hörte, dass er mit einer jungen Frau angekommen war", sagt Hunter, während er den Zündschlüssel dreht und nach dem Start des Motors den Rückwärtsgang einlegt.

„Ja, die Sarah kann sehr eifersüchtig sein. In solchen Momenten setzt bei ihr jede Logik aus. Aber sie beruhigt sich auch schnell wieder, wenn sie merkt, dass sie falsch liegt. Ich bin gespannt, was Tom so zu berichten hat."

„Was ist das eigentlich für eine June?"

„Die hast du auch schon gesehen, in Tahsis in der Kneipe am Ortseingang. Da bedient sie im Kimono mit Essstäbchen in den Haaren."

„Ach, die ist das?" Hunter klang sehr überrascht. „Ich hatte immer gedacht, die wäre etwas minderbemittelt."

„So hatte ich sie auch bis jetzt eingeschätzt. Aber sie scheint ja ziemlich nett und hilfsbereit zu sein."

„… und anscheinend auch ein bisschen hinter dir her, so verlegen wie sie wird, sobald sie dich ansieht." Hunter lacht.

Die kleine Karawane bricht auf in Richtung der Elk River Timber Road. Immer wieder schaue ich in den Außenspiegel, um sicher zu gehen, dass der türkisfarbene Toyota noch hinter uns ist.

„Keine Angst, wir verlieren deine June schon nicht", sagt Hunter und scheint sich innerlich köstlich zu amüsieren.

„Womit habe ich diese ironische Spitze verdient?"

„Dir scheint die Kleine doch auch nicht ganz unsympathisch zu sein, oder?"

Diese Frage bleibt unbeantwortet, denn Hunter versucht immer wieder, mich mit gezielten Sticheleien aus der Reserve zu locken, und das schon seit Jahren, wobei er sich jetzt auch noch sicher ist, endlich einen konkreten Anlass gefunden zu haben. Es ist nun mal seine Art: Schnörkellos, direkt, aber nie mit bösartigen Hintergedanken. Und zugegeben: Bei Gelegenheit gibt es die passende Retourkutsche. Es ist ein ständiges Geben und Nehmen.

Nach einigen weiteren Abzweigungen stehen wir schließlich in der Einfahrt vor Hunters Haustür. June parkt ihren Toyota direkt neben dem Jeep. Kaum sind wir ausgestiegen, da öffnet sich die Haustür und die tierische Empfangsdame stürmt auf uns zu. Jilly begrüßt jeden einzeln und ausgiebig. Zu Tom bleibt sie allerdings etwas auf Distanz. Eigentlich ungewöhnlich. Ob noch ein Hauch Wald mit Raubtieren an ihm klebt? Vielleicht spürt sie aber auch seine Verunsicherung. Toms angespannte, fast schon verkrampft wirkende Körperhaltung legt die Vermutung nahe, dass er eine nicht ganz kleine Portion Angst vor Vierbeinern aus dem Wald mitgebracht hat. Wir gehen zum Haus, an dessen Haustür Emily auf die Ankömmlinge wartet. Es sieht aus, als wisse Jilly nicht so genau, an wessen Seite sie die Schwelle überqueren soll. Sie rennt zu jedem hin ... und dann wieder zurück zu Emily. Vielleicht versucht sie auch so, ihre Herde ins Haus zu lotsen.

„Schön dich zu sehen, Tom", begrüßt Emily den vorübergehend verlorenen Freund.

„Und wer bist du?"

„Ich bin June", sagt die Angesprochene und fällt Emily sofort um den Hals, die von so viel Herzlichkeit ziemlich überrumpelt wird.

„June hat Tom von Gold River zu seinem Hotel gefahren und noch auf ihn aufgepasst, bis wir das übernehmen durften. Einer ihrer Freunde hatte ihn gestern Abend im Wald aufgelesen", erkläre ich Emily.

Die anderen stehen schon um den Tisch im Wohnzimmer herum und werden von Jilly beschäftigt. Hunter ist nicht zu sehen, aber die Tür zur Terrasse steht offen. Er ist wohl zum Feuerplatz im Garten gegangen ist. Fast immer gibt es ein Lagerfeuer, wenn Besuch kommt. June sieht sich suchend in der für sie völlig unbekannten Umgebung um.

„Darf ich mal kurz telefonieren?", fragt sie schließlich Emily.

„Selbstverständlich. Deswegen musst du doch nicht fragen. Das Telefon steht in dem kleinen Zimmer da hinten", bekommt sie als Antwort.

„Ich muss nur meiner Freundin kurz Bescheid sagen, dass es noch etwas dauert. Ich möchte nicht, dass sie sich Sorgen macht. Nicht dass sie nachher glaubt, es hätte mich so erwischt wie Tom letzte Woche."

„Sowas gönnt man wirklich niemandem", sagt Sarah.

June verschwindet in den Nebenraum. Ich verziehe mich nach draußen, suche Hunter, während sich Sarah angeregt mit Emily unterhält. Tom übt sich in Zurückhaltung, was für ihn eher untypisch ist. Von seiner Selbstsicherheit, die manchmal regelrecht in Arroganz ausarten kann, ist bisher nichts zu spüren. Er steht wie eine Statue teilnahmslos, mit leerem Blick, daneben, und irgendwie auch neben sich.

„Willst du wieder Müll verbrennen?", frage ich Hunter, der, wie nicht anders zu erwarten, mit den Vorbereitungen für ein Feuer beschäftigt ist.

„Du weißt doch genau, dass ich hier nur Zedernholz in den Ring werfe."

Etwas nähert sich. Jilly kommt mit einem Gummispielzeug im Maul und wirft das Ding Hunter vor die Füße, der es fast reflexartig weg kickt, und dabei fast June erwischt, die sich hinter Jilly angeschlichen hat.

„Was gibt das denn?", fragt sie.

„Hunter macht die Heizung an."

„Ich dachte, wir setzen uns gleich raus. Vielleicht findet Emily noch Würstchen im Kühlschrank. Hotdog-Brötchen habe ich vorhin noch irgendwo im Schrank gesehen. Jetzt erzähl' aber mal, wie du an Tom geraten bist."

Und so beginnt June, die Ereignisse des heutigen Tages ohne großartige Ausschmückungen, aber mit verstärktem Einsatz ihrer Hände, zu erzählen. Aber auch sie weiß nicht, was Tom in der Zeit zwischen dem Unfall und dem Treffen mit Greg erlebt hat.

„Im Auto hat er praktisch nichts erzählt. Ich musste ihm alles aus der Nase herausziehen. Aber bitte seid nachsichtig mit ihm. Ich habe den Eindruck, bei dem Unfall hat er einen großen Teil seiner Erinnerungen verloren. Ob sein Kopf was abbekommen hat?"

„Dann wäre es wohl besser, er lässt sich morgen im Krankenhaus untersuchen. Nicht, dass er noch einen Schaden mit zurück nach Deutschland nimmt."

„Wann fliegt ihr denn zurück?", möchte June wissen.

„Übernächsten Sonntag. Für Tom müssen wir noch ein passendes Rückflugticket finden. Ich weiß nicht, für welchen Termin er die Rückreise geplant hatte."

„Was stellt ihr mit der restlichen Zeit an? Schon Pläne?" June wird immer neugieriger. Hunter sieht mich etwas schräg an.

„Das wüsste ich auch gerne", unterstützt er ihre Neugier.

„Bis jetzt gibt's nichts. Wir hatten nicht damit gerechnet, dass wir Tom so schnell finden. Ich denke, es wird noch etwas Theater mit seinem Mietwagen geben. Ansonsten wäre Urlaub angesagt. Und was hast du vor? Musst du morgen wieder zurück nach Tahsis?", frage ich sie.

„Ne, ich hab' den Rest der Woche frei", sagt sie und betrachtet dabei den Himmel über uns.

„Was gibt's denn da oben zu sehen?"

„Wolken, ein paar funkelnde Sterne und ein Flugzeug."
June zeigt auf einen blinkenden Punkt am dunklen Himmel,
der sich schnell in Richtung Westen bewegt.

Hunter hockt neben dem Betonring und zündet die gesta-
pelten Holzscheite an. Es riecht so, als hätte er zur Beschleunigung etwas Chemie genutzt. Aber egal. Das Feuer beginnt
langsam größer und lauter zu werden, außerdem heller und
wärmer. Das Knistern ist unüberhörbar. Funken fliegen.

„Ich lass euch mal einen Moment alleine, wenn's geht.
Fallt bloß nicht übereinander her. Wäre ein schlechtes Beispiel für Jilly."

Hunter steht auf, sieht uns an, zwinkert uns zu und geht
in Richtung der Terrassentür.

June sieht ihm hinterher und rückt etwas näher. Wir betrachten weiter den Himmel.

„Tom hat erzählt, dass du ein Haus mit Studio in Irland
hast und dass du Musik machst. Stimmt das?"

„Ja, ein kleines altes Haus fast mitten in Killarney. Mit
dem Studio stimmt auch."

„Toll. Mein Opa stammt aus Irland."

„Echt? Woher genau?"

„Aus Dingle. Nach Allem, was ich bis jetzt so gehört habe,
muss es 'ne tolle Ecke sein."

„Ist es auch. Warst du noch nie da?"

„Nee. Dafür hat das Geld bisher nie gereicht. Ein Ticket
nach Dublin könnte ich mir noch leisten, aber dann noch Hotels? Und wie kommt man überhaupt von Dublin nach
Dingle?"

„Mit Bus oder Zug. Das geht schon, dauert aber. Die Sache
mit dem Hotel könntest du dir sparen. Irgendwo bei mir im
Haus wird sich sicher ein Plätzchen finden lassen. Du müsstest dich allerdings mit Max anfreunden."

„Ist Max dein Sohn?", fragt June. Ihre Mimik und ihre Augen verraten eine gewisse Verunsicherung.

„Sowas in der Richtung, manchmal auch schlimmer."

„Wie jetzt? Hast du einen Sohn oder nicht?"

„Max ist mein Kater."

„Ach so."

Auch ihre Erleichterung kann man deutlich sehen. Die Anspannung in ihrem Gesicht, in dem man lesen kann, wie in einem offenen Buch, lässt schlagartig nach. Jetzt wirkt sie wieder fröhlich und vielleicht auch etwas überdreht, wie vorher.

Im Moment frage ich mich allerdings, was mich dazu gebracht hat, sie einfach so spontan einzuladen. Ich kenne sie doch kaum. Aber was soll's. Warum sollte ich sie nicht dabei unterstützen, die Gegend zu erkunden, aus der ihr Großvater stammt.

„Hast du die roten Haare etwa von deinem Opa geerbt? Die sehen schon etwas irisch aus."

„Könnte sein. Hab' ich nie nach gefragt. Ich kenn' ihn nur mit grauen Haaren. Ist Dingle weit weg von Killarney?"

„Nein, so ungefähr 'ne Stunde mit dem Auto. Also: Das Angebot steht."

„Ich werd's mit Sicherheit annehmen."

June umarmt mich und gibt mir einen Kuss auf die Wange.

„Womit hab' ich den denn verdient?"

„Ach man", sagt sie, lässt mich wieder los und schaut verlegen auf den Boden.

In dem Moment kommt Hunter mit den Rohstoffen für heiße Hunde und dem Rest der Gesellschaft im Schlepptau zurück an die Feuerstelle.

„Soso. Euch beide kann man also doch keinen Moment aus den Augen lassen. Schade, Klaus, deinen Spitznamen bist du jetzt los", verkündet Hunter mit einem Schuss Ironie in seiner Stimme.

„Was für ein Spitzname?", fragt June.

„Santa Klaus. So heilig ist er anscheinend doch nicht. Ich muss direkt Pierre anrufen."

„Bloß nicht. Sonst macht der noch ein Lied draus."

Emily prustet vor sich hin, schafft es aber trotzdem, noch eine Platte mit Soßen und allerlei Füllmaterial für die Hotdogs unfallfrei auf einem Holzklotz abzustellen.

Hunter holt noch einige selbst gebastelte Spieße und beginnt mit etwas überzogenen Gesten die Grillzeremonie. Das Feuer knistert und flackert. Der Duft nach Grillgut nimmt zu. Es dauert nur wenige Minuten, dann wird jeder so nach und nach versorgt. Der Zusammenbau der nächtlichen Mahlzeit liegt indes in der Verantwortung jedes Einzelnen. June weicht mir für den Rest des Abends nicht mehr von der Seite und erzählt mir einige aufschlussreiche Kurzgeschichten aus ihrem Leben, aber kein Wort über ihre Familie.

So vergehen einige Stunden in einer recht lustigen Runde, obwohl: Tom scheint immer noch etwas abwesend zu sein. Er kann den Gesprächen manchmal nicht folgen und ist insgesamt ungewöhnlich schweigsam. June liegt mit ihrer Vermutung wohl richtig. Ich habe den Eindruck, dass Tom einige Zusammenhänge nicht versteht und auch Leute nicht mehr kennt, die ihm bisher wichtig waren.

Nach und nach macht sich schließlich eine allgemeine Müdigkeit breit.

„Wollt ihr ins Hotel, oder lieber hierbleiben?", fragt Emily Sarah und Tom.

„Habt ihr denn genug Platz für uns beide?"

„Du hast doch ein Doppelbett im Zimmer, warum sollte das nicht reichen?"

„Ich habe aber keine Sachen dabei", meint Tom.

„Einen Pyjama kannst du von mir haben", bietet Hunter an.

„Wenn der mir passt." Tom zweifelt.

„So dick bist du nun auch wieder nicht." Sarah rammt Tom ihren Ellenbogen in die Seite, was er mit einem lauten „Aua" quittiert.

„Und was machen wir mit June?", frage ich.

June sieht mich groß an. Stille.

„Wenn es dir nichts ausmacht, kannst du auf dem Sofa da hinten in dem Zimmer schlafen, in dem das Telefon steht", bietet Emily an.

„Macht mir nichts aus. Danke! Ich hol' dann mal schnell meine Sachen."

Und schon ist sie verschwunden. Hunter, Emily und ich sehen uns an. Sarah und Tom sind im Moment derart mit sich selbst beschäftigt, dass sie praktisch nichts von dem mitbekommen, was um sie herum geschieht.

„Hallo, wo seid ihr denn unterwegs?", fragt Hunter.

Keine Reaktion.

„Muss ich anklopfen?", hakt er nach.

„Was? Meinst du uns?"

Tom und Sarah schauen so, als hätte man sie bei etwas Verbotenem erwischt.

„Steht da jemand hinter euch? Natürlich meine ich euch."

„'Tschuldigung. Ich versuche mentale Unfallschäden zu reparieren. Bis ich den Mietvertrag im Handschuhfach gefunden hatte, wusste ich nicht mal meinen Namen. Und selbst da war ich mir noch unsicher, ob ich mit dem Typen, der da den Vertrag unterschrieben hatte, was zu tun haben könnte. Aber immerhin konnte ich lesen, was mich jetzt schon wieder wundert", erklärt Tom.

„Wir fahren morgen zum Krankenhaus und lassen dich untersuchen", schlage ich ihm vor.

„Warum das denn?"

„Einfach nur, um ausschließen zu können, dass der Unfall nicht doch mehr als nur Erinnerungslücken verursacht hat."

„Hast Recht. Wird wohl das Beste sein. Dann weiß ich wenigstens, was mit mir los ist ... oder auch nicht."

June kommt mit einer bunten Sporttasche um die Ecke.

„Ich stell' sie schon mal rein", sagt sie, und wieder ist sie verschwunden, verfolgt von Jilly. Nur wenig später tauchen beide wieder auf. In Jilly hat June eine treue Begleiterin für diesen Abend gefunden. Dafür gibt es eigentlich nur zwei Erklärungsalternativen: Entweder die Hündin mag June sehr, oder sie traut ihr überhaupt nicht über den Weg, wobei mir Ersteres plausibler erscheint.

In den folgenden Minuten beginnt Tom dann doch noch, langsam und bedächtig, einige Andeutungen über seine Erlebnisse in die Runde zu streuen, die sich nach und nach zu einer irrsinnigen Geschichte verdichten. Er erwähnt Fehlentscheidungen, die ihn immer tiefer in den Wald geführt hatten, berichtet von Tieren, denen er begegnet ist und der Panik, die sich seiner in diversen Situationen bemächtigte, von Löchern und selbst gebauten Nachtlagern. Niemand unterbricht ihn. Von einem Redefluss kann zwar keine Rede sein, viele lange Pausen, aber wir lauschen seinem Bericht gespannt und äußerst aufmerksam. Manches klingt nach Abenteuerroman, nach einer der Geschichten, die am Lagerfeuer erzählt wird, um einer Nacht einen unheimlichen Touch zu verleihen, und nicht nach erlebter Realität. Jedenfalls ist es einfach unglaublich, dass er jetzt überhaupt hier sitzt.

„Ich glaube, ihr wisst im Moment mehr über mein bisheriges Leben, als ich selbst. Ihr könnt euch nicht vorstellen, wie es sich anfühlt, sich und die eigene Vergangenheit nicht mehr zu kennen. Du steckst in einer Hülle, zu der du irgendwie keinen Bezug herstellen kannst. Du siehst, was um dich herum geschieht, aber wie im Kino, wie in einem Film. Du spürst, dass du handelst, aber weißt nicht, warum du das tust. Das Hirn steckt quasi in einem Roboter und ist nur Beobachter von Aktionen. Könnt ihr verstehen, was ich meine?"

„Schwierig, aber wenigstens hast du dich nicht aufzugeben und einen Weg zurück gefunden. Nenn es Zufall, Fügung oder Schicksal. Jedenfalls sitzen wir jetzt hier zusammen. Du bist nicht mehr allein. Und sei dir sicher, wir helfen dir so gut wir können." Ich weiß, die letzten Sätze klingen etwas schwülstig. Mir fällt aber spontan nichts Besseres ein.

„Dafür bin ich euch auch sehr dankbar. Aber ich glaube, ich lege mich jetzt besser hin. Ich bin fix und fertig", sagt Tom.

„Dafür hat doch jeder hier Verständnis. Ich hoffe, du kannst nach all der Aufregung wenigstens etwas schlafen", erwidert Emily.

„Ich komm' mit." Sarah und Tom stehen auf und gehen ins Haus. Der Rest der Truppe bleibt noch am Feuer sitzen.

„Glaubt ihr, der wird wieder?", fragt June in die Runde, nachdem man hören konnte, wie die Tür zum Zimmer der beiden geschlossen wurde, den Blick auf die flackernden Flammen des Zedernholzes fixiert.

„Sicher sein kann man da nicht. Mit einer Angststörung hatte er schon früher zu kämpfen. Was der Unfall in ihm angerichtet hat, können wir schlecht beurteilen. Das lassen wir die im Krankenhaus 'rausfinden. Aber Tom sollte besser erst mal ausschlafen, bevor er wieder einer Stresssituation ausgesetzt wird", schlage ich vor.

„Unser Part besteht in der nächsten Zeit wohl hauptsächlich darin, Tom auf die Sprünge zu helfen, wenn sich wieder ein Loch in seinem Lebenslauf auftut. Aber wie Klaus schon sagte, müssen wir einfach abwarten, was die Untersuchungen ergeben. Unser Krankenhaus ist recht neu und bestens ausgestattet. Wir hatten es uns an einem Tag der offenen Tür angesehen, bevor es offiziell seinen Betrieb aufgenommen hat. Die Anmeldung ist gleich hinter dem Haupteingang. Wer fährt mit? Ich muss leider morgen arbeiten." Hunter schaut über das Feuer in die kleine verbliebene Runde.

„Ich fahre. Sarah und Tom haben im Moment eh kein Auto und ich nichts anderes zu tun", sage ich.

„Darf ich auch mit?", fragt June.

„Klar, wenn du dir nichts Schöneres vorstellen kannst." Sie kneift mich in die Seite. ‚Als wenn wir uns seit Jahren kennen würden', denke ich. Hunter und Emily sehen sich wieder an. Ihre Blicke sprechen Bände.

Wir bleiben noch etwas am knisternden Feuer sitzen. Schließlich steht Hunter auf.

„Ich muss morgen früh raus. Die Arbeit ruft nicht nur, sie brüllt."

„Wann steht ihr denn auf? Ich möchte nicht zur falschen Zeit am falschen Ort sein und stören."

„So zwischen halb sieben und sieben müsste ich ins Bad", lautet Hunters Antwort auf Junes Frage.

„Gut ... dann gehe ich jetzt auch ins Bett", sagt June.

„Dann werde ich das wohl besser auch tun. Ich muss ja durch dein Zimmer."

Wir verabschieden uns noch schnell von Emily, Hunter und Jilly und verschwinden dann in Richtung unserer Schlafgelegenheiten.

Einschlafen kann Tom eine ganze Zeit lang nicht. Einer seiner Wünsche hat sich zwar erfüllt (er muss die Nacht nicht mehr alleine verbringen), aber all diese Informationen, die heute im Laufe des Tages auf ihn eingeprasselt waren, wollen erst einmal verarbeitet werden. Es fühlt sich eine ganze Weile an, als würde das Bett schwanken. Wie kann Sarah neben ihm bloß so ruhig schlafen? Merkt sie denn nichts? Muss sie sich denn nicht, wie er, festhalten, um nicht aus dem Bett geworfen zu werden?

Fast unbemerkt schaltet sein Körper schließlich in den Schlafmodus, während sein Hirn unaufhörlich wie ein Server weiter in Betrieb bleibt.

Langsam beginnen Blätter um ihn herum zu wachsen. Das Unterholz holt ihn ein. Er wehrt sich dagegen, aber es hilft nichts. Die Natur nimmt in dieser Nacht keine Rücksicht auf seine Wünsche. Am Ende bleibt ihm nur ein winziger Raum, in den das Grün nicht eindringt. Er fühlt sich zurück versetz in die Höhle, in der er die erste bewusst erlebte Nacht nach dem Unfall verbracht hatte, allerdings mit dem Unterschied, dass er sich hier an keiner Seite geschützt vorkommt. Das Grün umgibt ihn in alle Richtungen. Blätter bewegen sich in einem Luftzug, der aber auf seiner Haut nicht ankommt, den er nicht spüren kann. Ist es tatsächlich Wind, der die Blätter bewegt, oder gehören die Blätter etwa zu einer Art Organismus? Er schaut sich um. Nichts, nur Grün. Plötzlich raschelt es. Nein, jetzt bloß kein Besuch von irgendwelchen Waldbewohnern. Bitte nicht. Das Rascheln nimmt immer weiter zu, bis es seine Ohren vollständig in Besitz genommen hat. Er versucht erneut, sich ein Bild der Lage zu machen, schaut sich in alle Richtungen, die seine Augen erfassen können, um. Keine Veränderung, nur sich in dem für ihn nicht existierenden Wind wiegende Blätter. Aber da ist noch etwas anderes, dunkles, unheimliches. Und als hätte er es nicht besser gewusst: Da sind sie. Neugierige schwarze Tiernasen, die aus den Blättern in seine Richtung wachsen und schnüffeln, Unmengen Nasen, deren einzige Absicht es zu sein scheint, ihm die Luft zum Atmen zu nehmen und ihn aufzusaugen. Langsam wachsen jetzt auch noch schwarze Pickel auf den grünen Blättern. Erst erinnern sie ihn an die kleinen roten Knubbel, die man oft auf Ahornblättern findet. Aber diese hier sind schwarz, werden immer größer,

glänzen irgendwie ganz seltsam und scheinen sich bewegen zu können. Schließlich entwickeln sie sich zu dunklen Knopfaugen, die aussehen, wie die der Rehe, denen er begegnet war. Auf den Wegen überkamen ihn noch romantische Gefühle, aber hier? Panik. Er denkt an Flucht. Aber wohin. Hier gibt es nirgendwo auch nur die kleinste Lücke. Kein Rettungsweg in Sicht. Die Menge der dunklen spiegelnden Halbkugelpaare wächst und wächst, bis er aus jedem Winkel beäugt werden kann. Keine einzige seiner Regungen bleibt mehr unbeobachtet. Wer sammelt alle diese Daten über ihn? Und wofür? Was für ein seltsames Forschungsprojekt ist das hier? Unendlich nervös, mit immer hektischeren Kopfbewegungen sucht er nach einem Loch im Grün, durch das er verschwinden könnte. Keine Chance. Nichts. Nasen und Augen, aber kein Notausgang, schon gar keiner mit Schild. Als dann noch wie ein Hologramm die Fratze eines Bären unmittelbar vor seinem Gesicht – oder besser seinem inneren Auge – erscheint und das Maul aufreißt, schreit er los … und findet sich im Bett sitzend, neben Sarah, die er wohl mit seinen Abwehrbewegungen geweckt hat. Oder war es tatsächlich ein Schrei, der sie aus ihrem wohl verdienten Schlaf gerissen hat.

„Was war denn los?", hört er sie wie aus einer anderen Welt fragen, kann ihr aber keine Antwort geben, betrachtet sie nur, offensichtlich irgendwie teilnahmslos.

„Hallo, Tom, bist du wach?", fragt sie ihn, aber es gelingt ihm immer noch nicht, verbal auf sie und ihre Fragen zu reagieren.

Erst, als sie ihn an den Schultern packt und leicht zu schütteln beginnt, wird ihm bewusst, dass sie nicht Inhalt eines Traums ist, sondern sich ganz real neben ihm befindet.

„Ist schon gut. Ich hatte einen irrsinnigen Traum", sagt er schließlich, dreht sich auf die Seite, und lässt Sarah mit ihren Sorgen allein.

Der Wald holt ihn schon bald wieder ein. Wenigstens ist er das Unterholz los. Hohe Stämme umzingeln ihn jetzt. Kleine Lichtpunkte tanzen auf dem Waldboden um ihn herum, auf den sich ein feiner dünner Nebel gelegt hat. Es ist fast, wie in einem Märchen, bis auf diesen komischen Geruch, einen Geruch, der ihm bekannt vorkommt. Erinnerungen an einen der letzten Morgen, an dem er einen Eindringling hatte abwehren müssen, schleichen sich in sein Unterbewusstsein. Was ist das noch für ein Tier. Eine Katze? Eine ziemlich große beige mit schier endlos langem dickem Schwanz. Er schaut sich hektisch um, kann keine finden. Nichts, nur bis zu ihren Kronen astlose Baumstämme, und dieser elende Geruch, der sich in seiner Nase festsetzt. Aus dem Hintergrund hört er ein kurzes Knacken, unmittelbar gefolgt von einem Fauchen: Ein Puma springt hinter einem Baum hervor, direkt auf ihn zu, in einem Tempo, dass er nicht für möglich gehalten hätte. Soll er tatsächlich hier irgendwo im Nichts die Beute einer hungrigen Raubkatze werden? Die Alarmglocken schrillen. Toms Fluchtinstinkt ist geweckt und will ihn rennen lassen, bloß weg von dieser Großkatze, so schnell, wie er noch nie in seinem Leben gerannt ist, was aber nicht gelingt. Nur wie in Zeitlupe schafft er es unter enormen Anstrengungen, überhaupt von der Stelle zu kommen, einen Fuß vor den anderen zu setzen, ganz im Gegensatz zu dem Puma, für den diese Behinderung nicht gilt. Tom fühlt sich, als hätten unsichtbare Wesen des Waldes ihm Gummibänder um die Fußgelenke gebunden und stemmten sich nun mit aller Macht gegen seinen panischen Vorwärtsdrang. Der Puma kommt schnell näher, sehr schnell, viel zu schnell. Es fehlen nur noch wenige Meter, und dann stößt er sich mit unermesslicher Kraft vom

Waldboden ab, fliegt mit ausgestreckten mächtigen mit Säbeln bewaffneten Pranken zwischen den unendlich hohen Baumstämmen direkt in Toms Richtung, der sich noch kurz umdreht, seinen Verfolger ganz in seiner Nähe spürend, stolpert ... und genau in diesem entscheidenden Moment erneut die Traumwelt verlässt, um sich schweißnass im Bett sitzend wiederzufinden. Geschrien hatte er anscheinend nicht, auch nicht zu sehr mit den Händen und Armen herumgefuchtelt, denn Sarah schläft, oder gibt wenigstens vor, zu schlafen.

‚Hoffentlich geht das jetzt nicht die ganze Nacht so weiter', denkt er, lehnt sich wieder zurück und lässt seinen Kopf in sein Kissen sinken.

Während er sich darauf konzentriert, bloß nicht wieder zu träumen, schläft er nach etlichen schier endlosen Minuten oder vielleicht auch Stunden wieder ein, und diesmal tatsächlich ohne das Kopfkino, das endlich eine Sendepause einlegt und ihm wenigstens für einen Teil der Nacht noch etwas Ruhe gönnt.

Meine Nachtruhe wird früh unterbrochen. Das Bett hat eine gewisse Schieflage, denn die Matratze ist am unteren Rand abgesackt. So schwer ist Kitty eigentlich nicht, als dass sie einen solchen Eindruck hinterlassen könnte. Außerdem hätte ich sie eher im Gesicht hängen, als neben den Füßen. Jilly schläft normalerweise bei Emily und Hunter im Schlafzimmer, um genau solche Situationen zu vermeiden. Ich schlage also die Augen auf. Im mehr oder weniger Halbdunkel sehe ich, dass sich jemand mit langen wuseligen Haaren auf das Fußende des Betts gesetzt hat.

„Hab' ich dich geweckt?", fragt eine weibliche Stimme. June.

„Nicht schlimm. Ist was passiert?"

„Nein. Ich kann nicht schlafen. Außerdem hatte ich das Gefühl, als hätte ich vorhin einen Schrei gehört."

Ich setze mich auf. Sofort nutzt Kitty, die in der Zwischenzeit ins Zimmer gehuscht ist, diese Gelegenheit, um es sich auf meinem Kopfkissen gemütlich zu machen.

„Was sollte das denn gewesen sein? Hast du geträumt? Vielleicht ist das Sofa ja doch nicht als Bett geeignet?"

„Nee, das ist's nicht. Es liegt wohl an der ganzen Situation hier: Neue Leute, neue Umgebung … und ich denke wahrscheinlich einfach zu viel nach."

„Was beschäftigt dich denn?

„Ach, alles Mögliche."

Pause. Ich möchte June jetzt nicht mit irgendeinem dummen Spruch auf eine falsche Fährte bringen und warte einfach schweigend ab.

„Hast du das mit der Einladung nach Irland ernst gemeint?"

„Klar. Wenn ich was verspreche, sind das bei mir nie hohle Phrasen. Also: Für Unterkunft, Verpflegung und Transport auf der Grünen Insel ist gesorgt. Sicher!"

„Danke. Dass ist lieb von dir. Du hast keine Ahnung, wie sehr mich das freut."

„Wie spät ist es eigentlich?"

„Weiß nicht. Ich glaub' so kurz vor fünf."

‚Dann ist die Nacht ja früh zu Ende', denke ich. Es ist ja fast so wie mit Max.

„Was sagt eigentlich deine Freundin dazu, dass du gestern nicht mehr zu ihr gekommen bist, und stattdessen deine Zeit mit einer Horde alter Leute verbringst. Das muss dir hier doch vorkommen wie in einem Seniorenheim."

„Du spinnst ja. Hier benehmen sich doch alle normaler, als alle anderen, die ich so kenne. Einen Altersunterschied spüre ich auch nicht. Jedenfalls meinte meine Freundin, ich wäre jetzt endlich vernünftig geworden und würde mal mit richtigen Menschen abhängen, statt mit besoffenen Deppen, wie denen in Tahsis."

„Da wird doch sicherlich auch der ein oder andere sein, der nicht ganz so daneben ist."

„So jemand ist aber in der Regel verheiratet, und da halte ich mich raus. Ich möchte keinen Keil zwischen zwei Leute treiben, die seit Jahren zusammen sind. Außerdem könnte ich es mir nie verzeihen, für das Scheitern einer Ehe verantwortlich zu sein. "

„Kannst du dir vorstellen, dass man dich völlig falsch einschätzt, wenn man dich nur aus der Kneipe kennt?"

Jedenfalls ging es mir so, denn ich hatte June bis jetzt für eine junge Frau gehalten, die zwar offen, freundlich und hilfsbereit sein kann, wenn sie möchte, aber bestimmt nicht tiefgründig und empathisch. Da hatte ich mich wohl etwas verschätzt.

„Kann sein, aber da spiele ich wirklich nur eine Rolle. Sonst nichts. Ist auch 'ne Art Selbstschutz, wenn ich mich so blöd verkleide und benehme, als hätte ich sie nicht alle. Dann möchte keiner so schnell ran. Außerdem findet's mein Chef toll, warum auch immer. Da kannst du sehen, wie bekloppt die da drauf sind."

„Ist dir nicht kalt?"

„Doch."

Ich wickle die Bettdecke um uns herum.

„Besser so?"

„Ja. … Aber sag' doch mal: Warum hast du eigentlich keine Freundin?"

June rückt noch näher.

„Das ist eine lange und teilweise verzwickte Geschichte."

„Warum?"

„Ich bin eben ein freischaffender Künstler, selbstständig, ohne geregelte Arbeitszeiten, ohne geregeltes Einkommen. Das klingt nach viel Freiheit und damit auch Freizeit, stimmt aber nur halb, denn es bedeutet oft auch genau das Gegenteil, und das hat bisher jede Beziehung ruiniert. Vor ein paar Jahren, nachdem meine damalige Freundin innerhalb weniger Stunden unsere langjährige Beziehung in die Tonne gehauen hatte, habe ich schließlich den Schwerpunkt meiner Arbeit hin zur Musik verschoben, quasi mein Hobby zum Beruf gemacht. So kam es auch zu dem kleinen Haus in Irland."

„Dann lass uns doch zusammen auf Tour gehen oder wenigstens ein Album aufnehmen. Ich hab` mal in `ner Band Gitarre gespielt und Background gesungen", schlägt June – wohl nicht ganz ernst gemeint - vor und schiebt einen ulkigen Kiekser nach.

„Live können wir gerne probieren. Wir müssten uns nur auf ein Programm einigen, das man in den irischen Kneipen spielen kann. Die suchen immer Leute für das abendliche Unterhaltungsprogramm, besonders im Sommer, wenn die ganzen Touristen das Land überschwemmen. Und dann siehst du auch noch aus wie eine Irin. Ein paar Demosongs aufnehmen, wird kein großes Problem sein, denn mit der Studiotechnik kriegt man jede Stimme schön."

„Danke", raunt June leicht beleidigt. „Wird aber trotzdem bestimmt lustig." Jetzt lacht sie wieder.

Die Unterhaltung läuft und läuft, zwar nicht durchgängig besonders tiefsinnig, aber durchaus angenehm.

Plötzlich hören wir, wie die Schlafzimmertür der Hausherren quietschend geöffnet wird, gefolgt von Jillys Tippelgeräuschen auf dem Holzboden. Kitty schläft immer noch auf meinem Kopfkissen. Jilly kommt um die Ecke und begrüßt uns mit einem kurzen „Wuff". Dann schleicht sie zurück ins Zimmer nebenan und legt sich auf das Sofa, das eigentlich für June vorgesehen war.

„Damit hat sich das mit dem Schlafen wohl endgültig erledigt. Katze auf Kopfkissen und Hund auf Sofa. Möchtest du vielleicht einen Kaffee?"

„Ist zwar noch sehr früh, aber ok, gerne."

Ich gehe so leise wie eben möglich in die Küche und versuche auch bei den Vorbereitungen für den Kaffee wenig Lärm zu machen, doch der Wasserkocher macht mir einen Strich durch die Rechnung, denn ohne die tagsüber vorherrschenden Grundgeräusche macht das Teil einen Höllenlärm. June schleicht sich derweil vorbei ins Badezimmer.

Offensichtlich geweckt von meinen kläglich gescheiterten Bemühungen, einen geräuschlosen Kaffee aufzubrühen, erscheint nun auch Hunter in der Küche.

„Guten Morgen. Was treibt ihr denn so früh?"

„June konnte nicht schlafen und ist dann so gegen fünf bei mir aufgetaucht. Kitty hat mein Kopfkissen belegt, Jilly Junes Sofa. Dann haben wir uns eben auf dem Bett sitzend weitere Schwänke aus unseren Leben erzählt."

„Da hattest du ja eine wesentlich größere Auswahl", frotzelt Hunter.

„Älter sein bedeutet nicht zwangsläufig, mehr erlebt zu haben", halte ich dem entgegen.

Gegen 7:00 Uhr sitzen wir, das heißt Emily, Hunter, June und ich zusammen am Frühstückstisch. Von Sarah und Tom fehlt noch jede Spur.

„Gut, dass die beiden nach den Aufregungen und Anstrengungen der letzten paar Tage schlafen können. Obwohl: Die letzte Nacht war wohl manchmal etwas unruhig", meint

Emily. „Habt ihr auch Schreie gehört, oder hab' ich mir die bloß eingebildet?"

„Ich bin von einem Schrei wach geworden", bestätig June.

„Dann war ja bei Tom und Sarah ganz schön was los. Ich nehme an, wir werden es gleich erfahren. Sarah hat aber nebenbei mit Sicherheit auch noch mit der Zeitverschiebung zu kämpfen", ergänze ich.

„Wieso meinst du?", fragt June.

„Zwischen Deutschland und Vancouver Island liegen immerhin neun Stunden. Nicht jeder steckt das so ohne weiteres weg. Du wirst es ja merken, wenn du mit nach Irland kommst."

„Hunter und ich haben mal einen Tag in Deutschland komplett verpennt. Danach war ich morgens um vier wach geworden, und hatte mich gewundert, warum es nicht richtig hell und so leise war."

„Ja, es hatte eine Weile gedauert, bis wir kapiert hatten, dass die Vier auf dem Wecker für morgens und nicht für nachmittags stand", ergänzt Hunter, gefolgt von allgemeinem Gelächter.

„Aber sag' mal, June: Willst tatsächlich mit nach Irland?" Emily wird neugierig.

„Klaus hat mich eingeladen", beantwortet June ihre Frage, den Blick auf die Kaffeetasse gerichtet, die sie mit beiden Händen unter ihrer Nase hält.

„So weit ist es also schon", merkt Hunter an.

„Warum soll sie denn nicht mit nach Irland kommen. Wir waren doch auch schon zusammen da, und ihr habt keinen Opa, der von dort stammt."

„Gut, wenn man so einen Opa vorschieben kann." Hunter zwinkert mir zu.

In diesem Moment geht die Tür des Gästezimmers auf. Jilly stürmt hin, um genauer nachzusehen, und trifft dabei auf Sarah, die mit zerzausten Haaren ins Licht kommt und direkt hinter sich die Tür wieder schließt. Sie sieht uns und gesellt sich zu uns an den Tisch.

„Guten Morgen. Ihr seid ja schon alle auf."

„Dir auch einen guten Morgen. Ich muss gleich zur Arbeit fahren", sagt Hunter.

„Wie war Eure Nacht?", erkundigt sich Emily.

„Nicht so gut. Tom war sehr unruhig. Er hatte anscheinend wirres Zeug geträumt. Ein paar Mal hat er nach mir geschlagen und mich fast aus dem Bett geschubst. Ein Schrei war auch dabei. Habt ihr doch sicher gehört. Aber wer will's ihm verdenken? Wie war's bei euch?"

Sarah sieht June und mich an.

„Wir sind recht früh aus unseren Betten vertrieben worden und haben uns dann unterhalten", sage ich.

„Ach so, unterhalten?", fragt Sarah leicht ironisch.

„Ja, nur unterhalten!", erwidere ich.

„Wer's glaubt ...", mischt sich Hunter wieder ein und grinst. June schaut verlegen auf den Boden. Gut, dass Jilly versucht für Ablenkung zu sorgen und June eines ihrer Spielzeuge vor die Füße wirft, mit großen Augen auf Bespaßung wartend. Damit ist die Situation erst mal entschärft.

„So, ich muss jetzt los. Ihr fahrt doch gleich ins Krankenhaus. Sagt mir bitte sofort Bescheid, wenn ihr was wisst."

Hunter und Emily stehen auf und gehen zur Haustür, Jilly hinterher. Wir hören, wie der Motor von Hunters Wagen los blubbert und er wegfährt. Emily kommt alleine zurück.

„Jilly will noch an der frischen Luft bleiben. Das macht sie immer so, wenn Hunter losfährt. Wann wollt ihr zum Krankenhaus?", möchte Emily gerne wissen.

„Ich denke, wir lassen Tom ausschlafen und fahren dann hin", schlage ich vor, und ergänze noch, dass ich bis dahin die Autovermietung über den Unfall informieren könnte.

„Wird mich Sicherheit von Vorteil sein", meint Emily. „Vielleicht bekommt Tom einen anderen Wagen zur Verfügung gestellt."

„Wäre nicht schlecht. Dann würden wir euch nicht so zur Last fallen."

„Ihr fallt niemandem zur Last."

June ist aufgestanden und steht an der großen Fensterscheibe, betrachtet den Garten. Ich geselle mich zu ihr, während Emily sich weiter mit Sarah unterhält. Wir stehen nebeneinander und schauen auf die glitzernde Wasserfläche des Teichs, den unsere Gastgeber nahe beim Haus angelegt haben. Die Ränder der Uferzone sind an den meisten Stellen dicht bewachsen. Man kann einige der Goldfische sehen, die ziemlich knapp unterhalb der Grenze zur Luft umher huschen.

„Weißt du, was mir jetzt richtig guttun würde?", fragt June.

„Nein"

„Wenn du mich jetzt einfach mal in den Arm nehmen würdest."

Ich bin überrascht, aber den Gefallen tue ich ihr sehr gerne. Und so stehen wir vor der Scheibe, und mir ist es in dem Moment egal, was Emily und Sarah davon halten oder in die Situation hineininterpretieren.

„Seit ich von Montana weg bin, habe ich mich nicht mehr so wohl gefühlt."

„Wie meinst du das?"

„Die ganze Zeit kam ich mir so einsam vor. Fast alle Kontakte waren nur kalt und oberflächlich. Hier fühle ich mich so, als wäre ich endlich wieder zu Hause."

Wie aus dem Nichts gibt sie mir einen hastigen Kuss auf die Wange, schaut mir tief in die Augen und geht dann zurück zum Tisch, an dem Sarah und Emily immer noch in ihr Gespräch vertieft sind.

Der Mietvertrag steckt noch in meiner Jacke. Ich hole ihn aus der Innentasche, gehe zum Telefon und wähle die Nummer, die für Notfälle vorgesehen ist. Nach dem zweiten Tuten meldet sich eine Mitarbeiterin der Autovermietung und fragt in einem freundlichen, aber recht emotionslosen Tonfall, wie sie mir helfen könne. Ich nenne ihr die Nummer des Mietvertrags und das Kennzeichen des Equinox und erkläre ihr, dass mit dem Wagen in der vergangenen Woche ein Unfall geschehen ist.

„Und warum melden sie sich erst jetzt?", fragt sie leicht vorwurfsvoll.

Es bleibt mir nichts übrig, als ihr die ganze Geschichte vom Abflug und der Landung auf dem Holzhaufen, von Toms Streifzug durch die canadischen Wälder und unserer Suche zu erzählen.

„Sowas habe ich ja noch nie gehört", klingt es jetzt erstaunt aus dem Hörer. „Wo steht das Auto im Moment?"

„Wahrscheinlich immer noch auf dem Holzhaufen, knapp zwanzig Meter von der Straße entfernt. Heute soll der Wagen von der Polizei genauer untersucht werden. Nach dem, was wir gesehen haben, war's wohl Fremdverschulden."

„Wie kommen sie darauf?"

„Wir haben am Heck Rindenreste und Holzsplitter gefunden. Anscheinend hat ihn ein Logging Truck abgeschossen."

„Wirklich? Nun gut. Auf solchen Straßen ist alles möglich."

„Müssen wir noch etwas unternehmen oder kümmern sie sich um alles Weitere?"

„Keine Sorge. Wir werden uns mit der Polizei in Verbindung setzen und die Einzelheiten klären. Braucht ihr Freund einen Ersatzwagen?"

„Ich denke schon."

„Wo hält er sich im Moment auf?"

„In Campbell River auf Vancouver Island."

„Dann müsste er zum Flughafen nach Victoria. Ich gebe ihnen gleich eine Servicenummer. Unser Mitarbeiter am Schalter weiß dann Bescheid."

„Vielen Dank. Dann machen wir einen Ausflug nach Victoria, sobald er die Untersuchungen hinter sich gebracht hat."

„Alles Gute für Herrn Bruckmann und noch eine gute Zeit."

Sie diktiert mir noch eine Nummer, die ich auf dem Rand des Mietvertrags notiere, und damit scheint zumindest dieses eine Problem für den Moment gelöst zu sein.

Zurück am Tisch richten sich alle Augen umgehend auf mich. „Die Autovermietung weiß jetzt Bescheid. Einen Ersatzwagen könnt ihr euch abholen, allerdings am Flughafen in Victoria. Am Schalter müssen die nur die Nummer wissen, die ich hier auf den Mietvertrag geschrieben habe. Aber was erzähl' ich. Ich muss euch doch sowieso hinfahren."

„Was ist mit Victoria?"

Die Frage kommt aus der Richtung der Gästezimmertür. Dort steht Tom in Hunters Pyjama, dessen Oberteil ihm für einen kurzen Augenblick nur bis knapp über den Bauchnabel reicht, während er sich am Kopf kratzt und gähnt.

„So, dann sind wir ja jetzt alle wach", sage ich. Es ist mittlerweile kurz vor zehn.

„Ich habe so einen Mist geträumt. Ihr glaubt's nicht", verkündet Tom.

„Wissen wir schon." Emily lacht.

Erst jetzt merkt Tom, wer alles am Tisch sitzt. Als er June erblickt, ändert sich sein Gesichtsausdruck von ‚noch nicht ganz wach' zu ‚ist mir das peinlich'.

„Guten Morgen June. Du bist ja auch noch da. Ich dachte, du wolltest zu deiner Freundin nach Comox."

Dann betrachtet er die Runde genauer und bemerkt, dass Emily und Sarah mich regelrecht anstarren.

„Oh, entschuldige."

„Ist schon OK", sagt Emily und bittet ihn, sich mit an den Tisch zu setzen und zu frühstücken.

„Ich gehe besser erst mal ins Bad." Tom dreht sich um und verschwindet in Richtung Sanitärabteilung.

„Sollen wir dann morgen nach Victoria fahren?", frage ich.

„Warten wir erst mal ab, was der Arzt sagt", bremst Sarah das Vorhaben.

„Gut, machen wir es abhängig von der Diagnose", sage ich.

„Wenn's hilft, könnte ich auch ein Stück fahren", bietet June an.

„Hast du denn so viel Zeit?", frage ich.

„Klar. Ich muss erst am Wochenende wieder arbeiten. Meine Freundin kann ich auch noch später besuchen. Die läuft mir nicht weg. Aber vielleicht könnten wir ja kurz bei dem Musikladen in Courtenay vorbei. Ich hatte da was bestellt, was ich abholen kann."

„Dürfte kein Problem sein, oder spricht was dagegen?", frage ich.

„Da ich nun mal meinen Führerschein vergessen habe, wäre es wirklich ganz gut, wenn June mitkommt. Und ein kurzer Zwischenhalt macht ganz bestimmt nichts." Sarah scheint es zu beruhigen, dass sich unser neues Quasi-Familienmitglied angeboten hat.

Tom kommt zurück. Er hat sich inzwischen in eine zivilisiertere Version Mensch verwandelt und setzt sich auf Hunters Stuhl, was zur Folge hat, dass Jilly ihre Vorderpfoten und den Kopf auf seine Oberschenkel legt. Als sie ihre Augen erwartungsvoll nach oben dreht, bemerkt die Hündin ihren Irrtum, stößt sich ab und verschwindet peinlich berührt und mit eingezogenem Schwanz für die nächsten Minuten im Telefonzimmer.

„Möchtest du dir im Hotel noch etwas anderes anziehen, bevor wir zum Krankenhaus fahren?", frage ich Tom.

„Meinst du, das müsste sein?"

„Aber ganz bestimmt!" Sarahs Befehl kommt bei Tom an, der sich regelrecht erschreckt.

„Dann lasst uns mal besser fahren. Sonst wird die Schlange an der Anmeldung immer länger."

Es folgt ein hastiger Aufbruch. Jeder erledigt nur noch die ein oder andere unbedingt notwendige Kleinigkeit, und los geht's, zunächst zum Motel.

Dort angekommen holt Sarah den Schlüssel an der Rezeption, während Tom ohne Umweg auf sein Zimmer zusteuert.

Seine Vorwärtsdrang ist ziemlich gemächlich, was eigentlich nicht seine Art ist. Er schleicht vorwärts, die Augen auf den Boden gerichtet, jeden einzelnen Schritt kontrollierend, und kommt ungefähr zur selben Zeit wie Sarah an der Zimmertür an. June und ich warten währenddessen im Auto.

„War Tom bei deinem Bekannten in Gold River auch so träge?"

„Kann ich nicht beurteilen. Er hat mir die Tür vom Trailer aufgemacht, sich anschließend hingesetzt und kaum noch vom Fleck gerührt. Das Stück von der Haustür zu meinem Auto war auch nicht so weit, als dass ich mir ein Bild hätte machen können. Auf dem Weg zum White Tower kam ich aber kaum hinterher. Der Hunger saß ihm wohl im Nacken. Er kann schon rennen … wenn er will … oder nicht an die letzten Tage denkt." June macht eine kurze Pause. „Aber ich kenne Tom noch nicht lange genug, erst seit ein paar Stunden. Ich weiß doch nicht, wie der vor dem Unfall war."

„Stimmt auch wieder. Aber da kannst du mal sehen: In meinem Kopf gehörst du schon lange zu unserem Haufen."

Auf dem Krankenhausparkplatz angekommen haben wir großes Glück, denn in der Nähe des Haupteingangs fährt just in diesem Moment, ein riesiger Van aus einer Parklücke. Ich steuere unseren SUV auf den frei gewordenen Platz. Wir steigen aus und bewegen uns, angepasst an Toms Gehtempo, in Richtung Haupteingang. Wieder fast wie in Zeitlupe setzt er einen Fuß vor den anderen, den Blick stur nach unten gerichtet. Ich habe den Eindruck, als sei es seit gestern extremer geworden. was mir etwas Angst macht, denn diese Veränderung wirkt fast wie ein massiver Parkinsonschub, wobei Parkinson bisher nicht bei ihm festgestellt wurde … zumindest hat er mir nichts davon erzählt. Die Tage im Wald scheinen ihn jedenfalls auch körperlich deutlich mehr mitgenommen zu haben, als wir bisher dachten.

Euphorie kommt nicht gerade auf, als wir die langen Patientenschlangen vor allen Anmeldungsplätzen in der Eingangshalle der Klinik sehen, aber es wird schnell deutlich, dass die Krankenhausmitarbeiter sehr effizient vorgehen. Die Wartezeiten halten sich für diesen Andrang wirklich im Rahmen. Schließlich hat auch jemand Zeit für uns. Quinn Taylor steht auf dem Namensschild. Wir überlassen Tom den Stuhl am Tisch und bauen uns hinter ihm auf.

„Wie kann ich ihnen helfen?", fragt sie in einem Tonfall, der eine ansteckende Ruhe ausstrahlt.

Ganz im Gegensatz dazu leiert Tom einen Abriss der Ereignisse der letzten Tage leicht genervt wirkend herunter, betont aber noch am Schluss seines Berichts die Unterstützung, die er danach erfahren hat. Quinn Taylor schaut in die Runde und lächelt uns an.

„Haben sie neben den Erinnerungslücken vielleicht auch noch irgendwo Schmerzen oder körperliche Ausfallerscheinungen?"

„Eigentlich nicht." Ob falscher Stolz ihn die Probleme der letzten Stunden verschweigen lässt?

„Du gehst langsamer als sonst", erlaube ich mir zu erwähnen.

„Ich denke, ich schicke sie mal zu unserem Dr. Johnson. Er ist Neurologe und hat auch Zugriff auf das MRT. Ich nehme jetzt noch schnell ihre Daten auf, und dann erkläre ich ihnen den Weg."

Quinn Taylor fragt die üblichen Angaben ab. Als Tom sagt, dass er in Deutschland wohnt, schaut sie ihn sehr überrascht an. Auch hat sie wohl ein kleines Problem damit, diese Angabe in ihrem Formular unterzubringen. Nachdem auch dass geklappt und Tom an diversen Stellen unterschrieben hat, meldet sie ihn bei besagtem Dr. Johnson an, erklärt uns, wo und wie man ihn findet, und schickt uns mit einem Packen Papier los.

Unser Tross setzt sich in Bewegung. Wir folgen Fluren, in denen es weniger nach Krankenhaus als vielmehr noch nach neu riecht. Viele Wände sind in frischen Farben gestrichen, andere mit Holz verkleidet. Die Gestaltung erinnert mehr an ein Hotel, wären da nicht die Rammschutzleisten und leicht zu wischenden Fußböden.

Wir erreichen die Anmeldung der Neurologie. Auch hier werden wir, besonders Tom, wieder sehr freundlich und zuvorkommend behandelt. Unser Patient wird sofort in ein Behandlungszimmer geführt, begleitet von Sarah. June und ich bleiben zurück und lassen uns auf zwei Stühlen in einer Warteecke nieder.

„Was machen wir jetzt?", frage ich June.

„Warten. Was sonst. Ich hab' vorhin ein Schild gesehen. Irgendwo muss es eine Cafeteria geben. Wollen wir da hin?" June will schon aufstehen.

„Ist jetzt vielleicht etwas schlecht. Wie sollen Tom und Sarah uns dann finden?"

„Stimmt auch wieder." Sie lässt sich wieder auf den Stuhl fallen.

Ein paar Minuten sitzen wir schweigend da. Ich betrachte das Muster des Fußbodens, während Junes Augen unsicher und nervös durch die einsehbaren Teile der Gänge wandern. Mit zunehmender Unruhe rutscht sie auf ihrem Sitzmöbel hin und her.

„Da vorne ist noch eine Sitzgruppe. Da scheint auch ein Fenster zu sein. Können wir uns vielleicht dahin setzen?"

„Warum?"

„Ich hasse es, in einem langen Gang ohne Fenster 'rumzuhängen. Ist ja wie in einem Tunnel gefangen zu sein", meint sie schließlich.

Und so wandern wir von der einen Sitzgruppe zur anderen. Und richtig: Am neuen Platz gibt es tatsächlich Fenster, sogar große. Sonnenlicht fällt auf ein davor liegendes Grasdach. Immerhin kann man außer diesem Grün auch den Himmel und die vorbeiziehenden Wolken sehen.

„Besser so?"

„Ja, schon viel besser." Junes Nervosität nimmt spürbar ab.

Kurz darauf wird eine Tür geöffnet und knallt fast unmittelbar danach wieder ins Schloss. Reflexartig drehen wir unsere Köpfe in die Richtung, aus der die Geräusche kamen, und entdecken Sarah, die dort steht und sich suchend umschaut.

„Huhu. Hier sind wir", ruft June, springt auf und wedelt heftig mit beiden Armen, wobei mir ihre langen Haare ins Gesicht fliegen. Der überdeutliche Hinweis ist bei Sarah angekommen.

„Die wollen Tom jetzt durch die Röhre schicken. Hoffentlich passt er rein", meint sie mit einem deutlich ironischen Unterton, nachdem sie sich zu uns gesellt hat.

„Dr. Johnson ist jedenfalls sehr nett. Witzig ist, dass er der Schwager von Greg Martin ist, dem Mann, der Tom gefunden hatte. Er kannte die Geschichte schon, wenigstens den Teil, den Greg ihm berichtet hatte."

„Greg hat mir nie erzählt, dass seine Schwester mit einem Arzt verheiratet ist. Ich wusste noch nicht mal, dass er überhaupt eine Schwester hat", beschwert sich June, scheint etwas enttäuscht von ihrem Bekannten zu sein.

„Was hat der Doc denn bis jetzt so ´rausgefunden?", erkundige ich mich.

„Dr. Johnson geht davon aus, dass Tom unter einer dissoziativen Amnesie in Verbindung mit einer akuten Belastungsstörung leidet, was auch immer das heißt. Er vermutet, dass die Lücken in seiner Erinnerung daher kommen. Wir sollen Tom genau beobachten. Wenn sein Zustand sich nicht innerhalb eines Monats verbessert, kann sich das Ganze zu einer posttraumatischen Belastungsstörung entwickeln. Die könnte ihn für eine lange Zeit verfolgen oder sogar viel später noch zu seltsamen Verhaltensweisen führen. Es kann aber auch möglich sein, dass er den Unfall und die Tage danach ganz verdrängt und sich dann nicht mehr daran erinnern kann. Ob es dann gut ist, ihn daran zu erinnern, ist eine andere Frage. Dr. Johnson meinte, dass sei eine nicht ganz einfach zu entscheidende Sache, ob man diese Erinnerung dann tatsächlich versucht zurückzuholen. Jedenfalls soll Toms Kopf jetzt noch genauer untersucht werden, um andere Ursachen ausschließen zu können. So wie Dr. Johnson sagt, wird das aber nicht lange dauern. Ich kann vom Kontrollraum aus zusehen, wie er in die Röhre gefahren wird. Es ist wohl auch möglich, mit ihm während der Untersuchung zu reden ... wenn's nötig sein sollte, um ihn zu beruhigen."

„Habt ihr Dr. Johnson von Toms früheren Angststörungen erzählt? Nicht, dass Tom während der Untersuchung Panik bekommt."

„Oh, danke, dass du mich daran erinnerst, Klaus. Das muss ich ihm unbedingt noch sagen."

Sarah dreht sich sofort um, sprintet zurück zur Tür des Behandlungsraums und schon ist sie wieder verschwunden.

„Wir warten in der Cafeteria im Erdgeschoss auf euch", ruft June ihr noch hinterher, was Sarah kurz mit einem „Ist OK" quittiert, bevor die Tür zufällt.

„Dann lass' uns mal den Gastronomiebereich suchen", sage ich.

Keine komplizierte Aufgabe. Nach einem nicht allzu langen Marsch durch die Gänge, geleitet von Schildern, deren Design einen engen Bezug zu den First Nations erkennen lässt, gelangen wir im Erdgeschoss in die helle, modern eingerichtete Cafeteria. Der Ausblick durch die Glasfassade ist großartig. Man hat einen fantastischen Blick über die Discovery Passage und Quadra Island bis hin zum Küstengebirge. Einen Moment lang genießen wir schweigend die Aussicht.

„So schön kann Canada sein", sage ich.

„Du meinst doch sicher die Landschaft."

„Sicher. Du bist doch aus den USA."

„Blödmann", sagt June, lacht, und knufft mir ihren Ellenbogen in die Seite.

Hinter dem Glas einer Theke warten frische Kuchen auf Kundschaft. Wir gönnen uns beide ein Stück und einen Kaffee dazu, zahlen und setzen uns an einen der freien Tische.

„Ich war mal mit meiner Freundin in Comox in dem Café, das von denselben Leuten betrieben wird. Da ist es deutlich gemütlicher, aber der Kuchen hier ist bestimmt genauso gut", sagt June leicht unverständlich, während sie den ersten Bissen fertig kaut.

„Was ist das denn für eine Freundin, von der du die ganze Zeit sprichst und die du eigentlich besuchen wolltest?"

„Sie heißt Brenda. Ist ungefähr in meinem Alter. Sie arbeitete bis vor einem Jahr auch in der Kneipe in Tahsis, hat dann aber einen Typen kennengelernt, mit dem sie in Comox zusammengezogen ist. Wie's eben passiert, haben sie sich wenig später getrennt. Mit ihrem neuen Job hat sie mehr Glück. Seit sie weg ist, telefonieren wir oft, eigentlich zu oft, sehen uns aber nur noch selten. Du kennst ja die Strecke. Ohne einen besonderen Grund fährt man die nicht freiwillig."

„Wohl war. Was hast du jetzt mit ihr ausgemacht? Wann triffst du sie?"

June wird wieder etwas verlegen, blickt auf ihren Teller und stochert mit der Gabel in den Resten ihres Kuchenstücks herum.

„Ich würde eigentlich gerne so lange wie möglich bei dir und deinen Freunden bleiben. Ich hab' ihr gesagt, dass ich mich wieder bei ihr melde."

„Wenn du möchtest, kann ich dich nach Comox begleiten, sobald der Untersuchungsmarathon abgeschlossen ist. Tom und Sarah werden bestimmt keine Lust auf Sightseeing haben. Die haben sich noch genug zu erzählen, und ich denke, wir lassen sie mal allein. Außerdem braucht Tom Ruhe. Wenn wir da runterfahren, könnten wir deine Bestellung in dem Musikgeschäft abholen, und ich würde mich da ein bisschen umsehen. Natürlich nur, wenn es dich nicht stören würde."

June lächelt mich an. Ihre Augen leuchten, schimmern etwas feucht.

„Mich würde das bestimmt nicht stören. Und du würdest auch eine meiner Freundinnen treffen."

„Dann lass uns das so tun."

Es gibt nur noch Reste des mittlerweile kalt gewordenen Kaffees, als Sarah zu uns stößt. Sie sieht aus, als wäre sie die Überbringerin guter Nachrichten.

„In Toms Kopf ist alles normal. Keine Risse in der Schädeldecke oder Blutungen."

„Gott sei Dank! Wo steckt er jetzt?", frage ich.

„Er liegt noch oben. Der Arzt hatte ihm vorsichtshalber ein Beruhigungsmittel gespritzt, nachdem ich ihm von den Angststörungen erzählt hatte. Aber so in 'ner halben Stunden dürfen wir ihn abholen."

„Möchtest du dir nicht auch noch etwas holen?"

Sie tut es ohne zu zögern, und kommt kurz darauf mit Tasse und einem Stück Schokoladenkuchen zurück. Sie setzt sich schweigend an unseren Tisch und beginnt in einem enormen Tempo mit der Vernichtung des Kuchens. Futterneid?

„Wie soll's jetzt weiter gehen?", frage ich Sarah.

„Tom soll sich heute schonen. Dr. Johnson will ihm ein paar Beruhigungspillen mitgeben. Alleine bleiben soll er die nächsten Tage nicht. An Auto fahren ist erstmal nicht zu denken, denn es könnte zu Panikreaktionen kommen, die vielleicht wieder in den Büschen enden würden. Aber ganz lassen soll er es auch nicht, denn je länger er wartet, umso schwieriger wird der Neuanfang, hat Dr. Johnson erklärt."

„Euer Ersatzauto holen wir sowieso frühestens morgen, wenn ihr meint es ginge. Sollen wir Euch gleich am Hotel absetzen. Dort kann Tom bestimmt ungestörter die Nachwirkungen des Beruhigungsmittels ausklingen lassen, als wenn Jilly immer wieder an der Tür kratzt."

„Wohl war. Habt ihr schon was vor?", möchte Sarah wissen, neugierig wie sie so ist, woraufhin June ihr unsere Pläne für die nächsten Stunden erklärt.

„Stimmt. Da hattest du von gesprochen. Kommt ihr auf dem Rückweg bei uns vorbei?"

„Klar, können wir gerne machen."

Sarah sieht June und mich an und meint schließlich: „Ihr seid schon ein lustiges Pärchen. So ähnlich wie die Schöne und das Biest." Sie lacht. Es ist gut, sie für einen Moment fröhlich zu sehen. June gefällt die Bemerkung allerdings überhaupt nicht und holt tief Luft, so, als bereite sie sich auf einen Gegenschlag vor. Ich schüttele leicht den Kopf. Sie versteht die Geste richtig und verkneift sich einen Kommentar.

„Sollen wir nachsehen, ob Tom schon auf die Füße kommt?", frage ich.

„Ja, ich denke schon. Vielleicht haben sie ihn ja schon in den Wartebereich gesetzt."

In der besagten Wartezone sitzt Tom zusammengefallen auf einem der Stühle der Wartezone, wie ein Häufchen – halt, falsch – Haufen Elend, das Kinn auf der Brust. Seine Schultern folgen schlaff der Schwerkraft. Die Wirkung des Beruhigungsmittels ist noch lange nicht verflogen. Er registriert zuerst nicht einmal, dass wir vor ihm stehen. Es dauert einen Moment, bis diese Information über seine Augen und Ohren im Gehirn ankommt.

„Ach, da seid ihr ja." Seine trüben Augen sprechen für sich. Träge reicht er Sarah den Briefumschlag, der vorher auf seinen Oberschenkeln lag.

„Denkst du, du schaffst es bis ans Auto, oder sollen wir lieber einen Rollstuhl holen?", frage ich ihn.

„Ich krieg' das schon hin."

Sein Stolz siegt über die Vernunft. Im zweiten Anlauf schafft er es in die Vertikale, und torkelt anschließend wie ein Betrunkener die Gänge entlang. Der Weg zurück zum Auto zieht sich schier endlos. Angespannt begleiten wir Tom, denn jeder rechnet jeden Moment damit, dass er umfallen könnte. Ihn aufzufangen wäre nicht machbar, höchstens seinen Aufprall bremsen ginge.

Aber Tom schafft es, weiter sehr unsicher, zu unserem roten Blazer, auf dessen Beifahrersitz wir ihn verfrachten. Es gestaltet sich schwierig, ihn davon zu überzeugen, seine Beine in den Fußraum zu schwenken. Endlich sitzt er so, dass Sarah ihn anschnallen und die Tür schließen kann.

Am Motel angekommen wirkt Tom wieder etwas frischer. Die Beruhigungsspritze verliert wohl ihre Wirkung immer mehr. Er schafft es deutlich leichter aus dem Auto raus, als hinein, und auch die kurze Strecke zum Zimmer scheint ihm nicht besonders viel auszumachen. Sarah holt den Zimmerschlüssel und läuft von der Rezeption zur Tür mit eben jenem in der Hand. June bleibt im Auto.

„Können wir euch alleine lassen?", frage ich Sarah.

„Wird schon gehen. Ich glaube nicht, dass wir das Zimmer in den nächsten Stunden verlassen werden. Kümmer du dich lieber um deine June", sagt sie augenzwinkernd.

„Meine June? Ich denke, es wird noch eine Weile dauern, bis das zutrifft. Wir fahren jedenfalls erst noch bei Emily vorbei und hören nach, ob sich jemand gemeldet hat."

„Womit rechnest du denn?"

„Könnte doch sein, dass Jennifer angerufen hat."

„Du mit deinen Frauengeschichten hier in Canada. Wer ist jetzt wieder Jennifer?"

„Jennifer Haggarty, RCMP Gold River. Die kennst du doch auch. Sie wollte dafür sorgen, dass die Unfallstelle und das Auto heute untersucht werden."

„Stimmt ja. Hatte ich total vergessen. Ich bin gespannt, was die herausfinden. Aber jetzt geh endlich zu deiner neuen Freundin."

„Neue Freundin. Überteib's nicht", sage ich noch, drehe mich um und gehe zurück zum Auto. Die beiden Frauen winken sich noch zu. Dann wendet sich Sarah Tom zu, der relativ apathisch neben der Tür wartet, mit einer Schulter an die Wand gelehnt.

Emily empfängt June und mich an der Kommandozentrale ihres Hauses. Sie hatte wohl etwas am Laptop erledigt. Einige Blätter liegen neben dem Rechner und sie hat ihre Lesebrille auf der Nasenspitze, schiebt sie aber hoch über ihre Haare, als sie uns durch die Tür kommen sieht.

„Wie geht's Tom?"

„Kein erkennbarer Dachschaden."

June und Emily sehen mich verständnislos an.

„Ich wollte nur möglichst kurz und knapp sagen, dass er keine Verletzung am Kopf hat. Seine Probleme spielen sich vielmehr im Kopf ab."

„Und was heißt das jetzt konkret?"

„Dass er Erinnerungslücken hat und Angstzustände bekommen kann, die vom Unfall herrühren, dass ihn also das Erlebte in der nächsten Zeit immer wieder einholen kann. Wir können nur hoffen, dass das innerhalb eines Monats abklingt."

„Übrigens hat Jennifer Haggarty angerufen."

„Tatsächlich? Was gibt's Neues?"

„Toms Mietwagen soll am Freitag von seinem Parkplatz gepflückt werden. Das ist auch mit der Autovermietung schon abgestimmt. Es wird wohl ein ziemliches Schauspiel, weil er sich nicht einfach so vom Holzhaufen ziehen lässt und auch kein Kran eingesetzt werden kann. Er steht einfach zu blöd. Das Ganze soll so gegen 11:00 Uhr stattfinden, vorausgesetzt, das Wetter spielt mit. Außerdem hat sie noch berichtet, dass eure Vermutung stimmt. Der Wagen wurde wirklich hinten von Holzstämmen getroffen."

„Ich nehme nicht an, dass herausgefunden werden kann, wer ihn abgeschossen hat."

„Glaube ich auch nicht. Aber die wollen das Heck noch genauer untersuchen, wenn er wieder festen Boden unter den Rädern hat. Vielleicht finden sie ja noch Holzreste, die einen Schluss zulassen, woher der Langholztransporter gekommen sein könnte."

„Darf ich kurz telefonieren?", fragt June.

„Na klar. Du brauchst doch nicht immer zu fragen. Du weißt doch, wo das Telefon steht. Wir haben eine Flatrate für Europa. Du könntest also sogar nach Deutschland oder Irland anrufen, ohne dass es was kostet", erklärt Emily ihr.

„Das werde ich mir merken." June zwinkert ihr zu und verschwindet im Nebenzimmer.

„Was habt ihr jetzt noch vor?"

Dieses Mal bleibt es an mir hängen, die Planung für den Nachmittag zu erklären.

„Bringt ihr Sarah und Tom nachher mit?"

„Ich denke schon, wenn es Toms Zustand nach diesen Hammermedikamenten zulässt."

June kommt zurück.

„Dann wünsche ich euch viel Spaß da unten. Und passt gut auf euch auf. Eine Aufregung wie mit Tom brauche ich in der nächsten Zeit nicht wieder."

„Ich auch nicht.", sage ich.

„Dann bis nachher", sagt June, schnappt sich meine Hand und zieht mich zurück zum Auto.

Wir nehmen die Straße entlang der Küste, obwohl wir auf dem Inland Island Highway etwas schneller in Courtenay sein könnten.

„Warst du mal am Miracle Beach?", frage ich June.

„An den Schildern bin ich zwar schon oft vorbeigefahren, aber angehalten habe ich da noch nie."

„Hast du Lust auf eine Premiere? Der Strand ist nicht weit weg vom Parkplatz."

„Ja, gerne."

Wir verlassen den Island Highway an dem Hinweisschild direkt hinter einem Minigolfplatz, folgen dem Miracle Beach Drive und stellen unser Gefährt auf dem völlig leeren Parkplatz im Miracle Beach Provincial Park ab. Durch einen

Tunnel aus hohen Bäumen gehen wir über einen knirschenden Kiesweg auf Licht zu. Die Grenze zwischen Wald und Strand liegt genau an dessen Ende. Es weht ein kalter Wind. Der Himmel ist bewölkt. June zieht sich die Kapuze der Sweatjacke über ihre langen roten Haare und steckt ihre Hände tief in die Taschen der Latzhose. Ebbe. Wellen treffen in einiger Entfernung auf den steinigen Strand. Eine Doppelreihe von Betonkreuzen verbindet Wald und Wasser. Wellenbrecher. Die Berge auf dem Festland scheinen herangerückt zu sein. Wir bleiben an der weniger dicht bewachsenen Böschung, die zu Treibholz und Steinen hin abfällt, bei einer der zahlreichen Bänke stehen.

„Hast du eigentlich Geschwister?", frage ich June.

„Ja, zwei ältere Brüder. Emmett und Richard. Die haben immer versucht mich zu beschützen und oft auch meine Untaten gedeckt. Hat nicht immer funktioniert, wie du siehst."

„Was nennst du Untaten?"

„Was man halt so tut auf dem Land: Nachbarn ärgern, Typen und saufen."

„Soso, saufen."

„Ach, nicht in Mengen und nicht regelmäßig. Zugegeben, bei dem ein oder anderen Fest war's manchmal zu viel. Hab' mich aber auch immer wieder zum Mittrinken animieren lassen und nie den richtigen Punkt zum Aufhören gefunden. Dann haben meine Brüder mich meist nach Hause gekarrt und versucht, mich ins Bett zu bekommen, ohne dass meine Eltern was gemerkt haben. Naja, war schwierig und klappte dann meist doch nicht. Der Krach kam regelmäßig am nächsten Morgen. Nach so einem Streit geriet ich an den Angler, der mich später in Tahsis abserviert hat."

Eine ganze Weile schauen wir schweigend in die Weite, bis June schließlich fragt: „Und wie sieht's bei dir aus?"

„Ich hatte einen älteren Bruder."

„Wieso hatte?"

„Verkehrsunfall. Da war ich knapp zehn."

„Du meine Güte. Das muss schrecklich gewesen sein."

„Ziemlich. Aber jetzt bitte wieder ein anderes Thema."

„Warum? Redest du nicht gerne darüber."

„Nicht, wenn es sich irgendwie umgehen lässt. Später erzähl' ich dir vielleicht mal mehr."

„Was meintest du mit „anderes Thema"?"

„Was glaubst du, was deine Brüder und deine Eltern sagen würden, wenn sie uns zusammen sehen würden? Ihre Schwester mit jemandem, der ihr Vater sein könnte."

„Keine Ahnung. Ist mir auch ziemlich egal. Die sollen doch froh sein, dass ich nicht wieder an so einem Chaoten hänge. Aber die sind ja auch nicht hier. Also was soll's."

„Bist du bisher immer nur leicht schrägen Typen verfallen?"

„Irgendwie schon. Vielleicht war ich einfach zu blauäugig."

„Hast doch grüne Augen."

„Wie? Das ist dir schon aufgefallen?" June lacht.

„Klar"

„Hättest du eigentlich ein Problem mit einer deutlich jüngeren Frau an deiner Seite?"

„Was heißt Problem? Ich mache mir schon Gedanken darüber. Zehn Jahre früher, und ich wäre in den Knast gewandert, wenn ich ein Verhältnis mit einem Mädchen angefangen hätte, dass so viele Jahr jünger ist, als ich."

„Dann sag wenigstens fünfzehn. Knapp über dreißig bin ich mittlerweile doch schon. Aber danke, dass du mich jünger geschätzt hast."

Wieder stehen wir einige Minuten nur so rum, schauen über das gekräuselte Wasser in die Ferne und lassen uns den Wind um die Ohren blasen.

Es kühlt merklich ab.

„Zurück zum Auto?", frage ich June.

„Ok." Wir schlendern zurück zum Parkplatz. Plötzlich knackt es im Geäst. Wir bleiben stehen, schauen uns um, warten. Im Unterholz neben uns rührt sich was. Dann reckt ein Reh seinen Kopf zwischen dem noch zarten Grün hoch, sieht uns, bahnt sich aber weiter bedächtig seinen Weg durch das Unterholz. Es blickt nochmals kurz mit seinen schwarzen Kulleraugen in unsere Richtung, trottet weiter, bleibt wieder stehen, sieht uns nochmal für einen kurzen Moment an.

Überraschend packt June meine Hand ganz fest und zieht mich Richtung Parkplatz.

„Jetzt komm schon. Sonst verknallst du dich nachher noch in Bambi. Und außerdem ist mir wirklich zu kalt."

Das Reh hat sich erschreckt und springt durch das laut raschelnde Unterholz in Richtung der Umkleidehäuser. Einige dünne Äste, die sich ihm in den Weg stellen, knicken ab. Kurz darauf ist es aus meinem Blickfeld verschwunden.

Und so endet unser Besuch am Wunder-Strand etwas abrupt. Aber in einer Hinsicht hat June schon recht: Im Auto ist es wesentlich wärmer.

Nächster Halt: Parkplatz vor dem Musikladen in Courtenay. June hatte während der letzten Kilometer Navi gespielt, und war dabei wesentlich genauer, als manch digitale Konkurrenz, besonders in der Stadt.

„Ich hatte Brenda gefragt, ob sie auch hierhin kommt. Eigentlich müsste sie schon da sein."

June schaut sich um. Durch ihre heftigen Kopfdrehungen fliegen immer wieder ihre langen roten Haare vor meinen Augen vorbei.

„Da hinten, da steht ihr Auto."

Jetzt habe ich auch noch ihren Arm vor meiner Nase.

Wir stellen unseren Wagen neben Brendas ab, steigen aus, schließen ab und gehen zum Eingang des Ladens an der Gebäudeecke, hinter dem ein hoher Raum liegt, dessen Wände mit Musikinstrumenten jeder Art tapeziert sind. June schaut sich kurz um, stürmt dann unvermittelt auf eine Frau zu, die die Notenhefte in der Mitte des Geschäfts durchsucht, und fällt ihr ohne Vorwarnung um den Hals. Die so Überraschte sieht so ganz anders, als meine Begleiterin, nämlich etwas kleiner und fülliger, dafür eleganter. Ihre blonden, leicht strähnige Harre, hat sie streng nach hinten gekämmt und mit einer Haarklammer zusammengeklemmt. Ich halte mich dezent zurück, bleibe etwas auf Distanz, will die beiden nicht stören. Deren Begrüßung fällt laut und überschwänglich aus. Dann drehen sich die beiden um. Mit einer Handbewegung zitiert mich June dazu. Es sieht so aus, als möchte sie mich tatsächlich ihrer Freundin vorstellen. Ich bin gespannt. Also gehe ich die paar Schritte auf sie zu. Ich bin noch nicht ganz angekommen, da sagt June auch schon: „Das ist mein Klaus."

Sie sagt es so laut, dass auch andere Kunden und einige der Mitarbeiter in unsere Richtung schauen und grinsen. Es ist mir schon peinlich, hier so eingeführt zu werden. Brenda, davon völlig unbeeindruckt, streckt mir zur Begrüßung ihre Hand hin.

„Ich bin Brenda. June hat mir schon viel von dir erzählt."

„Schön, dich kennenzulernen, Brenda. So viel kann June ja noch nicht berichtet haben. So lange kennen wir uns ja noch nicht."

„Das schon. Aber was sie erzählt hat, macht mich neidisch."

Ich sehe June an, die lächelt und wieder verlegen auf den Boden sieht. Dagegen wirkt Brendas Lächeln eher geschäftsmäßig, nicht so herzlich wie Junes, als ich sie im richtigen Leben zum ersten Mal bewusst und ungeschminkt gesehen hatte.

„Von dir weiß ich nur, dass du mal zusammen mit June in Tahsis gearbeitet hast und jetzt in Comox wohnst."

„Stimmt. Es muss aber hier nicht unbedingt jeder wissen, dass ich eine Kneipenbedienung in diesem Nest am Ende der Welt war. Ich arbeite jetzt bei einem Immobilienmakler. Der weiß nur was von meinen paar Semestern Wirtschaftsstudium."

‚Oh, ihre Vergangenheit ist ihr wohl etwas peinlich', denke ich so, sage aber: „In Deutschland arbeiten viele Studentinnen nebenbei in Kneipen, um sich Geld fürs Studium zu verdienen. Also, was ist daran schlimm."

„Tahsis … aber gut, dass du das so siehst", sagt sie und scheint ab da etwas entspannter zu sein.

„Wir kennen da jemanden, der ein Haus hier in der Gegend sucht. Den können wir dir ja auf den Hals hetzten. Aber jetzt sind wir ja in einem anderen Gebiet unterwegs. Du hast ja frei."

Jetzt lacht auch sie, taut immer weiter auf.

June hat sich abgesetzt, redet mit einem der Verkäufer. Er nickt ein paar Mal und geht dann in einen hinter dem Verkaufsraum liegenden Bereich. June kommt zurück.

„Was hast du eigentlich bestellt?", frage ich sie.

„Lass dich überraschen. Aber wenn ich gewusst hätte, dass ich mir ein Ticket nach Irland besorgen muss, hätte ich es wahrscheinlich gelassen."

„Fang jetzt bitte nicht so an. Das kriegen wir schon hin."

Trotzdem ist großes Rätselraten angesagt, bis der Verkäufer mit einer schwarzen Tasche wieder auftaucht, auf der Martin & Co aufgestickt ist. Solch eine Tasche kenne ich und weiß sofort, dass der Inhalt nicht ganz billig ist.

„Was ist es denn für eine?", frage ich June, neugierig, wie ich immer bin, wenn es um Gitarren geht.

„Eine LX1E."

„Wow. So wie meine Ed Sheeran."

„Du hast sie sogar als Signature Modell?"

„Ja, mit Geteilt-Zeichen drauf."

„Darf ich die mal spielen, wenn ich bei dir bin."

„Natürlich. Nachher probieren wir aber erst mal deine Neue aus. Ich habe bei Emily und Hunter einen kleinen Verstärker stehen. Dann sehen wir ja, ob alles so funktioniert, wie es sein soll."

„Ich bin sehr gespannt, wie sie klingt", sagt June, mit einem Strahlen in ihrem Gesicht, bevor sie wieder zum Verkäufer an der Kasse eilt, der in der Zwischenzeit den restlichen Papierkram erledigt hat. Und so stehen Brenda und ich wieder alleine in der Mitte des Ausstellungsraums.

„Dafür hat sie bestimmt lange sparen müssen."

„Du kannst sagen, dass sie das Trinkgeld einer ganzen Saison dafür zurückgelegt hat. Sie hat sich so sehr auf diesen Moment gefreut", erklärt Brenda.

„Glaub ich."

„Machst du auch Musik?"

„Ich bestreite einen Teil meines Lebensunterhalts damit, aber hauptsächlich Studiomusik, voll elektronisch. Nebenbei spiele ich manchmal in Kneipen in Killarney, dann aber analog und ehrenamtlich."

„Das hätte ich jetzt nicht vermutet."

„Warum?"

„Dafür wirkst du viel zu seriös."

„Die Musik ist erst in den letzten Jahren mein Teilzeitjob geworden. Bis dahin habe ich mich Vollzeit mehr mit Baurecht herumgeschlagen. Irgendwann hat's mir einfach gereicht."

„Ah ... daher. Nur weil du es vorhin erwähnt hast: Wer sucht denn ein Haus?"

Da wittert wohl jemand ein Geschäft.

„Der Freund, wegen dem wir die Strecke nach Tahsis abgesucht haben. June hat dir doch bestimmt davon erzählt."

„Ja, hat sie. Aber der wollte doch nicht etwa was in Tahsis kaufen – oder?"

„Er hatte dort einen Termin mit einer Maklerin, der allerdings geplatzt war. War wohl besser so. Aber er hat sich trotzdem auf eigene Faust dort umgesehen. Das Ergebnis davon: Ein Auto auf einem Holzhaufen neben der Straße und viel Aufregung. Hätte er mich vorher gefragt, hätte er sich diese Tour sparen können."

June hat in der Zwischenzeit alle Formalitäten erledigt und kommt stolz mit ihrer Tasche zurück. Sie hält sie fest umschlossen in ihren Armen wie ein kleines Kind.

„Herzlichen Glückwunsch zu deinem neuen Baby", sage ich.

„Herzlichen Dank." June macht einen Knicks und scheint sehr glücklich zu sein.

„Worüber habt ihr euch denn unterhalten?"

„Geschäftliches", so Brenda.

„Doch wohl nicht wegen Tom?"

„Doch", antworte ich.

„Ihr seid doch bescheuert. Kaum lernt ihr euch kennen, schon redet ihr über Geschäfte."

„Du kannst ihm ja trotzdem meine Telefonnummer geben. Dann kann er sich bei mir melden. Wie lange bleibt ihr noch da?"

„Noch die ganze nächste Woche."

„Jetzt reicht's mir aber. Ich hab' keine Lust, jetzt über sowas zu reden." June wirkt etwas sauer.

„Was nun tun, June?", frage ich.

Erst schaut sie mich an, dann Brenda.

„Wie wär's mit einem kleinen Spaziergang an der frischen Seeluft? Kennt ihr Goose Spit?", fragt Brenda.

„Ja, ich kenne die Landzunge. Es ist wirklich schön da, besonders bei Ebbe. Ein riesiger Sandstrand."

„Warum bist du mit mir noch nie da gewesen?" June klingt etwas vorwurfsvoll.

„Wann denn?", frage ich.

„Ich meinte Brenda."

„Ach so."

„Ist doch jetzt auch egal. Mir nach … ich meine mit dem Auto", fordert Brenda uns auf. „Wo steht ihr?"

„Neben deinem", antwortet June.

Wir verlassen gemeinsam den Laden. June hält ihre neue Gitarre noch immer wie ein Neugeborenes.

„Ein schickes Auto habt ihr da", meint Brenda, als sie einen neben ihrem Wagen abgestellten Sportwagen sieht.

„Sorry, unser Mietwagen steht auf der anderen Seite", korrigiere ich.

„Ach so … auch nicht schlecht." Das Leuchten in Brendas Augen erlischt. Autos machen eben doch Leute.

June verstaut ihre neue Gitarre in der gut gepolsterten Tasche ganz vorsichtig im Kofferraum des Blazers.

"Dann seht mal zu, dass ihr dranbleibt." Brenda steigt geschmeidig in ihr Auto und fährt in Richtung der Parkplatzausfahrt. Wir beeilen uns, um nicht sofort den Anschluss zu verlieren, obwohl es auch egal wäre, denn den Weg nach Goose Spit würde ich auch so finden.

Eine einzige Straße führt über die Landzunge, die eine Art Lagune von der Strait of Georgia abtrennt und auf der sich eine Militäreinrichtung befindet. Die Fahnen von Canada und British Columbia flattern im Wind, der weiter aufgefrischt hat. Wieder eine Filmkulisse, die aber von dicken dunklen Wolken gestört wird, die über die direkt hinter der Silhouette von Courtenay liegenden Berge schwappen und unten ausgefranst wirken. Es sieht stark nach Regen aus, der uns in den nächsten Minuten erreichen könnte. Auf den letzten Parkplätzen neben einem Zugang zum Strand stellen wir unsere Autos ab und steigen aus.

„Da wären wir", begrüßt uns Brenda auf dem Stück Land, das nur als dünner Strich in den meisten Karten erscheint. Mein Blick schweift über das Wasser in Richtung Süd-Ost, eingerahmt von Festland und Vancouver Island und mit eingestreuten kleineren Inseln. Heute herrscht kein Schiffsverkehr. Dafür startet eine Militärmaschine lautstark vom Flughafen in Comox am anderen Ende der Halbinsel und verschwindet wenig später in den tiefhängenden Wolken.

Trotz der trüben Aussichten ziehen wir los und wandern gemütlich über die Halbinsel, zwischen Treibholz und Wasser, über Steine und Sand. Gesprochen wird nicht viel, denn nach den ersten Versuchen, eine Unterhaltung in Gang zu bringen, mussten wir schnell feststellen, dass der Wind zu viele Worte verweht. Anschreien wollen wir uns nicht, und so genießen wir einfach nur die frische Luft und die beeindruckende Kulisse. Ganz ungefährlich scheint dieser Küstenstreifen nicht zu sein, denn einige Bootswracks mischen sich unter die Treibholzstämme am oberen Rand des Strandes. Wind und Meer entwickeln hier an einigen Tagen wohl eine unbändige Wucht, der sogar ein Katamaran nicht standhalten konnte. Seine Einzelteile liegen weit verstreut vor dem Begleitgrün der Uferlinie.

Leichter Regen setzt ein, wird schnell stärker und zwingt uns zur Umkehr. Wir beeilen uns, um so schnell wie möglich ins Trockene zu kommen, was sich auf dem letzten Stück des Weges durch die Oberfläche aus faustgroßen Steinen mit eingestreuten Holzstücken als gar nicht so einfach erweist. Bei einer überdachten Sitzgruppe auf der anderen Straßenseite stellen wir uns unter. Dicke schwere Tropfen trommeln auf dem Dach.

„Ich muss jetzt aber schleunigst nach Hause und raus aus den nassen Klamotten. Wollt ihr mit zu mir?", fragt Brenda, deren Haare und Outfit sichtlich unter der Feuchtigkeit gelitten haben. Sie steht da, wie ein begossener Pudel. June hatte ihre langen Haare von der Kapuze ihrer Jacke schützen lassen, aber auch die scheint durchnässt zu sein. Einige rote Strähnen, die der Wind aus dem Schutz ihrer Kopfbedeckung gesogen hatte, kleben nun auf ihrem Gesicht.

„Danke für die Einladung, aber heute nicht. Ich bin auch nicht ganz trocken geblieben, und außerdem muss ich unbedingt mein neues Schätzchen ausprobieren."

„Ist schon klar", meint Brenda und richtet ihren Blick auf mich.

„Schau mich nicht so an. Ich bin weder eine Gitarre noch neu", wehre ich ab. Wir lachen und verabschieden uns. Unsere Wege trennen sich. Brenda ruft mir noch hinterher, ich solle sehr gut auf „die Kleine" aufpassen. Ob es einfach nur eine Floskel ist, oder ob es einen Grund für ihre Bemerkung gibt? Ich weiß es nicht. Noch nicht.

Auf dem Weg zurück nach Campbell River reden wir nicht viel. 97.3 „The Eagle" übernimmt das Unterhaltungsprogramm aus Musik und lokaler Werbung. Beide sind wir parallel in unseren eigenen Gedankenwelten unterwegs. June betrachtet durch das halb beschlagene Seitenfenster die vorbeihuschende Landschaft, komponiert aus Wasser,

Bergen, Bäumen und Sträuchern. Hin und wieder setzen wir gleichzeitig zu reden an, lächeln uns zu … und sagen uns dann doch nichts.

In meinem Kopf finden heftige Diskussionen statt. ‚Wie soll es mit June weiter gehen? Sollte ich mich wirklich auf eine Beziehung mit einer so jungen Frau einlassen? Grenzt es nicht schon fast an eine Art paraphile Störung? Unsinn. Der Altersunterschied liegt zwar deutlich über fünf Jahren, aber dafür ist sie auch wesentlich älter als dreizehn. Was geht in ihrem Kopf vor? Will sie ernsthaft eine Beziehung eingehen, oder will sie mich nur benutzen, um günstig nach Irland zu kommen? Wäre nichts Neues. Bisher liefen meine Beziehungen immer auf sowas in dieser Art hinaus. Schließlich: Was meinte Brenda mit ihrer Anmerkung, ich solle sehr gut auf die Kleine aufpassen?' Fragen über Fragen pendeln in meinem Hirn hin und her, ohne irgendwelchen brauchbaren Antworten zu begegnen. Was wird sich letztendlich durchsetzen? Der für spontane instinktive Entscheidungen zuständige Teil des Gehirns, oder gibt eine pessimistische Verzerrung dem Ganzen erst gar keine Chance? Meine Erfahrungen sprechen eher für Letzteres. Hätte ich etwas zu verlieren? Hätte June etwas zu verlieren, außer vielleicht etwas Zeit, die mir mehr fehlt als ihr?

Am Motel angekommen gehen wir sofort zum Zimmer unserer beiden Freunde. June klopft übertrieben forsch an. Es fehlt nur ein Spruch wie ‚Aufmachen, Polizei'. Im Gegensatz dazu löst sich das Türblatt behutsam vom Rahmen und gibt langsam einen immer breiter werdenden Spalt frei.

„Pst. Tom schläft noch", sagt Sarah sehr leise.

„Stimmt doch gar nicht", brüllt der Erwähnte aus der Ecke des Zimmers, in der das Bett steht.

„Na gut, dann kommt rein."

Tom sitzt auf dem Bett, wirkt aber entgegen seines vorherigen Einwands ziemlich verschlafen.

„Wie geht's denn unserem Waldläufer?", frage ich ihn.

„Komm mir bloß nicht mit Wald. Wenn ich die Augen zu mache, sehe ich nur noch Bäume und Blätter." Tom klingt ziemlich genervt.

„Jetzt mal ernsthaft: Wie geht`s?"

„Tom hat den ganzen Nachmittag im Bett gelegen und war sehr unruhig. Manchmal hat er auch wieder kurz aufgeschrien, gezuckt und um sich geschlagen. Ich habe ihn dann geweckt", berichtet Sarah.

„Ich denke, das wird auch noch einige Zeit so weitergehen. Ein so traumatisches Ereignis steckt man nicht so einfach weg. Und Tom schon gar nicht", sage ich.

„Ich weiß." Sarah hat einen traurig klingenden Unterton in ihrer Stimme. „Aber sagt mal: Wie seht ihr denn aus? Ihr seid ja klatschnass. Wart ihr mit Klamotten schwimmen oder was?"

„Nee. Wir sind vorhin bei Comox von einem Schauer überrollt worden", erklärt June.

„Was Anderes: Wollt ihr mit zu Emily und Hunter?", frage ich.

„Etwas Ablenkung wird Tom doch bestimmt guttun. Und wenn er müde wird, kann er sich ja legen.", meint June.

Sarah dreht sich in Toms Richtung. „Was meinst du?"

„Von mir aus gerne", kommt es jetzt deutlich freundlicher vom Bett zurück.

„Na gut. Fahrt ihr uns dann nachher wieder zurück?"

„Aber sicher doch."

Tom und Sarah machen sich abreisefertig, was schnell geschehen ist. Sarah und June bringen gemeinsam den Schlüssel zu Rezeption, während ich Tom schon in den SUV verfrachte. Die Tabletten, die Dr. Johnson ihm mitgegeben hat, zeigen immer noch Wirkung, aber nicht mehr so extrem. Ein erneuter Regenschauer überrascht unsere beiden Frauen, die auf das Auto zugelaufen kommen und sehr schnell einsteigen.

Nachdem die Bimmelei der Warnglocken für offene Türen und nicht angeschnallt sein und alle möglichen anderen Sicherheitsrisiken abgeebbt und Ruhe im Innenraum eingekehrt ist, lasse ich den Chevy vom Parkplatz rollen und fädele die Fuhre in den im Moment nicht besonders dichten fließenden Verkehr Richtung Stadtzentrum ein.

Genauso schnell, wie der Schauer kam, hat es wieder aufgehört zu regnen. In der Einfahrt zum Haus unserer Freunde werden wir, wie üblich, von Jilly empfangen. Weil wir alle – außer Tom – fast gleichzeitig aussteigen, weiß sie nicht so recht, wen sie zuerst begrüßen soll. Sie entscheidet sich für June. Jilly scheint sie wirklich zu mögen. Wir helfen Tom dezent beim Aussteigen, beobachtet von Emily und Hunter, die inzwischen auch zur Haustür gekommen sind. Eine tiefe Sorge lässt sich in ihren Gesichtern ablesen, wie sie Toms Fortbewegung so betrachten. Ich hole noch Junes neue Gitarre aus dem Kofferraum, bevor ich den anderen folge. Hunter, der die Tür auf hält fragt: „Hast du dir wieder ein neues Instrument geholt?"

„Nein, das ist nicht meins. Die Gitarre ist das, was June schon die ganze Zeit in Courtenay abholen wollte. Meinst du es macht was, wenn wir sie nachher kurz ausprobieren?"

„Es wird bestimmt lustig … oder grausam, aber Hauptsache Abwechslung." Hunter grinst.

„So gruselig wird's schon nicht werden", beruhige ich ihn.

„Jedenfalls was Instrumente angeht, scheint June auch gut zu Dir zu passen", schiebt er noch hinterher.

Seine Bemerkung bleibt verbal unkommentiert. Ein passender Blick genügt.

Wie üblich versammeln sich alle am Tisch im Herzen des Hauses, nachdem June und ich unsere nassen Klamotten gegen etwas Trockenes getauscht hatten und June für eine Weile samt Fön im Badezimmer verschwunden war.

„Habt ihr schon gegessen?", fragt Emily in die Runde.

Allgemeines Kopfschütteln. Und so beginnt sie umgehend damit, ein Gericht aus Reis und Gemüse auf den Tisch zu zaubert, den June und ich währenddessen decken. Hunter kümmert sich derweil um die beiden anderen Gäste.

Nachdem die Meute ihre Mahlzeit vertilgt hat, dreht sich zunächst alles um Toms Gesundheitszustand.

„Meint ihr, es hätte überhaupt Sinn, morgen den Ersatzwagen zu holen?", stellt Hunter eine der entscheidenden Fragen des Abends.

„Berechtigte Frage. Fahren werde ich im Moment ganz bestimmt nicht. Das wäre purer Leichtsinn", sagt Tom.

„Ich habe meinen Führerschein vergessen, darf also nicht hinters Steuer."

„Und ich muss ab Freitagnachmittag wieder in Tahsis arbeiten", erwähnt June beiläufig.

„Dann wird es wohl kaum etwas bringen, morgen über sechs Stunden durch die Gegend zu fahren, um einen Wagen abzuholen, den eigentlich niemand gebrauchen kann. Oder sehe ich das falsch?" Die Frage ist mehr rhetorischer Natur.

Und so kommt es, dass die für morgen geplante Fahrt nach Victoria ausfällt. Nur June scheint darüber enttäuscht zu sein.

„Bist du noch nie in Victoria gewesen?", frage ich sie leise.

„Nein. Ich würde die Stadt so gerne mal sehen."

„Wir können ja überlegen, ob wir beide morgen allein runterfahren. Aber erst versuchen wir mal, ein Flugticket für dich bekommen. Einverstanden?"

Sie strahlt mich an und drückt meine Hand unterm Tisch ganz fest. Scheint „Ja" zu bedeuten.

„Was tuschelt ihr denn da `rum?", will Hunter sofort wissen.

„Zukunftspläne", sage ich.

„Oh, es werden schon Pläne geschmiedet." Die Ironie in seinem Kommentar ist nicht zu überhören.

Um abzulenken, wechsle ich schnell das Thema.

„Erinnerst du dich noch daran, warum du auf die Insel gekommen bist?", frage ich Tom.

„Sarah und ich haben heute über Vieles gesprochen, auch darüber. Ich wollte wohl ein Haus kaufen."

„Möchtest du das immer noch?"

„Warum eigentlich nicht? Ist doch schön hier, solange man wieder aus dem Wald hinausfindet."

„June hätte da einen Kontakt für dich."

„Echt jetzt?"

„Ja. Meine Freundin arbeitet bei einem Makler in Comox. Wir können sie ja mal anrufen. Vielleicht hat ihr Chef noch ein schönes und günstiges ..."

„Das wäre ja toll!", unterbricht Tom June mitten im Satz. Man könnte sagen, dass mit diesem Angebot einige seiner Lebensgeister reaktiviert wurden. Von dem Moment an wirkt er wie aufgedreht.

„Wann rufen wir sie an?"

„Von mir aus sofort."

„Dann komm."

June und Tom verschwinden im Nebenzimmer. Von der Müdigkeit und Trägheit, die Tom noch vor wenigen Minuten zeigte, ist nichts mehr zu spüren. Die Ursache der Langsamkeit scheint zumindest teilweise im psychischen Bereich zu liegen.

„Ob das wirklich eine so gute Idee ist?", fragt Emily.

„Wenn er sich dadurch an weitere Teile seiner Vergangenheit erinnert, kann es doch nur helfen. Ein Problem könnte es dann werden, wenn er etwas unterschreibt, was seine Möglichkeiten übersteigt. Es wird sehr wichtig sein, dass du, Sarah, ihn bei den Verhandlungen mit Brenda und ihrem Chef nicht alleine lässt und ihnen genau auf die Finger schaust. Er ist noch nicht ganz der Alte."

„Keine Angst. Ich werde Tom in der nächsten Zeit ganz bestimmt nicht aus den Augen lassen", verspricht Sarah.

June und Tom telefonieren immer noch.

„Darf ich mal kurz in euer Zimmer?", frage ich Sarah. „Ich müsste da ein paar Sachen rausholen."

„Tu dir keinen Zwang an. Ich habe heute Morgen schon alles soweit zusammengepackt. Nachher wollte ich mein Gepäck mitnehmen und ins Hotel verfrachten."

„Wollt ihr wirklich im Hotel bleiben? Ihr könnt doch auch hier übernachten. Ihr habt doch kein Auto. Da wärt ihr doch da unten ans Hotel gefesselt. So spannend ist die Nachbarschaft da auch wieder nicht", sagt Emily.

„Stimmt. Dann wäre es besser, wir holen nachher Toms Sachen aus dem Hotel und checken aus."

„Ich hole trotzdem die beiden Teile aus dem Zimmer, ok?"

„Ist in Ordnung." Sarah erteilt die Genehmigung.

Verfolgt von Jilly gehe ich ins Gästezimmer, wo unter dem Nachttisch der Karton mit dem Verstärker und neben der Kommode meine billige E-Gitarre steht. Ich spiele Roadie, schleppe die Musiksachen ins Ess-, Koch-, Wohnzimmer und schließe die wenigen Strippen an.

„Was machst du denn da?", fragt Sarah.

„Der will uns nachher akustisch belästigen", erklärt Hunter.

„June möchte doch ihre neue Gitarre ausprobieren, und die hat einen Pickup. Wenn's nicht klappt, können wir sie morgen direkt zurückbringen. Aber bei der Marke dürfte es nicht nötig sein."

June und Tom gesellen sich wieder zu uns. Tom strahlt, während June ihre Augen in Richtung Decke verdreht.

„Ich habe einen Besichtigungstermin mit Brenda. Es gibt da ein kleines Haus etwas nördlich von Courtenay. Sie hat 10:00 Uhr vorgeschlagen. Ich habe zugesagt."

„Hättest du mich nicht wenigstens vorher fragen können?" Sarah scheint über diese spontane Entscheidung etwas verstimmt zu sein.

„Ist doch nur eine Besichtigung", pampt Tom sie an. Der Herr ist schon etwas reizbar, seit er wieder aufgetaucht ist. Seine Belastungsstörung lässt grüßen.

„Schon gut", versucht Sarah ihn wieder milde zu stimmen.

„Ich denke, dann müssen wir so um viertel nach neun von hier losfahren", merke ich an.

„Schade, wieder früh aufstehen", mosert June.

„Wir werden doch sowieso von Kitty und Jilly geweckt. Hast du doch heute Morgen gemerkt."

Die nachfolgende Diskussion über den morgigen Termin würgt Hunter unvermittelt damit ab, dass er Folgendes ankündigt, oder besser gesagt androht: „Und jetzt geben June und Klaus ein Konzert für zwei Gitarren an Strom."

„Schön, dass wir das auch erfahren. Vielleicht gebt ihr uns einen kleinen Moment zur Vorbereitung."

„Es sei euch gewährt", verkündet Hunter mit einer ausladend großzügigen Geste.

„Was sollen wir denn überhaupt spielen? Ich hab` kein Songbook mit. Du?" June ist etwas verunsichert.

„Einfach ein paar Akkorde in irgendeinem nicht so schnellen Rhythmus und dann eine Melodie drüber improvisieren. C-Am-F-G funktioniert fast immer und zu allem. Wenn's nicht klappt, haben die wenigstens was zu lachen."

„Ich will mich aber nicht blamieren."

„Keine Angst. Niemand von denen frisst dich auf, und wenn Jilly anfängt zu jaulen, hören wir eben auf."

„Na gut. Wie du meinst."

Erst schließe ich Junes neue Martin an, die sie schon gestimmt hat, schalte den Verstärker an und drehe ein wenig an den Knöpfen. Leise schrammelt sie ein paar Akkorde vor sich hin, die sogar über diesen billigen kleinen Verstärker richtig gut klingen. Irgendwann stöpseln wir um, und begeben uns in eine Art Kneipenmodus. Dabei wiegen wir uns in einer gewissen Sicherheit, denn kaum jemand achtet noch auf uns. Unsere Freunde sind zu sehr mit sich selbst und dem möglichen Hauskauf beschäftigt. Und so spielt es keine große Rolle, ob meine improvisierten Melodien genau zu Junes Akkorden passen. Die Anderen trinken und unterhalten sich mit zunehmender Lautstärke. Richtige Pub-Atmosphäre kommt auf. Immer wieder durchbricht Hunters ansteckendes Lachen den allgemeinen Geräuschpegel. Er erzählt Geschichten aus seiner Zeit als Trucker und diverse Bikerstories aus seinem Bekanntenkreis. Sarah und Tom als unverbrauchtes Publikum hören ihm gebannt zu. Schließlich beenden June und ich unseren Musikvortrag und ernten sogar einen kurzen Applaus. Ob der tatsächlich verdient oder doch nur geheuchelt war? Egal. June wirkt zufrieden, zufrieden mit sich und ihrem neuen Baby, und glücklich mit der Situation, in der sie sich befindet.

„Jetzt trinkt aber auch mal was", fordert Hunter uns auf.

Wir gesellen uns wieder zu den andern an den Tisch, und weiter geht es in der fröhlichen Runde, die die Ereignisse der letzten Tage fast vergessen lässt.

Viel später, es ist schon weit nach Mitternacht, meint Sarah: "Wir sollten unsere Sachen besser noch holen."

„Warum?", fragt Tom. „Soweit ich mich erinnern kann, funktionierte die letzte Nacht doch auch so."

Also bleiben wir hier und fahren nicht mehr durch das nächtliche Campbell River, was einen gewissen Einfluss auf die Wahl der weiteren Getränke hat. So am Rande fällt mir auf, dass June auf Alkoholisches verzichtet. Ob sie Angst hat, dass auch nur der kleinste Moment nicht in ihrem Bewusstsein ankommt? Oder sie will einfach nur neue schlechte Erfahrungen vermeiden.

Langsam kehrt Ruhe im Haus ein. Tom und Sarah liegen schon in ihren Betten. June und Emily räumen noch auf. Hunter und ich hatten unsere Hilfe angeboten, wurden aber von den Damen nach Draußen geschickt.

„Meinst du, es könnte was werden mir dir und June?"

„Ich kann es dir nicht sagen. Ich bin mir nicht so sicher, ob ich ihr das antun darf."

„Wieso antun? So wie es aussieht, ist für sie schon längst alles klar."

„Ich mache mir ziemlich Gedanken, weil der Altersunterschied so groß ist."

„Und wenn schon. Sei froh, dass ihr euch über den Weg gelaufen seid. Aber überstürzen würde ich an deiner Stelle nichts. Gebt euch Zeit. Lernt euch kennen. Nach den paar Stunden würde ich mich noch nicht festlegen."

„Ich denke, ich werde wenigstens die Zeit in Irland abwarten."

Jilly kommt zu uns, natürlich mit einem Spielzeug im Maul, gefolgt von den beiden Frauen, die sich sehr gut zu verstehen scheinen, wie langjährige Freundinnen.

„Wollen wir nicht auch besser in die Betten? Es ist schon spät und außerdem kalt hier draußen."

Emily hat Recht, und so wünschen wir uns gegenseitig eine gute Nacht und ziehen uns zurück in unsere Gemächer.

Nachdem die Tür zu Emilys und Hunters Schlafzimmer ins Schloss gefallen ist, höre ich leise Schritte auf dem Holzboden, unterbrochen von einem Anstoßgeräusch und einem leisen Fluch. June kommt angeschlichen.

„Darf ich unter deine Decke. Das Sofa ist blöd. Da kann ich sowieso nicht schlafen."

„Na gut, weil du's bist."

June beschlagnahmt sofort die Wandseite des schmalen Betts, zieht mir die Decke weg und schläft ein. Ja, es ist kalt.

Tom und Sarah haben sich zur Nachtruhe begeben. Das Licht im Zimmer ist aus und nur der Mond leuchtet noch durch die Gardinen gebremst ganz vorsichtig durch das Fenster. Dicht nebeneinander liegen die Beiden in ihrem Bett mit der weichen Matratze in dem kleinen Zimmer des canadischen Holzhaues ihrer Freunde. Sarah sagt noch kurz gute Nacht und döst sofort weg, so fertig, wie sie ist. Tom fühlt sich zwar auch nicht besonders energiegeladen, aber nach dem Traum der vergangenen Nacht hat er Angst vor dem nächsten Schauspiel, dass seine Gehirnzellen aufführen, sobald er eingeschlafen ist. Er lauscht den Geräuschen, die durch das gekippte Fenster nach Innen dringen. Viel ist es nicht. Hier ein Rascheln, dort ein leises Fiepen. Ein leichter Wind rauscht durch die nahe am Haus stehenden Bäume. Obwohl das Haus nicht weit entfernt von der Straße und den wenigen Nachbarn steht, erscheint es ihm viel stiller, als in seinen Verstecken im Wald. Vielleicht ist es ein Grundrauschen, das die akustischen Kleinigkeiten frisst.

Irgendwann schaffen es Langeweile und Müdigkeit in einer gemeinsamen Gewaltaktion schließlich doch, ihn einschlafen zu lassen. Und prompt schaltet sich das nächtliche Kopfkino ein, zunächst mit einem gleißend hellen Licht. Nur wenig später setzt sich sein Nachtlager in Bewegung, beginnt sich erst langsam, dann immer schneller werdend um seinen Schwerpunkt horizontal zu drehen. Er fühlt sich wie im Inneren eines Kreisels, doch angesaugt von der Matratze, die ihm keine eigene Bewegung ermöglicht. Nur seine Gedanken genießen ihre Freiheit, folgen der Fliehkraft, verabschieden sich in die endlosen Weiten des Raums. Leere hat wieder seinen Kopf eingenommen. Trotzdem baut sich ein Druck gegen seine Schädeldecke auf, steigt immer weiter an, wird unerträglich. Er hat das Gefühl, als könne es nur noch wenige Sekunden dauern, bis sie sich ebenso verabschiedet, wie sein logisches Denkvermögen. Dann plötzlich und völlig unerwartet löst sich die Drehbewegung von ihrem bisherigen Zentrum. Tom eiert mit seinem Bett durch die Dunkelheit, wie ein Kreisel auf einer Tischplatte … bis zu deren Rand. Was nun folgt, lässt ihn schließlich völlig in Panik verfallen: Der Absturz. Die einzig verlässliche Konstante war bis zu diesem Moment, dass sich das Ganze in einer horizontalen Ebene abspielte. Doch damit ist jetzt Schluss. Es geht abwärts, immer tiefer in eine völlige Dunkelheit. Er hat kein Gefühl mehr für irgendeine Richtung in diesem dreidimensionalen Nichts. Mit den Armen, die er von seiner Schlafunterlage hat losreißen können, wild rudernd, sucht er verzweifelt nach Halt. Nichts. Überhaupt Nichts, was seine Hände greifen könnten, um die Bewegung wenigstens abbremsen zu können. Keine Berührung, nicht der geringste Widerstand. Kein noch so leichter Anstoß. Nicht einmal der leiseste Luftzug, der auf eine Struktur in der Nähe Hoffnung geben könnte. Sein Abflug will einfach kein Ende nehmen. Er wartet auf einen Aufprall, rechnet jeden Moment damit. Fast wünschte er sich den Schmerz herbei, der durch einen abrupten Kontakt mit einer Begrenzung ausgelöst werden würde. Doch sein Wunsch erfüllt sich nicht. Immer weiter geht es für gefühlte Stunden in diesen schier unendlichen grenzenlosen Raum, bis er ein Rütteln spürt, das erst ganz leicht an seinen Schultern beginnt und sich dann immer weiter ausdehnt, immer kräftiger wird. Töne gesellen sich dazu, ein entfernter, aber vertrauter Klang, eine Stimme, die er zu kennen glaubt.

Mit einem Schlag kommt er zurück in die Wirklichkeit des hell erleuchteten kleinen Zimmers. Mit weit aufgerissenen Augen und offenem Mund starrt er in Sarahs Gesicht, die ihn an den Schultern gepackt hat und immer noch schüttelt.

„Spinnst Du jetzt total?", mault Tom.
Erleichtert lässt Sarah ihn los und auf sein Kissen fallen.

„Du musst dich beschweren. Sieh dich doch mal um. Du hast anscheinend nichts von dem mitbekommen, was du hier in den letzten Minuten veranstaltet hast."

Er betrachtet sprachlos die Umgebung. Seine Decke ist völlig zerwühlt. Auf der Kommode, die neben seinem Bett steht, haben sämtliche dort bisher fein säuberlich abgestellten Gegenstände ihren Standort verlassen, sind teilweise zu Boden gegangen.

„Hast du wieder geträumt?", fragt Sarah leise.

„Ja, aber du willst nicht wirklich wissen was", antwortet Tom mit einem verärgerten Tonfall und dreht sich von ihr weg.

Sarah schüttelt ungesehen ihren Kopf, schaltet das Licht aus und legt sich mit einem Seufzer wieder hin.

22

Der Donnerstag beginnt wie der Mittwoch. Der Unterschied liegt im Wesentlichen darin, dass June schon da ist. Sie
schläft noch, als Kitty kommt und sich mit einem dezenten
Miauen darüber beschwert, dass das Kopfkissen um fünf
noch belegt ist. Kurz darauf wiederholt sich Jillys Morgenroutine. Sie kommt zu uns ins Zimmer, ein kurzes „Wuff"
und legt sich anschließend auf das Sofa im Zimmer nebenan.
June hat davon nichts mitbekommen. Was sie im Moment
wohl träumt?

Gegen halb sieben rumort es im Schlafzimmer unserer
Gastgeber und anschließend im Bad. Hunter macht sich fertig für den neuen Tag. Ich beschließe, noch hier bei June zu
bleiben. Es ist ein schönes Gefühl, sie neben mir zu spüren.

Kurz nachdem Hunter sich an den Tisch gesetzt und Emily sich dazu gesellt hat, kommt Unruhe in die tierischen
Hausgenossen. Jilly kommt wieder ans Bett, bringt eines ihrer vollgesabberten Spielzeuge, lässt es auf den Boden fallen
und haut mir mit einer Pfote aufs Bein. Diese Aktion wiederholt sie, bis ich schließlich kapituliere und mich vorsichtig
setze. In diesem Moment besetzt Kitty das Kopfkissen. June,
wacht jetzt auch langsam auf. Mit noch geschlossenen Augen
tastet sie das Kopfkissen ab, trifft dabei auf Kitty, die diese
Berührung mit einem Fauchen quittiert und sich aufsetzt. Ein
kurzer Schrei und June steht im Bett.

„Guten Morgen, liebe June", sage ich.

„Guten Morgen", erwidert sie und starrt dabei Kitty an.

„Muss die mich so erschrecken?"

Hunter klopft an den Türrahmen des Nebenzimmers.

„Lebt ihr noch, oder haben unsere Haustiere euch schon
gefressen?"

„Wir haben's tatsächlich überlebt."

„Da bin ich aber beruhigt." Hunter geht wieder.

An Schlaf ist jetzt nicht mehr zu denken, und so machen wir uns auf in Richtung Küche. In der Tür bleibt June kurz stehen, streckt sich und gähnt. Hunter grinst und Emily, hinter deren Rücken die Aktion stattgefunden hat, sieht ihn fragend an.

„Das hättest du sehen müssen. June hat mich fast gefressen", erklärt Hunter ihr die Situation.

„Du bist doch viel zu umfangreich, als dass du in ihren kleinen Mund gepasst hättest", sage ich.

„Halt du mir bloß immer wieder vor, ich sei zu dick."

„Sieh's doch anders herum. June ist eben so zierlich."

„Aus dieser Perspektive hatte ich das jetzt nicht betrachtet." Hunter lacht. June zuckt mit den Schultern und setzt sich an den Tisch.

„Möchtest du einen Kaffee oder Tee?", fragt Emily.

„Ich glaub' ich brauch' einen Kaffee, um richtig wach zu werden", meint June.

Wir sitzen um den Tisch herum, und diskutieren wieder die Erlebnisse der letzten Tage, aber heute auch Zukunftspläne. Als wir davon sprechen, dass wir nachher noch ein Ticket für June suchen wollen, bietet Emily sofort Laptop und Drucker an. Damit wäre ein erstes Problem gelöst, zumindest ein ganz kleines.

Kurz nach 7:00 Uhr verlässt Hunter den morgendlichen Gesprächskreis. Er hat leider keinen Urlaub, will aber versuchen, sich morgen frei zu nehmen, um das Spektakel der Bergung von Toms Mietwagen auch verfolgen zu können.

Etwa eine Stunde später beginnt auch für Tom und Sarah der neue Tag. Wir sitzen noch am Tisch, als sie aus dem Zimmer kommen. Tom sieht verschlafen aus, Sarah dagegen ziemlich aufgewühlt.

„Na, auch den Weg aus dem Bett gefunden?", frage ich.

„Halt bloß die Klappe. Ich habe wieder einen Müll geträumt, sowas glaubt ihr nicht."

„Und abgeräumt hat er dabei auch", schiebt Sarah mürrisch hinterher, bevor beide im Bad verschwinden.

„Ihr hättet hören sollen, was bei den beiden in der letzten Nacht losgewesen ist. Dass das Zimmer nicht total in Trümmern liegt, grenzt schon an ein Wunder", erklärt uns Emily.

„Hat Tom wieder geträumt?", hake ich nach.

„Ich denke schon. Jedenfalls möchte ich im Moment nicht in der Nähe sein, wenn Tom um sich schlägt."

Kurz darauf klingelt das Telefon. Die Hausherrin geht zum Apparat und hebt ab. Besonders lange dauert das Gespräch nicht und endet mit: „Vielen Dank, ich werd's ausrichten."

June und ich schauen sie fragend an.

„Das war Brenda. Sie holt Sarah und Tom nachher ab. Ihr beiden könnt euch also was anderes vornehmen."

„Schön. Wo würdest du denn gerne hin? Wasser oder Wald oder beides?", frage ich June.

„Beides."

„Kennst du den Karst Creek?"

„Nein."

„Dann lass dich überraschen. Hier verschwinden nämlich nicht nur Autos im Wald. Anschließend haben wir noch genug Zeit, um ein Ticket für dich zu finden."

„Klingt toll!" June scheint sich wirklich zu freuen.

Sarah und Tom gesellen sich zu uns, fertig zum Frühstücken.

„Brenda hat angerufen. Sie holt euch nachher ab", berichtet Emily den beiden.

„Prima. Dann brauchen wir nicht lange zu suchen", meint Tom.

„Was macht ihr zwei in der Zeit?", möchte Sarah wissen.

„Feldforschung. Es gibt hier in der Gegend tatsächlich Stellen, die June noch nicht kennt. Heute Abend können wir dann ja mal sehen, dass wir unsere Rückflüge koordiniert bekommen."

„Gut. Zeigst du uns die Ecken vielleicht auch noch?", fragt eine etwas neidisch klingende Sarah.

„Klar. Wir haben ja noch fast die ganze nächste Woche."

Brenda erscheint pünktlich. Sie lädt ihre beiden potentiellen Kunden sofort in ihren Wagen und fährt mit ihnen los in Richtung eines möglichen Geschäfts. Wir stehen an der Haustür und winken den Dreien nach. Jilly sitzt vor unseren Füßen. Ein Gruppenbild mit Hund. Brenda hat versprochen, Sarah und Tom nach der Besichtigung wieder hier vorbei zu bringen. Ich bin gespannt, mit welchem Ergebnis.

„Die wären schon mal weg. Wollen wir jetzt auch los?", frage ich June.

„Gerne."

Schnell werden die notwendigen Kleinigkeiten zusammengekramt und los geht es über die Willis Road zum Inland Island Highway in Richtung Strathcona Park. Das Wetter ist ideal für die Tour: Sonne, ein paar Wolken, kaum Wind und nicht so warm.

Der langweiligere Teil der Strecke führt in Richtung des Buttle Lake, entlang des Upper Campbell Lake und vorbei an der Strathcona Park Lodge, alles Orte, die ich während der letzten Tage aus diversen Perspektiven mehrfach bewundern durfte, und die June wahrscheinlich nicht mehr wahrnimmt, so oft, wie sie schon daran vorbei gefahren sein muss.

June übernimmt während der Fahrt das Unterhaltungsprogramm. Sie erzählt Geschichten aus der Kneipe in Tahsis, von ganz speziellen Typen, die sie da schon bedienen musste, von Touristen aus den verschiedensten Ländern und deren Eigenarten, von gescheiterten Versuchen, die Coral Caves zu finden, die sich irgendwo in den Bergen oberhalb des Orts in den Boden gefressen haben und eine ganz tolle Attraktion sein sollen. Nachdenklich wird sie, als sie auf ihre Heimat zu sprechen kommt. Ihre Familie scheint ihr doch sehr zu fehlen, auch wenn sie versucht, es herunter zu spielen. Ob das Verhältnis zu ihren Eltern tatsächlich so zerrüttet ist, wie sie es darstellt, bleibt offen. Ich verkneife mir Kommentare, hake nicht nach und höre einfach nur zu.

„Morgen geht's hier wieder nach rechts", sage ich, als wir die Abzweigung nach Gold River rechts liegen lassen.

„Schon blöd, dass wir uns dann nicht mehr sehen." Eine gewisse Melancholie liegt in Junes Stimme.

„Nicht traurig sein. Wir finden bestimmt einen Platz für dich im Flieger über den Atlantik."

„Ich hoffe so sehr, dass das klappt."

„Hast du eigentlich einen gültigen Reisepass?"

„Sicher. Der liegt aber noch in Tahsis."

Und wieder Tahsis …

Wir verlassen die schmale Westmin Road, fahren auf den Parkplatz eines Picknick-Geländes. Schotter knirscht unter den Reifen. Die Zufahrt führt direkt in Richtung einer Bootsrampe, die ins Wasser eintaucht. Irgendwie sieht es heute anders aus, surreal. Wir stellen das Auto ab, steigen aus und folgen zu Fuß der Rampe abwärts. Es ist windstill. Wie ein Spiegel liegt die Wasserfläche vor uns, makellos, ohne die geringste Fehlstelle, und verwandelt die Landschaft in eine unheimliche Welt. Grenzen sind aufgelöst, nicht mehr erkennbar, wie auch die zwischen Oben und Unten. Die Bäume, die am gegenüberliegenden Ufer bis unmittelbar an das Wasser wachsen, verschmelzen mit ihren Spiegelbildern. Nur ein schmaler sandfarbener Streifen zwängt sich an einigen Stellen aus dem Stammgewirr zwischen Original und Kopie. Die Welt steht Kopf, und doch auch nicht. Die Augen liefern Bilder, die mein Gehirn nicht der Wirklichkeit entsprechend verarbeiten möchte. Es sträubt sich, das Spiegelbild als solches zu akzeptieren. So fremd der Eindruck, so scharf die Abbildung auf dem Wasser. Die Szenerie wirkt, als würde die Rampe direkt in eine Unterwelt führen, in eine geheime Welt, die uns einsaugen möchte. Irgendwie fühlt es sich an, als würde ich schweben, obwohl ich mit beiden Füßen auf festem Beton stehe. Leichter Schwindel und ein laues Gefühl in der Magengegend stellen sich ein.

Wir folgen der Rampe langsam weiter hinunter, immer dichter an den Rand der Täuschung, wo auch immer der genau liegen mag, lassen unsere Blicke übers Wasser wandern und entdecken dabei immer neue Muster, die dieses riesige natürliche Kaleidoskop vor unseren Augen kreiert.

June steht da, mit offenem Mund, dreht langsam ihren Kopf mit der roten Mähne mal in die eine, dann wieder in die andere Richtung.

„Sowas hab' ich noch nie gesehen. Hast du das so bestellt?"

„Nein. Purer Zufall. Wenn dann das Wetter mitspielt, liefert die Natur hier Überraschungen wie diese."

Wir verweilen schweigend noch einige Minuten an diesem verwunschenen und doch auch unheimlichen Ort.

„Und was hat das jetzt mit dem Karst Creek auf sich?", fragt June in diese eigenartige Stimmung hinein.

„Der liegt auf der anderen Straßenseite."

„Gut. Lass uns gehen. Ich halte das hier nämlich nicht länger aus, so faszinierend es auch ist."

Wir wenden uns ab von der verwunschenen Kulisse und machen uns auf den Weg zum nächsten wundersamen Naturschauspiel.

Völlig unvermittelt bleibt June stehen, dreht sich um, bückt sich, hebt einen Stein auf, holt weit aus und wirft ihn mit aller Kraft und zusammengepressten Lippen in Richtung des Wasserspiegels. Mit einem dumpfen „Flump" wird er verschluckt. Im selben Augenblick stellt das Kaleidoskop seine Arbeit ein. Kreise breiten sich auf der Wasseroberfläche aus, zerstören den Spiegel, allerdings ohne Scherben. Die vorhin so klaren Trugbilder lösen sich auf, verschwinden. Zurück bleibt eine sich ausbreitende gekräuselte Fläche in einem verschwommenen Grün-Blau-Weiß-Mix.

„So. Das war unser Moment. Den teilen wir mit niemand anderem." June grinst mich an und hakt sich ein.

Wir folgen dem Schotterweg aufwärts, überqueren die asphaltierte Straße und stehen am Beginn zweier Pfade, die von einem trockenen Bachbett getrennt werden.

„Was erzählst du mir von einem Creek? Hier ist doch nirgendwo Wasser."

„Wart's nur ab", vertröste ich sie.

Wir nehmen den linken Pfad. Das Schild, das darauf hinweist, dass eine Brücke fehlt, hat June, die voran stürmt, nicht bemerkt, und ich ignoriere es, denn ohne Wasser braucht man keine Brücke über das Bachbett.

Dicke Steinbrocken liegen in dem Einschnitt, den das Wasser während seiner aktiven Phasen geduldig, unnachgiebig, manchmal mit einer ziemlichen Wucht in den Hang geschliffen hat. Wir kommen an die Brückenauflager ohne die Verbindung dazwischen. June dreht sich mit einem Fragezeichen im Gesicht zu mir um.

„Was jetzt?"

„Siehst du irgendwo Wasser?"

„Nein, warum?"

„Dann lass uns doch einfach `rüber gehen."

„Einfach so?"

„Sicher, warum nicht. Hast du Angst, du würdest vom Luftzug weggerissen?"

„Blödmann."

„Dann vorwärts."

Wir beginnen den Balanceakt über das Geröllfeld zum anderen Ufer. In der Mitte des Bachbetts bleibt June plötzlich auf einem der dicken Steine stehen und schaut sich in alle Richtungen um. Mit dieser Aktion bringt sie mich tatsächlich aus dem Gleichgewicht, denn die Steine sind zwar groß, aber nicht so flach, als dass die Füße so einfach einen sicheren Stand finden könnten. ‚Irgendwie bringt sie mich nicht nur physisch immer wieder ganz ordentlich ins Wanken', denke ich, während ich mit dem rechten Fuß immer noch einen Halt versprechenden Tritt suche.

Als June bemerkt, wie ich mit den Armen rudere, um nicht mitten im steinernen Bett zu versinken, lacht sie laut auf. Aber ihre Stimmung schlägt sofort ins Gegenteil um. Ganz ernst fragt sie: „Kannst du dir vorstellen, in so einer Gegend herum zu irren? Ganz alleine, so wie Tom? ... und dann noch ohne Erinnerung."

„Nicht wirklich. Kein schöner Gedanke. Er wäre aber bestimmt froh gewesen, wenn er wenigstens einen Trampelpfad, wie diesen, gefunden hätte."

„Stimmt auch wieder."

June dreht den Kopf wieder in Richtung des zweiten leeren Brückenauflagers und stapft weiter.

In einiger Ferne hört man ein leises Rauschen, dessen Lautstärke mit jedem Schritt, mit dem wir uns weiter von der Straße entfernen, zunimmt. Aber fließendes Wasser? Immer noch Fehlanzeige. Nicht das kleinste Rinnsal zwischen den mächtigen Felsbrocken.

„Was rauscht denn hier die ganze Zeit? Hier ist doch nichts." June klingt - wie befürchtet - etwas enttäuscht, ungeduldig, wie ein Kind im Stau auf der Fahrt in den Urlaub.

„Nur noch ein paar Meter", sage ich.

Der Pfad wird steiler, und nachdem wir die nächste Kurve umrundet und weiter an Höhe gewonnen haben, sieht June, wie sich die Ursache des Rauschens immer höher aus der Steinwüste hebt: Ein Wasserfall.

„Komm, weiter", fordere ich sie auf, nehme sie an der Hand und geleite sie über Felsbrocken dichter an den kleinen Pool in den das Wasser stürzt.

„Wo willst du mit mir hin? Wir stehen doch gleich im Wasser."

„Nein, werden wir nicht."

Ungläubig sieht sie mich an.

„Schau dir den Wasserfall doch an. Das Wasser muss doch weg."

„Geht auch weg, aber nicht wie du denkst."

Und dann steht sie da, die wieder staunende June, nur ein paar Meter entfernt von einem Wasserfall, der ihr praktisch vor die Füße fällt.

„Und wo fließt das ganze Wasser jetzt hin?"

Ich zeige ihr ein kleines Loch, das rechts vom Fall im Dunkel des Fußes der Felswand liegt. Zum Hineinklettern ist die Öffnung zu klein, aber als Abfluss reicht sie aus. Ungläubig schüttelt sie wieder ihren Kopf samt roter Mähne.

„Dann stehen wir hier praktisch auf einem Schwamm", meint sie schließlich.

„Mehr auf einem Schweizer Käse. Der Boden ist durchzogen mit Höhlen. Irgendwann und irgendwo fließt das Wasser in den See."

„Die Gegend überrascht mich immer mehr. Aber ganz schön unheimlich ist es schon, wenn man darüber nachdenkt, was hier alles verschluckt wird: Wasser, Autos, Menschen … Kennst du noch andere Stellen wie diese?"

„Ja. Es gibt da noch welche in der Nähe von Port Alice mitten im Wald. Da kommt man aber nicht so leicht hin. Außerdem hält sich das Gerücht, dass es eine unterirdische Verbindung zwischen dem Pacific und der Seymour Narrows gibt. Man hat mal markierte Lachse gefunden, die die ganze Strecke in weniger als einem Tag geschafft haben sollen, was um die halbe Insel herum einfach unmöglich gewesen wäre."

Wir beobachten noch einige Blasen auf ihrem Weg vom Fuß des Wasserfalls zu dem Loch, das sie verschluckt. Dann steigen wir ab zum Parkplatz und fahren wieder zurück nach Campbell River, gespannt zu erfahren, ob Tom und Sarah ihr Traumhäuschen dank Brenda gefunden haben.

In der Einfahrt vor dem Haus wartet schon unser obligatorisches Empfangskomitee, bestehend aus unseren Gastgebern samt Hund.

„Willkommen zurück. Habt ihr wenigstens etwas Schönes erlebt?" Emily ist neugierig.

„Ich hätte nie gedacht, was man hier so alles hinter Bäumen finden kann", verkündet June mit einer ehrlich klingenden Begeisterung. „Klaus kennt Orte, von denen ich bis jetzt noch nie etwas gehört hatte und wo ich nie alleine hingekommen wäre."

„Hunter und mir geht's immer wieder genauso. Unser Tourist führt uns unsere Heimat vor. Ist schon witzig."

„Schon was von Sarah und Tom gehört?", frage ich Emily, nachdem wir uns am Tisch niedergelassen haben.

„Bis jetzt nicht. Ich bin gespannt, mit welchen Neuigkeiten die ankommen."

„Brenda wird sie bestimmt gut beraten und aufpassen, dass sie nicht in eine Falle laufen. Sonst müsste sie sich gewaltig verändert haben. Außerdem bekäme sie es mit mir zu tun, wenn sie Freunde verarscht. Und das will sie ganz bestimmt nicht."

„Kann ich mir gut vorstellen. Ich möchte dich auch nicht als Gegenspielerin haben", sage ich, was June wieder mit einer Grimasse, verdrehten Augen und einem Blick unter die Decke quittiert.

„Wollt ihr schon wegen Junes Ticket nachsehen?", fragt Emily. „Der Laptop steht da auf dem Schreibtisch."

„Au ja", sagt June sofort, steht auf.

„Dann wollen wir uns mal auf die Suche begeben", sage ich und wühle mich durch die Menüs auf dem Bildschirm. Tatsächlich gibt es noch freie Plätze in dem Flieger, den Sarah und ich für den Rückflug gebucht haben.

„Einfach, oder willst du auch wieder zurück?"

„Mir wär's lieber, wir würden den Rückflug noch offenlassen."

Emily, die Junes Bemerkung gehört hat, grinst.

Ein paar weitere Klicks und Junes Reise ist gesichert.

„So. Damit bist du jetzt so gut wie in Europa."

In diesem Moment knirschen Reifen in der Einfahrt, drei Türen schlagen zu, und kurz darauf steht Tom in voller Größe im Zimmer und verkündet voller Stolz: „Wir haben's."

Mit etwas Verspätung kommen Sarah und Brenda nach. Brenda stellt sich sofort bei Emily vor, wozu heute Morgen in der Hektik keine Zeit war, und begrüßt anschließend June und mich sehr herzlich.

Am Tisch, bestens mit Getränken und Snacks versorgt, zeigt Brenda das Exposé des Hauses, das Tom und Sarah sich ausgesucht haben. Der Preis ist für diese Region unschlagbar günstig. Wenn Tom nicht alle seine bisherigen Fähigkeiten bei dem Unfall verloren haben sollte, wird man ihm auch keinen Schrott verkauft haben können. Wie er ist auch Sarah sichtlich begeistert von der Immobilie und deren Lage. Ein weiteres Problem ist damit vom Tisch.

Der Rest des Tages vergeht wie im Flug. Hunter kommt zwischendurch dazu. Spät am Abend verabschiedet sich Brenda und fährt zurück nach Comox.

Bis tief in die Nacht dauern die Gespräche und Geschichten bei Wein, Guinness und manch anderen Getränken. Irgendwann ist dann aber doch der Punkt der maximalen Bettschwere erreicht. Sarah und Tom verschwinden als erste.

Wir verbleibenden vier gehen noch die Zeiten für den morgigen Tag durch.

„Zweieinhalb Stunden werden wir bestimmt bis zur Unfallstelle brauchen", meint Hunter.

„Das kommt hin", ergänzt June, die als Einzige von uns die Strecke richtig einschätzen kann, so oft, wie sie sie schon abgefahren ist.

„Das heißt dann, dass wir spätestens um viertel nach acht auf der Straße sein müssen", sagt Hunter.

„Wie teilen wir uns auf?", frage ich.

„Du fährst mit mir", bestimmt June.

„Der Rest fährt mit mir. Aber wie organisieren wir die Rückfahrt? In unseren Jeep dürfen eigentlich nur vier Leute, und du, June, fährst doch sicher weiter nach Tahsis, oder?"

„Muss ich wohl. Mache ich aber nur sehr ungern."

„Glaub' ich dir. Aber du kannst dich ja auf Ende nächster Woche freuen", versuche ich sie zu trösten.

„Hab' ich was verpasst?" Hunter wundert sich.

„Wir haben die Tickets. June fliegt mit nach Irland."

„Sehr gut." Hunter klopft mir auf die Schulter.

„Was bedeutet das jetzt?", möchte June wissen.

„Sag' ich dir gleich."

Es wird nochmal herzhaft gelacht und dann geht es über den Umweg Bad zum Bett neben der Saunakabine. Die Tür zu Emilys und Hunters Schlafzimmer fällt kurz darauf leise ins Schloss. Im Herz des Hauses ist Ruhe eingekehrt.

„Warum hat Hunter dir vorhin auf die Schulter geklopft", fragt June, die wieder neben mir in dem schmalen Bett liegt.

„Ach, ich hatte mit ihm gestern Abend über den Altersunterschied zwischen uns gesprochen und die Gedanken, die ich mir deswegen mache. Aber egal. Ich freue mich jetzt erst mal auf die Zeit mit dir in Irland."

Junes Augen werden feucht.

„Hab' ich was Falsches gesagt?"

„Nein. Ich bin einfach nur so glücklich, wie sehr lange nicht mehr."

23

Und täglich grüßt das Murmeltier. Um fünf kamen unsere Hausgenossen wieder und stellten Ansprüche. Jetzt ist es kurz nach sechs. Jilly hatte nicht weiter gestört. Ein kurzes Begrüßungs-Wuff, und weg war sie. Kitty ist da hartnäckiger. Wir hatten ihr schließlich erlaubt, einen Platz am Kopfende des Betts in Beschlag zu nehmen. Jetzt ist aber wohl oder übel Zeit zum Aufstehen. Es gibt schließlich nur ein Bad für sechs Leute.

June wacht langsam auf, mit einem Gesichtsausdruck, den man mit Glück und Zufriedenheit interpretieren kann.

„Guten Morgen, liebe June."

„Guten Morgen."

„Leider müssen wir wohl aufstehen, wenn wir nicht in den allgemeinen Kampf ums Badezimmer geraten wollen."

„So ein Mist. Aber hast schon recht. Besser wird's sein."

Gesagt, getan. Fertig sind wir für den neuen Tag. June hat ihre nassen Haare unter einem Handtuch versteckt. Frisches T-Shirt, Latzhose und geblümtes Handtuch sind eine wirklich gelungene Kombination.

„Du kannst wirklich alles tragen uns siehst toll aus."

Sie wirft sich in eine alberne Pose und sagt ziemlich affektiert: „Findest du?"

„Ja, doch."

Wir lachen. Da kommt Hunter aus dem Schlafzimmer.

„Entschuldigung, waren wir zu laut?", frage ich ihn.

„Nein. Wir waren schon wach. Den Gesprächen nach zu urteilen hatte ich eigentlich ein Teenagerpärchen erwartet. Und dann seid ihr das nur."

„Tja, Pech gehabt, Herr Schultz", sage ich.

Dann nimmt Hunter uns beide in den Arm.

„Ich bin so froh, dass ihr da seid."

Für Hunter ein wahrlich ungewöhnlicher Gefühlsausbruch. Emily stößt auch dazu. June hat in der Zwischenzeit

Kaffee aufgebrüht. Hunter und ich beschäftigen uns noch mit den restlichen Frühstücksvorbereitungen.

„Ob wir unsere beiden übrigen Gäste wohl wecken müssen?", fragt Emily.

„Könnte sein. Man hört gar nichts", sagt Hunter, geht zur Tür und klopft an. Als sich immer noch nichts rührt, öffnet er sie einen Spalt und lässt Jilly den Rest übernehmen. Kaum ist sie drin, wird es laut. „iiiiiii, baah", hört man Sarah schreien. Jilly stürmt aus dem Gästezimmer, gefolgt von Sarah im Nachthemd.

„Jilly hat mir ihre Zunge quer über's Gesicht gezogen."

„Du wolltest doch sowieso noch duschen", meint Hunter trocken und fängt laut an zu lachen.

Angesichts des Lärms hat sich Tom ebenfalls aus der Horizontalen erhoben und tritt ins Tageslicht. Er wirkt deutlich erholter als am Tag zuvor.

„Was macht ihr bloß für einen Scheiß?" Rein verbal hat er wieder zu seinen alten Verhaltensweisen zurückgefunden. Er klingt nicht mehr so gereizt wie an den Tagen zuvor.

Das Frühstück und die restlichen Vorbereitungen für die Abfahrt sind schnell erledigt. June packt ihre Sachen zurück in die Sporttasche und verstaut sie im Kofferraum ihres Toyotas. Fröhlich sieht sie dabei nicht aus, eher sauer. Wer will es ihr verdenken, denn sie muss wieder nach Tahsis, um im Kimono Besoffene zu bedienen. Da sind die Aussichten für mich deutlich angenehmer: Reiseleiter für Freunde, wie schon so oft hier auf Vancouver Island und in einigen Bundesstaaten der USA.

Aufbruch nach Tahsis: Hunter fährt mit seinen Fahrgästen im Jeep voraus. Von nun an dürfen wir über zwei Stunden lang seine Rückleuchten bewundern.

„Hast du deinen Eltern und deinen Brüdern schon gesagt, dass du mit nach Irland fliegst?"

„Nein, wann denn? Das hättest du doch mitbekommen. Außerdem werden sich meine Eltern kaum dafür interessieren. Die haben mich schon längst abgeschrieben. Meinen Brüdern kann ich ja Bescheid geben, wenn wir in Irland angekommen sind, sonst versuchen die noch, mir alles madig zu machen. Ich will mir meine gute Laune nicht sofort wieder verderben lassen."

„Versuch's doch einfach mal bei einem deiner Brüder. Vielleicht fällt die Reaktion ganz anders aus, als du denkst."

„Schon gut. Vielleicht gefällt denen ja wirklich, dass ich endlich aus Tahsis rauskomme. Ich mach's nachher von meiner Wohnung aus. Darf ich dich später anrufen?"

„Klar, wann immer du willst."

Der Ortseingang von Gold River liegt vor uns. Gleich wechselt wieder der Fahrbahnbelag auf den gehassten Schotter.

„Soll ich dich mal ablösen?"

„Brauchst du nicht. Die Strecke kenne ich im Schlaf. Ich hatte ganz vergessen, dir Musik anzubieten. Ich hatte Tom schon was von meiner alten Band vorgespielt."

„Dann lass mal hören."

„Aber nicht erschrecken. Es wird laut."

June schiebt die CD in den dafür vorgesehenen Schlitz. Die Musik startet. Wie June angedroht hat, ist sie laut ... und schrill, aber irgendwie gut. Allerdings ersticken ab da alle weiteren Versuche einer Unterhaltung im Klangmix von Lautsprechern und Schottergescheppper.

45 Minuten später gelangen wir zu der Kurve, in der Toms Abflug seinen Anfang nahm. Vor dem Knick stehen einige orangefarbene Warnschilder, wobei es sich eigentlich mehr um Zelte mit aufgedruckten Symbolen handelt. Hinter der Kurve blinken Leuchten in diversen Farben um die Wette. Die RCMP ist mit zwei Streifenwagen vor Ort. Die Feuerwehr von Gold River scheint komplett ausgerückt zu sein. Mit etwas Abstand zu den Einsatzfahrzeugen stellen wir unsere Autos am Straßenrand ab.

„Hier ist ja ganz schön was los", sage ich zu June, während wir auf eine Gruppe zugehen, in deren Runde Hunter und die anderen schon angekommen sind. Hunter hatte es etwas eiliger und so einen Vorsprung herausgefahren. Ich nehme an, er wollte mir beweisen, dass auch er schnell um Kurven fahren kann.

In der Gruppe steht auch Jennifer Haggarty, die direkt auf uns zukommt, nachdem sie uns entdeckt hat. Erst stellt sie sich kurz June vor, dann sagt sie: „Das wird gleich richtig interessant. Die Feuerwehr hat schon eine Aufhängung am Wagen befestigt und Äste direkt oberhalb zurückgeschnitten. Eigentlich müsste jeden Moment der Hubschrauber auftauchen, der das Auto dann rausholt."

„Ihr macht das mit einem Hubschrauber?" Ich bin beeindruckt.

„Wir hatten keine bessere Idee. Sonst hätten wir den halben Wald abholzen müssen."

„Stimmt auch wieder."

„Sie sind also die Jennifer, die Emily angerufen hatte", stellt June fest.

„Ja, das bin ich. Kannst aber ruhig du sagen. Du warst aber nicht dabei, als die anderen Tom gesucht haben, oder?"

„Das verrückte war, dass Tom genau während dieser Zeit bei mir im Auto saß. Ich hatte ihn nach Campbell River mitgenommen und hänge seitdem bei diesem Haufen."

„Das ist ja wirklich ein interessanter Zufall."

Ein neues Geräusch mischt sich unter den sowieso schon ungewöhnlichen Lärm hier im Wald, ein tiefes rhythmisches Wummern, dessen Lautstärke immer weiter zunimmt. Dann erscheint am Himmel eines jener gewaltigen Fluggeräte, das auch für den Abtransport von Baumstämmen aus unwegsamem Gelände verwendet wird. Nach einer ausladenden Schleife nimmt der Hubschrauber eine Position genau über der Unfallstelle ein, nur wenige Meter über den Baumwipfeln. Äste biegen sich zur Seite und beginnen einen wilden Tanz, der so aussieht, als seien sie in einen Mixer geraten.

Sogar hier auf der Straße spüren wir den Orkan, den die Rotorblätter auslösen. Eine Schiebetür auf der Seite der Winde gleitet nach hinten. Eine Kette wird eingehängt und hinuntergelassen, genauestens beobachtet von einem Besatzungsmitglied. Nichts zu erkennen ist dagegen von den Aktionen am Boden, die von oben dirigiert zu werden scheinen. Alles findet hinter einem dichten natürlichen Vorhang aus Ästen und zart sprießendem Laub statt. Das Motorengeräusch des Helikopters ändert sich. Die Last scheint jetzt am Haken zu hängen. Es dauert nicht lange, bis das Dach des weißen Equinox langsam aus dem Meer aus Büschen und Bäumen auftaucht. Der Wald gibt seine Beute frei. Kurz darauf schwebt das ganze Auto oberhalb der Baumwipfel. Wir schauen hoch. Der Himmel blendet heute, kaum Wolken, und die Mittagssonne steht hoch. Glücklicherweise ist es fast windstill, sonst wäre der Einsatz wahrscheinlich kritischer gewesen.

Aus den Augenwinkeln sehe ich, dass mit Tom für einen kurzen Moment etwas nicht zu stimmen scheint. Er dreht sich weg, schaut sich um, wie ein panisches Tier, das nach einem Fluchtweg sucht. Unruhig verlagert er sein Gewicht von einem Fuß auf den anderen. Sollten seine Erinnerungen ihn einholen?

Mit dem Auto an der Kette entfernt sich der Hubschrauber aus unserem Sichtfeld.

„Ging ja schnell", sage ich.

„Ich hatte auch damit gerechnet, dass das deutlich spektakulärer wird und länger dauert", meint Jennifer.

„Und deswegen sind wir jetzt hier hin gehoppelt?" Ein etwas enttäuschter Hunter und die anderen sind jetzt auch bei uns angekommen.

„Wollt ihr noch mit auf die Wache kommen? Da wird das Auto abgestellt. Außerdem gibt's da was zu trinken", bietet Jennifer an.

„Ich muss weiter nach Tahsis", sagt June.

„Schade, warum das denn?", fragt Jennifer.

„Ich arbeite da, aber wahrscheinlich nicht mehr lange."
June schaut mich an und zwinkert mir zu.

„Verstehe."

„Wir kommen aber gerne hin", mischt Tom sich ein, der sich anscheinend wieder gefangen hat.

„Das ist übrigens der abgetauchte Unfallfahrer", stelle ich Tom vor.

„Toll, dich nach dem Unfall hier so lebendig zu sehen. Ist dir wirklich nichts passiert?"

„Außer ein paar Schrammen an der Seele und Löchern im Gedächtnis nichts."

„Das freut mich zu hören. Ich muss hier noch ein paar Kleinigkeiten erledigen, dann fahr' ich zurück. Dir alles Gute in Tahsis, June. Vielleicht sieht man sich ja mal wieder." Damit verabschiedet sich Jennifer für den Moment von uns und geht zurück zu ihren Kollegen.

„Kann es sein, dass du noch eine Tüte bei mir im Auto liegen hast?", fragt June Tom.

„Au ja, die hatte ich total vergessen."

Wir gehen zum Toyota. June holt eine Plastiktüte aus dem Kofferraum.

„Bist du etwa damit durch den Wald marschiert?", frage ich Tom.

„Ja, das war mein Notfallpaket." Er zeigt uns den Eiskratzer mit langem Stiel, die Aludecke, einen kleinen Verbandskasten, einige leere Cola-Flaschen und Chips-Tüten.

„Und damit hast du tatsächlich überlebt. Stolze Leistung", sage ich.

„Manchmal ist Übergewicht doch nicht so schlecht. Dann kann man wenigstens von etwas zehren."

Hier stehen wir nun genau an der Stelle, an der am Dienstagabend der vergangenen Woche die Geschichte begann, und lachen. Ein Kreis hat sich geschlossen.

In dem Moment, als das weiße Dach seines Mietwagens aus den Büschen und Bäumen auftauchte, spielten sich seltsame Dinge in Toms Kopf ab. Die altbekannte Panik, die ihn einfach nicht verlassen möchte, kochte hoch, drängte sich in den Vordergrund. Vor seinen Freunden wollte er sie verbergen. Er suchte einen Notausgang, den er aber nicht fand. Die innere Unruhe übertrug sich nach außen. Er schaukelte von einem Fuß auf den anderen. Vor seinen Augen tauchte ein Licht auf, das jenem glich, dass ihn vor dem Ruck, der Ursache seines Abflugs, geblendet hatte. Er musste seinen Körper irgendwie dazu bringen, sich nicht zu verabschieden, nicht jetzt, nicht vor all den Leuten. Er wollte an dieser Stelle auch nicht in den Modus verfallen, der ihn im Wald übermannt hatte, als er ohne Sinn und Verstand ziellos losgerannt war. In seinen Ohren erklangen all die Geräusche, die ihm an dem Abend in der vergangenen Woche umgeben hatten, das Scheppern und Schleifen der Äste am Unterboden, dann schließlich das Krachen des berstenden Holzes, als der Wagen aufsetzte und der Knall des auslösenden Airbags, der ihm Luft und Sicht genommen hatte, aber in einer viel zu schnellen Abfolge, glaubte er zumindest. Zur Realität des Augenblicks passte all das nicht. Hier fuhren ihm die von den Rotorblättern ausgelösten tiefen rhythmischen Frequenzen in den Magen. Dieser Rhythmus lief so gar nicht synchron mit dem Pochen, das sich nun, von den Ohren ausgehend, in seinem Kopf ausbreitete.

Als sein Auto in der Luft schwebend hinter einem Hügel verschwand, ebbte seine Panik ab, beruhigte sich sein aufgewühltes Innenleben. Er konnte wieder sehen und hören, was real um ihn herum stattfand und hatte sogar das Gefühl, dass durch die letzte Minute wieder eine gewisse Ordnung in seinen Erinnerungen eingekehrt war. Im Wirbel der Rotorblätter war der ihm trüb erscheinende Sumpf seiner Vergangenheit kräftig aufgerührt worden. Wie bei einem köchelnden

Brei tauchten an der Oberfläche viele kleine Blasen auf, zerplatzen, und gaben dabei ihre Inhalte frei, Informationen, die er während der letzten Tage krampfhaft gesucht hatte. Erinnerung um Erinnerung befreite sich aus dem Morast des Vermissten, füllte leere Stellen in seinem Lebenslauf, und es schien, als käme seine Vergangenheit in einer Vielzahl winziger Portionen zurück ins Jetzt.

Irgendwo über dem Atlantik zwischen Grönland und Island und ungefähr 11.000 Kilometer über dem Meeresspiegel sitzen wir vier im Flugzeug, das uns nach Frankfurt bringen soll. June sieht aus dem Fenster auf das im Moment nur schemenhaft erkennbare Meer. Warme Farben am Horizont kündigen die aufgehende Sonne an, die sich deutlich schneller erhebt, als wenn man es vom Erdboden aus betrachtet.

June hat ihren Chef davon überzeugen können, dass sie eine längere Auszeit vom Kimono und den Essstäbchen braucht. Ihr türkisfarbener Toyota mit den Blümchen auf der Motorhaube wartet bei Emily und Hunter in der Garage. Ihre Wohnung hat sie noch behalten.

Tom und Sarah haben den Kaufvertrag für das Haus unterschrieben und auch schon die erste Nacht dort verbracht. Sie sind stolz auf ihr neues Teilzeitdomizil und planen schon den nächsten Aufenthalt auf Vancouver Island.

Toms Erinnerungslücken sind in den vergangenen Tagen deutlich kleiner geworden, auch seine Angstattacken haben etwas nachgelassen, sind nicht mehr ganz so heftig. Die Erinnerung an die Zeit im Wald wird er wahrscheinlich nie wieder los. Aber vielleicht verändert sich ja die Erzählweise im Laufe der Zeit.

Wenn wir Glück haben und die Route stimmt, kann June in etwa einer Stunde einen Blick von hier oben auf die Grüne Insel werfen, vielleicht aber auch nur auf die tiefhängenden Wolken, die vom Atlantik darüber hinweg ziehen.

Was June angeht, fliegen bei mir immer noch Zweifel mit. Aber ich bin gespannt, wie sich die Geschichte weiterentwickelt und welche Abenteuer noch auf uns warten.

SCHLUSSBEMERKUNGEN

Die verwendeten Namen und Personen sind frei erfunden. Sie stammen im Wesentlichen aus einer Liste der am Meisten verwendeten Namen in dem jeweiligen Land und aus Telefonbüchern, wobei ich allerdings Vor- und Nachnamen bunt gemischt habe. Sollten sich dennoch Ähnlichkeiten ergeben, so bitte ich vielmals um Entschuldigung. Es war in keiner Weise beabsichtigt.

Der Vorname des Erzählers, Klaus, ist eine Reminiszenz an meinen Bruder, den ich leider nur knapp zehn Jahre an meiner Seite haben durfte.

Das Haus von Emily und Hunter steht tatsächlich in Campbell River. Der Grundriss ist auch weitgehend wie beschrieben. Allerdings steht es am anderen Ende der Stadt, und Emily und Hunter heißen – natürlich – im richtigen Leben auch anders. Fest steht, dass ich ohne meine realen canadischen Freunde nie auf die Idee gekommen wäre, ein Buch zu schreiben, dessen Handlung überwiegend auf Vancouver Island spielt.

Kater Max existiert auch im richtigen Leben, nur lebt er nicht zeitweise in Irland, sondern hauptsächlich auf seinem Balkon vor dem Küchenfenster, wenn er nicht seine ebenfalls „adoptierte Schwester" durch das Haus jagt oder die Tür zum Technikraum bearbeitet, um endlich eine zusätzliche Portion Futter zu bekommen.

Mein ganz herzlicher Dank gilt Wolfgang Sarrazin, der sich einige Vorstufen dieses Buchs angetan und mich mit vielen guten Hinweisen bei der Realisierung unterstützt hat ... und die Freundschaft hat nicht darunter gelitten ;-)

Außerdem danke ich Ferdinand, Wilma, Monika und Sigrid, die sich ebenfalls durch Vorstufen der Word-Datei gekämpft und mich mit einigen guten Ratschlägen versorgt haben.

Entschuldigen möchte ich mich noch bei allen Bewohnern von Tahsis. Der Ort ist nicht schlimm, liegt nur leider etwas ungünstig. Ob man mit seinem Mietwagen hinfahren darf, sollte man bei dessen Übernahme erfragen.

Entschuldigen möchte ich mich vorsorglich auch bei der deutschen Rechtschreibung, Zeichensetzung und Grammatik, denn bei genauer Betrachtung werden bestimmt etliche Fehler zu finden sein. SORRY !

WER UND WO

Name	Rolle / wohnhaft in
Klaus	Ich-Erzähler Deutschland und Killarney, Irland
Max	Kater bei Klaus
Sarah Hennig	Freundin des Vermiss- ten Deutschland
Tom Bruckmann	Vermisster Sarahs Freund
Hazel O'Reilly	Nachbarin von Klaus Killarney Irland
Shay O'Reilly	Hazels Ehemann
Johannes Schultz, genannt Hunter	Freund von Klaus Campbell River Canada
Emily	Hunters Frau
Jilly	Hündin bei Hunter und Emily
Kitty	Katze bei Hunter und Emily
Pierre (Froggy) Blanc	Freund von Hunter und Emily Campbell River
Alice	Pierres Frau
Reilly	Froggys Mastiff Bulldog

Mahesh Bai	Rezeption Motel Campbell River
Quinn Taylor	Krankenhaus Campbell River
Dr. Pete Johnson	Krankenhaus Campbell River
Laurent Bouchard	Freund von Pierre Gold River Canada
Jennifer Haggarty	RCMP Gold River
Greg Martin	Mitfahrgelegenheit Gold River
Crazy	Gregs Jack Russel
June Kelly	Kneipenbedienung Tahsis Canada
Brenda	Junes Freundin, Comox Canada
Tarun und Prajna Mishra	Inhaber des Tahsis Supermarket Tahsis
Trina Sheppard	Maklerin Tahsis